"中西叙事传统比较研究"
编撰人员名单

总 主 编：傅修延

副总主编：陈 茜 肖惠荣

本卷撰写人员：曾 斌

中西叙事传统比较研究

总主编 傅修延

民间卷

曾斌 著

北京大学出版社
PEKING UNIVERSITY PRESS

图书在版编目(CIP)数据

中西叙事传统比较研究. 民间卷 / 傅修延总主编；曾斌著. —— 北京：北京大学出版社, 2024.10.

ISBN 978-7-301-35583-1

Ⅰ. I0-03

中国国家版本馆CIP数据核字第2024SB2294号

书　　名	中西叙事传统比较研究·民间卷 ZHONGXI XUSHI CHUANTONG BIJIAO YANJIU·MINJIAN JUAN
著作责任者	傅修延　总主编　曾　斌　著
组稿编辑	张　冰
责任编辑	吴宇森
标准书号	ISBN 978-7-301-35583-1
出版发行	北京大学出版社
地　　址	北京市海淀区成府路205号　100871
网　　址	http://www.pup.cn　新浪微博：@北京大学出版社
电子邮箱	编辑部 pupwaiwen@pup.cn　总编室 zpup@pup.cn
电　　话	邮购部 010-62752015　发行部 010-62750672　编辑部 010-62759634
印刷者	涿州市星河印刷有限公司
经销者	新华书店
	720毫米×1020毫米　16开本　17印张　283千字 2024年10月第1版　2024年10月第1次印刷
定　　价	108.00元

未经许可，不得以任何方式复制或抄袭本书之部分或全部内容。
版权所有，侵权必究
举报电话：010-62752024　电子邮箱：fd@pup.cn
图书如有印装质量问题，请与出版部联系，电话：010-62756370

中西叙事传统比较研究·民间卷

内容简介

  本书以中西民间叙事传统为对象进行比较，化繁为简将中西民间叙事传统以载体为依据划分为口传、文字、非语言文字三大类。民间叙事传统长期受到民族文化的滋养，以程式化的叙述动作、情境化的叙述话语、类型化的形象表现民间价值观念、审美旨趣，承载民众集体历史记忆。中西口传叙事传统以母语与风俗为载体，程式性的母题、类型、场景反复操演，受地域、审美、信仰等影响呈现不同的叙事传统模式。人类在荒野中发展出不同的叙事传统，其中，中国神话思维强调天定，多运用整体性感性思维，重视意象与类比，西方神话思维强调宿命，重视契约与理性，而饮食、信仰仪式与权威秩序的建立密切相关，神话思维与民间仪式影响了叙事传统。中西民间文字叙事传统以私修家谱为代表，家谱叙事隐含家谱纂修者的思想观念和情感价值，中国家谱纂修者常依据自身所处时代的文化观念来编排人物生平模式，西方家谱纂修者更关注人物对于家族荣誉和自由生命的追求。中西民间非语言文字叙事传统以陶瓷图绘叙事为例比较，中国陶瓷图绘重写意，多用内敛忠义美好题材，西方陶瓷图绘重写实，多用个性化题材。中国的俗赋和西方的彩色玻璃窗在中西民间属于缺类现象，俗赋呈现为谐隐、主客虚构对话、文以载道的叙事模式，彩色玻璃窗叙事通过人们对宗教空间、光影及其隐喻叙事表现精神认知。中西民间叙事传统以特有的民族叙事形式表现集体的日常生活与情感，是地方性知识多样化叙事和民族文化的自证。

总序
叙事传统有文明维系之功

傅修延

"中西叙事传统比较研究"（共七卷）为国家社科基金重大项目"中西叙事传统比较研究"的成果结晶，2016年该研究获立项资助（批准号：16ZDA195），2018年获滚动资助，2022年以"优秀"等级结项（证书号：2022&J020），2023年获国家出版基金资助。除了这套七卷本研究成果，本研究还有一批成果以论文形式发表于《中国社会科学》《文学评论》《文学遗产》《外国文学评论》和 Neohelicon 等国内外权威刊物。2021年前期成果《中国叙事学》被译成英文在施普林格出版社出版，2022年阶段性成果《听觉叙事研究》列入国家社科基金中华学术外译项目推荐书目，2023年《听觉叙事研究》英译本获准立项。此外，成果中还有两篇论文获得江西省社会科学优秀成果一等奖（2019年和2021年），两部专著获得教育部高等学校科学研究优秀成果奖（人文社会科学）二等奖（2020年）。

以下介绍本研究的缘起、目的、内容、学术价值和观点创新。

一、缘起

叙事学（亦称叙述学）在当今中国热闹非凡，受全球学术气候影响，一股势头强劲的叙事学热潮如今正席卷中国。翻开人文社会科学领域的报刊与书目，以"叙事"或"叙述"为标题或关键词的著述俯拾皆是；高等学校每年生产与叙事学有关的本科、硕士和博士学位论文的数量近年来呈节节攀升之势。在CNKI数据库中分别检索,从2012年8月3日至2022年8月3日这十年中,篇名中包含"叙事"与"叙述"的学术论文,前者检索结果总数为50658条,年均5065.8篇;后者检索结果总数为5378条,年均537.8篇。除了使用频率大幅提高之外,"叙事"的所指泛化也已达到令人叹为观止的地步,在一些人笔下该词已与"创作""历史"甚至"文化"同义。

但是,迄今为止国内的叙事学研究,还不能说完全摆脱了对西方叙事学的学习和模仿——"叙事学"对国人来说毕竟是一个舶来名词,学科意义上的叙事学(Narratology)诞生于20世纪60年代的法国,迄今为止这门学科的主导权还在西方。以笔者的亲身经历为例,中外文艺理论学会叙事学分会近二十年来几乎每两年就举办一次叙事学国际会议,西方知名的叙事学家大多都曾来华参加此会。这种在中国举办的国际会议本应成为东道主学者展示自己成果的绝好机会,但由于谦让和其他原因,多数人在会上扮演的还是聆听者的角色。相比之下,西方学者大多信心满满、侃侃而谈,他们仿佛是叙事学的传教士,乐此不疲地向中国听众传经送宝。这种情况并非不可理解,处于后发位置的中国学者确实应当虚心向先行一步的西方学者学习。但西方学界素有无视中国学术的习惯,一些西方学者罔顾华夏为故事大国和中华民族有数千年叙事经验之事实,试图在不了解也不想了解中国的情况下总结出置之四海而皆准的叙事理论,这当然是极其荒唐的,也是不可能做到的。在西方一些大牌教授心目中,中国文学无法与欧美文学并驾齐驱。法国结构主义叙事学当年在归纳"叙事语法"上陷于困境,视野狭窄是其原因之一。

以上便是本研究起步时的学术语境。总而言之,如同许多兴起于西方的学科一样,西方学者创立的叙事学主要植根于西方的叙事实践,他们的理论依据很少越出西欧与北美的范围,在此情况下,中国学者应当向世界展示自己的叙事传统,并在一个更为广阔的时空背景下描述中西叙事传统各自的形成轨迹以及相互之间的冲突与激荡。所以本研究内含的真正问题是:西方话语逻辑能否建构出具有普适性的叙事理论?全球化进程下的叙事学研究难道还能继续无视中国的叙事传统?对中西叙事传统作比较研究是否有利于叙事学成长为更具广泛基础、更具歌德和马克思憧憬的"世界文学"意味的学科?

提出问题是为了解决问题,相关问题实际上又内含了一种面向中国学者的召唤:我们在中西交流中不应该总是扮演聆听者的角色,中西叙事传统比较这样的研究任务目前只有中国学者才能承担。近代以来"西风压倒东风"局面产生的一大文化落差,是谢天振先生称之为"语言差"的现象:操汉语的国人在掌握西语并理解相关文化方面,比母语为西语的人掌握汉语和理解中国文化要来得容易,这种"语言差"使得中国拥有一大批精通西语并理解相关文化的专家学者,而在西方则没有同样多的精通汉语并能理解博大精深的中国文化的同行。① 与"语言差"一道产生的还有谢天振所说的"时间差":国人全面深入地认识西方、了解西方已有一百多年历史,而西方人开始迫切地想要了解中国,也就是最近这短短的二十至三十年时间。② "语言差"与"时间差"使得"彼知我"远远不如"我知彼",诚然,在中华国力急剧腾升的当下,西方学者现在并不是不想了解中国,而是他们中的大多数尚不具备跨越语言鸿沟的能力。可以设想,如果韦勒克、热奈特等西方学者也能够轻松阅读和理解中国的叙事作品,相信其旁征博引之中一定会有许多东方材料。相形之下,如今风华正茂的中国学者大多受过系统的西语训练,许多人还有长期在欧美学习与工作的经历,这就使得我们这边的学术研究具有一种左右逢源的比较优势。

二、目的

本研究致力于为"讲好中国故事"提供学术助力,任何"接地气"的讲述方式都离不开本土叙事传统的滋养。

传统的一大意义在于其形成于过去又不断作用于当下,为了讲好当下的中国故事,需要回过头来认真观察自己的叙事传统,从中汲取有益的经验与养分。同时还要将其与西方的叙事传统作比较参照,此即王国维所云"欲完全知此土之哲学,势不可不研究彼土之哲学",他甚至还说"异日发明光大我国之学术者,必在兼通世界学术之人"。③ 20世纪初学界就有"列强进化,多赖稗官;大陆竞争,亦由说部"④的认识,小说固然不可能

---

① 谢天振:《中国文学走出去:问题与实质》,《中国比较文学》2014年第1期。
② 同上。
③ 王国维:《奏定经学科大学文学科大学章程书后》,载方麟选编:《王国维文存》,南京:江苏人民出版社,2014年,第50—55页。
④ 陶曾佑:《论小说之势力及其影响》,载郭绍虞主编:《中国历代文论选(下)》,北京:中华书局,1963年,第420—421页。

独力承担疗世救民的使命,但这说明叙事中蕴含的巨大能量已为今人所觉察。面对当今世界范围内各种思想文化激烈交锋的新形势,中央要求哲学社会科学发挥作用以"提高我国在国际上的话语权",本研究正是对这一号召的学术响应。

叙事诸要素包括行动、时间、空间和人物等,讲述者对叙事要素的不同倚重导致不同的"路径依赖"。以古代的史传叙事为例,如果说《左传》是"依时而述",《国语》是"依地而述",那么《世本》及后来的《史记》就是以时空为背景形成"依人而述",这种以人物为主反映行动在时空中连续演进的纪传史体,最终成为皇皇"二十六史"一以贯之的定式。又如,史官文化先行使得后来的各类叙事多以"述史"为导语:"奉天承运"的皇帝圣旨多祖述尧舜汤武,共和以后的政治文告亦往往从前人的贡献起笔,四大古典小说更是用"自从盘古开天地,三皇五帝到如今"之类的表述作开篇。今天为民众喜闻乐见的各种故事讲述,仍在一定程度上沿袭着这种模式——用前人之事来为自己的讲述"鸣锣开道",容易获得某种"合法性"与"正统性"。再如,中国自古就有以重器纪事的习惯,商周青铜器有不少是铭事之作。将叙事功能赋予陈放在显著位置上的贵重器物,一是有利于将事件牢固地记录下来,二是时时提醒在生之人这一事件的存在,三是昭告冥冥之中的神灵和先人。青铜时代开启了这种叙事传统,以后每逢有重大事件发生,便会出现相应的勒石铭金之作,人神共鉴的叙事意味在形形色色的碑碣文、钟鼎文和摩崖文中不绝如缕。到了无神论时代,这一传统仍然保留了下来,无论是人民英雄纪念碑还是为特定事件铸造的警世钟和回归鼎之类,都有告慰在天之灵的成分。世代相传的故事及其讲述方式凝聚着我们祖先的聪明智慧,只有弄明白自己从何处来,才可能想清楚今后向何处去。

人类学认为孤立地研究一个民族的神话没有意义,只有将多个民族的神话相互参照发明,才能见出神话后面的意义与规律。古埃及象形文长期未被破译,载有三种文字对照(古希腊文、古埃及象形文与埃及纸草书)的罗塞塔碑出土之后,学者通过反复比对,终于发现了理解这种文字的重要线索。同样的道理,要想真正懂得中华民族的叙事传统,不能只做自己一方的研究,还需要将其与域外的叙事传统相互映发。例如,中国古代小说的"缀段性"被胡适看作"散漫"和"没有结构"①,这种源于亚里士多德《诗学》的判断现在看来相当武断,因为如今美国的电视连续剧基本上都是每集叙述一个相对独立的小故事,以此连缀全剧,看到这一点,就会发现我们的"缀段性"叙事传统并不像某些人说的那样不合理,西方叙事到头来与我们的章回体叙事殊途同归。再如,一般人不会想到古代小说家中也会出现形式探索的先驱,而如果以西方的"元叙述"理论为参照,便可看出明清之际董说的《西游补》是一部最早的"元小说",因为这部小说确切无疑地用荒诞无稽的讲述揭穿了叙事的虚妄,说明我们的古人早就洞悉了叙事这门艺术的本质。有了这种认识,就会发现张竹坡、毛氏父子为代表的小说评点已有归纳叙事规则的迹象,鲁迅《中国小说史略》中更有总结中国叙事经验的自觉意识。

中美双方的比较文学学者首次聚会时,美方代表团团长、普林斯顿大学教授厄尔·迈纳在闭幕式上用"灯塔下面是黑暗的"这句谚语,说明比较文学研究的意义:只研究自己国家的文学是远远不够的,需要另一座"灯塔"来照亮。本研究坚持以对中国传统的讨论为主线,西方传统则是以副线和参照对象的方式存在。这种"以西映中"的主副线交织,或许会比不具立场的"平行研究"更具现实意义,因为比较中西双方的叙事传统,根本目的还是深化对自己一方的认识——研究者都不是生活在真空之中,不存在什么立场超然的比较研究。只有把自己与他人放在一起,客观地比较彼此的长短、多寡与有无,才能发现自己过去看不到的盲区,更深入地理解自己"从何而来"及"因何如此"。

本研究还有一个重要目的,就是纠正20世纪初年以来低估本土叙事的偏见。众所周知,欧美小说的大量输入与中国小说的现代换型之间存在着某种因果关系,但在效仿西方小说模式的同时,一种认为中国小说统统不如西洋小说的论调在学界占了上风。胡适声称:"这一千年的(中国)

---

① "《儒林外史》虽开一种新体,但仍是没有结构的;从山东汶上县说到南京,从夏总甲说到丁言志;说到杜慎卿,已忘了娄公子;说到凤四老爹,又忘了张铁臂了。后来这一派的小说,也没有一部有结构布置的。所以这一千年的小说里,差不多都是没有布局的。内中比较出色的,如《金瓶梅》,如《红楼梦》,虽然拿一家的历史做布局,不致十分散漫,但结构仍是很松的;今年偷一个潘五儿,明年偷一个王六儿;这里开一个菊花诗社,那里开一个秋海棠诗社;今回老太太做生日,下回薛姑娘做生日,……翻来覆去,实在有点讨厌。"胡适:《五十年来中国之文学》,载胡适:《胡适古典文学研究论集(上册)》,上海:上海古籍出版社,2013年,第128—129页。

小说里,差不多都是没有布局的。"①陈寅恪也说:"至于吾国小说,则其结构远不如西洋小说之精密。"②这种对西方叙事作品的钦羡,在相当长时期内遮蔽了国人对自身叙事传统的关注。

如果以大范围和长时段的眼光回望历史并与西方作比较,便会认识到没有什么置之四海而皆准的叙事标准。中西叙事各有不同的内涵、渊源与历史,高峰与低谷呈现的时间亦有错落,其形态与模式自然会千差万别,不能简单地对它们作高低优劣之判断。《红楼梦》问世之时,英国的菲尔丁等小说家还未完全突破西班牙流浪汉小说的形式桎梏,就连艺术价值远低于《红楼梦》的《好逑传》(清代章回体小说)也曾获得歌德的高度称赞。我们不能因取石他山而看低自己,更不能一味趋从别人而将本土传统视为"他者"。西方叙事传统虽有古希腊罗马文学这样辉煌的开端,但西罗马的灭亡导致西方文化坠入长达千年的困顿,所以西方叙事学家经常引述的作品大多是18世纪以后的小说,出现频率较高的总是那么十几部,其中一些用我们叙事大国的眼光来看可能还不够经典。

相比之下,中国叙事传统如崇山峻岭般逶迤绵延数千年,不同时代的不同文体都对故事讲述艺术做出了贡献,且不说史传、传奇、杂剧和章回体小说等人所共知的叙事高峰,即使过去只从抒情角度看待的诗词歌赋——包括《诗经》、楚辞、汉赋、乐府和唐诗、宋词等在内,其中亦有无数包含叙事成分的佳作,它们合在一起构成了一座储藏量极为丰富的宝库。作为这笔无价遗产的继承人,中国的叙事学家有条件做出超越国际同行的理论贡献。

三、内容

中国和西方均有自己引以为豪的叙事传统,本研究秉持"中西互衬"和"以西映中"的方针,对中西叙事传统展开全方位的比较研究。具体来说,本研究突破以小说为叙事学主业的路径依赖,将对象扩大到包括作为初始叙事的神话、民间种种涉事行为与载事器物、戏剧与相关演事类型、

---

① 胡适:《五十年来中国之文学》,载胡适:《胡适古典文学研究论集(上册)》,上海:上海古籍出版社,2013年,第128页。

② 陈寅恪:《论再生缘》,载陈寅恪:《寒柳堂集》,北京:生活·读书·新知三联书店,2001年,第67—68页。

含事咏事的诗歌韵文以及小说与前小说、类小说等。扩大研究范围的理据在于，如果完全依赖以语言文字为载体的叙事文本，无视汇入中西叙事传统这两条历史长河的八方来水，对它们所作的比较研究就无法达到应有的深度与广度。选择以上对象作中西比较，是因为它们与叙事传统的形成有着不容忽视的强关联：神话是人类最早的讲故事行为，在叙事史上的凿空作用自不待言；民间叙事作为"在野的权威"和"地方性知识"，对叙事传统的形成有一种潜移默化的影响；戏剧在很长时期内一直是大众接受故事的主要来源，其在社会各阶层的传播远超别的叙事形态；诗歌的叙事成分经常被其抒情外衣所遮蔽，因此有必要彰显其"讲故事"的属性；小说及其前身一直是叙事传统最重要的体现者，更需要在前人工作的基础上予以深化和推进。此外，本研究还包括叙事理论及关键词以及叙事思想等方面的中西比较。以下为各卷的主要内容：

1. 《中西叙事传统比较研究·关键词卷》

本卷旨在梳理中西叙事理论关键词的概念内涵与渊源演进，考察其知识谱系、理论意义及文化意味，将学界对中西叙事理论的认知与理解推向深入。一是勾勒中西叙事理论各自的发展轮廓，从共时性角度比较其形态特征；二是对中西叙事理论的研究领域进行分类，主要从真实观念、文本思想、情节意识、人物认知、修辞理念及阅读观念等方面开展比较研究，以求深化关于中西叙事传统的认识与理解；三是持以西映中的方法论立场，对中西叙事理论中的若干关键词进行比较研究，彰显中国叙事理论话语的体系结构、实践效用与文化意义；四是构建中国特色的叙事理论话语体系的基本原则、主要方法与实际意义。

2. 《中西叙事传统比较研究·叙事思想卷》

本卷集中探讨中西叙事思想几个比较重要的方面。一是文学叙事思想，一方面讨论了中西古代小说的主要差异，认为西方小说比中国小说更接近现实，西方文学侧重叙事要素本身的呈现，中国文学侧重叙事要素之间的关系，中国小说重视要素的密度，西方小说重视要素的细度；另一方面讨论了中西小说的虚构观，认为中国小说围绕"奇"做文章，西方小说强调"摹仿"与"再现"。二是历史叙事思想，分析中西历史不同的发展轨迹、叙事观念，指出中国史传文的高度发达及文学叙事中的"慕史"倾向对文学叙事具有重要的影响。三是叙事伦理思想，从故事伦理与叙事伦理两个方面，分析中西叙事伦理不同的主题、价值取向、文化规约、叙事方式。

四是身体叙事，从理论与实践两个方面分析了中西身体叙事思想的异同。

3.《中西叙事传统比较研究·神话卷》

本卷对作为文化源头的中西（古希腊、希伯来）神话叙事传统进行系统的比较研究，分十章从神话文本的存在形态、讲述者类型、话语组织向度、形象的角色化程度、行动元类型与故事模式、创世神话的时空优势意识、神秘数字的组织作用等方面，对中西上古神话叙事特征和传统进行比较研究，得出中国上古神话叙事具有空间优势型特征，西方神话叙事具有时间优势型特征的结论。在此基础上，从思维、语言、以经济生产方式为基础的社会生活等方面对导致中西神话叙事和思维特征时空类型差异的深层原因进行深层次探讨，勾勒出其各自对后世叙事传统的深远影响。

4.《中西叙事传统比较研究·小说卷》

本卷立足于中国古代小说叙事本位，通过互衬来凸显中西小说各自的叙事特征，借此彰显中西小说叙事传统之差异。主要内容：一是频见于西方叙事学视界而治中国小说者用力不足之比较叙事研究，如中西小说的功能性叙事、评论性叙事、反讽性叙事以及小说叙事中的人物观念等，通过以西映中式的比照，在比较中呈现中国古代小说的叙事面貌，彰显中西小说同中有异的叙事特征；二是多见于中国小说叙事场而西方叙事学少有关注的博物叙事、空白叙事，分析中西小说此类叙事传统的文化成因及其价值；三是常见于中国古代小说叙事领域而难见于西方小说之缺类比较研究，如中国古代小说的插图叙事，意在揭示中国小说叙事之个性。

5.《中西叙事传统比较研究·戏剧卷》

本卷考察中西戏剧自萌芽至现代转型期间所出现的林林总总的演事形态，以见中西戏剧叙事传统之异同。主要内容：一是梳理中西戏剧叙事传统的形成与发展，主要以中国戏剧叙事传统为主，西方戏剧叙事传统为辅，沉潜到戏剧史的各个阶段，沿波讨源，考察戏剧叙事的演进脉络；二是采用中西对读的方式，专题比较中西戏剧角色叙事、叙述者、剧体叙事、伦理道德叙事等之异同，彰显中西戏剧同中有异的叙事形态与特色；三是突破戏剧文本叙事的单向研究，引入戏剧形态学的视野与方法，挖掘中西戏剧舞台的"演事"传统，揭示中国戏剧以表演为中心的叙事传统，形成角色叙事、听觉叙事、博艺叙事、行走表演叙事等与西方戏剧迥异的表演叙事方式，深化对中国戏剧演剧形态的认识；四是深入中西戏剧动态、开放的戏剧文化场域，从戏剧创编、演剧场合、故事传统等方面，考察中西戏剧叙事传统形成的机制与文化原因,发掘出戏剧叙事的多元方式。

6.《中西叙事传统比较研究·诗歌卷》

本卷将中西诗歌叙事传统置于异质文化及冲突融合的语境中进行比较,由此彰显中国诗歌叙事传统的特色。主要内容:一是分析不同的思维方式如何影响中西诗歌叙事传统,如形象/感性思维与抽象/理性思维的差异,直接关系到诗歌意象的选择、事件的叙述、情感的表达乃至风格的偏好;二是比较中西诗歌叙事的口头传统,如"重述"与"程式"是诗歌口头传统的鲜明遗痕,主题作为一种固定的观念群则起到了引导故事情节发展的作用;三是比较中西诗歌的叙事范式,如"诗史"范式与"史诗"范式、"感事"范式与"述事"范式、"家园"范式与"远游"范式等;四是探讨中西诗歌的叙述者、隐含作者、内心独白叙事、听觉叙事等,它们是叙事主体想象力扩张的重要标志;五是从《诗经》叙事性层面觇探中国诗歌叙事传统的特质。

7.《中西叙事传统比较研究·民间卷》

本卷以叙事载体为分类依据,区分出口传、文字、非语言文字三个大类,对其内涵、特征以及在中西叙事传统中的发生发展进行梳理和比较。主要内容:一是中西民间口传叙事传统比较研究。民间故事、口头诗歌、民歌、谣谶是口传叙事当中的主要形态,从源流、叙事特征、叙事模式以及与文人叙事的关系等方面,对这四种具体的叙事形态进行比较。二是中西民间文字叙事传统比较研究。主要研究以文字为载体的中西民间叙事形态,其中以私修家谱叙事最具代表性,着力从源流、叙事体例、叙事话语等方面进行比较研究。三是中西民间非语言文字叙事传统比较研究。中西陶绘瓷绘等民间艺术中有着丰富的叙事元素,本卷着重研究蕴含在以陶瓷图绘为代表的图像艺术中的叙事现象。上述三大类研究涵盖了中西民间叙事的主要形态,能多维度透析中西民间叙事传统及其价值。

四、学术价值

叙事学兴起之初,西方一些学者效仿语言学模式总结过各种各样的"叙事语法",但这些尝试最终都归于失败,原因主要在于"取样"范围过小。要想让一门理论具备普遍适用性,创立者须有包容五湖四海的胸襟。但西方叙事学主要表现为对欧美叙事规律的归纳和总结,验之于西方之外的叙事实践则未必全都有效。一些傲慢的西方学者甚至把一切非西方的学问看作"地方性知识",中国的叙事经典因此难入其法眼。事实上如果真有所谓"普遍性知识"的话,那么它也是由形形色色的"地方性知识"汇聚而成的——无论是西方还是东方的叙事学,统统属于"地方性知识"的范畴,单凭哪一方的经验材料都不可能搭建起"置之四海而皆准"的叙事学理论大厦。进入21世纪后,由于中国学者的努力,这种情况已经有所改善,但在归纳一般的叙事规律时,一些不懂汉语的西方学者依旧背对东方,他们甚至觉察不到自己的理论体系中缺少东方支柱。所以中国学者在探索普遍的叙事规律时,不能像西方学者那样只盯着西方的叙事作品,而应同时"兼顾"或者说更着重于自己身边的本土资源。这种融会中西的理论归纳与后经典叙事学兼收并蓄的精神一脉相承,可以让诞生于西方的叙事学接上东方的"地气",成长为更具广泛基础、更有"世界文学"意味的理论学科。通过深入比较中西叙事传统,我们有可能实现对叙事规律的总体归纳,实现对叙事各层面各种可能性的全面总结。这种理论上的归纳和总结告诉人们,中西叙事实践中还有许多可能性尚待实现,还有不少"缺项"和"弱项"可以互补与强化;只有补足这些"缺项"和"弱项"的叙事学才能真正发挥理论指导实践的作用。

本研究的另一学术价值,是为中西叙事传统的比较研究确定一套常用的概念体系,这对建设有别于西方的中国话语体系也有重要意义。福柯指出,只有话语创新和范式转换才有可能实现真正意义上的"创始",本丛书朝此目标迈出的一大步,表现为对以下四个关键性概念作了专门论述。其一为"叙事",此前对叙事的认识多从语义出发而未深入本质,本研究将其还原为讲故事行为,指出叙事最初是一种诉诸听觉的信息传播,万变不离其宗,不管传媒变革为后世的叙事行为增添了多少手段,从本质上说它们都未摆脱对原初"讲"故事行为的模仿。只有紧紧抓住"讲故事"这条主线,才有可能穿透既有的学科门类壁垒,使叙事传统的脉络、谱系与内在关联性复归清晰。其二为"叙事传统",本研究首次对这一概念作了界定,将其定义为世代相传的故事讲述方式——包括叙事在内的所有活动都会受惯性支配。人们一旦习惯了某种路径,便会对其产生难以自拔的依赖,惯性力量导致"路径依赖"不断自我强化,对故事的讲述习惯就是这样逐步发展成叙事传统的。其三为"中国叙事传统",影响了一代又一代的叙事,成为中国叙事传统的显性特征。笔者一贯主张研究中国叙事学须扣紧叙事传统这条主线,为此倾注了半生心血——在前期成果奠定的学术基础上,本研究通过扩大调查范围与提前考察时代,将中国叙事传统的面貌描摹得更为全面和清晰。其四为"西方叙事传统",本研究对西方叙事传统作了系统考辨,指出古希腊罗马文学之所以在西方叙事史上产生巨大深远的影响,原因在于它为未来的故事讲述奠定了方法论基础,后古典时期的叙事进程则表现为将前人辟出的小径踩踏成大道;在生产方式的影响下,西方人讲述的故事多涉及旅途奔波、远方异域以及萍水相逢的陌生人,这使得流浪汉叙事成为其叙事传统的显性特征。

本研究还为叙事学及相关领域开辟出新的文献资料来源。叙事如罗兰·巴特所言,存在于一切时代与一切地方;鲁迅曾说:为官方所不屑的稗官野史和私人笔记,从某种意义上说要比费帑无数、工程浩大的钦定"正史"更为真实。本研究专设"民间卷"这一分卷,把以往不受关注的民间谱牒等纳入叙事研究的视野,分卷作者通过实地调研和网络搜索等手段,从中国国家图书馆和世界数字图书馆等处收集到中西私修家谱近百套。引入这些私人性质的记述材料后,中西叙事传统的面貌呈现得更为清晰。

尤为值得一提的是,本研究还将目光投向语言文字之外的陶瓷图像,陶瓷器物上的人物故事图因具有"以图传文、以图演文、以图补文"的功能,加之万年不腐带来的高保真特性,可以作为文字文献的重要补充。瓷器为中国的物质符号,瓷都景德镇就在丛书大多数作者的家乡江西,本研究充分利用了这一本土优势。此外,分卷作者这几年遍访国内外博物馆、研究所、展览会、古玩店与拍卖行等,通过现场拍摄、网站搜索及向私人收藏家购买等多种途径,收集到中西陶瓷图片8000余幅,其中包括中国外销瓷和"中国风"瓷上的1500幅图像,它们构成16至19世纪中西文化交流的重要文献。众所周知,景德镇生产的瓷器最早在全球范围广泛流通,许多欧洲人知道中国文化,最初便是通过景德镇外销瓷上的人物故事图。为了将陶瓷图像与其他材质的图像进行比对研究,分卷作者还收集了大量漆器、金银器、玉雕、木雕、竹雕、砖石雕、象牙雕、木版年画、壁画、糕模等民间器物上的图像,并对其进行了分类整理,建成了一座非语言文字的民间器物图像数据库。

五、观点创新

第一,中西叙事的不同源于各自的语言观、形式观乃至相关观念下发展的文化,而归根结底是因为中西文化在视觉和听觉上各有倚重。

既然是对中西叙事传统作比较研究,就要找出两者差异的根源所在。本研究认为,在听觉模糊性与视觉明朗性背景下形成的两种冲动,不仅深刻影响了中西文化各自的语言表述,而且渗透到中西文化中人对事物的认识之中。以故事中事件的展开方式为例,趋向明朗的西式结构观(源自亚里士多德)要求保持事件之间的显性和紧密的连接,顺次展开的事件序列之中不能有任何不连续的地方,这是因为视觉文化对一切都要作毫无遮掩的核查与测度;相反,趋向隐晦的中式结构观则没有这种刻板的要求,事件之间的连接可以像"草蛇灰线"那样虚虚实实、断断续续,这也恰好符合听觉信息的非线性传播性质。所以西式结构观一味关心代表连贯性的"连",而中式结构观中除了"连"之外还有"断"。受西式结构观影响的胡适等人不喜欢明清小说中的"穿插",金圣叹、毛氏父子等却把"穿插"理解为"间隔",指出其功能在于避免因"文字太长"而令人觉得"累缀",借用古人常用的譬喻"横云断山"与"横桥锁溪",正是因为"横云"隔断了逶迤绵延的山岭,"横桥"锁住了奔腾不息的溪水,山岭与溪水才更显得"错综尽变"和气象万千。

用文化差异来解释叙事并不新鲜,从感觉倚重角度入手却是首次。本丛书作者多年来致力于探讨中国叙事传统的发生与形成,一直念兹在兹地思考为什么它会是今天所见的这种样貌,接触到麦克卢汉的"中国人是听觉人"之论后,感到他的猜测与我们此前的认识多有契合,中国传统叙事的尚简、贵无、趋晦、从散等特点,只有与听觉的模糊性联系起来,才能理得顺并说得通。将"媒介即信息"(感知途径影响信息传播)这一思路引入研究,许多与中国叙事传统有关的问题就可获得更为贯通周详、更具理论深度的解答。

第二,生产方式对叙事传统亦有影响,新形势下的中国叙事应与时俱进。

不同的生产方式形成了中西不同的叙事传统。西方人历史上大多为海洋与游牧民族,他们习惯于在草原、大海与港湾之间穿行,其讲述的故事因而更多涉及远方、远行与远征。古希腊神话和荷马史诗中的英雄多有外出历险、漂洋过海和遇见形形色色的陌生人的经历,《奥德赛》甚至以奥德修斯九死一生的还乡为主线。中世纪的骑士文学、《神曲》《十日谈》《巨人传》、西班牙流浪汉小说与《堂·吉诃德》等都离不开四处游历、上天入地、朝拜圣地和流浪跋涉;18世纪欧洲小说中的鲁滨孙、格列佛、汤姆·琼斯等仍在风尘仆仆地到处旅行;19世纪以来西方叙事作品虽说跳出了流浪汉小说的窠臼,但拜伦、歌德、雨果、狄更斯、马克·吐温、罗曼·罗兰、乔伊斯、毛姆和塞林格等人的作品还是喜欢以闯荡、放逐、游历或踟蹰为主题。

相比之下,农耕文化导致国人更为留恋身边的土地、家园与熟人社会。出门在外必然造成有违人性的骨肉分离,人们因而更愿意遵循"父母在,不远游"和"一动不如一静"的古训。在安土重迁意识的影响下,离乡背井的出游成了有违家族伦理的负面行为,远方异域和陌生人的故事自然也就没有多少讲述价值。当然我们古代也有《西游记》与《镜花缘》这样的作品,但它们提供的恰恰是反证:唐僧师徒名义上出国到了西天,沿途的风土人情却与中华故土大同小异;唐敖和多九公实际上也未真正出境,他们看到的奇形怪状之人基本上还是《山海经》中怪诞想象的延续。这些都说明,抒写路上的风景确实不是我们古人的强项。由于叙事传统的惯性作用,我们这边直到晚近仍然热衷于讲述熟人熟事,以异域远方为背景的叙事作品堪称凤毛麟角,人们习惯欣赏的仍是国门之内的"这边风景"(王蒙有部反映国门内故事的长篇小说就叫《这边风景》)。

古代叙事较少涉及出游、远征与冒险,表面看来似乎说明国人缺乏勇气与冒险精神,但实际上这是顺应时势的一种大智慧。古代中国人主要是农民,男耕女织的田园生活能维持基本的衣食自给,这种无须外求的生活导致我们的祖先缺乏对异域的向往与好奇。中国能够一步一步地发展到今天这个规模,很大程度上是因为前人选择了稳扎稳打的发展模式,葛剑雄就说:"……中国……没有像有些文明古国那样大起大落,它们往往大规模扩张,却很快分裂、消失了,而中国一直存在下来。"[①]不过放眼未来发展,形成于农耕时代的中国叙事传统亟待变革。全球化已是当前世界的大势所趋,一个国家如果没有大批视野宏阔、胸怀天下的国民,不可能创造出良好的外部发展环境,而一国之民拥有何种视野与胸怀,是否对外部世界抱有强烈的好奇心与浓厚的兴趣,又与国民经常倾听什么样的故事有密切关系,如梁启超就说叙事变革可以带来人心与人格的变

[①] 葛剑雄讲述、孙永娟整理:《儒家思想与中国疆域的形成(下)》,《文史知识》2008年第12期,第140页。

革——"欲新一国之民,不可不先新一国之小说"①。中国文化要想真正"走出去",一方面要摒弃"外面的世界不是我的世界"的心理,另一方面要更多讲述中华儿女志在四方的故事。

第三,中华文明垂千年而不毁,与中国叙事传统的群体维系功能有关。

中华文明之所以在世界古文明中硕果仅存,中华民族这一人数最多的群体之所以存续至今而未分裂,与我们叙事传统的维系功能大有关系。本研究之阶段性成果《人类为什么要讲故事——从群体维系角度看叙事的功能与本质》等认为,与灵长类动物的彼此梳毛一样,人类祖先通过"八卦"或曰讲故事建立起来的相互信赖与合作,促进了群体的形成、维系和扩大,最终使人类从各种竞争中脱颖而出成为"万物的灵长"。世界上没有哪个民族不会讲故事,但不是所有的民族都能把自己的故事讲好,许多民族都曾以自己为主导发展成规模极大的群体,后来却因内部噪声太多而走向四分五裂。与此形成鲜明对照,中华民族作为一个群体,其发展历程虽然也是人数越聚越多,圈子越画越大,但这个圈子并没有像其他圈子那样因为不断扩大而崩裂,这与我们祖先善于用故事激发群体感有关。

中国故事关乎"中国",这一名称从一开始就预示了"中国"不会永远只指西周京畿一带黄河边上的小地方,秦汉以来中原以外地区不断"中国化"的事实,让我们看到中心对边缘、中央对地方具有难以抗拒的感召力与凝聚力。还要看到汉语中"中国"之"国"是与"家"并称,这一表述的潜在意思是邦国即家园,国家对国人来说是像家一样可以安顿身心的温暖地方。由于中华民族内部存在着"剪不断,理还乱"的亲缘关系,中国历史上很少发生主体民族对少数民族的无故征伐与屠戮,因而也就没有世界上一些民族间那种不共戴天的深仇大恨。见于史书、小说和民间传说中的"七擒孟获"之类的故事,反映的是以仁德感召为主的攻心战略,唐太宗李世民更主张对夷夏"爱之如一"②。"中国"之名的向心性和中华民族的内部融通,无疑对中国故事的讲述产生了深刻影响。《三国演义》因为讲

---

① 梁启超:《论小说与群治之关系》,载梁启超:《饮冰室合集·2·文集10—19》(即第二册),北京:中华书局,1989年,第6页。

② 司马光编著,胡三省音注:《资治通鉴(全二十册)》,卷一百九十八·唐纪十四,北京:中华书局,1956年,第6247页。

述魏蜀吴三国鼎立的故事,所以开篇时要说"天下大势,分久必合,合久必分"①,但小说结束时叙述者又把话说了回来:"自此三国归于晋帝司马炎,为一统之基矣。此所谓'天下大势,合久必分,分久必合'者也。"②用"分久必合"作为小说的曲终奏雅,说明作者认识到"合"才是中国历史的大势所趋。

不独《三国演义》,古往今来所有的中国故事,不管是历史的还是文学的,官方的还是民间的,只要涉及分合话题,都在讲述"合"是长久"分"为短暂,"合"是正道"分"为歧路,"合"是福祉"分"为祸殃。中国历史上不是没有出现过分裂,而是这种分裂总会被更为长久的大一统局面所取代;中华民族内部也不是没有出现过噪声,而是这些噪声总会被更为强大的和谐之声所压倒。历史经验告诉国人,分裂战乱导致生灵涂炭,海晏河清才能安居乐业,因此家国团圆在我们这里是最为人喜闻乐见的故事结局。一般情况下老百姓不会像上层人士那样关心政治,而统一却是从上到下的全民意志,有分裂言行者无一例外被视为千秋罪人,这一叙事传统从古到今没有变化。

总之,一时代有一时代之学术,没有走向全面复兴的时代大潮,没有历史创伤的痊愈和文化自信的恢复,就不会有本研究的应运而生。

是为序。

2023 年 8 月于豫章城外梅岭山居

---

① 罗贯中:《三国演义(上)》,北京:人民文学出版社,1953 年,第 1 页。
② 同上书,第 990 页。

目 录

绪 论 ………………………………………………………………… 1

第一章　中西民间叙事传统比较概论 …………………………… 4
第一节　中西民间叙事传统内涵 ………………………………… 5
第二节　中西民间叙事传统形态 ………………………………… 15
第三节　地方性知识与中西民间叙事传统 ……………………… 22
第四节　中西荒野叙事传统比较 ………………………………… 31
第五节　乡土叙事与流浪叙事：中西乡愁叙事比较 …………… 45

第二章　中西口传叙事传统比较 ………………………………… 50
第一节　中西口传叙事传统与文化传承 ………………………… 51
第二节　中西民间叙事传统中的神话思维比较 ………………… 60
第三节　中西占星叙事传统比较 ………………………………… 76

第三章　中西民间故事叙事传统比较 …………………………… 89
第一节　众生万象：中西民间故事题材选择 …………………… 92
第二节　千人一面：中西民间故事的人物叙述模式 …………… 101
第三节　异事同构：中西民间故事叙事结构方式 ……………… 108

第四章　中西民间仪式叙事传统比较 …………………………… 117
第一节　中西饮食叙事传统：仪式与权威 ……………………… 119

第二节　中西萨满仪式叙事比较 …………………… 126
　　第三节　傩仪与巫术：程式化的驱鬼酬神叙事 …………… 135

第五章　中西私修家谱叙事传统比较 ……………………… 145
　　第一节　中西私修家谱的源流发展及其叙事功能 ………… 149
　　第二节　中西私修家谱中的叙事体例 ……………………… 155
　　第三节　中西私修家谱中的叙事话语特征 ………………… 160

第六章　中西陶瓷图绘叙事传统比较 ……………………… 166
　　第一节　中西陶瓷图绘叙事源流比较 ……………………… 167
　　第二节　中西陶瓷图绘叙事特征比较 ……………………… 172
　　第三节　中西文化差异与陶瓷图绘题材 …………………… 183
　　第四节　通往西方：中国陶瓷现象级的文化叙事 ………… 194

第七章　中西民间叙事传统缺类研究 ……………………… 202
　　第一节　俗赋叙事 …………………………………………… 203
　　第二节　西方彩色玻璃窗叙事 ……………………………… 209

结　语 …………………………………………………………… 224
主要参考文献 …………………………………………………… 232
后　记 …………………………………………………………… 251

绪　论

叙事是人类与生俱来的本领。同一件事，叙述方式因民族因人而异，效果也不同。大众口传、集体创作、富有想象力等是民间叙事的特质，神话史诗、民间故事、私修家谱、陶瓷图绘等属于典型的民间叙事。民间叙事源源不断地为后世提供养料。"随着传统的史诗形式分解出经验性与虚构性因素，与它们相匹配的情节构思类型也往往会得以完善和发展。历史化形式的出现相当容易，因为它们非常接近于原始英雄体叙事的形式。历史叙事中的情节属于一种时间性序列，它能够根据其主题的要求涵盖任何时间段。"[1]民间叙事沟通了个体与集体、时代与传统，把每个时代近似的主题、形象以口头的方式传承，民间叙事传统通过叙述者的叙述生成群体想象的象征性形象，成为群体文化认同的基础。形象、原型、象征符号，都曾经历不同的文化，并被不同的文化赋予不同的价值：由此而生的产物很大程度上便形成了"文化风格"。[2]

从民间集体讲述走向私人或官方叙述，是民间叙事的重要归宿，也是双向流动渗透的，在讨论民间叙事传统的时候，会使用到非民间叙事的材料。事实上，民间与非民间叙事之间并没有天然巨大的鸿沟，双方吸收相互有利因素发展，如口头文学与书面文学对于虚构想象力的借鉴，陶瓷图

---

① [美]罗伯特·斯科尔斯、[美]詹姆斯·费伦、[美]罗伯特·凯洛格：《叙事的本质》，于雷译，南京：南京大学出版社，2015年，第211页。

② [罗马尼亚]米尔恰·伊利亚德：《形象与象征》，沈珂译，南京：译林出版社，2022年，第201页。

绘选择民间的团圆喜庆题材、运用写意技法就是双向互动的结果。民间叙事随社会发展成为传统，成为后世社会的范型，具有民族记忆和认同、凝聚和传承的功能。族群认同的本质是处理族际关系的行为及思维方式。

  民间叙事是其他叙事形态生成的基础，是人类的宝库，中西都有悠久的民间叙事传统，由于数量庞大、形式驳杂，其价值长期被低估。20世纪以来，这一现象有了改变。俄罗斯学者普罗普对民间叙事现象进行研究，写出了经典的结构主义叙事学专著《故事形态学》。美国学者帕里、洛德师徒对口头诗人进行研究，总结出了帕里-洛德口头诗学理论。民间叙事传统在中西参照下分析，更能看清庐山真面目，有利于总结中西民间叙事传统的规律。中西民间叙事横跨多个叙事艺术门类，涉及人类学、艺术学、宗教学、考古学等多个学科。本书立足于中西民间叙事传统，多角度综合考察，多学科互相参证，对中西民间叙事传统作整体性研究，把中西民间叙事传统当作一个多层次整体性的文本考察，讨论中西民间叙事传统特征及其演变。

  交流与影响、误读与比较是中西文化交汇碰撞提出的时代课题。在世界交流日益频繁的今天，无视或否认都不利于正确认识他者与自我。中西民间叙事传统比较研究是对中西叙事传统现象规律的探索，是一个全新的学术命题。比较文学研究为我们提供了可借鉴的思路："所谓比较文学的可比性，是指在跨国家、跨学科和跨文明的比较文学研究中寻求同与异的学理依据，是比较文学研究的最基本立足点和出发点。具体来讲，可比性主要包括同源性、类同性、异质性与变异性。"[1]两者之间具有可比性。在比较中坚持平等的原则，"多元文化时代的主体意识应当以承认他人的主体地位为前提，他人与自我都是文化主体，这是真正的人类意识，而且自我与他人都有独立的主体意识。承认他人的主体意识就意味着承认多元主体"[2]，文化主体之间地位是平等的。影响研究指以历史方法处理不同民族文学间存在的实际联系的研究，强调实证和事实联系。平行研究指对相互间没有直接关联的两种及以上的现象的研究。中西民间叙

---

[1] 《比较文学概论》编写组:《比较文学概论（第二版）》，北京：高等教育出版社，2018年，第41页。

[2] 方汉文:《比较文学理论》，北京：北京大学出版社，2013年，第130页。

事传统是已经发生的整体，可以从影响角度对存在相互影响的叙事传统进行比较，讨论其因果联系；也可以从平行角度对中西民间相互没有影响的叙事传统进行比较研究。

中西民间叙事传统比较聚焦于民间叙事传统，深入文化内部考察中西民间叙事具体形态，分析文化观念与民间叙事传统的关系，比较中西民间叙事传统异同，概括中西民间叙事经验与模式，探求中西民间叙事传统形成及原因，总结叙事规律。

本书对民间叙事、民间叙事传统等概念进行了考察，突破既有框架展开研究，对中西民间叙事传统主要门类分类比较。民间叙事是指以口头、文字或图像等为载体，以程式化的叙述动作、情境化的叙述话语、类型化的形象来表现民间生活的叙事，反映民众日常生活、价值观念、生活智慧、审美旨趣，富有活力而易变。民间叙事传统是民间叙事在历史发展过程中形成的，借用语言、文字、图像等艺术形式以鲜活的形式表现集体劳动生活与思想情感的民间叙事样式，它是稳定的也是缓慢变化的，在历史长河中沉淀绵延形成传统，具有范型、记忆和认同、凝聚和传承等功能。本书以民间叙事传统载体为分类依据，将民间叙事划分为口传叙事、文字叙事、非语言文字叙事三大形态。口传叙事形态是广大民众创造和传承的叙事性口头艺术，本书选取民间故事、神话、占星为民间口传叙事传统研究对象。文字的出现使人们的经验知识传递摆脱了口传模式，民间文字叙事主要指人们借助文字进行的日常叙事，如私修家谱叙事和碑铭叙事等构成了民间文字叙事传统。民间叙事中还包含以器物为载体的非语言文字形态的叙事形式，包括石雕、砖镂、木刻、陶瓷图绘、彩绘玻璃窗等。器物上的图像以特定叙事方式表明人们对世界的掌握，这意味着抽象思维的提升、技术的巨大发展。融入日常生活的器物叙事无时无刻不在讲述故事，潜移默化地影响人们的观念，反过来也成为民族文化的自证。

中西民间叙事传统涉及的门类较多，涵盖了人们生活的各个方面，单独研究的不少，但目前从中西民间叙事传统比较角度研究的资料较为少见。中西民间叙事模式千差万别，形成的叙事传统也存在较大差异，因此考察中西民间叙事传统，较多运用例证式个案法，选取口传叙事传统、文字叙事传统和非语言文字叙事传统等民间叙事形态进行研究，从中西民间叙事传统异同中探寻普遍性规律。

第一章
中西民间叙事传统比较概论

民间叙事以口头、文字和图像等为载体,融汇了本民族的经验智慧和地方性知识,在长期实践中丰富和发展,反映民众日常生活、价值观念、审美旨趣等,形成具有特色的民间叙事传统。以民间叙事载体为分类标准,可以将中西民间叙事划分为口传叙事、文字叙事与非语言文字叙事三种类型。民间叙事传统蕴含着本民族思想观念、审美趣味、行为习惯,能为人们生活提供范型,是民族文化的自证。文化的观念包括各种人类知识形态,包括习俗信仰、社会构造、种族、宗教和社会群体的特征等。① 文化具体内容会随时代而变化,民间叙事传统会随之改变。

口传、文字与图绘叙事构筑了中西民间叙事的璀璨世界,具有原生气息的民间是叙事艺术的土壤,也是各种理论生成的逻辑起点。普罗普通过对民间故事的分析写出了《故事形态学》,奠定了结构主义叙事学的基础;帕里、洛德通过调查民间说唱歌手,总结出了口头诗学理论。民间故事也促进了作家文学的发展,如,莫言作品中的高密东北乡故事,阿来作品中的藏族民间故事,马尔克斯《百年孤独》中拉丁美洲古老的民间传说,拜伦的《唐璜》、歌德的《浮士德》分别以民间唐璜和浮士德的故事为素材进行创作。一切故事都在"讲述"故事本身的信息,都含有透露其可信度的信号(或元数据),许多故事讲的是战胜两面性、对抗撒谎人并揭露被掩

---

① [美]于连·沃尔夫莱:《批评关键词:文学与文化理论》,陈永国译,北京:北京大学出版社,2015年,第47页。

盖的真相,其道理也许就在这里。①

民间叙事传统蕴含了人们真挚朴素的情感,承载着民族历史和集体记忆。中西民间叙事传统叙述的内容是集体传承的民俗等地方性知识,通过叙事表达集体的思考。文化观念深刻影响了中西民间叙事传统的特征。中国重视和谐、整体和族群,西方重视个体价值,史诗、民间故事、家谱、陶瓷图绘叙事的选材、风格都因此受影响。携带了文化因子的民间叙事传统影响了一代代人的行为观念。民间故事传承人是集体的故事讲述人,荒野对中西民间叙事传统有深刻的影响。

第一节　中西民间叙事传统内涵

中西民间叙事传统比较中的"中西"是对于民间叙事所发生和传承空间的限定,"民间"意味和正统、官方相对,"传统"则注重民间叙事的形成与发展轨迹。民间叙事以程式化的叙述动作、情境化的叙述话语虚构或表达民间生活事件的过程,是民间意识形态的集中体现,它与官方叙事、文人叙事相区别。

一、何为"民间叙事传统"

叙事是人类与生俱来的本领,包含所叙之事与叙述方式,是人类把握世界的基本途径。人们通过口头、文字、图像叙述传递信息、交流情感。"叙事就是对作为其基本指涉物的总体事件的比喻表达,把这些'事件'改造成对意义结构的暗示,这是把事件作为'事实'加以直接再现的任何方式所不能生产的"②,人类历史也是一部叙事的历史。

概念是知觉表征、理论概括的综合表现,概念的内涵随经验的积累、理论的发展而发展。民间被普遍认为是一个与官方、国家相对的概念,民间叙事与文人叙事、官方叙事相区别。民间概念常常出现于民间文学的

---

① [澳]约翰·哈特利、[澳]贾森·波茨:《文化科学:故事、亚部落、知识与革新的自然历史》,何道宽译,北京:商务印书馆,2017年,第41页。
② [美]海登·怀特:《后现代历史叙事学》,陈永国、张万娟译,北京:中国社会科学出版社,2003年,第153页。

讨论。钟敬文认为"民间文学来自社会最底层,所以自古以来各个阶级都从政治方面注意它"①,中国古代封建社会设置的采诗官专管采录民间风谣以了解民情。陈思和认为,民间文化形态指在国家权力中心控制范围的边缘区域形成的文化空间:

> 第一,它是在国家权力控制相对薄弱的领域产生的,保持了相对自由活泼的形式,能够比较真实地表达出民间社会生活的面貌和下层人民的情绪世界;虽然在政治权力面前民间总是以弱势的形态出现,但总是在一定程度内被接纳,并与国家权力相互渗透,它毕竟属于被统治的范畴,有着自己的独立历史和传统。第二,自由自在是它最基本的审美风格。民间的传统意味着人类原始的生命力紧紧拥抱生活本身的过程,由此迸发出对生活的爱憎,对人类欲望的追求,这是任何道德说教都无法规范、任何政治律条都无法约束,甚至连文明、进步、美这样一些抽象概念都无法涵盖的自由自在。②

王光东从文学史的角度,提出中国现代文学中存在的三种主要民间理念,即启蒙文化视角下的民间观,与政治意识形态密切相关的民间观,从民间立场理解"民间"的民间观③:

> "自由-自在"既包含生命的自由渴望,又包含民间生存的自在逻辑两个层面:第一,"自由"主要是在民间朴素、原始的生命力紧紧拥抱生活本身的过程中体现出来。生命总有向往自由的本能,在追求自由的过程中,不可避免要面对苦难和不幸,但民间的生命总是顽强地去承担或征服它,生命的这种精神总是或强或弱地弥漫于民间大地之上。这样一种民间文化精神不仅存在于现实的民间生活,同时也体现在与民间生活密切相关的民间文学中。第二,"自在"则是指民间本身的生存逻辑、伦理法则、生活习惯、审美趣味等的呈现形态。民间生存的这种自在状态,虽然也受到知识分子启蒙思想及其国家权力意识形态的渗透和影响,但却有着自身的发展逻辑,民间自有民

---

① 钟敬文主编:《民间文学概论》,上海:上海文艺出版社,1980年,第14页。
② 陈思和:《陈思和自选集》,桂林:广西师范大学出版社,1997年,第207—208页。
③ 王光东:《"民间"的现代价值——中国现代文学与民间文化形态》,《中国社会科学》2003年第6期,第162页。

间的喜怒哀乐和生活方式。①

在传统的认识中,民间叙事主要体现在民间文学中。"民间叙事"是民间文学中叙事文学作品的总称,包括民间神话、传说、故事和民间史诗、民间故事诗等具有故事情节的作品。② 这段论述仅把民间文学纳入民间叙事范围。事实上,民间叙事形式多样,深植于人们的日常生活,节日庆典中的歌舞、戏曲、谶纬、歌谣、传说、碑铭、谱牒、陶瓷图绘等都属于民间叙事范畴。人文社科知识的本质都是叙述性的。罗兰·巴特认为:"叙述的体式更是十分多样,或神话、或寓言、或史诗、或小说,甚至可以是教堂窗户玻璃上的彩绘,报章杂志里的新闻,乃至朋友之间的闲谈,任何时代,任何地方,任何社会,都少不了叙述。它从远古时代就开始存在,古往今来,哪里有人,哪里就有叙述。"③如,在鄂温克部族中,讲故事是祖先留下来的传统,不只是讲给小孩听,大人与大人之间也讲故事,在许多聚集场所中,都会有讲故事的内容。④ 民间叙事不能局限在像神话、传说、史诗、语言等民间文学作品中,这一点在国际民间叙事研究中也逐渐为人所认识到。1995 年 1 月,国际民间叙事研究学会第 11 次大会在印度南方古城迈素尔(Mysore)举行。此次大会的主题是"变动世界中的民间叙事"(民间叙事包括民间神话、传说故事及叙事诗等,事实上此会亦有民歌民谣和谚语、曲艺等民间文学作品的研究者参会)⑤。曲艺不属于民间文学形式,但也纳入民间叙事。

受地理环境和社会历史文化等因素影响,中西在文化观念、思维方式、价值判断和审美旨趣等方面差异较大,这决定了中西民间叙事传统的最终样貌,使之呈现出鲜明的民族风格。比如,"青梅为江南春夏之交的时令鲜果,人们多与时蔬搭配佐酒,简单易行而风味独特,形成了普遍的饮食风习,体现出丰富的生活情趣,成了初夏时令、田园闲适、江南行旅等诗歌中乐于描写的情景。《三国演义》曹刘'青梅煮酒论英雄'故事正是这

---

① 王光东:《民间:作为中国现当代文学研究的视野与方法(修订本)》,北京:商务印书馆,2021年,引论第 4 页。
② 段宝林:《民间叙事的立体研究》,上海:上海人民出版社,2018 年,序第 1 页。
③ [美]浦安迪讲演:《中国叙事学》,北京:北京大学出版社,1996 年,第 5 页。
④ 何秀芝、杜拉尔·梅:《我的先人是萨满》,北京:民族出版社,2009 年,第 238 页。
⑤ 段宝林:《民间叙事的立体研究》,上海:上海人民出版社,2018 年,第 393 页。

一生活风习的产物"①,这一情景在雅俗文学中相互影响渗透,构成一个文学经典意象和流行话语,产生了广泛的社会影响。泰勒认为:"文化,或文明,就其广泛的民族学意义来说,是包括全部的知识、信仰、艺术、道德、法律、风俗以及作为社会成员的人所掌握和接受的任何其他的才能和习惯的复合体。"②民间叙事传统渗透着民众思想情感、文化观念和生活智慧,民间叙事样式在历史长河中沉淀绵延形成传统。"人类很少能够在感情上摆脱他们现在所拥有的过去的形象。即使他们摆脱了他们的家庭或血缘关系,他们还是要依恋他们的种族集团,或部落,或民族,或人种,或语言共同体,其结果是,他们把这些集团的过去看作是他们自己的过去。"③

民间叙事传统具有重要功能,一方面,它给当时的人们行为行动以范型,影响当下人们的思维和认知方式,指导人们的行动,具有示例示范作用,因而也具有规范教化作用。如民间故事所包含的风俗伦理具有示范规范和教化的作用,族谱家谱记录前人的贡献业绩,具有教化后人的作用,规范人们的行为。本尼迪克认为:"个体生活历史首先是适应由他的社区代代相传下来的生活模式和标准。从他出生之时起,他生于其中的风俗就在塑造着他的经验与行为。"④另一方面,由于民间叙事传统是在本地区本民族中形成,它源自过去,是民间叙事历时性发展世代累积的结果,必然会打上本地区本民族的个性烙印,承载人们的喜怒哀愁、共同的心理期待,一个稳定的族群意象具有强大的凝聚力,如中华民族的龙的意象具有重要的民族凝聚功能,中西各民族都有本民族的意象。因此,民间叙事传统演化为族群的集体无意识,具有族群维系功能和日常调节功能,这对族群凝聚力与发展具有重要作用。族群指"任何根据感知的文化差异和/或共同渊源的认识,将自己与其他相互来往和共存群体分开的一批人群"⑤。民间叙事传统大多以显在的形式存在,其精神内蕴也属于族群

---

① 程杰:《论青梅的文学意义》,《江西师范大学学报(哲学社会科学版)》2016年第1期,第108页。
② [英]爱德华·泰勒:《原始文化》,连树声译,上海:上海文艺出版社,1992年,第1页。
③ [美]爱德华·希尔斯:《论传统》,傅铿、吕乐译,上海:上海人民出版社,2014年,第57页。
④ [美]露丝·本尼迪克:《文化模式》,何锡章、黄欢译,北京:华夏出版社,1987年,第2页。
⑤ [英]希安·琼斯:《族属的考古——构建古今的身份》,陈淳、沈辛成译,上海:上海古籍出版社,2017年,文前"定义"页。

的集体无意识。集体无意识"不像个体无意识那样依赖个体经验而存在,因而不是一种个人的心理财富。个体无意识主要是由那些曾经被意识但又因遗忘或抑制而从意识中消失的内容所构成的,而集体无意识的内容却从不在意识中,因此从来不曾为单个人所独有,它的存在毫无例外地要经过遗传"①。民间叙事传统深深地烙印在民众生活中,并在民间叙事的传承和变革中走向未来,对中西民众生活产生有形无形的影响。"传统社会的实践要比现代国家更久远,前者在如何组织一个人类社会的问题上,已经进行了成千上万次自然实验。容易迷失于现代社会快节奏生活的我们,不妨回顾人类祖先的原始生活方式,追溯那些曾经帮助人类完善自我、建立文明与有序社会的良好根基,而这就是'昨日之前的世界'。"②携带传统社会信息的中西民间叙事传统依然形塑今日世界,值得人们潜心研究、思考和借鉴。

民间叙事传统既是稳定的又是易变的,易变的原因在于它在人们的生产生活中依照现有条件自发地形成,渗透在民俗当中,没有国家机器强制执行,而依赖于人们的观念习惯力量自觉践行。依自然环境和社会关系而变化以适应现实需要,正是民间叙事传统的生命力所在。"一旦我们认识到关系生活的益处,便会发展出新的行为方式。与此同时,放弃独立和疏离的有界传统,依旧可以维持个体的快乐、浪漫爱情、英雄主义、领导力和创造性行为。意识到这些传统植根于关系,可以彻底改变我们的生活方式。"③

根据上面的讨论,这里对民间叙事与民间叙事传统内涵进行概括。民间叙事是指以口头、文字或图像等为载体,以程式化的叙述动作、情境化的叙述话语、类型化的形象来表现民间生活的叙事,反映民众日常生活、价值观念、生活智慧、审美旨趣,是民间意识形态的集中体现,它是富有活力而易变的。民间叙事传统是民间叙事在历史发展过程中形成的,借用语言、文字、图像等艺术形式以鲜活的形式表现集体劳动生活与思想情感的民间叙事样式,它是稳定的也是缓慢变化的,在历史长河中沉淀绵

---

① 叶舒宪选编:《神话-原型批评》,西安:陕西师范大学出版社,1987年,第104页。
② [美]贾雷德·戴蒙德:《昨日之前的世界》,廖月娟译,北京:中信出版社,2022年,封底。
③ [美]肯尼斯·J.格根:《关系性存在:超越自我与共同体》,杨莉萍译,上海:上海教育出版社,2017年,第44页。

延形成传统,具有范型、记忆和认同、凝聚和传承等功能。

二、中西民间叙事传统比较的必要性

中西民间叙事传统分属不同的文明圈,异质文明之间天然存在差异但也具有相似性。"在中西文学跨异质文明的视野之下,差异性往往是研究的基本支点所在。因为作为两套完全不同的话语机制之下的东西方文学,具有不同的话语规则及言说方式,承认共同性并不是要消除这种差别,而正是要承认和正视这种差别,并力图去寻求这种差别背后的成因及异质话语之间可能存在的互补和相互参照的意义。"①文化交流具有极大的意义价值,它能扩宽视野、促进发展。"飞天的起源在印度,但这一形象却像天安门前的华表一样成为华夏艺术的象征,此事本身就体现出中华文明的融合性与包容性",人类各文明之间的互鉴在"美"而不在"力":一个经磨历劫、长盛不衰的文明,应该是连接缠绕的、柔软轻松的、融合包容的、自由向上的。②

中西民间叙事传统代表了过去的经验,具有范型、记忆和认同、凝聚和传承的作用,它潜移默化地影响现代社会人的生活方式。民间叙事数量庞大形式繁杂。将中西比较放在"长时段"内,是为了"去蔽"——穿透百年来西方影响的"放送"迷雾,回望我们自身弥足珍贵的叙事传统。③中国文化中儒释道及其相互渗透形成的大传统对民间小传统产生了深远的影响。"汉代独尊的所谓儒术,其实已经是严重地阴阳五行化了的儒家思想;魏晋时期的儒家则渗入了大量的老庄道家思想;隋唐儒家思想受到佛教理论的严重挑战和影响;宋明理学则更是在排斥佛老的同时,大量吸收佛老理论以补充儒学的一种思想体系。"④道家融入了儒家思想,如不叛逆君王、不违父母师长等忠孝思想。佛教最终也融入了儒家重家族子嗣等忠孝思想。美国人类学家罗伯特·芮德菲尔德认为在任何一种文明

---

① 《比较文学概论》编写组:《比较文学概论(第二版)》,北京:高等教育出版社,2018年,第50页。
② 傅修延:《丝巾与中国文艺精神》,《江海学刊》2023年第4期,第245页。
③ 傅修延:《中国叙事学:穿透西方影响的迷雾与回望自身传统》,《中国社会科学报》2014年10月31日第B01版。
④ 楼宇烈:《漫谈儒释道"三教"的融合》,载《文史知识》编辑部编:《道教与传统文化》,北京:中华书局,2005年,第32页。

中都会存在大小两种传统:"大传统是在学堂或庙堂之内培育出来的,而小传统则是自发地萌发出来的,然后它就在它诞生的那些乡村社区的无知的群众的生活里摸爬滚打挣扎着持续下去。"对于小传统,"从来也没有人肯把它当回事的,慢说下什么功夫去把它整得雅一点,或整得美一点!"①芮德菲尔德看到了小传统的尴尬境遇,即以底层民众为代表的民间文化长期被严重忽视。在旧方式依旧起作用的地方,传统既不需要被恢复,也不需要被发明。② 对中国民间叙事传统研究需要在大传统框架下进行。

中西民间叙事具体形态在各自范围内形成了一套相对成熟的话语形态和叙事模式。叙事传统指世代传承的讲述故事的方式。人们期待具体的故事内容,关注情节,而更重要的是故事蕴含的意义。如果没有出现预期的意义,叙事行为本身的意义就会被削弱。如,战争叙事给人们这样一种期待:如果叙述某一方的将领骄横傲慢,读者就会预感到他指挥的战争会遭受失败。这就是潜藏在《左传》式战争叙事传统的模式,读者还没有了解所要讲的战争,就已经知道了这场战争的过程和结局,叙事文本意义的产生与叙事传统关系密切。

民间叙事传统承载本民族相对固定的价值观念,形成独特的审美理念、认知方式,对于民族思维方式、风俗习惯乃至民族组织架构都有深远影响;同时它对本民族的叙事内容与模式产生了重要影响。历史上长期从事游牧、狩猎和海洋活动的西方人更喜欢讲述与远方、远行和远征有关的故事,而农耕文化影响下的中国故事则较少涉及异域与陌生人,决定这一点的是我们过去无需外求的发展模式。③ 中国民间叙事传统有自己独特的模式。叙事传统属于过去,相对固定,具有强大的惯性和权威,深深地影响了当下的叙事观念和模式。传统沟通了过去与当下,人们可以在传统的基础上改变,但需要遵循一定的习惯,不然,完全陌生化则难以被

---

① [美]罗伯特·芮德菲尔德:《农民社会与文化:人类学对文明的一种诠释》,王莹译,北京:中国社会科学出版社,2013年,第95页。

② [英]E.霍布斯鲍姆、[英]T.兰格:《传统的发明》,顾杭、庞冠群译,南京:译林出版社,2004年,第3页。

③ 傅修延:《一时代有一时代之叙事——关于中国叙事传统的形成与变革》,《文学评论》2018年第2期,第60页。

接受。如，中国传统对于三的认识，举一反三、孟母三迁、事不过三等，三在这里表示多，如果三换成西方的七，就会因为缺乏前情而难以理解。笛卡尔重视古今不同国家知识的学习和比较：因为同古人交谈有如旅行异域，知道一点殊方异俗是有好处的，可以帮助我们比较恰当地评价本乡的风俗，不至于像没有见过世面的人一样，总是以为违反本乡习惯的事情统统是可笑的、不合理的。可是旅行过久就会对乡土生疏，对古代的事情过分好奇每每会对现代的事情茫然无知。①社会的发展要求我们向世界各民族学习，这就要求深化对自身和他者的认识，学会讲述自己的故事，倾听他民族的故事。"在近百年的学术研究中为此经受了从国学向西学的转化。不得不加以肯定的是，这种转化在相当程度上给中国学术注入了新的、现代性的特征，因为在中国学术的自身成长中既没有社会学、心理学、社会心理学、文化人类学等学科，也没有哲学、伦理学、文学上的分类，仅仅是通过经、史、子、集之类来思考和探究人和社会。"②因此，放眼世界，在比较中了解他者极为重要、迫切。

中西民间叙事传统比较具有必要性。当今世界交流日益频繁，西方也有认识中国的现实要求。总结建立在农业文明和海洋文明基础上的中西民间叙事传统特征，找出其中的规律是时代的要求。民间叙事传统常随文化交流而民族化、本地化，民族特性以及文化要素会在新的文化关系中得到体现。在此过程中，中西民间叙事传统相互之间如何影响？如何影响主流话语？在比较的过程中要注意方法和立场以获得合理的认识。由于西方文化在较长时期内处于"放送"的地位，采取比较视角的研究很容易发生立场转移，因此需要注意在放眼全球时坚守中国立场。③ 在交流中，各种文化碰撞冲突，需要有多元和包容的态度。了解自我和他者，矫正自己的认识。

三、中西文化观念与民间叙事传统

中华民族生活在山河交错、气候湿润适宜农耕的大地上，西方民族生活在海洋地理独特、陆地狭窄的土地上。自然条件的差异导致人们形成

---

① ［法］笛卡尔：《谈谈方法》，王太庆译，北京：商务印书馆，2000年，第7页。
② 翟学伟：《中国人行动的逻辑》，北京：生活书店出版有限公司，2017年，第3页。
③ 傅修延：《中西叙事传统比较论纲》，《学术论坛》2017年第2期，第1页。

不同的思维模式和价值观念,形成不同民族的生活方式与文化样式,形塑了文化的多样性。唐君毅通过对中西社会发展进程的比较而获得启发,他认为,中西文化精神价值差异原因在于西方文化来源为多元文化的冲突,中国是一中心精神由内向外推扩实现的:

> 西方文化源于受埃及文化、巴比伦文化、叙利亚文化与爱琴文化之影响而形成之希腊文化。罗马精神融摄希腊文化,而形成罗马文化。希伯来之犹太教、基督教精神,与阿拉伯精神侵入罗马世界而有中古文化。再加上意大利之文艺复兴,与日耳曼精神之发挥,乃成西方近代之文化……
> 由中国人之农业生活,自然促进人之超敌对致广大而爱和平之精神,及中国文化之来源本为一元而非多元,其文化非由不同民族之文化之迭经冲突战争而次第向上垒叠综合以形成,于是使中国文化历史之发展,乃依一中心精神,由内向外不断推扩实现,而于和平中发展。①

中西民间叙事传统在各自特定的地理空间发生,受本民族文化习俗的滋养,形成具有自身特征的叙事传统。也就是说,中西民间叙事传统携带本民族思维方式、价值判断、审美旨趣,是各自民族文化的表现和自证。中国一中心精神和平发展,传统文化重人伦教化,重整体价值和族群利益,尊君重民求稳,强调中庸和谐,总体上"崇尚统一,追求和谐,注重实用,强调道德",具有强大的凝聚力。② 民间故事、口头诗歌、私修家谱、陶瓷图绘等叙事门类都受此影响。三国传说中,关羽讲忠,刘备讲仁义,是一种集体价值大于个体价值的叙事表达。中国民间的重"义"传统强调整体价值,可以见出中国古代宗法制的影响,清代瓷绘叙事中经常选择"桃园三结义"题材就是民间对"义"的弘扬。民间叙事传统隐含了中西民族对集体和个体的不同观点,影响了一代又一代人的价值观。中国文人叙事的喜剧情结与民间"善有善报、恶有恶报"观念联系密切,反映了百姓的愿望和审美旨趣。

---

① 唐君毅:《中国文化之精神价值》,北京:九州出版社,2020年,第1、11页。
② 商聚德、刘荣兴、李振纲主编:《中国传统文化导论》,保定:河北大学出版社,1996年,第27—32页。

西方社会多元文化发展,追求自由公平正义,构建了一套伦理价值体系,深刻地影响了人们。英国绅士的核心特征包括他们的个性、正直和可信,是一种清教徒式的真挚和真切。在高度流动化、契约化和独立化的英语文化圈,信任陌生人的能力和假定他者诚实的能力是绝对核心。古希腊民主政治的发展,也让个体自主性得到强调。西方重视个体价值、强调人的主体意识。古希腊重视个人英雄主义,会把个体价值置于群体之上。荷马史诗的开篇就说"阿基琉斯的愤怒是我的主题",阿基琉斯武艺超强,因自己的女俘被夺走而罢战,导致希腊联军在战场节节失利,不顾及集体利益。勇猛的阿基琉斯在西方多个时期的陶瓷纹饰中经常出现。古希腊时期的命运悲剧、文艺复兴时期的性格悲剧、19世纪以来的社会悲剧——西方悲剧传统已经深入人心,民间也重视悲剧叙事。

中西民间叙事传统借助特定的话语形态和叙事模式,承载本民族的价值观念,形成独特的审美观念生命观,对于民族思维方式、风俗习惯、叙事模式或文学表达,乃至民族组织架构等产生了深远影响。传统世代相传,如何对当代产生影响呢?希尔斯认为:"这些传统并没有规定应采取什么特定的行动,或是特定的选择内容;他们仅仅规定了如何使用诸如此类的行为和评判模式。"①

民间叙事是一切文学形式的母体。研究民间叙事传统特征和模式,考察它对文人叙事的影响,以及对社会生活的介入状况,需要深入到中西文化内部去探究,分析民间叙事传统如何受思想文化观念影响,并从叙事观念、文化风俗、伦理结构等角度考察,分析民间叙事传统的形成、转变及原因。中西民间叙事传统比较目的在于,以西方民间叙事传统为参照,发掘中国民间叙事传统的特质,讲好中国故事。"坚持以对中国传统的讨论为主线,西方传统则是以副线和参照对象的方式存在。……只有把自己与他人放在一起,客观地比较彼此的长短、多寡与有无,才能发现自己过去看不到的盲区,更深入地理解自己'从何而来'及'因何如此'。"②

---

① [美]爱德华·希尔斯:《论传统》,傅铿、吕乐译,上海:上海人民出版社,2014年,第34页。
② 傅修延:《中西叙事传统比较论纲》,《学术论坛》2017年第6期,第2页。

第二节 中西民间叙事传统形态

中西民间叙事传统是在长期的实践中形成的,是风俗传统、历史记忆以及审美习惯的表达,是一民族区别于他民族具体可感的地方性知识,具有民族身份认同的作用。中西民间叙事传统涉及多个叙事艺术门类,理论资源上涉及人类学、艺术学、宗教学、考古学等多个学科,开展研究需要突破既有研究范式。不同于文学叙事的类型相对固定,容易辨别,民间叙事门类繁杂。对复杂研究对象进行类型划分是研究中的通行做法。20世纪以来,类型学这一"最古老的文艺学的问题直接地被推进科学兴趣的中心"[①]。中西民间叙事传统比较研究,需要对庞杂的中西民间叙事类型进行细分,有利于对民间叙事传统异同和特质的把握。

"对人类来说,似乎任何材料都适宜于叙事:叙事承载物可以是口头或书面的有声语言、是固定的或活动的画面、是手势,以及所有这些材料的有机混合;叙事遍布于神话、传说、寓言、民间故事、小说、史诗、历史、悲剧、正剧、喜剧、哑剧、绘画(请想一想卡帕齐奥的《圣于絮尔》那幅画)、彩绘玻璃窗、电影、连环画、社会杂闻、会话。"[②]近20年在各种人文和社会科学中出现了"叙述转向",社会生活中各种表意活动(例如法律、政治、教育、娱乐、游戏、心理治疗)所包含的叙述性越来越彰显。[③] 叙事研究虽然从文学叙事开始,但是社会生活处处皆叙事,中西民间叙事传统研究需要突破既有文学范围。巫鸿谈到《中国绘画三千年》时说:这本书也应该力图改变中国绘画史的传统写作方式,如突破卷轴画的范围,把"中国绘画"的概念扩大,在材料上把壁画、屏幛、贴落以及其他类型的图画尽可能包括进来。[④] 不断突破既有边界,是学术研究的常态。

以何种标准对民间叙事传统文本进行划分呢?在民间叙事传统千差

---

① [瑞士]沃尔夫冈·凯塞尔:《语言的艺术作品》,陈铨译,上海:上海译文出版社,1984年,第440页。
② [法]罗兰·巴特:《叙事作品结构分析导论》,张寅德译,载张寅德编选:《叙述学研究》,北京:中国社会科学出版社,1989年,第2页。
③ 赵毅衡:《广义叙述学》,成都:四川大学出版社,2013年,第232页。
④ [美]巫鸿:《怀念杨新:漫长友情中的三个时段》,《读书》2021年第2期。

万别的文本中,载体形态影响和制约了叙事的表达。不同的载体在叙事题材的选择、叙事结构模式的安排等展现出独有的特征,可以依据叙事载体进行分类,将民间叙事形态分为口传叙事、文字叙事、非语言文字叙事三大类,进而探究中西民间叙事传统特质。

第一,民间口传叙事,包括广大民众创造和传承的叙事性口头文学,如神话、史诗、传说、故事、歌谣、说唱、谣谶等。极具地方特色的口传叙事是中西重要的民间叙事形式,它在叙事题材、叙事结构和叙事模式等方面对文人叙事影响非常大。中西民间故事集体性、变异性、传承性和价值稳定性等突出,是民间叙事传统的源头。口头诗歌是民间的活态文学,通常为英雄史诗,由歌手演述先人的英雄事迹。景颇族《勒包斋娃》、藏族《格萨尔王传》、柯尔克孜族《玛纳斯》、蒙古族《江格尔》等是中国长篇英雄史诗,法国《罗兰之歌》、德国《尼伯龙根之歌》、西班牙《熙德之歌》等是西方著名的英雄史诗。由于结构和主题相对固定,因此演述者讲述的故事能够保持相对稳定性。口传叙事流传的客观原因是人们识字水平和文字记录水平的不足。在资本主义发展较早的英国,识字率也不高,"毫无疑问,在 16 世纪,文盲是种常见的情形"[①]。中西民间口头诗歌叙事产生于不同的语言文化环境,在叙述方式的选择、叙述结构的排列等方面存在较大不同。民歌是广大民众口头创作、集体加工而形成的一种民间叙事形式。受古代史传、说唱文学和戏剧等影响,中国民歌多采用第三人称演述,形成了独特的点评式和评书式的形式。西方民歌大量使用第一人称演述,呈现出史诗和戏剧化特点。民歌的叙述语言还受创作主体的集体性、演唱情景的自由性和传播的口头性、变异性影响。占星是人们对将要发生的可能事件的想象性表达,它反映出人类对超常知识和未知世界的渴求。占星在观察身边事象的变化中预知可能事件的发生,所传达的叙事信息或隐或现,有的经过重重符号编码而显得神秘晦涩,唯有充分解码方能解析其间的信息。

第二,民间文字叙事指人们以文字为载体的叙事,包括私修家谱叙事、碑铭叙事等。由于受篆刻材料的限制,碑铭上篆刻的文字往往不多。以纸张为载体的私修家谱更为丰富。作为历史叙事重要组成部分的私修家谱,是中西民间文字叙事最具代表性的叙事门类。中国私修家谱中除

---

① [美]比尔·布莱森:《莎士比亚简史》,闫佳译,南京:江苏凤凰文艺出版社,2021 年,第 37 页。

了文字记述,往往附上大量的世系表谱、祖先像、祠堂图等,以史、表、图、志、传、文等六种叙事体例共同记录家族的来源和迁徙轨迹。总部在美国犹他州盐湖城的摩门教家庭历史图书馆保留了大量从世界各地收集来的家谱资料,从能检索到的资料来看,除了志这一叙事体例,其他五种都能在西方私修家谱中找到相对应的形式。中西民间存在大量碑铭。碑铭就是刻在石头上的文辞,从中可见社会政治经济的变迁和审美文化心理。西方民间碑铭主要为墓志铭,中国民间碑铭因功用不同有三大类型:纪功碑文、规约碑文和墓志铭。

第三,非语言文字叙事指以器物为载体的叙事,运用图绘造型等表现方式来展现民众生活、思想情感和价值观念。人与物的关系极为密切,人具有社会性和意识能动性,但这并不意味人能够脱离物,人的行为情感借助于物来实现。先人在陶瓷岩石绘上有代表性的劳作、生活、人物图景,也会随物赋形在木石上雕刻生活图景,讲述自己的故事。器物载体起到了媒介作用,能把日常叙事传播到远方与未来。非语言文字民间叙事传统涉及仪式、材料、图案等,在现实生活中扮演了重要的角色,服饰、饮食、住宅均为携带意义的符号。中国婚礼上的被套、枕头上常常绣以鸳鸯、并蒂莲等图案。陶瓷上绘有五谷丰登、英雄图像以适应于不同场景。雕刻狮子、麒麟形象的石雕通常用来镇宅。

中西民间非语言文字叙事传统,表明人类拥有多维立体的叙事系统。民间非语言文字叙事指以金属、砖石、陶瓷、土木等为载体表现人类生活和思想情感的民间叙事形态。器物本身的材质与造型、器物表面的图案,或独立或参与叙事。下面分别以青铜器、挂毯、石刻等类型为例作简要阐述。

青铜器是生产力发展的结果,青铜器上的图纹具有装饰和象征功能,体现了一个时代风俗礼制传统的叙事。中西早期文明均具有代表性的器物。中国是世界上较早使用青铜器的国家,"甘肃东乡林家马家窑文化遗址出土的含锡 6—10% 的青铜刀是目前我国发现最早的一件青铜器,它的年代(前 2740 年)与世界范围内最早出现青铜的时代相当"[①]。商代和西周、春秋时期的青铜器物以容器为主要形制,如烹饪器、食器、酒器、水

[①] 孙淑云、韩汝玢:《甘肃早期铜器的发现与冶炼、制造技术的研究》,《文物》1997 年 7 期,第 80 页。

器等,先秦时期不少青铜器形体巨大,这是一个很重要的特点,展示出中国人的睿智与勤劳。青铜器是财富和地位的象征,商朝后母戊鼎、司母辛鼎体现了"国之大事,在祀与戎"的传统。祭祀表明对先祖的尊敬,在商人的观念中,先人能够保佑自己,祭祀越虔诚效果越好。巨大的鼎器表明人们观念的改变与技术水平的提高。东汉时期的铜奔马昂首嘶鸣,疾足奔驰,该造型是一种勇往直前的豪情表达,具有强大的艺术感染力。

爵与斝作为中国最古老的酒器,是代表身份的礼器。在生产力低下的早期,饮酒用的青铜器是一种身份的象征。"斝是重要的礼器,在商朝初期,曾经作为王御定的杯子,而诸侯则只能使用角。爵、斝与鼎组成了中国最初的礼器群,遂成为后世近4000年帝王时代礼制之滥觞。""以青铜饮食器使用的数量而言,就有着严格的规定。礼法规定天子的组合是九鼎八簋九鬲,然后从诸侯七鼎六簋开始依次递减,直到下级士的一鼎,而老百姓则不允许使用鼎。"①礼发展的结果是礼制成为社会行为准则,和法制一起制约人们的行为,维系社会的运转。饮酒饮食用的青铜器器物存在本身就诉说了远古的历史,远去的政治风俗礼仪。随着青铜器的普及,其珍贵性和神秘性随之降低,纹饰更加简化,各种纹饰也删繁就简,更加抽象。

青铜器上不同时期的代表性纹饰不同,"商是饕餮纹和回纹,周是窃曲纹和环带纹,而春秋则是蟠螭纹。总的趋势是由以动物纹为主到以几何纹为主"②。兽面纹青铜器,它的眼睛突出,似乎要洞穿对方心思,具有强大威慑力。"从张开血盆大口的饕餮纹,幽深空行的龙纹,展翅欲飞的鸟纹,暴虐霸气的虎纹,吞噬生物的兽面纹,多子多孙的蟾蜍纹,陷入迷茫的涡纹等等中,反映出人们对当时生活的理解。"③饕餮纹看上去面目狰狞、造型怪异,实际上是凶残动物的形象综合,饕餮纹凸显的是戒贪的威严训示,给观者极深的震撼,对后世节俭具有引导作用。当时的青铜器采用素描的办法代替了复杂的图绘,极简几笔也能表现对象的神态和表达人们的情感,弥补了材料和技术的不足。纹饰使用部分表现整体的观念为人们接受,对当时的石刻图案及后世"省文寡事"的叙事理念有较大

---

① 徐日辉:《会说话的青铜器》,武汉:华中科技大学出版社,2021年,第15、115页。
② 陈鸿俊编著:《中国工艺美术史》,长沙:中南大学出版社,2004年,第25页。
③ 徐日辉:《会说话的青铜器》,武汉:华中科技大学出版社,2021年,第1页。

影响。

西方青铜器也很早就出现了,如丹麦公元前1600年的青铜刀剑,丹麦公元前800年的青铜器卢尔号角,法国公元前800年的胸甲等。古希腊青铜器多为武器,如戈、矛、刀、剑、头盔、胸甲、胫甲,精巧美观,这些武器上也有少量的表现神话和图腾的简单图案,可以视作尚武精神的叙事表达。荷马史诗中的故事大致发生在青铜时代晚期,《伊利亚特》中叙述了阿基琉斯盾牌打造的场景,火神与匠神赫淮斯托斯用20个风箱把炉火烧旺,将金属倒入坩埚,炼成青铜,再用钳子将青铜夹到铁板上,锤打成武器:

> 他把风箱对着炉火,发出干活的指令。
> 二十只风箱对着坩埚吹呼,
> 喷出温高不等的热风,效力于忙忙碌碌的神匠,
> 有的亢猛炽烈,顺应强力操作的需要,有的
> 轻缓舒徐,迎合神匠的愿望。工作做得井井有条。
> 他把金属丢进火里,坚韧的青铜,还有锡块、
> 贵重的黄金和白银。接着,他把硕大的
> 砧块搬上平台,一手抓起
> 沉重的锒锤,一手拿稳了钳铁。①

荷马使用了129行来描述阿基琉斯的青铜盾牌:赫淮斯托斯在盾面上铸造了大地、天空和海洋,盾面上还有婚礼和战争的城市场景、沃野、葡萄园、草场舞场。

挂毯也称壁毯,常作家庭和公共场合室内壁面装饰用,我国新疆、西藏和内蒙古等地善于用羊毛编织,挂毯承担精神与物质生活的双重需要。法国巴约图书馆馆藏的约1080年创作的《巴约挂毯》上绘制了600多个人物,以及2000多个拉丁文等符号,绣制了哈罗德向威廉公爵宣誓效忠、威廉称帝、哈罗德兄弟中箭身亡的画面,是一件有极高价值的艺术品。欧洲挂毯艺术精华主要集中在法国和比利时,巴黎挂毯具有代表性,主要有三个高峰:第一,12至14世纪以系统规范性为特点的哥特式挂毯,代表

---

① [古希腊]荷马:《荷马史诗:伊利亚特·奥德赛》,陈中梅译,上海:上海译文出版社,2021年,第550页。

作是现藏法国昂热挂毯博物馆的 14 世纪的《启示录》毛织挂毯,它根据《圣经·新约》的最后一章描绘世界末日景象,情节神奇,背景或红或蓝,其上均匀分布花草图案;第二,17 至 18 世纪的戈布兰挂毯,经历了古典主义和巴洛克风格阶段,代表作为《路易十四加冕典礼》《四季图》《12 个月》等;第三是 20 世纪现代派挂毯,代表吕尔萨的《世界之歌》等。挂毯叙事图案以山水、花卉、鸟兽、人物、建筑风光等为主,图案的内容来自日常生活、神话、传说以及民族历史。中西挂毯各有一些禁忌,如,伊斯兰教禁止偶像崇拜,所以回族等的挂毯很少出现具象而写实的装饰图案,创作主要倾向于植物纹、阿拉伯文字等抽象性的纹样;西方 17 世纪挂毯因受王权影响,图案叙事比较刻板。挂毯图案色彩和结构具有重要的叙事功能。如回族织毯多选用红、黄等纯度较高的色彩。蓝色也是伊斯兰织毯中常见的色彩,它们代表天堂里的阴凉之地。西方挂毯图案注重细节描绘和光与影的细微变化。

　　石刻种类繁多,历史悠久,按照题材和功能可分为宗教石刻、陵墓石刻等。宗教石刻是指石窟寺、寺庙、各种宗教造像及相关雕刻。佛教石窟叙事特点是"以像设教",使用宗教图像来代替文字宣传,使之具象化,以适应百姓文化水平普遍较低的情况,"像"通常是拥有特定功能的宗教人物,如中国寺庙中的观音像、西方教堂里的圣像石刻。陵墓石刻多以某些图腾、吉祥物像为主。石刻采用圆雕、浮雕、透雕、平雕、线刻等技法,与特定叙事内容结合在一起,是特殊形式的叙事艺术。中西石刻都有类似旨趣,"凯尔特艺术的特点是,避免了对动植物自然形式的模仿或接近,让万物成为一种纯装饰。在装饰艺术创造过程中,他们喜欢用集中能量的封闭螺旋或浮雕来与长而大的弧线和波纹间隔交替。通过这些简单却意味深远的线条,他们发明了一套美观、细腻且富于变化的装饰系统,并把它应用于武器、饰品、织物以及各种金、铜、木、石料的盥洗和家庭用具。金属器装饰的一个美观特点似乎就完全起源于凯尔特"①。希腊的基克拉迪群岛公元前 3000 年到公元前 2000 年,"造型艺术上的最大特点是,出现了一种非常特殊的女性雕像,用这些岛上特有的纯白色的大理石雕刻而成。雕像扁平,人物形象只有抽象的、大致的轮廓,如仅用突出的鼻梁

---

① [爱尔兰]托马斯·威廉·黑曾·罗尔斯顿:《凯尔特神话传说》,西安外国语大学神话学翻译小组译,西安:陕西师范大学出版社总有限公司,2013 年,第 10 页。

表示面部，身体的其余部分如四肢、腰身等的特征虽然也可隐约看出，但只是一种意象，远非具体、逼真"①。

敦煌莫高窟南北绵延1.5公里，有洞窟735个，保存壁画4.5万多平方米，彩塑2400余尊。莫高窟的石窟形式"从一开始就呈现出中国化的特征，成为中国建筑面貌的一个缩影。在其历代的建造过程中，我们不难发现适合本土佛教文化特征的石窟建筑样式更迭"②。莫高窟的发展前后延续了一千年，是世界上现存规模最宏大、保存最完好的佛教艺术宝库，被誉为"东方艺术明珠"。其中唐朝的佛像雕像浑圆丰满，对应了唐朝的主流审美趣味，服饰具有盛唐气象。

甘肃天水麦积山石窟现存窟龛221个，各类造像3938件10632身，壁画979.54平方米。造像以泥塑和壁画为主，形象生动，体现了千余年来各个时代塑像的特点，反映了中国泥塑艺术发展和演变过程，被誉为"雕塑艺术的宝库"。"如早期洞窟的塑像多体格健壮、身材魁伟、庄严肃穆。佛和菩萨像都身着袒右式袈裟或斜披络腋的旧样式，表现了较早的艺术特点。进入北魏晚期，受洛阳雕塑艺术的影响，塑像的变化十分显著，佛像一般身着褒衣博带式袈裟，身体消瘦，菩萨和弟子像更塑造得眉清目秀，栩栩如生，艺术水平之高，令人赞叹。到了北周时期，塑像的风格则追求表现人体丰满圆润。"③

河南洛阳龙门石窟现存洞窟像龛2345个，造像11万余尊，建造时采用了大量彩绘，今大多已褪色。龙门石窟被联合国教科文组织评为"中国石刻艺术的最高峰"。

云冈石窟昙曜五窟都有穹隆式窟顶、三尊三世佛，佛的服饰保留有境外风格。山西省大同市云冈石窟有佛龛1100多个，大小造像59000余尊，2001年被联合国教科文组织列入《世界遗产名录》。云冈石窟的北魏洞窟有主尊造像以及连环画式的壁画，佛像的造型形象是本土化的表现。这与敦煌石窟唐朝时期选取佛传故事中一两个有代表性的情节的壁画不同，如敦煌石窟壁画中常见"乘象入胎"与"逾城出家"情节。"释迦诞生前，摩耶夫人梦见白象的场面，称作'乘象入胎'。悉达多太子决定离家修

---

① 杨巨平：《古希腊青铜时代的历史和文化》，《中国社会科学报》2012年8月10日第A06版。
② 吴昊、翁萌编著：《甘肃古建筑》，北京：中国建筑工业出版社，2015年，第193页。
③ 李裕群：《古代石窟》，北京：文物出版社，2003年，第109页。

行而骑马逾城的场面,称为'逾城出家'。这两个情节,一个象征着释迦的诞生,一个象征着释迦牟尼修行的开始,是壁画中最为常见的。初唐第329窟就是典型之例,一边是菩萨骑白象从空中而来,伴随着还有很多天人演奏音乐,另一侧是悉达多太子乘马腾空而起,有四个小天人托着马足,周围飞天散花飞行,气氛热烈。"①北魏洞窟的主尊造像主要流行表现释迦牟尼和兜率天宫的交脚弥勒菩萨、佛法传承的三世佛、释迦多宝二佛、连环画式的佛传、本生和因缘故事等浮雕。

陶瓷图绘在中西民间广泛存在,无论是古希腊的陶瓶画,还是中国仰韶文化时期的彩陶,都可见陶瓷图绘与人们的日常生活和审美紧密相连,也就是既能满足实用性也能满足审美性。"一件工艺品的流传过程都是经过许多人的增、删、改,经过不断的加工、充实、发展,一代一代人按照时代的要求、生活环境、风俗习尚、艺术趣味,根据自己的所爱、所想、所盼,保留并继承前人留下的精华部分而不断传承、增添、变异的。"②技工在陶瓷上描绘具有叙事功能的图案,构成了民间叙事传统中的重要门类。

第三节　地方性知识与中西民间叙事传统

中西民间叙事传统与地方性知识关系密切。中西民间叙事传统叙述的内容是集体传承的民俗等地方性知识,通过叙事表达集体的思考。在科技、交通不发达的情况下,中西民间叙事传统受他者影响较小,这恰好说明民间叙事传统的地方性知识特征。

地方性知识是一种差异化的知识体系,强调知识形成的具体环境,包括地理、实践、社会、文化等,是各民族创造的具有本民族特色的智慧成果。民间叙事传统携带了民族基因,具有鲜明的民族特色和地域特征。各民族的民间叙事具有相似模式、结构、人物类型,这些通常是重复运用,构成了民间故事特有的叙事方式与传承模式。中西民间叙事传统承载着民众的集体记忆,记忆是民间叙事传统的核心功能。民间传承人是集体的故事讲述人,民间叙事特别能符合时代要求,富有生机活力,经过若干

---

① 敦煌研究院编:《敦煌文化探微》,南京:江苏凤凰美术出版社,2014年,第72页。
② 谢天开编著:《民间艺术十二讲》,成都:四川大学出版社,2013年,第73页。

代的沉淀传承成为传统。休闲、分享、团结、交流是民间叙事产生的内在动力。消除孤独、分享信息、团结人群等是讲故事具有的功能。

中国乡土叙事与西方流浪叙事的主要内容分别是故土见闻与他乡交流。中国乡土叙事传统的特征是：叙事中夹杂着浓浓的乡愁，情节性相对较弱、场景叙述充分、虚构性较强。西方流浪叙事特点是：丰富的想象性和虚构性，情节丰富，人物多，结构复杂。

一、中西民间叙事传统的地方性知识特质

中西民间叙事传统和地方性知识紧密结合在一起，民间叙事传统蕴含了人们真挚朴素的情感，具有相似模式、情节、结构、人物类型，承载着民族历史和集体记忆。集体记忆是在个体生活中习得和传承的，"它的内容取决于中介者和培养者对历史史实所做的取舍，他们有意无意地扭曲诠释，并强加给接受者"[①]。集体记忆在身份认同和维系凝聚力中起重要作用，"希腊人族群记忆的目的在于继续强化边界意识。在现实中仍然存在强大的族外集团，希腊人还要面对两大问题：免于外族的征服，征服'蛮族人'。所以，希腊精英要通过历史的追溯来认识周边族群，那么，他们的集体记忆就等同于人类学意义上的族群识别"[②]。身份是人的核心社会属性，在具体的社会历史语境中建构；身份认同就是寻求和确认身份特质的过程和态度；民族身份认同是对民族集体共有的历史经验、社会心理等文化符码的认同。

（一）地方性知识的内涵

美国人类学家克利福德·吉尔兹在探讨法律问题时使用了地方性知识概念。

> 我一直在说，法律，与英国上院议长修辞中那种密码式的矫饰有所歧异，乃是一种地方性的知识；这种地方性不仅指地方、时间、阶级与各种问题而言，并且指情调而言——事情发生经过自有地方特性并与当地人对事物之想象能力相联系。我一向称之为法律意识者便

---

① [法]阿尔弗雷德·格罗塞：《身份认同的困境》，王鲲译，北京：社会科学文献出版社，2010年，第34页。
② 魏孝稷：《互动与认同：古典时期中国与希腊族群认同的比较》，北京：中国社会科学出版社，2015年，第86页。

正是这种特性与想象的结合以及就事件讲述的故事,而这些事件是将原则形象化的。①

吉尔兹充分重视事物的特殊性和具体形象性。这种观点有助于人们重新认识和审视特定习俗,21世纪初在我国人文社会科学领域传播开来。吉尔兹对"普遍性知识"的思考,是从文化阐释的角度去分析特定文化语境下的文化现象及其生成的意义。地方性知识是一种差异化的知识体系,强调知识形成的具体环境,包括地理、实践、社会、文化等,具有个别性、地方性、零散性的特点。"地方性知识是文化的组成部分,具有下述特点:由置身于(某)文化背景中的成员历时形成、表达且共享;具备评判、述说周边世界、开展交流和发起行动等功能;且符合当地人的生存发展需求。"②

对地方性知识多样性的认识契合了中华民族和而不同思想,对地方性知识的研究体现了一种多样性平等性的思维,地方性知识是各民族创造的具有本民族特色的智慧成果,其叙事传统模式携带了各民族文化基因。"当我们将民间艺术置于更大的地域性空间和历史性空间观察时,我们会惊喜地发现,即使同一题材而具有相同象征意义的文化观念符号的物化结果,又存在风格迥异的地域差异、时代差异。五里不同俗,十里不同风,这便是各地文化影响使然。"③吴彤在《科学实践哲学中的地方性知识观——三论"地方性知识"》中提出区分两种地方性知识:以认知这个周遭环境之事物本性及其与本土居民之关系所形成的这类知识,大部分处理的是本土内部、本土与外部"人与自然"之间的事物,我们暂且称之为"求真"的地方性知识。第二类地方性知识,以关心本土居民的伦理、审美和宗教问题为主,如一些文化仪式、宗教仪式,基本上是以"求善"为目标的,大部分处理的是本土内部、本土与外部"人与人""人与社会"之间的事务。④ 地方性知识通常表现在特定族群习俗中,对该群体的正常运行具有重要作用。

---

① [美]克利福德·吉尔兹:《地方性知识——阐释人类学论文集》,王海龙、张家瑄译,北京:中央编译出版社,2000年,第273页。
② 鞠实儿、刘兵主编:《地方性知识研究》,北京:商务印书馆,2021年,第13页。
③ 谢天开编著:《民间艺术十二讲》,成都:四川大学出版社,2013年,第81页。
④ 鞠实儿、刘兵主编:《地方性知识研究》,北京:商务印书馆,2021年,48—49页。

中西地方性知识分别在不同的自然与社会环境中形成。当心灵准确地反映或描绘了世界的事实或真相,我们便获得了知识。① 民间叙事传统作为地方性知识的代表,在传播本民族知识上具有重要使命,神话传说作为地方性知识叙事传统的源头,是人类欲望最大极限表达,是人类集体的梦。即使是相同的神话,"在从一个族群转入另一个族群的时候,相同的神话往往发生了颠倒","从一个族群到另一个族群,传达同一个信息的面具的外部造型以相似的方式发生颠倒"。② 信息在传播的过程中发生了颠倒,正如有的地区点头表示反对,摇头则表示同意。显然,特定的社会生活塑造和强化了地方性知识,"参与"是地方性知识的重要特征,它对风俗具有形塑作用。

(二)民间叙事传统的地方性知识性质

地方性知识多姿多彩,塑造了中西叙事传统的多样性、复杂性,导致了中西思维方式的差异,形成了差异较大的中西民间叙事传统。"一切动物(无论大小)都必须建立一个交流系统;交流系统使它们能感知和应付出现的问题。这就是知识的源头。"③

神话传说来源于先民对于自然现象的认识,具有地方特色的知识运用于其中,生成地方特色的故事。故事就像黏合剂,使人们为特定目的而结为一体。古希腊神话的核心特点是"神人同形同性",贯彻在神话当中的是"宿命论"思想。这种叙述传统影响了荷马史诗和古希腊悲剧。《伊利亚特》以古希腊神话中不和的金苹果故事为特洛伊战争的导火线。神明在战争中分成两派来支持参战双方。这部史诗把神话元素加入凡间的故事,肯定战争的宿命性。阿基琉斯得到神谕,如果不参加战争,就能平安地生活一生,如果参加战争,必将战死沙场,但能留名千古。他选择了走向战场。索福克勒斯的《俄狄浦斯王》取材于神话传说,是典型的命运悲剧。俄狄浦斯无论如何都不能摆脱命运的厄运,他的一生是宿命的一生,也反映了人在命运面前的无能为力。中国传统文化中人事皆天命,民

---

① [美]肯尼斯·J.格根:《关系性存在:超越自我与共同体》,杨莉萍译,上海:上海教育出版社,2017年,第214页。
② [法]克洛德·列维-斯特劳斯:《面具之道》,张祖建译,北京:中国人民大学出版社,2009年,第85、86页。
③ [澳]约翰·哈特利、[澳]贾森·波茨:《文化科学:故事、亚部落、知识与革新的自然历史》,何道宽译,北京:商务印书馆,2017年,第25页。

间有"一缘二命三风,四积阴功五读书"的说法。但从儒家开始就有"谋事在人,成事在天"的观念,强调人的能动性,是对人能动性的肯定。

　　古希腊民间叙事传统把具有地方性知识特征的宿命论观念融进口头叙事。神话故事的加持使得宿命论易为人接受。神的形态是能变化的。在北欧神话中,奥丁是阿瑟神族的主神,也是知识之神和智慧之神,他以各种面目和字出现在人间。"但所有形象都万变不离其宗地具有如下特征:长袍掩不住的伟岸身材;黑色鬈发;一只炯炯有神的眼睛;茂密的大胡子。奥丁手里时刻拿着他的武器——长矛冈尼尔。冈尼尔只要一飞出去就能自动击中奥丁想要击中的目标,而且冈尼尔造成的伤口是无法愈合的,除非奥丁念诵鲁纳符文,再用矛尖轻触伤口。奥丁的手臂上戴着乔普尼尔金环,它能自动生出无数金环。"①神话是口语叙事中重要的成就,它将宇宙想象与本地知识嵌入实践中,是建构地方性知识体系的重要元素。

　　北京大学学者段晴对收藏于洛浦县博物馆的产生于420—565年间的氍毹进行了研究,认为该氍毹上面的图像上织入的神谱,蕴含着丰富的神话信息,既有远古的苏美尔神话,又兼有古希腊的神话,生动体现了神话在古代民间的流通,反映了神话强大的"跨域"能力。但是,所有的神话不会一成不变。神话的一些元素,或许会因为服务对象的不同而得到引申、夸大、衍生,有些甚至发展成浓烈的地方性文明。② 氍毹上的图像所记载的"人祭祈雨仪式"显然与佛教不杀生的理念不相符,氍毹图像叙述者显然是希望用原始信仰的"人祭"化解灾害,显示的是于阗地区的民俗信仰。神话传说展示的地方性知识,表现了人们的习俗好恶,是民间叙事的源头。

　　中国的天鹅处女型故事分布广泛,美国民俗学家斯蒂·汤普森在《世界民间故事分类学》中说:"作为一个口头故事,天鹅处女型故事是全球性的,均匀而又深入地遍布欧亚两洲,几乎在非洲每一地区都能找到许多文本,在大洋洲每一个角落以及在北美印第安族文化区都实际存在。"③这个口头故事的解释需要结合地方性知识。中国羽衣仙女故事表现了中国

---

① 何鹏:《北欧神话》,西安:陕西人民出版社,2016年,第14页。
② 段晴:《神话与仪式——破解古代于阗氍毹上的文明密码》,北京:生活·读书·新知三联书店,2022年,第167页。
③ [美]斯蒂·汤普森:《世界民间故事分类学》,郑海等译,上海:上海文艺出版社,1991年,第109页。

人非常现实的理想追求:娶妻生子安居乐业。"我们自然得承认男女的爱好可以使他们愿意永久合作,若是这种愿意得不到社会的准许时,他们可以私奔。"①荷马史诗的讲述者荷马是一个行吟诗人,在各地的游历中会遇到各种实际的困难,所以渴望能够征服一切困难。同时,为了引发观众的热情和兴趣,他通过夸张和虚构的方式,来激发聆听者的兴趣和热情,满足类似于白日梦的理想。叙述者的这种处理展示了地方性知识的差异。

当代世界的发展日新月异,唐朝诗人王勃《送杜少府之任蜀州》的"海内存知己,天涯若比邻"也不再是诗中想象。高铁、飞机、互联网大大压缩了人们之间的时空距离,弥合了人与人的心理距离。随着世界范围内的交流加强,人们相互学习,认知与行动也日益趋同。美国沃尔玛、肯德基、麦当劳与法国家乐福已经遍布全球,他们在全球采用统一的经营理念和模式:统一的装修风格和货架摆放模式,让人在任何一个地方身处其中都不会有陌生感。还有世界各地的城市建筑、布局、桥梁道路建设相互学习借鉴,形成了相似的风格,所到之处都有一种似曾相识的感觉。一些具有民族文化特色的要素展示了城市的与众不同,如纽约的自由女神像、法国的埃菲尔铁塔、北京的长城等。

有趣的是,亚太经济合作组织(APEC)峰会在各国举行时,东道主都会为参会的领导人定制最能体现民族风格的服饰,形成一道醒目亮丽的风景。如2014年在中国APEC会议上,领导人身穿"新中装"合影。2013年在印度尼西亚APEC会议上,领导人身穿巴厘岛传统的"安代克"布料制成的服装合影。2008年在秘鲁APEC会议上,领导人身穿"彭丘"合影。2005年在韩国APEC会议上,领导人身穿传统的韩式长袍合影。2004年在智利APEC会议上,领导人身穿智利披风合影。2002年在墨西哥APEC会议上,领导人身穿"瓜亚贝拉"衬衫合影。2001年在中国APEC会议上,领导人们身穿唐装合影。2000年在文莱APEC峰会上,领导人穿"MIB"的衬衫合影。1999年在加拿大APEC会议上,领导人身穿夹克合影。1998年在马来西亚APEC会议上,领导人身穿马来西亚的蜡染衬衫合影。1996年在菲律宾APEC会议上,领导人身穿名为达加洛衫的白色、无领带衬衫合影。带有民族特征的服饰是东道主在日渐趋同

---

① 费孝通:《乡土中国 生育制度 乡土重建》,北京:商务印书馆,2011年,第176页。

的模式中宣示与众不同的形象展现。仪式是传统的"储存器",它储存着民族的历史与传统最真实的记忆,属于地方性知识。

二、地方性知识视域下民间叙事传统特征

民间叙事在民间自然生发,人们自然地叙述自己的、他人的故事,大多数并不是刻意而为,而是有感而发。所述内容主要是自己日常生活生产中发生的事情,或在这些事情基础上想象发展起来的故事,叙述由真实事件向虚构演进,如神话鬼怪传说的故事,或是对日常生活中的事情发表看法见解,这些评论形成舆论,成为人们行为的参照。事件之间是相互区别的,其发生需要时间,是一个过程。叙述的方式依据对生活中事件的认知水平而不同。"讲述一个故事,无论这个故事是叙述历史上发生的事件,或者是关于我们的祖先,或者是关于我们是谁,我们从哪里来,或者是关于生活在遥远的地方的人们,甚至可能是关于一个没有人真正经历过的灵性世界,所有这些故事,都会创造出一种群体感,是这种感觉把有着共同世界观的人编织到了同一个社会网络之中。"①由于人们所见所闻所述常常以一个区域的知识为主,是一种地方性知识,这种地方性知识由于特别适合于该区域生活的运行,逐渐形成一种民间的权威。林继富认为:"民间口头叙事传统是藏族民众生活的重要部分,在历史上,既是民众传授知识,表达情感的载体,也是上层统治治理社会的有效方式。"②

民间叙事传统和地方性知识紧密结合在一起,有以下基本特征:

第一,民间叙事传统的发生:休闲、分享、团结、交流。

生活在这个物种繁多、险象环生的星球上,人类祖先是孤独的存在。讲述故事可以交流经验、加强团结,打发时光度过长夜,具有宣泄情绪作用。这些叙事内容包括了日常生活故事、幽默笑话、史诗、神话传说等,包含了生产生活的信息和智慧,具有增长人们见识、拓宽视野的作用,鼓励和启发人们。社会成员在具体生活形式中形成和发展了地方性知识,生活形式"指在特定的历史背景下通行的,以特定的、历史地继承下来的风

---

① [英]罗宾·邓巴:《人类的演化》,余彬译,上海:上海文艺出版社,2016年,第274页。
② 林继富:《藏族民间口头叙事传统研究——以西藏为视角》,《青海民族研究》2015年第4期,第151页。

俗、习惯、制度、传统等为基础的人们的思维方式和行为方式的总体或局部"①。王笛认为,人类拯救自己的方式就是"讲故事"。口述故事记载文化知识,将人们联系在一起。澳大利亚每个原住民部落都有他们自己的歌径,歌径包含各种各样的故事,详细记录了他们的行为准则、礼节仪式、权利义务、祖先神灵、山河风光等。②

民间叙事主要通过口耳相传的方式传承下来。这种口耳相传的口头文本不具有书面文本的稳定性。人们在口传讲述的过程中可以根据讲述的气氛场景以及自己的认识理解增减内容,使得故事在口头传承的过程中具有不稳定的特点。由于适应了现实需要,几千年来各地通过口耳相传流传下来的民间故事极具生命力,中国的格萨尔王、玛纳斯、江格尔,西方的贝奥武甫传说融进了民族对于民族生存发展的勇气和智慧。

精彩的故事能打动人心。罗宾·邓巴认为夜话中被激发的情感有益于群体感的建立:"讲故事一般都在晚上进行,这应该不是偶然的安排。人们对黑夜有天然的恐惧,有经验的讲故事的人会利用这种情绪,从而加强刺激人们的情感反应。黑夜屏蔽了外面的世界,却能使人们产生更加亲密的感觉。"③叙述内容未必具有完整性、连贯性,很多可能来自讲述者的想象,但反映了讲述人甚至听众的价值理想。"促进叙事能力发育的还有夜话以及与其相伴随的聚食,含有敌意的黑夜世界导致篝火边的人们更紧密地相互靠拢。"④通过这种叙事方式,人们战胜了黑暗中的孤独,消解了恐惧不安的情绪,人心涣散的人群得以团结。消除孤独、分享信息、团结人群等是民间叙事的重要功能。

第二,民间叙事传统具有鲜明的民族特色和地域特征,其内容主要由地方性知识构成。同一类物品在各地所携带的文化信息不一样,但仍可视为一种地方性知识。比如贝壳和珍珠:贝类这一形象本身能在祭拜死者的场合发挥作用,可以借助于贝类的实物,也可以借助于装饰性的螺旋

---

① 韩林合:《维特根斯坦论"语言游戏"和"生活形式"》,《北京大学学报(哲学社会科学版)》1996年第1期,第105页。
② 王笛:《能讲故事和讲好故事关乎我们的生存》,载[英]加亚·文斯:《人类进化史——火、语言、美与时间如何创造了我们》,贾青青、李静逸、袁高喆、于小岑译,北京:中信出版社,2021年,第14页。
③ [英]罗宾·邓巴:《人类的演化》,余彬译,上海:上海文艺出版社,2016年,第274—275页。
④ 傅修延:《人类为什么要讲故事——从群体维系角度看叙事的功能与本质》,《天津社会科学》2018年第4期,第114页。

图案或者"货贝图形",总之都一样有效。这也解释了为何人们在中国史前人类栖息地的遗址曾发现那么多的贝壳和饰有"货贝图形"的骨灰瓮;人们使用珍珠的历史再次证明其原本的玄学意义在不断地被削弱。①

第三,民间故事传承人是集体的故事讲述人。民间故事讲述人作为地方文化的守护者,是地方叙事资源宝库,对于民间叙事传统的传播具有重要的作用。民间故事的传承人讲述故事的方式受自己的个性的影响,这种个性是在各种政治经济文化生活中获得的,因而它是个人的也是集体的。故事讲述者所记忆的故事功能及功能间的关系可能逐渐遗失,而每一次故事讲述,都要求是一次完整的重构,这种完整性的要求将导致讲述者对记忆中不完全功能链的补足。因此,民间故事的记忆之误与重构的完整性要求是故事嫁接发生的重要机制。②

第四,民间叙事具有相似模式、情节、结构、人物类型,这些通常是重复运用,构成了民间故事特有的叙事方式。苗族"花场"作为生活与记忆场域,被民间故事讲述人不断建构,呈现了规范系统的生活记忆。通过对"花场"的确认,建立与"花场"相关的人物事件,民间故事强化了"花场"民族认同感,展示了苗族民众的历史与文化观念。③ 故事内容不完全具有确定性,很多内容都在一代代扬弃,民间故事讲述兼顾历史和现实双向度生活,造成民间叙事文本具有特别适应时代的生机活力。

第五,民间叙事经过若干代的沉淀传承成为传统。民间叙事传统是世代相传的精神财富,承载着民众的情感和集体记忆。哈布瓦赫认为:"从时间和空间上看,每个群体都在分化,然后团结得更为紧密。在这些群体中,有一定数量的原初集体记忆在不断发展。在一段时间里,这些集体记忆维持着只对群体有意义的事件的回忆。"④神话讲述的是发生在最初的事件,"这一虚构的、神性的时间与世俗的、我们非神圣化的日常存在中连续的、不可倒流的时间有着本质的差别。人们讲述神话的时候,常常

---

① [罗马尼亚]米尔恰·伊利亚德:《形象与象征》,沈珂译,南京:译林出版社,2022年,第166、167页。
② 施爱东:《民间故事的记忆与重构——故事记忆的重复再现实验及其数据分析》,《民间文化论坛》2005年第3期,第14页。
③ 林继富、彭书跃:《民间故事讲述人与苗族"花场"的建构》,《民族文学研究》2017年第1期,第5页。
④ 冯亚琳、[德]阿斯特莉特·埃尔主编:《文化记忆理论读本》,余传玲等译,北京:北京大学出版社,2012年,第86页。

会赋予发生了一系列事件的那个神性时间以现实意义"①。受神话等民间叙事传统影响,故事通常会在一个较大的时空背景中发生,比如,很久很久以前,在很远很远的地方,由此拉开了故事的序幕。"夜"通常出现在民间故事中。鲁班兄妹晚上修桥造塔,牛郎织女七夕晚上相会,神仙妖魔都在晚上出没。在民间故事中夜高频率的运用,原因在于:故事多在晚上讲述,夜晚方便遮人耳目,有利于故事的戏剧化效果,神仙妖魔通常在晚上活动,夜作为黑暗的隐喻。由于采用了夜的神秘形式,一些故事、传说情节的跳跃性、突变性增强,给欣赏者留下许多自由想象、补充的审美空间,产生一种奇幻飘逸的"朦胧美""距离美"。通过"夜"的桥梁,产生更令人愉悦的审美效应,从而获得永远诱人的神秘魅力。自然现象中的茫茫黑夜,早已采取各种形式进入民间文学当中。②祖先的活动范围极其有限,甚至一辈子都在某个地方;从事的生产生活方式也很有限,基本上是今年重复着去年的故事,一辈又一辈。这也决定了故事内容以地方性知识为主。民间叙事以口头方式传播现实与梦想,以相对固定的模式保留了民俗知识、民族历史。

第四节 中西荒野叙事传统比较

人类在荒野的实践中形成自己的文明。荒野有未开化、原始,野性、偏僻之意,是未经人类改造的自然环境。《汉语大词典》把荒野解释为"荒凉的原野","荒"为未经开垦和耕种之地,"野"指城邑之外郊区,有远离人烟、原始之意。沙漠、海洋、冰川、草原、原始森林等未经人类改造或少有人类活动的地方都可视为荒原。那些文明程度不高、有人造物或人类痕迹的地方可视为荒原与文明的缓冲地带。文明与荒野体现了秩序与混沌、人与自然的对立。

人们对荒野的认知经历了一个漫长的过程,从人类在荒野中寻觅生活资料,到认为荒野偏僻,不是理想生存之所;从早期的恐惧与逃离到后来的接受与保护,再到认识到荒野的实践价值与美学价值,荒野已兼具名

---

① [罗马尼亚]米尔恰·伊利亚德:《形象与象征》,沈珂译,南京:译林出版社,2022年,第58页。
② 张徐:《民间故事传说中"夜"的神秘性》,《文艺争鸣》1990年第3期,第49页。

词(空间)和形容词的性质(狂野无序、生机活力)。荒野叙事是民间叙事传统的一部分,对叙事传统产生了重要影响。本节从荒野与叙事传统的发生,作为叙事意象的荒野——生存之境与逃离之所,走向荒野精神的叙事——重构"自然人"身份三方面探讨荒野在中西民间叙事传统嬗变中的作用。

中国荒野叙事关注天地人,影响了民间叙事传统:荒野无限广阔,为人的精神自由提供了表达场所。荒野带给人们的是一种整体性思维。荒野中的生机和活力带给人们希望,为民间叙事强调团圆结局做了铺垫。荒野充满了原始野性无序,客观上培养顺序叙述的思维。庄子在天地之间获得启发,陶渊明有"此中有真意,欲辨已忘言"的感悟,柳宗元有"万径人踪灭""独钓寒江雪"的人生体验,对于自然荒野的热爱贯穿了整个传统社会,即民间叙事传统有淡泊功名的特点。

荒野对西方民间叙事传统也有影响。荒野成为荒蛮粗犷的叙事背景,荒野意象是不屈不挠精神的表达,荒野激发了移民心中对于自由、财富的超越传统的想象,奠定了民间叙事传统中肯定野性生命的叙述基调。人们对荒野的重新认识,促进了人们对于文明与生命秩序的理解。受荒野精神影响,荒野叙述尽量摒弃权威叙述,选择第一人称叙述。荒野意象是对金钱与精致追求的反驳。

一、荒野的特征与民间叙事传统

人类历史在荒野中开始。荒野足以锻炼人生存的勇气和智慧。荒野是一个有投射与选择能力的系统,编织出了一个内容丰富的故事。荒野是我们在现象世界中能经验到的生命最原初的基础,也是生命最原初的动力。[①] 神话、史诗、谶纬等源于对宇宙、自然和荒野的理解和想象。

人类在荒野漫长的进化中,为交流的需要形成了语言。有了语言,就能交流和讲述故事。在荒野担惊受怕、为食物和居住终日奔波的初民,在漫漫长夜讲述日常所见所想,帮助人们度过漫漫长夜。"故事在远古时代就已经出现,可以追溯到新石器时代,以至旧石器时代。从当时尼安[德特]人的头骨形状,便可判断他已听讲故事了。当时的听众是一群围着篝

---

① [美]霍尔姆斯·罗尔斯顿Ⅲ:《哲学走向荒野》,刘耳、叶平译,长春:吉林人民出版社,2000年,第242页。

火在听得入神、连打呵欠的原始人。这些被大毛象或犀牛弄得精疲力竭的人,只有故事的悬宕才能使他们不致入睡。因为讲故事者老在用深沉的声调提出:以后又发生了什么事呢?"①叙述的内容、语气、设置情节的方式形成叙事传统。语言极大方便了部落人群的交流,有的宗教如此解释语言的地区差异:人类在洪水浩劫之后使用同种语言,他们商量着要建一座通往上天的塔;上帝看到大家齐心协力,通天塔高耸入云,害怕人们威胁到他。"'我要使他们语言不通,难以交流,这样他们就一事无成了。'于是上帝使建塔的人发出了不同的口音,塔顶上的人需要材料,但塔底下的人听不懂他们在说什么,结果巴别塔因建塔人彼此语言不通,无法交流而半途而废了。"②这是人们关于语言差异的想象性阐释。

荒野有令人恐惧的神力。升腾在荒野之中的富有想象的神话构成了先民重要的叙事景象和模式。神话具有诗性特质,它是民间传说中具有较大影响的超自然故事,神话思维具有形象化等原始思维的特征,缺少概念、判断、抽象、推理等过程而直接对事物信仰确证。人与其自然环境的关系仍然是人类思维的对象:人从不被动地感知环境;人把环境分解,然后再把它们归结为诸概念,以便达到一个绝不能预先决定的系统。同样的情境,总能以种种方式被系统化。曼哈特和自然主义学派的错误在于,他们认为自然现象是神话企图加以解释的什么东西;而实际上它们不过是媒介,神话借助此媒介试图解释其本身不是自然秩序而是逻辑秩序的现实。③神话思维的叙事方式对后人的艺术虚构及浪漫创作方法有直接的影响。如,植物与人类生存关系密切,荒诞不经的植物神话充满了想象力,构成了人们对植物的理解和认识。比古希腊更早的苏美尔神话一样具有丰富的想象力。苏美尔神话体系在两河流域产生,苏美尔人的神话和宗教也被后来的闪米特民族所接受和继承,影响了古希腊神话和基督教《圣经》。

荒野在空间上无限广大。生活在无垠的荒野中,早期的人们远距离交流存在障碍。语言的使用有易逝的特点,要求短距离和即时性。这种

---

① [英]爱·摩·福斯特:《小说面面观》,苏炳文译,广州:花城出版社,1984年,第23页。
② 郑凤霞、艾群、莫克编著:《世界历史》,北京:中国三峡出版社,2005年,第4页。
③ [法]克洛德·列维-斯特劳斯:《野性的思维》,李幼蒸译,北京:中国人民大学出版社,2006年,第88页。

缺点使交流和记忆具有很大局限性。起初,人们使用烟火、鼓声来传递信号,或者使用实物来固定意义。文字是有声言语的补充。没有文字,记忆就会微弱。公元元年前后,在今天的意大利以北,也就是当年古罗马帝国北部边陲以外的那片景物荒凉、风光凄厉的中欧平原上,已定居着许多"蛮族"部落,他们没有留下文字记载,他们的生活状况、经济关系和社会组织也都不甚了了。① 从甲骨文形体与现代汉字的渊源关系及与仰韶文化时期文字符号相距甚远这一事实推断,甲骨文的形成标志着汉语前身华夏语书面语规范化文字的出现。② 有了文字,人类叙事交流就获得了突飞猛进的进展。

二、荒野意象:生存之境与逃离之所

古希腊人同自然一旦分离后,就产生了强烈的个体意识。古希腊哲学家普罗泰戈拉的名言"人是万物的尺度",就是古希腊人强烈意识的表露。③ 古希腊人认为,认同自然划分是知识和智慧的起点,是人其为人的起点。④ 荒野是人们的生存之境,人类从自然荒野中索取生活资料,在自然荒野打猎、种植、养殖、休养生息。人类生活依赖于荒野,在荒野生活的时间非常漫长。荒野被视为偏僻荒凉、令人恐惧厌恶的地方。人们设计房屋、道路,形成城郭,逃离荒野。荒野是人们的生存之境和逃离之所。对荒野的欣赏始于文人墨客。"在自然神论将自然与宗教联系起来的同时,借助于美学之手,壮美和景色如画的概念开始引导哲学思想向对荒野有利的方向发展。这些观点与将一种接近自然的生活原始主义理想化的观点结合起来,滋养了对荒野具有深远影响的浪漫主义运动。"⑤ 逃离荒野后的人们发现荒野的各种价值,如,拓荒者把荒原视为挑战,开垦荒野表现了人的征服力,进而带来自豪感。在早期文学中,存在很多与荒野相关的"荒野叙事"。一方面,所叙之事基本在荒野中发生;另一方面,荒野

---

① 丁建弘:《德国通史》,上海:上海社会科学院出版社,2012年,第8页。
② 张步天:《中国历史文化地理》,长沙:湖南教育出版社,1993年,第5页。
③ 王岳川:《二十世纪西方哲性诗学》,北京:北京大学出版社,1999年,第45页。
④ 杨适:《中西人论的冲突——文化比较的一种新探求》,北京:中国人民大学出版社,1991年,第101页。
⑤ [美]罗德里克·弗雷泽·纳什:《荒野与美国思想》,侯文蕙、侯钧译,北京:中国环境科学出版社,2012年,第41—42页。

作为表达情绪具有象征意义的意象，帮助作品意义的完成。荒野成为早期叙事的对象。

荒野人迹罕至、令人不安恐惧。岛屿、海洋、草原、森林、沼泽等荒野成了叙事描写的对象。大海荒僻、暴力、凶残，英国诗人拜伦《唐璜》、法国小说家雨果的《海上劳工》对大海的描写，也延续荷马史诗对于大海的认识。19世纪英国小说家艾米莉·勃朗特的长篇小说《呼啸山庄》设置的约克镇荒野借用狂野自然象征命运的残酷。

在19世纪的俄罗斯，对犯人的惩罚之一是流放到西伯利亚。西伯利亚是一片地域辽阔的极寒荒野，不适宜人类生存。陀思妥耶夫斯基曾经流放到西伯利亚四年。陀思妥耶夫斯基的小说《死屋手记》使用了他在西伯利亚服役期间写下的笔记素材，作品中描写了可怕的荒野。古罗马诗人奥维德被皇帝屋大维流放到托米斯，直到去世一直住在这片蛮荒之地。19世纪俄国诗人普希金也曾恰好流放于此。奥维德的民间传说给了困境中的普希金启示，激发了他的灵感，让他把逃离之境变成了生存之所。这个传说故事进入了他的诗《茨冈》。《茨冈》通过对茨冈人自由生活的抒写，展示了对"文明方式"与"自然方式"的栖居方式的思考。

美国和欧洲叙事传统本质上是一致的，"托尔斯泰和陀思妥耶夫斯基也应当和他们的祖国一道被纳入欧洲文化。美国的根和西欧非常相像，也应当被纳入。美国文化和地理意义上的欧洲文化的相互之间的相互渗透从未停止过，无论是音乐还是自然科学领域、文学还是人文科学领域"[①]。来自欧洲的美国人重视荒野的价值，"在新世界的面前，他们丢掉了旧世界的思想地图，开始在荒野中，重新绘制他们自己的心灵地图和文化风景。自然而然，许多早期的美国人通过日记、旅行笔记和书信散文等独特旅行方式，来确认、描述和解释外在事物的劳作，以求得对自我、对自己所处的土地及未来的认识"[②]。自然文学关注自然，关注自然与人的精神关系，荒野则是自然文学的重要描写对象和意象。美国19世纪早期的自然文学作家在爱默生等人的影响下开始把新大陆的风景作为描写对象，爱默生认为"自然是精神之象征"。梭罗的《瓦尔登湖》是具有代表性

---

① [法]阿尔弗雷德·格罗塞：《身份认同的困境》，王鲲译，北京：社会科学文献出版社，2010年，第61页。
② 程虹：《美国自然文学三十讲》，北京：外语教学与研究出版社，2013年，第7页。

的作品,在中国台湾远足文化公司出版时,书名为《湖滨散记:树林中的生活》。梭罗在其散文《散步》中提出只有在荒野中才能保护这个世界。20世纪美国自然文学关注荒野与现代文明之间的关系,奥尔多·利奥波德散文集的《沙乡年历》渴望"像山一样写作",爱德华·艾比的《大漠孤行》以一种沙漠美学表现了美国梦,安妮·迪拉德的《汀克溪的朝圣者》展示了自然的神灵与美好。美国人安妮·拉巴斯蒂的《林中女居民》系列作品,叙述了作家在美国黑熊湖畔的荒野生活经历体会,其第一集的副标题为"独自生活在阿迪朗达克山脉的荒野"。拉巴斯蒂的山中生活表明荒野为物质主导的疲惫的现代人提供了心灵安歇的场所,荒野生活是一种慢生活的表现,其精神象征意味强烈,完全不同于曾经的人们对于荒野的态度,突破了野兽横行的刻板印象。

(一) 城市荒野叙事

与荒野相对的空间是乡村和城市。现代文明造就了城市和工业。如何理解城市?"城市的位置、格局、建筑、绘画、雕塑、仪式、文学等无不是象征符号和结构,它们聚拢在一个有限的地域内,形成相互联系、互为呼应的象征体系,凝聚起宗教的精神和世俗的思想。"[1]

城市意味着文明的发展、人间的故事。当然没有哪座城市能真正做到长盛不衰,所有幸存下来的城市实际上都遭遇过各种挫折和失败,只不过它们今日的荣光掩盖了昔日的不堪。这些城市之所以能完成一次又一次的重新崛起,应该说与其前瞻性叙事大有关系。[2] 巴黎是闻名世界的城市,无数的故事在这里上演,令人难以忘怀。格雷厄姆·罗布在《巴黎:光影流动的盛宴》中写道:"巴黎的街道分布、它的地形纹理、气候、气味、建材和巴黎人的喧嚣一起,构建出一种特定的现实。不论有多私密或多怪异,巴黎城的每一个异象和愿景都和它的节庆以及古迹一样,属于这座城市的历史。一家之言的确会让我们的这场探险变为脚本已定的呆板旅程,可是某个特定的地点、特定的时刻或特定的人物必然携带特定的观点和叙事手法。因此接下来的每一则故事都散发特定的气息,都主张自己

---

[1] 康澄:《城市的象征体系与文化意义生成——以尤里·洛特曼的圣彼得堡符号学研究为例》,《国外文学》2022年第2期,第10页。
[2] 傅修延:《城市叙事关乎未来》,《探索与争鸣》2022年第10期,第6页。

的立场,都以独有的方式向过去致敬。"①

贵族是官方叙事和民间叙事的对象,是巴黎这座城市绕不开的话题。法国学者埃里克·芒雄-里高在其《贵族:历史与传承》中写道:"名门贵胄最大的特点在于谙晓他们的历史。长期以来,彰显一系列先人的历史是他们的优势。相反,其他群体则无文献和墓志可言,所以也就没有保存祖宗痕迹的途径,只能活在当下。名门望族,是指整个家族,也就是同一祖先之下的子子孙孙。对于他们而言,血统和门第的观念是至关重要的。"②寻常人对于贵族依然保持着一种幻想与本能的迷恋,使得城市从来就带有别样的意味,令人神往。

现代城市里建有大量的公园和运动设施,为人们带来了一种自由休闲和短暂逃离的场所感,带给人们情感情绪上的愉悦。城市的发展总是推陈出新。那些曾经生机勃勃的工厂企业占据大片的土地,一旦这些工厂转行或没落,很多设施会被废弃,形成城市荒野景观。城市荒野景观是指"城市中以自然而非人为力量主导的土地,尤其指那些在自然演替过程中呈现植被自由生长景象的地方。这种荒野景观可大可小,从人行道的裂缝到更大尺度的城市景观,包括但不限于林地、停止使用的租赁菜园、河流、废弃的场地、棕地"③。城市荒野景观不是经过规划设计的,却能承载一些活动,富有生机又杂芜,能带来独特的价值与体验。城市荒野景观或许会成为人们的游乐场,包括露宿、玩耍、探险、采摘等,也可能会被植被覆盖和鸟兽占据,从而恢复一定的生态系统。在保加利亚巴尔干山脉布兹卢扎峰的山顶上,屹立着一座"奇怪"的建筑——70米高的塔下,拴着一个碟形的大圆体,远远望去像是一艘废弃的"宇宙飞船"。城市荒野景观是自然与社会共同作用的结果,它具有多种生态调节功能,传达出新的价值体系观念。城市荒野景观不是对自然荒野的单纯复制,是由自然与社会共同作用出现的缺少管理的城市景观。由于城市荒野景观并非设计为特定的休闲或劳作场所,因此会给观赏者带来非连续主题的疏离感,

---

① [英]格雷厄姆·罗布:《巴黎:光影流动的盛宴》,金天译,上海:上海文艺出版社,2021年,序言第5页。
② [法]埃里克·芒雄-里高:《贵族:历史与传承》,彭禄娴译,北京:生活·读书·新知三联书店,2018年,第1页。
③ [英]安娜·乔根森、[英]理查德·基南编著:《城市荒野景观》,邵钰涵、徐欣瑜译,北京:中国建筑工业出版社,2020年,第1页。

这暗合了叙事上陌生化的追求。城市荒野景观中的冒险与虚构叙事冒险相比有更为真实的体验。对城市荒野的保护意义在于使之重新成为城市活力的组成部分。

(二) 废墟叙事

建筑被荒废或破坏成为废墟,打破了现实的环境形式格局,能独立叙事,有距离感、实用性、崇高感等文化意义。废墟保留了时间和记忆,是怀旧情绪的公共意象空间。艺术史学家巫鸿认为,中国传统文化中的废墟观念与欧洲的有着一定的差别:"'墟'则是更多地被想象为一种空廓的旷野,在那里前朝的故都曾经耸立。作为一个'空'场,这种墟不是通过可见可触的建筑残骸来引发观者心灵或情感的激荡:在这里,凝结着历史记忆的不是荒废的建筑,而是一个特殊的可以感知的'现场'。"①巫鸿认为诗画是废墟的替身,其《废墟的故事:中国美术和视觉文化中的"在场"与"缺席"》介绍了中国传统文化中对"往昔"的视觉感受和审美。

废墟是沉默的文本,拼贴起了传统,是民族文化象征与人类经验的普遍隐喻。优秀的作家能写出废墟灵魂和故事,废墟也能独立叙事。余秋雨在《千年一叹》的自序中写道:"我只相信实地考察,只相信文化现场,只相信废墟遗迹,只相信亲自到达。"②在尊重废墟的完整性、连续性、真实性的前提下对于废墟的保护显得极为重要,对废墟的保护体现了对身份认同的反思。比如,被侵略者烧毁的圆明园废墟是北京城最有历史感的文化遗迹之一,圆明园遗址作为废墟默默地叙述着历史上惊人的罪行,人们能在回望寓言式的废墟中思考民族未来。废墟因历史感而变得厚重。比利时西弗兰德斯省伊珀尔的纺织会馆是第一次世界大战后按照原来的样子重建的:"纺织会馆是专门纪念'一战'的知名博物馆——弗兰德斯战地博物馆。人们在这里集结、开赴战场或者埋葬于此,它最终变成了一种精神上的共通之物,代表着某种残存的、坚固的、根源性的连接,战后修建的梅宁门就是这种精神象征的实体化形式。"③

---

① [美] 巫鸿:《废墟的故事:中国美术和视觉文化中的"在场"与"缺席"》,肖铁译,上海:上海人民出版社,2017年,第28页。
② 余秋雨:《千年一叹》,北京:北京联合出版公司,2019年,自序第1页。
③ 杨位俭:《废墟之上:"圣地"伊珀尔的故事》,《中国社会科学报》2022年4月29日第7版。

三、走向荒野精神的叙事：重构"自然人"身份

人类在实践中对荒野的认知发生了根本性的变化：人们从对荒野的消极认识到对荒野的积极肯定，经历了一个漫长的过程。"任何时候观察一种独特文明，你都会发现这种文明最有特色的写作以及其他文化产品都反映出一种独特的生活方式，而这种生活方式支配着写出这些东西的作家、画出这些东西的画家、谱出这些音乐的作曲家。"①丘陵地区音乐婉转，高原地区音乐高亢。不同地区的荒野都会呈现出不同特征。文化艺术的出现与自然环境密切相关，不同区域的自然环境会孕育出不同的文化生态系统，形成具有区域性特征的地方性知识。"地方性知识"强调知识生成于特定情境，更重视知识形成的具体情境条件，如溶洞、岛屿、海洋、草原、森林、沼泽，强调文化环境的地域性。在认识荒野的过程中，叙事方式与地方性知识相结合，形成了自身独特的叙事传统。传统叙事规则随着对荒野认知的变化而嬗变。

对荒野的认知与人的认识能力有关。随着改造自然能力的提高，人们不再把荒野视为偏僻、令人恐惧的地方。荒野成了人的审美对象，体现了人对自我和自身的认识。荒野从人们逃离的荒蛮之地逐渐成为启迪思考、师法自然的参照物。卢梭认为要建立接近自然状态的社会秩序，让文明人的条件接近自然，或许这能改善社会状态。在森林荒野中漫步的卢梭获得了新的思考，针对法国当时盛行的理性主义，认为人在自然状态中具有怜悯之心，能激发人的自由想象力，他因此写出了《孤独漫步者的遐思》。资本主义生产关系的发展带来的是人际关系的改变，同时造成环境的激烈改变。人们逃避现实，愿意回到自然荒野之中去寻求宁静。英国华兹华斯为逃避工业文明带来的污染选择了英国西部的湖畔居住。"在美国环境文学中，荒野是相对欧洲来说的，更多是指美国新大陆未知的、广阔空旷、尚未开发、主要是野兽而非人类居住的地带。"②英国清教徒在北美拓荒，他们把工作看作响应上帝的号召进行的劳作。荒野对于殖民者是一个巨大的挑战，但他们在改造荒野的过程中锻炼出自由乐观的精

---

① [英]以赛亚·伯林：《浪漫主义的根源》，[英]亨利·哈代编，吕梁、洪丽娟、孙易译，南京：译林出版社，2008年，第10页。
② 余晓慧：《世界历史语境中的文化认同研究》，昆明：云南人民出版社，2014年，第1页。

神以及挑战难题的勇气。"开发北美大陆的拓荒者、清教徒、探险家和移居者都热爱边疆,因为边疆生活给他们以挑战与训练,而正是这种挑战与训练造就了美国精神。我们之所以为荒野走向消失而哀惋,原因之一就是我们不想将这铸就了我们民族精神的荒野完全驯服。"①孙重人的《荒野行吟:美国自然文学之旅》是一部关于自然文学的寻思之作,由"简单生活""敬畏自然""荒野思维""生态之殇"四辑组成,对亨利·梭罗、约翰·缪尔、奥尔多·利奥波德、约翰·巴勒斯等美国作家的创作做了分析思考,认为"他们走进荒野,走进自然,寻找心灵之慰藉。进入当代后,人们对环境问题的思考进一步凸显。从关注自然,到审视人与自然的关系,最终发展到对人类自身环境与生态的关注,探讨现实与人的最终归宿,使它具有强烈的时代感"②。

人不过是荒野中的存在物而已,在荒野叙述中重建"自然人"身份。"身份永远是一种源自身份持有人与更广泛的环境之间交互的建构。身份可被归类为满或空,开放或封闭,稳定或不稳定。其核心由一套或多或少相一致的规范和价值观构成,这些规范和价值观可回溯到该群体,或者用专业术语来说,某一特定文化更广大的叙事所共有的概念和意识形态。"③荒野作为一种具有自然蓬勃生长的空间力量,强化生命体验。荒野叙事在一定程度上就是人的自然属性回归的叙事。

(一)中国荒野叙事传统的影响

中国荒野叙事关注天地人,对人们的叙事产生了重要影响:

第一,荒野为叙事传统提供了情景场所。荒野具有无限广阔的特点,为人的精神自由提供了很好的表达场所;荒野充满了无限的力量,是一种象征。《山海经》记述了山川河流异物,蕴含大量的创世神话、洪水神话、民族起源神话、英雄神话和自然神话,这些神话内容为后世的文学创作提供了素材,反映中国文化的基本特点和文化精神的价值取向,为后世文学提供了母题。庄子以天地为大背景,从而为自己的宏大叙事提供了舞台,天地悠悠万物生。庄子《逍遥游》写道:"北冥有鱼,其名为鲲。鲲之大,不

---

① [美]霍尔姆斯·罗尔斯顿 Ⅲ:《哲学走向荒野》,刘耳、叶平译,长春:吉林人民出版社,2000年,第147页。
② 孙重人:《荒野行吟:美国自然文学之旅》,北京:生活书店出版有限公司,2017年,前言第5页。
③ [比利时]保罗·沃黑赫:《身份》,张朝霞译,广州:花城出版社,2018年,第36—37页。

知其几千里也;化而为鸟,其名为鹏。鹏之背,不知其几千里也;怒而飞,其翼若垂天之云。"

第二,荒野是一种具有生机活力的自然场所,被视为整体性的活力源泉。早期宗教作为自然崇拜的表现,常在高山深林设置居住场所,在荒野中沉思,获得对于世界的认识和内心的安宁。唐代诗人王维在山中顿悟人生。一切均从荒野中诞生,荒野带给人们的是一种整体性思维,道生一,一生二,二生三,三生万物,生生不息。同时,荒野无限宽广,模糊时间空间,使得民间叙事中的具体时间地点只成为一个背景,产生了很久以前、很远的地方这种时空叙述模式。

第三,荒野宽广,充满了原始野性气息,要把荒野讲述清楚,需要捋清线索,从头讲起,培养了顺序叙述的思维。因此,中国民间故事通常遵循出生到成才的模式来叙述。因此对于事件的来龙去脉讲述得非常清楚。葫芦娃的故事就是从葫芦娃的出生叙述。猎人海力布也是从获得能听懂鸟兽语的石头叙述。中国四大民间传说也是按顺序讲述故事。

第四,对于荒野的认识,导致人们注重内心自由感受。

荒野是人类产生的地方。荒野并非仅在过去起过重要的作用,而且现在仍然起作用。"荒野是一个活的博物馆,展示着我们的生命之根。人类在这个博物馆中获得的体验是珍贵的,因为我们从中了解了我们来自何处与我们是谁。"①荒野意味着远离尘嚣。荒野意味着还原人类生命的原始境遇,是人类生活的原初环境。在荒野中能够沉思、把握世界。老子要回到小国寡民的状态中去,庄子在天地之间获得启发,陶渊明的《桃花源记》和《归园田居》是远离尘嚣、理想回归自然的表达,柳宗元有"万径人踪灭""独钓寒江雪"的人生体验。荒野对于民间叙事传统的影响在于催生对功名的淡泊态度。中国当代作家王十月的《荒野》由《烟村故事》《喇叭裤飘荡在1983》《少年行》《关外》《寻根团》5部作品组成,按照时间顺序在不经意间写下了作者的生命史、心灵史,"不断的荒野化,又不断抗拒荒野化的过程":"许多的湿地已消失,就像这湿地上的鸟,飞走了,去别的地方安家生息,它们找到了更好的家;就像这烟村的人,打破守着烟村过日子的传统,像蓬松的蒲公英种子,风一吹,就散开了,飞到天南地北,扎下

---

① [美]霍尔姆斯·罗尔斯顿 Ⅲ:《哲学走向荒野》,刘耳、叶平译,长春:吉林人民出版社,2000年,第213页。

根,安下家,就再也不回来。但总有些恋根的人,飞得再远,做下再大的事业,终归是会回来的。"①

（二）西方荒野叙事传统的影响

第一,叙事背景:荒蛮粗犷。随着生活的精细化,叙事意象越来越精致,但在表现人的精神方面乏力,荒野叙事力图避免这一情形。北美巨大的荒野激发了移民对于自由财富的浪漫想象。美国自然文学把荒野作为表现的对象,思考荒野与人的自由的关系,展示荒野与现代化之间的冲突与回归。"'荒野'是自然文学的一个关键词。对荒野的理解堪称是美国文学的精华。同时,荒野也是美国自然文学关注的焦点。"②"西方小说叙事中的空间也大都是和谐性空间,但与中国小说和谐性空间几乎一统天下的局面不同,西方小说中还出现了背离性空间和中立性空间。"③其原因是人们独立自由的性格与固定场所之间的矛盾。但是,在荒野中,这种形式的压迫被消除了。美国牛仔形象粗犷朝气具有荒野精神,可视为一种致敬。海明威小说中的牛仔硬汉都具有牛仔意象的特点。《老人与海》是荒野精神的杰出体现。大海是主人公圣地亚哥谋生之所,也是展示他生命意义的场所,"大海既是我们的朋友,也是我们的对手"。捕获大马林鱼已经超越了谋生的意义,它展示了老人的生命活力,而这正是粗犷的荒野意象、不屈不挠精神的表达。

第二,叙述基调:肯定野性生命。荒野是一种扑不灭的促进生命的力量,不管它在别的方面显得多么任意、盲目和残忍。伟大的生命之河就这样流动着。它的流动有一种奇异的野性,因为它似乎是向上涌流,是沿着逆熵流的方向,从无到有,从无生命到客体生命再到主体生命。④ 在荒野叙事中人和自然视角运用,通过荒野强大的自由生命场,引导人们的精神向荒原气质靠拢,实现对现代社会中人的异化的纠正,进而实现"自然人"身份重构。荒野是人类精神的疗养所,爱默生认为:"在荒野里,我发现有某种比在街上或村子里更亲切和更契合的东西……在树林里,我们回归

---

① 王十月:《荒野》,北京:文化发展出版社,2019年,第1页。
② 程虹:《寻归荒野(增订本)》,北京:生活·读书·新知三联书店,2011年,第1页。
③ 吴家荣等:《中西叙事精神之比较》,合肥:安徽大学出版社,2011年,第246页。
④ [美]霍尔姆斯·罗尔斯顿 Ⅲ:《哲学走向荒野》,刘耳、叶平译,长春:吉林人民出版社,2000年,第230页。

野性和信仰。"①或许只有荒野才能保护这片土地。杰克·伦敦的《深渊里的人们》中的赫克斯利在伦敦东区担任过医官,考察过最原始的野蛮民族,认为:"如果让我选择,我宁愿选择野蛮人的生活,而不选择基督教伦敦人的生活。"那一年,是 1903 年。他的中篇小说《荒野的呼唤》通过法官家的一条狗巴克的经历,描写文明世界的狗在主人的逼迫下回到荒野,表达了他对文明进程的保留和疑问,生命总是在不断挣扎求存的过程中获得意义与力量。② 当代人们对荒野的重新认识,促进了人们对于文明与生命秩序的理解。

第三,叙述人称:从第三人称到第一人称。荒野叙述尽量摒弃权威叙述,选择第一人称叙述,展示了叙述者的自信,对自我的肯定。英国小说家笛福的《鲁滨逊漂流记》叙述了流落荒岛的冒险者鲁滨逊的故事。身处荒岛的鲁滨逊别无选择,开启了人类慢慢进化史上的一系列行动,如烧制器皿。这使个体精神得到了极大的张扬,为第一人称的使用奠定了基础。意大利小说家卡尔维诺的《书上的男爵》叙述了"我"的哥哥柯西莫因反对姐姐巴蒂斯塔对动物的残害,并拒吃用蜗牛做的主菜和汤而遭到父亲的惩罚,遂逃离家庭攀爬至庭院里的树上,从此在树上度过了自己的一生。树上实际上也是荒野的另类表达。柯西莫外在形态与野人相似,但他的自我个体意识却在不断得到革新,成为有"导师"身份的启蒙者。普希金的《叶甫盖尼·奥涅金》中的故事发生地主要是在乡村,一个远离城市文明的地方。第一人称的使用受荒原自由精神的影响,继承了古希腊以来的自由意识。

第四,西方荒野叙事结构:非秩序性。荒野以一种苍茫的面貌呈现,任何一个地方都是叙述的起点。荷马史诗两部作品,分别是从故事高潮开始叙事,采用倒叙的方式,是一种非线性结构。悲剧《俄狄浦斯王》也是采用回溯的方式。西方人以流浪的生活模式为特征。从接受者的角度说,故事如果从人物的出生开始平铺直叙,难以引起人们的兴趣。通俗小说福尔摩斯探案集的故事也是从最吸引人的角度开始叙述,引导人们从

---

① [美]罗德里克·弗雷泽·纳什:《荒野与美国思想》,侯文蕙、侯钧译,北京:中国环境科学出版社,2012年,第 80 页。
② 蔡智敏、姜联众主编:《文学与思想的 70 座高峰》,南昌:二十一世纪出版社,2015年,第 330 页。

线索迷雾中思考、寻找答案,读者也因而具有参与故事的乐趣。非线性叙述因而对作家极具吸引力。

对荒野的重新审视与认知,使人们意识到现代秩序的无助和荒谬性。英国诗人T.S.艾略特1922年发表的《荒原》虚构了一个寻找圣杯的故事,描写的西方荒原景象,隐喻现代人价值失落。就叙事结构而言,艾略特说:"这首诗本来就没什么构架","在写《荒原》时,我甚至不在乎懂不懂得自己在讲些什么"。意义丰富,秩序混乱,与荒原的无序结构具有一致性。

第五,大量写自然的意象,金钱与精致消失。现代性带来了物质丰富的同时也带来了巨大的挫败感。在一个飞速发展的世界,个体遭受了物质与精神双重异化,个体身份失落。文化经验与地理区域的关联还在,地方性以及它们所形成的特定表现和细微差别并非突然消亡。① 人们对荒野的认识改变了传统中过于精致的弊病。荒野空间的价值,空间的存在不是作为空洞的毫无生机与活力的存在形式。

荒野既是人物生活的环境,更潜在地影响了人物的性格与命运。荒野以其巨大的原始生命力映衬出人类的渺小,生活于荒野中的主人公往往显示出自由的生命之光。荒野与宿命联系在一起,随着未知自然的缩小,人们一度以为掌握了自然,人追求荒野与人的精神天地构成一种映射关系,在一定意义上重构了"自然人"身份。

荒野是美国文化的重要构成部分/意象。美国人为把自己与欧洲文化区别开来,需要寻找本土独一无二的意象。欧洲大陆已经找不到真正意义上的荒野了,因此荒野被视为美国具有代表性的意象。如,美国的菲利普·弗伦尼视密西西比河为众河之子并远胜于多瑙河。在美国一些人看来,城堡建筑是文明的表现,常与残酷专制联系在一起。"民族主义者强调,荒野远非一种不利因素,反而实际上是一份美国的财富。当然,自豪感继续从对荒野的征服中滋长着,但是到了19世纪中叶的几十年间,荒野已被认为是一种文化和道德的渊源,以及民族自尊的基础。"②荒野被看成是传达上帝意旨最为清楚的媒介而具有卓越性,能够成为美国独

---

① 任裕海:《全球化、身份认同与超文化能力》,南京:南京大学出版社,2015年,第134页。
② [美]罗德里克·弗雷泽·纳什:《荒野与美国思想》,侯文蕙、侯钧译,北京:中国环境科学出版社,2012年,第62页。

一无二的财富。美国浪漫主义诗人重新审视人与自然的关系,把城市视为纯真失落的荒地,而认为荒野是美好的地方,赋予荒野独特价值。浪漫主义荒野观是人类对待荒野的态度从憎恶到欣赏的转折点。西格德·F. 奥尔森认为荒野对美国人而言是一种精神的需要,他的《低吟的荒野》对荒野有真切的体验和感受:"与低吟的荒野息息相关的是湖畔潜鸟的呼唤,夜幕中的北极光,以及苏必利尔湖(Lake Superior)西北那片广袤沉静的大地。与低吟的荒野密不可分的是由失而复得的原古生活方式中寻到的简朴的愉悦,时光的永恒及对远景的期望。"①美国荒野保护协会会长乔治·马歇尔认为奥尔森广受欢迎的原因是他让荒野和生活吟唱,歌颂荒野成了美国爱国主义的象征。

第五节 乡土叙事与流浪叙事:中西乡愁叙事比较

由于独特的气候地理条件,中国是以农作物种植为主的农业文明。以土地为主要生产资料的条件把人们牢牢地束缚在同一个"地方"。世世代代在同一个地方生存,本土就是乡愁所在。"人类的本土需求是鲜明的,他们对本土的依恋是强烈的。维护自己的这些需求和依恋而反对外来者的那些需求和依恋,通常会带来物质上的收益和令人满足的群体优越性的安全感。它也创造了许多色彩、崇高思想和哀婉动人的情感。"②

中国儒家文化在农耕文明中建立,用五常伦理维系乡村宗法秩序。祖祖辈辈在同一块土地上生长,形成深深的土地依恋和刻骨铭心的乡愁:

> 中国传统村落在文化功能上,具有道德规约、宗族认同与心灵皈依的作用。与强调出世的道教与佛教文化不同,儒家文化是"内圣外王"的经世致用之学,既有形而上的天道内涵,更有讲求齐家、治国、平天下的入世精神,几千年来为中国的政治、社会、经济发展提供了丰富的精神养分。它以宗祠、祖训、礼俗、乡约等多种文化形式渗透

---

① [美]西格德·F. 奥尔森:《低吟的荒野》,程虹译,北京:生活·读书·新知三联书店,2012年,第1—2页。
② [美]唐纳德·N. 莱文:《对话社会理论》,[美]霍华德·G. 施奈德曼编,陈玲译,上海:上海社会科学院出版社,2022年,第83—84页。

于中国的乡村生活之中,从西汉开始就成为中华民族共同体血脉深处的文化基因。①

中国乡土叙事中夹杂着浓浓的抒情,叙述者无意于讲述完整翔实的故事,而风景场景描写比较丰富,情节性相对较弱。中国叙事传统写实性比较强,写实的目的在于引发人们相似的体验,激发共鸣。

西方是海洋文明社会,多种文化冲击碰撞,人员的流动性强:

> 西方文化经历了从明朗欢快的自然崇拜的希腊多神教和外在刻板的律法主义的犹太教,向鄙视现实生活、崇尚天国理想和灵魂超越的基督教的转化。这个转化过程就是西方文化在"轴心时代"完成的重大变革,它使得西方文化具有了一种形而上学的特点。……基督教的这种基本观念导致了人与现实世界的分裂,造成了中世纪基督教文化的一种普遍的人性异化现象。②

人员的大量流动,形成的是流浪叙事传统,宗教信仰也带来想象丰富和虚构性的传统。流浪叙事继承了英雄颂歌的线性结构,情节内容容量较大,有一定情节性。史诗的情节模式为流浪叙事提供了基本的框架。通过流浪汉的视角观察世界:或崇高或卑贱或戏谑,呈现了另一种对世界的观察感受。

地方作为空间的组成部分,与人们的日常生活密切相关,是一种客观存在。"空间同样被当作一种自然事实来对待,它通过指定的常识意义上的日常含义而被'自然化'了。它在某些方面比时间更为复杂——它具有作为关键属性的方向、地域、形状、范型和体积,以及距离——我们象征性地把它当作事物的一种客观属性,可以测量并因此能被确定下来。"③空间并非虚空,也不是一个静止不变的容器,而是具有朝气活力的存在,是一个无限开放的、各种力量构成对抗的场所。一切事物只有在空间中才能具备其本来的属性,"空间和时间是一切实在与之相关联的框架,我们

---

① 郭讲用:《中华民族共同体:传统节日仪式传播与信仰重塑》,北京:商务印书馆,2022年,第88—89页。
② 赵林:《中西文化的精神分野:传统与更新》,北京:九州出版社,2023年,第10页。
③ [美]戴维·哈维:《后现代的状况——对文化变迁之缘起的探究》,阎嘉译,北京:商务印书馆,2003年,第253页。

只有在空间和时间的条件下才能设想人和真实的事物"①。空间一经形成,作为一种秩序模式,改变人们的思考行为与存在模式。毕达哥拉斯派把空间看作数的一种属性。

地方是人们居住的空间的具体表征,这个空间中积聚了人们的喜怒哀乐,使得作为空间的地方具有了特殊的意义,是一个盛放过去与乡愁的容器。过去对我们的意义是什么?人们回顾过去有各种原因,但是其共同之处是获得自我意识和身份意识。②人是社会性动物,身份是人的基本属性,具体内容是变化的、建构的,叙事是建构身份的有效手段。"身份从来就不是自治完整的;它只根据它所不是的东西来定义自己。其次,身份始终是一个建构,不管多么小的建构,不管说的是性身份、民族身份、文化身份、历史身份还是个体身份。"③人们的生存过程就是一个身份建构过程,地方是身份的重要标志之一,人们在地方中群居生存,回望地方就是对经验世界的复归。地方是人们成长过程中的熟悉之处,有助于缓解漫漫人生中对于不确定的焦虑。福柯认为我们时代的焦虑根本上与空间有关。对于地方的叙事是对身份的生产,同时也是对身份的再生产。不同时间对于地方的重复意味着人与地方之间关系的建构与再建构。

山峦、河流、城市、场馆、道路、角落等空间都会成为人们活动的地方,嵌入人们记忆深处,成为盛放乡愁、记忆过去的"地方"。法国学者加斯东·巴什拉对于屋舍作为地方空间所具有的价值给予充分的肯定。卡西莫多是巴黎圣母院的敲钟人,教堂是他记忆的一切:"教堂是他的住所,他的窝,是装他的封套。在他和那座古老的教堂之间,有一种十分深刻的天然的同情,有那么多的互相吸引的共同性,那么多的实质上的类似,使他就像乌龟依附龟壳一般依附着教堂,那座凹凸不平的教堂成了他的甲壳。"④不仅如此,即便是角落,一样能够成为人们活动的重要场所,从而被永久铭记。"角落首先是一个避难所,它为我们确保了存在一个基本性质:稳定性。它是我的稳定性的确定所在,邻近所在。角落可以说是半个

---

① [德]恩斯特·卡西尔:《人论》,甘阳译,上海:上海译文出版社,2004年,第2页。
② [美]段义孚:《空间与地方:经验的视角》,王志标译,北京:中国人民大学出版社,2017年,第154页。
③ [美]于连·沃尔夫莱:《批评关键词:文学与文化理论》,陈永国译,北京:北京大学出版社,2015年,第126页。
④ [法]雨果:《巴黎圣母院》,陈敬容译,北京:人民文学出版社,2003年,第133页。

盒子,半面墙,半扇门。……在自己的角落里获得安宁的存在,如果可以这样说,对此的意识产生了一种稳定性。稳定性扩散着。一间想象中的卧室在我们身体周围建造起来,当我们躲避在角落里时,我们的身体以为自己隐藏得很好。"①

在西方,营造的"乡愁"通常是一种日常生活式的,而不是中国那种世世代代累积的对同一个地方深深的记忆与认同。乡愁作为一种记忆,消除了日常生活中不尽如人意的因素,而留下美好的印象。对于家园的依恋引发了西方的流浪叙事。奥德修斯十年返乡以及骑士的外出与回归,都具有流浪叙事特点。"原始性史诗叙事平衡于两种世界之间:一方面是仪式与传说,而另一方面则是历史和虚构。同时,其情节本身也处于一种过渡阶段,一方面是民间传统的简单情节构思,另一方面则是传奇和历史的那种具有自觉艺术性或自觉经验性的情节构思。"②

西方流浪叙事传统的特点是:第一,艺术性强,具有丰富的想象性和虚构性。《奥德赛》中的英雄奥德修斯用了十年时间历尽艰辛回到了故乡——这个在梦里萦绕无数回的地方。丰富的游历有助于这样一种想象。这在某种程度上弥补了猎奇的心理。中世纪欧洲的骑士为了荣誉、保护宗教外出觅功名,同妖魔鬼怪作斗争,因此有了骑士传奇、亚瑟王和圆桌骑士的故事。骑士出游最终目标还是回归。流浪培养了想象,对于小说的虚构具有重要意义。第二,情节内容容量较大,结构比较复杂。奥德修斯的故事逻辑较为松散,但又有一定情节性。流浪故事在一定的逻辑关系下展开,可以容纳更多的人物故事,结构比较复杂。从史诗叙述人物英雄的角度来说,流浪叙事也继承了英雄颂歌的线性结构。也就是说,史诗的情节模式为流浪叙事提供了基本的框架。通过流浪汉的视角观察世界:或崇高或卑贱或戏谑,呈现了另一种对世界的观察。《奥德赛》由英雄人物的行动轨迹占据主导地位,作为有勇有智的英雄人物,奥德修斯完全能够胜任叙事作品中的这一角色。流浪叙事也是由单个主人公来统率全局,西班牙流浪汉小说《小癞子》作为最原始的流浪汉小说,以小癞子

---

① [法]加斯东·巴什拉:《空间的诗学》,张逸婧译,上海:上海译文出版社,2009年,第174—175页。
② [美]罗伯特·斯科尔斯、[美]詹姆斯·费伦、[美]罗伯特·凯洛格:《叙事的本质》,于雷译,南京:南京大学出版社,2015年,第208页。

"拉撒路"为主人公来观察世界。这种结构只是截取主人公生活中的一段,采取了片段式的情节结构模式。或许是主人公的人生经历不足以让作者为之作传记般的叙述。而史诗中的英雄人物阿基琉斯、赫克托耳、贝奥武甫、罗兰都以死亡为结局,体现了古代叙事文学中存在着分裂式趋向:"经验性叙事突出人物塑造,而虚构性叙事则注重表现历险。"①历史化强调事件的时间关系和因果逻辑,传记式则叙述人物从生到死的过程。流浪叙事显然有这两种路径模式特征。

中国乡土叙事传统的特点是:第一,叙事中夹杂着浓浓的抒情,最重要的情绪是乡愁。以土地为生产资料的条件把人们牢牢地束缚在"地方"。世世代代居住在同一个地方,地方就是乡愁所在。余光中《乡愁》《乡愁四韵》表达思乡之情,黄河浪《故乡的榕树》通过回忆故乡榕树下的童年生活而抒发思乡之情,都是乡愁的代表作。第二,情节性相对较弱,作者无意于讲述一个完整翔实的故事,而风景场景描写比较丰富。中国叙事传统写实性比较强。写实的目的在于引发人们相似的体验,激发共鸣。这种特点的优点在于,作者和读者对于故乡都比较熟悉,虚构性太强造成的陌生感不利于认同,也容易消解作者和读者的情绪。这造成一种客观实在的乡土叙事传统。第三,乡愁是真实的情绪,也受史传精神影响,乡土叙事向纪实性靠近。

---

① [美]罗伯特·斯科尔斯、[美]詹姆斯·费伦、[美]罗伯特·凯洛格:《叙事的本质》,于雷译,南京:南京大学出版社,2015年,第213页。

第二章
中西口传叙事传统比较

　　口传叙事是中西重要的民间叙事传统,在叙事题材、叙事结构和叙事场景等方面颇具特色。中西口传叙事包括神话、史诗、民间传说、占星、歌谣等。口传叙事中的民间故事、口头诗歌、民歌等现有研究比较多,并取得重要成果,如普罗普的《故事形态学》、帕里-洛德口头诗学理论等。但从中西民间叙事传统比较的角度进行研究,目前可见资料较少,仍然有较大的拓展空间。

　　口头诗歌是民间的活态文学,通常为英雄史诗,由歌手演述英雄事迹。景颇族的《勒包斋娃》、藏族的《格萨尔王传》、柯尔克孜族的《玛纳斯》、蒙古族的《江格尔》等是中国各民族史诗。由于结构和主题相对固定,因此演述者讲述的故事能够保持相对稳定性。中西史诗产生于不同的语言文化环境,却具有大致相同的叙事模式。民歌是经广大民众口头创作、广泛流传和集体加工而形成的一种民间音乐文化形式。民歌叙事模式是指民歌叙事的结构安排、技巧和范式。叙事民歌深深根植于民间,是内化了民族要素的语言声音材料,渗透了稳定的族群的思维方式和价值取向,经过不断传承形成程式化叙事模式。比如,中国民歌多采用第三人称演述,形成了独特的点评式和评书式的特点。西方民歌中有大量第一人称演述,多呈现史诗式和戏剧化特点。民歌的叙述语言受创作主体的集体性、演唱情景的自由性影响。

　　谣谶包括谶纬、占星、谣言等。谣谶是人们对将要发生的可能事件的想象性表达,它反映出人类对超常知识的渴求。谶是方士化儒家造作的图录隐语,纬是相对于经学而言,即以神学附会和解释儒家经书的。谣谶所传达的叙事信息或隐或现,有的经过重重的符号编码而显得神秘晦涩,唯有充分解码和深入释读方能解析其间的信息。祥瑞灾异、神化帝王、占星望气与天命神权、天人感应观念有关系。

谣言是社会群体之中颇难控制的流通信息,这种信息传播的媒介多样。谣言的信息与一般信息陈述之间存在明显的出入,与文学虚构却具有相似性,猎奇心理为谣言的传播扩散提供温床。在中国,谣言的传播与谶纬有渊源。在西方,谣言与神谕有渊源。现在人们看到的孟姜女故事实际上在历史上并未发生,据信源头是《左传》"齐侯归,遇杞梁之妻于郊,使吊之"的故事,并没有涉及哭长城的记载。但历代人们根据现实需要对孟姜女哭长城的传说进行加工,迎合了人们控诉暴政、相信善恶有报、歌颂坚贞等要求,因此经常被改编成具有当时时代特色的传说,掩盖了杞梁妻吊唁的原貌。"事实上,杞梁妻,也就是今天被我们称之为孟姜女的人,其实在吊唁期间并未哭泣"[①],更不用说哭崩长城了。谣言以不可靠的信息构筑话语系统,通过缺失的信息实现传播信息向权威话语的转变。

口传叙事传统实现文化传承的方式,第一人称叙述者是叙述者实现文化传承的重要策略;反复演练是口头叙事传统中实现文化传承的必要步骤;母语与风俗蕴涵着本民族文化底蕴,是口头叙事传统中实现文化传承的直接载体。文化传承是口传叙事传统的核心价值。人类社会文化在口传叙事中得到了延续和传承,形成传统。民族传统文化是自我体认的依据,而现代性是人类社会的普遍境遇,任何民族群体都不能对现代性加以简单的排斥和抵触,否则只能使本族文化走向封闭。现代性要求打破传统习俗的固执,改变深层文化习俗,而传统则阻碍着现代性的渗入。外部文化与传统双向影响是现代口传叙事面临的语境。

第一节 中西口传叙事传统与文化传承

口传叙事伴随着人类社会的发生发展。中西口传叙事传统中形成的母题、程式、场景等模式与特征,是文化传承的重要元素。口传叙事传统中第一人称叙述者的运用是实现文化传承的重要策略,富有特色的叙述

---

① 韩明辉:《这些年,我们还在相信的历史谣言》,杭州:浙江大学出版社,2016年,第32页。

者通过使用母语等方式表现风俗、讲述故事,并通过多次反复演练实现文化传承。

口头叙事在人类文明的承续与社会的发展中,起了重要的作用,"人类文明的赓续须臾离不开口头文化在代际和族群之间生生不息的传承,海量的民间知识和民众智慧是人类持续发展不可或缺的文化因子"①。口头叙事就其本身而言,依靠人们口耳相传,没有固定的文本,具有较大的主观性。但口头叙事在讲述过去的故事尤其部族故事时,会使用到相对固定的程式、母题、语词及场景等,因此在历史发展的过程中逐渐形成自身的传统。所谓传统,指"世代相传、从历史沿传下来的思想、文化、道德、风俗、艺术、制度以及行为方式等。对人们的社会行为有无形的影响和控制作用。传统是历史发展继承性的表现,在有阶级的社会里,传统具有阶级性和民族性,积极的传统对社会发展起促进作用,保守和落后的传统对社会的进步和变革起阻碍作用"②。

一、文化传承:口传叙事传统的核心价值

人类社会先有语言,后有文字。人类还没有文字的时候,口头叙事就已经开始了,口头叙事与人类社会伴随始终,人类社会文化在口头叙事中得到了延续和传承,并逐步形成了传统。口头叙事是人类社会的根本。从传统最基本的涵义看,它是指代代相传的东西。几乎任何实质性内容都能够成为传统。而在传统研究的实践中,通常将民俗、童话、神话、传说、口头文学、习惯法、风俗与服饰、世俗的礼仪与仪式作为研究的对象。希尔斯特别强调了记忆作为往昔的记录,过去的形象延续至今,成为今天依恋的对象,它增加了过去事物的规范潜能得以生效的机会。③ 在口头叙事中,各民族的元素都会自觉不自觉地被纳入其中,进而演化为传统。

口头叙事传统依靠民族文化身份来表现,文化身份既是传统的也是现实的,佤族的木鼓、大理的手工扎染、纳西族的东巴文化等都具有民族文化属性。霍尔认为,文化身份不是固定的本质,它是由记忆、叙事和神话组建而成。而民族性格是一个民族在长期的历史发展过程中形成的相

---

① 朝戈金:《重视我们的口头传承》,《人民日报》2016年3月21日第7版。
② 夏征农、陈至立主编:《辞海(第六版彩图本)》,上海:上海辞书出版社,2009年,第321页。
③ [美]爱德华·希尔斯:《论传统》,傅铿、吕乐译,上海:上海人民出版社,2014年,第56页。

对稳定的性格,如蒙古族的粗犷、豪放,朝鲜族的勤劳、礼貌等,这种性格又是通过民族心理表现出来的。在民族社会生活上,民族的服饰、语言、习惯、物质生产等都会打上民族烙印。

传统是民族稳固长久的黏合剂。每一种文化代表自成一体的独特的和不可替代的价值观念,因为每一个民族的传统和表达形式是证明其在世界上的存在的最有效手段。[①] 一个群体常常有自己共同的文化,文化差异决定了身份的归属,而这种文化是身份认同的载体和依据。祖先的丰功伟绩值得颂扬,一个民族在对祖辈伟业的认同中强化自己的民族文化身份,确认自己的文化品格和精神,成为一个民族的集体无意识和精神向心力。传统作为口头叙事传统的内在价值而存在。在某种意义上,现实就是传统的再现,传统本质就是作为一种内在价值而存在的,它为人类社会按照某种模式规则延续下去提供了模式和价值观,因此,口头叙事传统的研究必然要以此为基点。民族传统文化是自我体认的依据,而现代性是人类社会的普遍境遇,任何民族群体都不能对现代性加以简单的排斥和抵触,否则只能使本族文化走向封闭。现代性要求打破传统习俗的固执,而传统则阻碍着现代性的渗入。"现代"一词就表明现在和过去的某种疏离。这种转变是心灵最深处的裂变,传统观念与现代性产生的尖锐冲突。

口头叙事"有一种不依赖于文字的口耳相传的传统,这种传统并且是很稳固的,不过书写形式的威望使我们看不见罢了"[②]。口头叙事在特定的文化空间和时间里由群体创作并以口头方式传播,包括神话、传说、故事、歌谣。各民族的口头叙事传统与民间文化有密切关系,如,"在漫长的历史发展过程中,柯尔克孜族人民用口头形式的神话、史诗、散吉拉(部落系谱)、传说、故事、民歌等记录着他们的历史,吟诵着他们的英雄,讲述着他们祖先的业绩。口头文化是柯尔克孜族民间文化的核心"[③]。

[①] [美]欧文·拉兹洛编辑:《多种文化的星球——联合国教科文组织国际专家小组的报告》,戴侃、辛未译,北京:社会科学文献出版社,2001年,第154页。

[②] [瑞士]费尔迪南·德·索绪尔:《普通语言学教程》,高名凯译,北京:商务印书馆,1980年,第49页。

[③] 阿地里·居玛吐尔地:《口头传统与英雄史诗》,北京:中央民族大学出版社,2009年,前言第1页。

二、中西口传叙事模式

如何在传统与现代、历史与现实之间找到最佳结合点,实现文化传承,是口头叙事传统中叙述者的使命。传统文化根植于口头叙事传统中,各种物质遗存、社会范型、审美趣味等等世代相传并对现有秩序起作用。除表现日常生活,口头叙事所表现的故事大都涉及民族的产生、创世、民族战争与发展等方面的内容,具有鲜明的族群地域特征。口头叙事承担着一个民族文化精神传递的重要使命,特别是没有文字的民族,其民族的特殊存在以及民族的集体记忆,必须通过口头文学的格式化而得到保存与传承。[①] 口传叙事叙述者需要找到恰切的方式来表现民族文化趣味与范型。

万物有灵是渗透在口传叙事中的重要观念,促使口头叙事传统中采取包括第一人称在内的多种方式呼应神秘的感应。随着西方理性精神深入人心、中国史传精神与儒家思想流传,中西早期口传叙事传统中第一人称运用逐渐转变为第三人称的使用。不断操演、反复讲述,是口传叙事承的重要方式。母语与风俗蕴涵着民族文化底蕴,是口头叙事传统中实现文化传承的直接载体。

(一)万物有灵与叙述者

中西民族早期有万物有灵观念,万物有灵观念影响到了口头叙事叙述者人称的使用,尤其第一人称的使用。西方的理性精神与现实主义创作手法,中国求实的史传传统与中庸的儒家文化传统,改变了中西叙述人称的使用习性,也就是转向了全知、第三人称叙述者的运用。当然,西方自由主义与资本主义发展导致的直接结果是对"我"的重视:

> 神话是情感的产物,它的情感背景使它的所有产品都染上了它自己所特有的色彩。原始人绝不缺乏把握事物的经验区别的能力,但是在他关于自然与生命的概念中,所有这些区别都被一种更强烈的情感湮没了:他深深地相信,有一种基本的不可磨灭的生命一体化(solidarity of life)沟通了多种多样形形色色的个别生命形式。原始人并不认为自己处在自然等级中一个独一无二的特权地位上。所有

[①] 热依汗·卡德尔:《不甘陨落的歌者——肃南裕固族民间口头传统传承人调查》,《贵州民族大学学报(哲学社会科学版)》2016年第2期,第199页。

生命形式都有亲族关系似乎是神话思维的一个普遍预设。①

有了神灵观念,人们不但可以解释风雨雷电等自然现象发生的原因,而且可以把最困惑难解的世界起源和人类起源等问题一股脑儿地推给神,只要编出的"神如何创造了世界万物"的故事能自圆其说就行。②

中国的鄂伦春族、苗族、哈尼族、佤族、藏族等民族都有万物有灵的观念。"万物有灵"引发了人们对于动植物以及自然的各种形式的崇拜,其结果是进入神话:

> 综观鄂伦春人信仰的萨满教以及萨满供奉的众多神像,无疑得出这样的结论:鄂伦春人是万物有灵、灵魂不灭的忠实信徒和虔诚信仰者。千百年来,他们在万物皆有灵的萨满教精神世界里,以其自然崇拜、图腾崇拜、祖先崇拜信仰,创造出独树一帜的文化形态,为人类留下了丰富而珍贵的精神财富。③

"万物有灵"观念是民间信仰的基础,古人据此解释世界并臆造崇拜的对象。在万物有灵观念下,各民族中会产生许多具有神秘性和功利性的民俗特征,人和自然物之间可以通过某种方式达到互通互惠的效果,如,各地传统中"寄拜"孩子的习俗。在万物有灵观念里,一切事物皆有灵性。《诗经》里的植物,能够让人不经意间想象中华文明曾经生成的场所:心里的一爱一恨、容颜里的一颦一笑、山风里的一呼一吸、雪雨的一飘一落,这些场景虽然相隔已有将近三千年,但伴随我们先人的心路历程,现代人对诗意栖居其中的家乡土地、山川河流,在亲切的认知之外,更多了厚重、缥缈与神秘的感应。④

万物有灵观念会促使口头叙事采用第一人称叙述,达到独特的天人合一的效果,如果使用了第二人称或第三人称叙述,会造成彼此关系相对生疏独立,距离显然更大:

---

① [德]恩斯特·卡西尔:《人论》,甘阳译,上海:上海译文出版社,2004年,第105页。
② 魏黎波编著:《中国传统文化十讲》,北京:科学出版社,2018年,第20页。
③ 希德夫:《鄂伦春人的"万物有灵"观念》,《内蒙古民族大学学报》2010年第1期,第68页。
④ 《不读〈诗经〉,不知万物有灵》,《全国新书目》2021年第1期,第46页。

当有人说"你"的时候,我和你关系中的我也被说出了。不论是谁在说"你",他不是在说某种关于他的对象的东西……他处于关系之中。关系是相互的。我的"你"以我为依据行动,正如我以此为依据行动一样。①

常用的做法是采用第一人称叙述者的形式来叙述,甚至当作集体的代言人。

在西方文化传统中自我意识突出,个体自我占据着重要的地位,第一人称叙述者"我"被放在重要的位置,如《伊利亚特》中叙述者声称"阿基琉斯的愤怒是我的主题"。在中国少数民族中,万物有灵观念、生活方式差异形成自由奔放的个性,如,蒙古族人喜欢喝酒,在蒙古族传统文学中还保留和流传着许多酒宴曲、祝酒词等,容易彰显个性。少数民族口头叙事叙述者通常以第一人称叙述者"我"的面貌出现,扮演着一个民族文化传承者的角色。扎西东珠、马岱川合译的《格萨尔·岭众煨桑祈国福》的开篇如下:在讲故事之前,请先让我用颂扬和赞美缀成的花束,来迎接被誉为"吉庆祥云之上的神乐"——有关白岭国君臣们的优美故事!② 鄂温克族作家乌热尔图的《七叉犄角的公鹿》和藏族作家扎西达娃的《西藏,系在皮绳结上的魂》都使用了第一人称叙述。

表现民间民俗传统的作家文学也会使用第一人称来表现万物有灵观念。贾平凹的《秦腔》里有不少描写:"我说:'云,云,你下来!'云就下来了,落在土地庙的台阶上。""我盯着两条腿,在心里说:'让鞋掉下来吧,让鞋掉下来吧!'鞋果然就掉下来了一只。""'蜘蛛你听着了没,听着了你往上爬!'蜘蛛真的就往上爬了,爬到屋梁上不见了。"③贾平凹有一本由66篇随笔组成的散文集,命名为《万物有灵》,该散文集着眼于自然中的花、林中的鸟、河中的沙——它们都有生命的本真与灵气。《云雀》篇道:"它该是多么快活,那唱的,再也不是忧郁的歌了,而是凌云之歌,自由之歌,生命之歌了啊!"④万物有灵的结果就是形成了世界与"我"同一的特征,

---

① [美]斯蒂芬·达尔沃:《第二人称观点:道德、尊重与责任》,章晟译,南京:译林出版社,2015年,第41页。

② 扎西东珠:《藏族口传文化传统与〈格萨尔〉的口头程式》,《民族文学研究》2009年第2期,第107页。

③ 贾平凹:《秦腔》,北京:作家出版社,2005年,第186、237、269页。

④ 贾平凹:《万物有灵》,武汉:长江文艺出版社,2020年,第12页。

受其影响的口头叙事也使用第一人称来叙述。这一方面是现场表达增强气氛的需要；另一方面，由于口头史诗都由本民族的传承人来讲述，第一人称叙述者暗含着民族认同的意味，它在民族文化传承中有着特殊的作用。

(二) 反复演练：口传叙事程式

口传叙事是民族文化传统的重要部分，叙述者对于不同民族的情感表达都是某一民族文化生成、传承的自我要求。对于同一故事反复的讲述演练，正是实现文化传承的重要方式。口头民族叙事通过对部族起源的讲述表明民族的固定起源和历史的连续感，将现有的人们与先前成员联系起来，从而构成民族统一体，比如部族的故事提供一个关于民族共同命运的谱系阐释。口传叙事也是"操演性"的，在不断地表演中重述本民族的历史，民族集体才能被铭记。荷马史诗的形成过程可见一斑：公元前12世纪末有一场真实的特洛伊战争，战争结束后，许多以此为素材的短歌和英雄歌谣广为流传。公元前9世纪至8世纪时，荷马在英雄短歌基础上整理成了情节完整的荷马史诗。

中西有影响的口传叙事作品很多，由口耳相传，具有相似模式、情节、结构、人物类型，这些通常是反复操演，构成了口传叙事模式。如古希腊荷马史诗《伊利亚特》《奥德赛》、英国盎格鲁-撒克逊时期的《贝奥武甫》、法国的《罗兰之歌》、德国的《尼伯龙根之歌》都是长篇史诗。就中华民族而言，少数民族史诗众多，如，藏族的《格萨尔王传》、蒙古族的《江格尔》、柯尔克孜族的《玛纳斯》、傣族的《乌莎巴罗》等；汉族也有口传叙事史诗，如，神话史诗《黑暗传》、民间史诗《王宝川下关东》。这些口传叙事作品在反复的操演中表现民族起源与民族性格等，从而避免了在最佳记录工具出现前消亡，依靠口传的方式实现了文化的传承。

口头叙事传统中的母题、类型、规约性在整个文学中都占有较大分量，对于叙事模式的形成也有着重要的影响。这些母题、类型、规约也是文化传统的一部分，是文化传承的重要携带因子，比如繁衍母题、部族产生母题，显示出文化特征及差异。美国阿尔伯特·贝茨·洛德的《故事的歌手》被学界誉为口头诗学理论的《圣经》，是帕里-洛德理论的奠基之作，它由研究荷马史诗的作者问题而始，通过研究当代口头文学、进行比较分析而得出结论。在《故事的歌手》中，洛德通过田野调查数据，分析了口传歌手在训练和表演中所形成的程式、主题等较为固定的叙事模式。朝戈金认为,蒙古史诗不仅在表达的层面即在诗的层面上具有程式化特征,在主题和故事范型上也表现出程式化的特点,"程式是蒙古口传史诗的核心要素,它制约着史诗从创作、传播到接受的各个环节,而程式的根源是它的口头性"①。程式的形成对后世叙事有着极为重要的影响。口传叙事传统包括传统观念、传统形象、传统结构、传统内容及传统语言等方面,影响着整个民族的审美心理、文化结构、思维模式。有些民族小说叙事策略并不复杂,但反映的思维方式并不简单,对其进行研究,从中可以见出该民族口头叙事模式痕迹。口头叙事在自身发展过程中会突破传统。口传叙事传统中的人物形象、主题、场景等相对固定,但这并不意味着口传叙事一成不变。

(三)母语与风俗:口传叙事的载体

"母语"是文化的载体,是一个民族带有自己特点的人际沟通信息的代码体系,是个人经验模式的基础,承载了从儿时起对世界的认知和体验,深植于母语也意味着深植于该民族文化。一个民族的语言特征,不仅体现在作为语言形式的语词、语句、语气和语感上,更重要的是与语法现象化合在一起的思维表达习惯。风俗具有扩散性、凝固性和变化性,是人类记忆的重要依据,是沟通过去与未来的媒介。"锡伯族当代母语诗人在地域、民族、文化的自我体验书写中,发出令人安宁的乡村生活声音,描绘出具有独特价值的母语文化图景","锡伯族当代母语诗歌的意象及意象群落围绕'地域-乡土-个体生命'抒情方式展开,融历史文化、语言风格于其中,体现出母语诗歌以乡土为核心,最终指向生命的诗性空间"②。"诗歌是一个民族灵魂的行吟,肩负理想气质和信仰情怀的优秀回族诗人在诗作中隐藏的精神气力,不仅是烛照一个民族文明的火种,也是中华文化日益稀缺的给养","正是依靠在场描摹,把一个个富有'地方性知识'的文化空间呈现出来,参与到了地域文化形象的建构之中"③。少数民族文学在表现本民族生活上,总是突出具有本民族特色的风俗,进而表现本民族

---

① 朝戈金:《口传史诗诗学:冉皮勒〈江格尔〉程式句法研究》,南宁:广西人民出版社,2000年,第1页。
② 孙诗尧:《锡伯族当代母语诗歌研究》,广州:暨南大学出版社,2017年,第133、138页。
③ 石彦伟:《地方性知识与边缘经验》,北京:作家出版社,2019年,第40、130页。

的精神特质。如,"火塘作为彝族的象征物,是彝族诗人经常运用到诗歌中的意象之一,在王红彬的作品中也不例外。在这样的同一性写作背景中,王红彬的抒情诗提供了一个全新的向度和较为宽阔的视阈。他以火把节为背景展开民族志式的写作,在诗歌的开端,节日的意象不断出现,诗人描绘了舞蹈的场景以及彝族传统的历法与人类学向度的民族历史形象,这原本是安静祥和的描述,而到了诗歌的后半节,诗人忽然转向葬礼的隐喻,葬礼中的火把意象已然发生了变化,阴郁而易消失,这里的诗句叠加了毕摩的仪式,喻示着一种民族文化传统逐渐消失的忧伤"①。可以看出,地方性知识作为独特的民族文化表征,具有传达民族精神、形塑民族形象的功能,显示出独特的价值。

口头叙事必然会受到母语与风俗的影响。比如,满族口头叙事作品中保留着满语人名、满语亲属称谓、满语地名和社会体制名称、满语萨满神歌歌词等。广为流传的《阿哈阿赫遇仙记》里的"阿哈阿赫"、《巴哈拉作画》里的"巴哈拉"、《松阿里和小青蛙》中的"松阿里"、《神医俄木列》中的"俄木列"、《布库里雍顺》中的"布库里雍顺"、《多罗甘珠》中的"多罗甘珠"、《姑布利开石门》中的"姑布利"、《勇敢的阿浑德》中的"阿浑德"、《恰咯拉的巴图鲁》中的"巴图鲁"、《赛音伊尔哈》中的"伊尔哈"等,都是以满语称谓的人名作为口头文学文本的题目。② 鄂伦春族的猎人打猎时有身穿翻毛狍皮"大哈"(即皮大衣)、头戴"灭塔哈"(狍头帽)、脚穿"奇哈密"(用犴皮做底的靴子)的习俗,据说这样的装束在打猎时起到伪装的作用;鄂伦春族中有吃手把肉的习俗,就是把肉放在水中煮熟了吃。这些民间风俗传说反映了游猎民族生活的特点,对于口头叙事意义重大。鄂伦春族的口头叙事文学正是在代代相传、口耳相授的漫长过程中逐步发展起来的。母语与风俗蕴涵着本民族文化底蕴,保留了本民族文化信息,是口头叙事传统中实现文化传承的直接载体。中西口传叙事都具有相似的特点。荷马史诗保留了古希腊社会文化风俗,被称为古希腊的百科全书。

---

① 邱婧:《凉山内外:转型期彝族汉语诗歌论》,广州:暨南大学出版社,2017年,第54页。
② 汪立珍:《当代满族口头文学文本中保留的满语》,《满语研究》2004年第2期,第129页。

第二节　中西民间叙事传统中的神话思维比较

神话是人类思维认知与实践发展到一定阶段的产物，在对神拟人化的叙述中解释自然社会的各种现象，表现了社会风俗与先民对世界的理解，表现了人类隐秘的思维方式。在中国，梁启超于1902年在《新民晚报》发表的《历史与人种之关系》中第一次使用"神话"这个名词。[①] 现代神话学的诞生与意大利哲学家维柯有关联，他在《新科学》(1725)中依据思维方式的差异，将一部人类文化史分成"神的时代""英雄时代"和"人的时代"，并多处论及神话的本质、神话与历史的关系及神话的创作主体、创作过程、流传变异的特征等。[②] 神话是关于神的故事，属于民间文学。对于神话的认识多种多样："神话是先民描述和解释世界起源、自然现象、社会生活和人生奥秘的故事或传说。与神话关系最密切的文化形态是宗教，相对于宗教的象征性行为是仪式，象征性场所是庙宇，象征性膜拜对象是偶像，宗教对其神祇事迹及神人关系的象征性讲述即神话。宗教的仪式、庙宇、偶像一类外部形态可能随着岁月的流逝而消亡，这时它的神迹讲述却会因其内在的生命力而流传下来，成为传世的文学遗产。"[③]

神话是社会生活中具有幻象的文化编码。"神话是初民时代的精神产品，是各种文化萌芽的综合体。对于初民来说，神话是更高的真实，有规范作用，对后人来说，神话有很高的文化史的价值。"[④] 原始神话是原始时代人们对自己的生活和周围世界的总看法，是原始思维发展的较高成果，虽然在后人看来它极幼稚混乱，充满幻想和谬误，但它仍然凝结着千百万年原始人类的经验和认识，包含着极可注意的原始丰富性。[⑤] 神话的形成过程中，巫术中的灵逐渐向神转变，在这一过程中思维抽象起了重

[①] 刘锡诚：《20世纪中国民间文学学术史》，郑州：河南大学出版社，2006年，第19页。

[②] 王炎：《神话/神话学(Myth/Mythology)》，载汪民安主编：《文化研究关键词(修订版)》，南京：江苏人民出版社，2020年，第334页。

[③] 金莉、李铁主编：《西方文论关键词(第二卷)》，北京：外语教学与研究出版社，2017年，第486页。

[④] 鲁刚：《文化神话学》，北京：社会科学文献出版社，2009年，第53页。

[⑤] 杨适：《哲学的童年》，北京：中国社会科学出版社，1987年，第799页。

要的作用。因此,尽管神话意味着虚构,但却传达了具有哲学价值的真实。神话是真实而神圣的故事;传说是真实的故事,但未必神圣;民间故事则是虚构的娱乐性故事。① 在中西神话传说中,人们所见所想不同,内容也不一样,形成了有本地特色的内容。

面对着生老病死、风雨雷电、日月星辰,先民渴望解释这一切。与人们关系密切的动物植物首先成为图腾,图腾神话是人类试图解释世界的开始。神话的内在价值在于,被视为发生在某一时刻的事件形成了一种长期稳定的结构。② 神话是一种流行于上古时代的民间传说,所叙述的是超乎人类能力以上的神们的行事,虽然荒唐无稽,可是古代人民互相传述,却确信以为是真的。③ 各民族都有自己的神话,神话蕴含了本民族对于天地物的观念,表现了人们对世界的认识和信仰范式,融入了本民族的风俗习性、精神气质。如日月神话分布广泛,中国汉、壮、瑶、满、畲、苗、蒙古、哈萨克、侗、布依、阿昌、珞巴等各民族都有自己的日月神神话。古希腊有阿波罗太阳神、阿尔忒弥斯月神等神话,以故事的方式解释太阳、月亮的运行规律。神话还会习俗化、制度化,成为民俗生活的一部分,以一种集体无意识的方式影响民族的思维方式与精神演变。嫦娥奔月故事经历了从人到仙到俗神的演变,嫦娥长生不死,是古代长生不老愿望的故事化表达,后来又有团圆之意,成了重要的文化符号。中国神话伦理性强,希腊神话认知性高,希伯来神话宗教性浓,分别体现了本民族德、力、信的民族传统。神话思维的差异本质上是文化的差异。神话是各民族以想象的方式理解自然与社会,是人们的信仰和生存风貌的口头传达,具有宗教性、叙事性、想象性等特征。

神话是把自然力加以形象化的狂热信仰,由此解决现实的痛苦与困惑。中国社会发展较快,较早进入奴隶制和封建制社会,神话发展的土壤受到影响,观念上一定程度地削弱了神的影响:"周人尊礼尚施,事鬼敬神而远之,近人而忠焉。"(《礼记》)汉代以来儒家思想居于主导地位,孔子的不语"怪、力、乱、神"思想与修身齐家治国平天下等理念得到强化,黄帝、

---

① 王以欣:《神话与历史——古希腊英雄故事的历史和文化内涵》,北京:商务印书馆,2006年,第86页。
② [法]克洛德·列维-斯特劳斯:《结构人类学(1)》,张祖建译,北京:中国人民大学出版社,2006年,第224页。
③ 茅盾:《神话研究》,天津:百花文艺出版社,1981年,第63页。

颛顼、尧、舜、禹等以"行"为至善的实践在正统文化体系中发挥教化作用，成为社会主流，神仙鬼怪故事受到抑制，未能形成系统的体系。希腊神话和希伯来神话体系性强，在欧洲文化中占有重要地位，随殖民扩张和资本市场拓展而得到传播。

神话思维是一种原始思维，是人类对主客观世界的体验感知，对社会生活的抽象思考。神话思维深刻地影响了文化的面貌与价值形态，民间叙事用神话思维的方法实现了对世界秩序的总体性把握。"秩序是灵魂的第一需要"，"秩序是共同体的第一需要"。① 神话思维及其内容作为范式而存在，显示出民间叙事的权威特征。中国的神话思维强调天人合一，多运用整体性和感性思维，重视意象与类比，受神话整体性思维影响，中国民间叙事传统中的叙述者多为集体叙述者。西方的神话思维强调宿命，多采用理性思维，重视契约与理性推理。

中国神话重视整体感知思维，这与重视万物是一致的。在叙述上只赋予模糊的较大范围的时间空间，以核心事件为主，表现道。西方神话重视分析性思维，情节较长而且曲折，重视故事的逻辑推理，强调神话体系的宗谱类属。中国神话强调伦理性思维，西方神话强调认知性思维。中国神话伦理性思维表现在民间叙事中就是民间传说对忠孝廉耻的思考与看法。西方神话认知性思维表现在民间叙事中就是对个体价值的肯定性认知。

一、中西神话思维共同特征：结构、隐喻、虚构

人们观察到了春夏秋冬四季轮回、太阳月亮按规律升起降落，生命生生不息。这种可重复的世界运行方式就是结构与规律，先民认为神灵隐藏在这种结构中，这是一种神话思维，是人们共同的心理结构。列维-斯特劳斯认为神话的目的在于为人们解决矛盾提供思路，通过潜意识推演解决矛盾，寻求理性的联系："神话以二分的方式，展示了世界和社会不断演变的组织形态，而在每一阶段出现的两方之间从未有过真正的平等，无论如何，一方总是高于另一方，整个体系的良好运转都取决于这种动态的

---

① ［美］拉塞尔·柯克：《美国秩序的根基》，张大军译，南京：江苏凤凰文艺出版社，2018年，第5页。

不平衡。"①理性认识没有建立,只能借助具体形象来表现意象,于是就有富有浪漫色彩的风雨雷神、花神树精、田螺姑娘、宙斯、雅典娜、阿波罗、哈迪斯、牧神、酒神等。神话思维就成了一种合乎逻辑的、具有类比性质的隐喻。神话思维作为原始思维,把每件事都看成相互关联的,因而人神具有关系、万物之间有联系,其结果导向了"万物有灵"。隐喻通过明喻的方式进行类比,是修辞和认知的手段。由于神的神圣地位,神与神的行为常常需要使用修辞的方式来表达;神的无形特性,也需要使用隐喻类比。类比就是根据已知的事物特征来解释相似事物,将一些本质上有联系或没有联系的事物按照相似性的原则组织在一起进行判断,从而获得直观认识。中国神话按内容可分为创世神话、英雄神话、洪水神话等;按地域可分为以西王母为代表的昆仑神话、盘古为代表的东方蓬莱神话、女娲为代表的南方楚神话及中原神话。西方存在古希腊神话和基督教两个系统。上帝是权威的他者,人总是把自己置于上帝视野下对比:"人在进行自我书写的过程中一直通过与他者如上帝、动物或机器的比较来认识自身,而这种参照方案的实施往往又是交互进行的,且与历史语境的变化紧密相连。"②

中西神话思维的结构、隐喻、类比的特征对于民间叙事传统的形成具有重要作用。

(一)由于神话采用神与非神二元对立的隐喻结构模式,在民间叙事传统中也常常采用相似的结构。中国神人之间的秩序性等级性决定了人神对立性和对话的有限性,这种有限对话是依靠统治者与神对话或通灵者与神对话来实现。在文学作品中的二元对立表现为辅助者与阻碍者两类形象的对立。美狄亚故事由痴情者和背叛者二元对立的角色组成,古希腊神话中由于诸神的社会分工明确,诸神各司其职,有个性的神契合人的多种特征,进行对话,达到一种诸神狂欢的效果。

虽然神无所不在且威力无穷,但毕竟没有人实实在在地见过。"历史上实际的文化接触与推动的情境很可能在没有确切证据的情况下发生,

---

① [法]克洛德·列维-斯特劳斯:《猞猁的故事》,庄晨燕、刘存孝译,北京:中国人民大学出版社,2006年,第57页。
② 唐弦韵:《人与机器:德语文学中的技术与机器主题研究》,北京:北京师范大学出版社,2019年,第35页。

而另一方面,远方的陌生人来访留下了物证,也不能证明它们对那些曾经经历过这种接触的人口中会产生的持久文化后果。"①神话思维基于生活实践的幻想,在幻想中把自然和社会形象化、人格化。如,嫦娥奔月神话故事是古人对宇宙的好奇和浪漫想象。为了塑造神的形象,民间叙事传统使用了隐喻的方式来表达。隐喻类比的叙事模式表现在形象的塑造与情境的关联上,把生活情景加以浪漫化,把新奇的幻想具象化,如,打猎生活渗入后羿射日想象,女娲造人犹如制陶情景。

神话故事中情节结构与意象形象表现了事物的联系,是人类理解世界的结果,证实了人类联想、理性和现实之间的关系,是理性推演和实证之间的桥梁,如,蒙古族神话逻辑结构建立在善恶对立上对世界的认识和解释。庄子《逍遥游》对于鲲鹏的形象描写,特点是巨大:几千里长的鲲和飞翔若垂天之云的鹏。袁珂《中国神话史》认为"鲲鹏"是"北海海神而兼风神禺京的化身"②;叶舒宪认为"鲲鹏"变化中隐藏着"创世运动模式"③;鲲鹏互化是一个神话故事,体现了神话思维、形神转化。古人认为一种生命形式结束,会转化为另一种生命形式。在这种转化中,鲲由原来需要水的载体转化为只需要空气的鸟,所依凭较少,获得了更大的自由。诗人常用神话意象类比。如中唐时卢仝的《月蚀诗》几乎全部取材神话,设想构思极为奇特,从月出到月食,借月中有蟾蜍(蛤蟆)的古传说,写下了蛤蟆食月的生动情景。④

《红楼梦》开篇以神话形式介绍作品的由来,女娲补天的七色石剩一块未用,弃在大荒山无稽崖青埂峰下。茫茫大士、渺渺真人经过该地,施法使其有了灵性,携带下凡。"金陵十二钗"图册里十二钗的命运均为隐喻。

(二)想象与虚构。神话产生与发展通过人们的想象来虚构。中西都有创世神话,中国是大神创世,再造人,由人再创世;西方是大神创世,再毁灭,由上帝再创世。西方讲上帝创造一元世界,日月本体;中国讲日月

---

① [挪威]弗雷德里克·巴特、[奥]安德烈·金格里希、[英]罗伯特·帕金等:《人类学的四大传统——英国、德国、法国和美国的人类学》,高丙中、王晓燕、欧阳敏等译,北京:商务印书馆,2021年,第25页。
② 袁珂:《中国神话史》,北京:北京联合出版公司,2015年,第74页。
③ 叶舒宪:《中国神话哲学》,西安:陕西人民出版社,2005年,第57页。
④ 吴雨:《中国古代神话》,北京:中国商业出版社,2022年,第19—20页。

本体和附生本体,附生本体有动物、植物和人工物,这是一个多元化的本体。①古希腊神话中先出现的是混沌神卡俄斯,混沌神当中产生了大地神盖娅。中国的《淮南子》中的神话故事中先出现的是混沌,它是纯自然气状物质,也叫"太一",在此基础上出现了创世神衍生万物。

古希腊神话以较为系统的方式流传于世,传说故事众多。古希腊神话是古希腊人集体口头创作的,整理在荷马史诗中。赫西俄德在《神谱》中以长诗的形式对古希腊神话进行了整理,使得古希腊神话有了系统的表述。以十二主神为主的奥林匹斯神话强调在宙斯的主宰下分工合作,如太阳神阿波罗、战神阿瑞斯、火神与匠神赫淮斯托斯、神使赫尔墨斯、爱神阿芙洛狄特、月神阿尔忒弥斯等,古希腊神话系统的社会属性突出。文人加工使得神话具有了谱系。古希腊神话想象力、故事性和哲理性强,如金苹果的故事、潘多拉的故事、赫拉克勒斯的故事展示了一个具有生机的神人同形同性世界。古希腊神话对于世俗的生活采取肯定的态度,表现出积极进取精神,塑造了一批有勇有谋的注重个人价值的英雄形象,激励人们勇于抗争。古希腊神话所秉持的命运观也影响了后世,如俄狄浦斯的遭遇就代表了无法摆脱的命运,表现了命运的崇高与残酷。

中国古代百科全书《山海经》记录了上古文明、地理风物和异物,其中的《山经》写诸山山神的形貌和神力,《海经》中《海外经》记录海外各国的异人、异物,也有些古老神话零片的记叙,如夸父追日、刑天断首。《海内经》记海内神奇事物,《大荒经》记录了一些有关帝俊和黄帝的神话。这些神与异物强调自然属性,与西方神话强调社会属性不同。相对于古希腊神话的谱系性,中国神话以零星方式存在。鲁迅在《中国小说史略》第二篇《神话与传说》中认为勤劳务实以及孔孟之道是"中国神话散亡之故":"中国神话之所以仅存零星者,说者谓有二故:一者华土之民,先居黄河流域,颇乏天惠,其生也勤,故重实际而黜玄想,不更能集古传以成大文。二者孔子出,以修身齐家治国平天下等实用为教,不欲言鬼神,太古荒唐之说,俱为儒者所不道,故其后不特无所光大,而又有散亡。"②当然,不少研究者对中国神话进行了研究,也总结出了系统。比如,由中国民间文艺出版社1984年出版的袁珂《中国神话传说》按照开辟、黄炎、尧舜、羿禹、夏

---

① 董晓萍:《跨文化民间文学十六讲》,北京:商务印书馆,2022年,第206页。
② 鲁迅:《中国小说史略》,北京:民主与建设出版社,2015年,第12页。

殷、周秦的顺序重建了中华民族的神话传统。

神话思维的类比和隐喻依赖于人们对现实的观察,需要发挥想象力。想象是人在头脑里对已储存的表象进行加工改造形成新形象的心理过程。想象是形象思维,人们将过去经验中已形成的表象进行新的结合。它突破了时间和空间的限制,是人类特有的对客观世界的反映形式。神话思维把人的主观理解和客观世界联系在一起,如把人的灵魂精神与遥远的日月星辰雷电联系在一起,产生了具有人类特征的神。

这种想象力发展了虚构。虚构是对生活现象的重构,不再和神直接关联,而与人们的经验世界和逻辑结构相吻合,展示了现实中的各种可能性,"神话的特别之处恰恰在于它高于、超于我们的认识或知识,它越出人类认识的边界,所以,才格外令人惊异。具有人格的各种神灵只不过是事物的这种特别高超、出奇和令人惊异之处的人格化或具象化"①。生活的本质和现象之间是独立的,虚构能够把某些现象联系起来,其结果可能荒诞,也可能真实。有些民间传说虽然是虚构的,但能表达生活的本质逻辑,或者寄予美好的理想。田螺姑娘是福州地方民间传说故事中的人物,天帝知道谢端从小父母双亡,又见他克勤克俭、安分守己,很同情他,派神女田螺姑娘下凡帮助他。田螺姑娘在回天庭复命之际,留下了田螺壳给谢端,这是一个稻米聚宝盆,里面装的米永远用不完。这里面寄予了善有善报以及安居乐业的理想。《聊斋志异》里的鬼狐故事是虚构的,但是,读者却乐于接受,显示了读者对于虚构的认同。欧洲中世纪的骑士传奇也会虚构故事,如,把路途中恐吓自己的自然现象描绘成妖魔鬼怪等。虚构对于小说叙述具有重要的价值。小说从发生学上源于神话、传奇、史诗等,神话思维在其中起了重要的作用。英语中"小说"的单词为 novel 或 fiction,前者强调新奇事物,后者强调虚构。

借助于想象力来建构的虚构世界,最终会形成固定程式:仪式。仪式剥离了最具有生活丰富性的现象,它是典型的虚构。仪式储存了民族历史深处的记忆。中国是一个农业社会,谷物丰收寄希望于风调雨顺,然而实际情况是经常发生水灾和旱灾,使得农业歉收。人们总结出了一套求神保佑的求雨仪式。仪式中女巫担任祭司,祈雨仪式上要有唱词,表达现

---

① 户晓辉:《返回爱与自由的生活世界——纯粹民间文学关键词的哲学阐释》,南京:江苏人民出版社,2010年,第281页。

实的困境,其核心是对神明的尊重。祈雨仪式中固定的祈雨歌是人们与旱灾抗争中的悲壮乐章。祈雨仪式营造神秘氛围,向神表达自己的卑微和尊敬,同时也表达对现实的悲观绝望。《周礼·春官》有司巫之职:"司巫掌群巫之政令。若国大旱则帅巫而舞雩。"以女巫行"雩祭"的本质是要天神降雨。东南欧现在还留存有为求雨施行的仪式,与周朝的女巫功能相似:

> 在干旱之时,塞尔维亚人将一个少女的衣服脱光,将她从头到脚用野草、香草和鲜花穿戴起来,甚至在她的脸上也罩着一个用新鲜的绿色植物编成的面罩。这样化妆之后,就称她为杜多娜,让她在一队女孩的伴随下走过村庄。她们在每所房子前面都停下来。女孩们在杜多娜四周围成一个圆圈并唱着一支名叫杜多娜的歌曲,杜多娜自己则不断地旋转跳舞,这时那家的主妇便将一桶水泼往她全身。在那些歌曲之中有一首是这样唱的:
>
> 我们走过这座村庄,云彩在天上飘荡。
> 我们快快走呀!云彩却更快飞扬。
> 它们已追过我们了,淋湿了葡萄和谷秧!①

这种仪式通过想象把人与神的世界联系在一起。王安忆的《小鲍庄》使用了拟神话的匿名虚构叙述,用一套象征符码解释小鲍庄人们的生老病死、天灾人祸,借此权威叙述维系社会秩序,"神话的匿名叙述赋予一种神秘的、自然的和理所当然的性质,从而拥有令人敬畏的、毋庸置疑的权威"②。叶舒宪认为,神话作为人类想象力的源头,滋养后世一切虚构性写作。玄幻小说家大都明白此中的奥妙:二者的关系犹如大树的根脉与旁支。③

二、中西神话思维差异:整体性伦理感知与分析性认知

中国神话思维重整体感知,西方神话重分析性,对民间叙事传统的影

---

① [英]J.G.弗雷泽:《金枝——巫术与宗教之研究》,汪培基、徐育新、张泽石译,北京:商务印书馆,2019年,第121页。
② 黄子平:《灰阑中的叙述》,北京:北京大学出版社,2020年,第153页。
③ 叶舒宪、李家宝主编:《中国神话学研究前沿》,西安:陕西师范大学出版总社,2018年,第323页。

响表现在中国民间叙事通常会有一个整体性的时空意识,在民间传说叙事中,常常模糊时空界限,以事理为主,民间故事的开头是"很久以前……""有一个美丽的地方……""从前山上有座庙,庙里有个和尚……"等。在这种叙事思维指导下,人物、时间与地点都是模糊的,形象让位于道理,个人让位于集体。西方神话的分析性思维对民间叙事的影响表现在对事件的理解和重视,在民间叙事中常把最重要的吸引人的事件放在最开头。如荷马史诗的故事情节的处理。西方神话中的认知性分析性思维,是考察古希腊文化的重要入口。

中国神话强调伦理性思维,西方神话强调认知性思维。中国神话伦理性思维表现在民间叙事中就是民间故事对忠孝廉耻的思考与看法。西方神话认知性思维表现在民间叙事中就是对个体价值的肯定性认知。

(一)中国神话整体感知性与西方神话的分析性思维

中国神话重视整体感知思维,这与重视世界万物是一致的。西方神话重视分析性思维,强调神话体系的宗谱类属。在女娲补天的故事中,女娲自己生于泥土又用泥土造人,最后繁衍了整个世界。白族也有神的躯体化生万物。在中国的远古神话里盘古开天地,盘古最后化成万物。瑶族有浮云演化天地、彝族有水生天地、傣族有荷花演化天地、布朗族有茶叶演化天地,这些民族的神话体现了水或植物演化天地,还有动物演化万物的,如哈尼族有牛化生万物、彝族有虎化生万物。创世神话体现出天地人是一个整体的关系,体现了先人的神话思维中有一个整体性感知的认知世界的模式。

在中国民间叙事传统中常出现"很久很久以前""很远很远的地方"这种整体性时空观念的叙述句,可以看出古代观念里的整体性思维。中国文化观念里重视道,认为道生一,一生二,二生三,三生万物。万物千差万别,但均由原道生发。这种道生万物的思维和神话整体性思维是一致的。"从前有座庙,庙里有一大一小两个和尚,老和尚正在给小和尚讲故事……"这是典型的中国套盒叙述结构,实际上也体现了整体的思维模式。在这种整体性感知思维之下,叙述性话语通常会采用类比的意象的形式表现。《三国演义》开篇词:"滚滚长江东逝水,浪花淘尽英雄。是非成败转头空。青山依旧在,几度夕阳红。白发渔樵江渚上,惯看秋月春风。一壶浊酒喜相逢。古今多少事，都付笑谈中。"①词的上阕感叹江水不息、青山常在、宇宙恒在，英雄人物转瞬即逝。下阕写词人旷达的胸怀，表现了词人淡泊洒脱的情怀。全词基调慷慨悲壮。这首词抒怀意味浓厚，叙事风格与整体性思维联系极为密切。整个三国史都构成了一个整体的背景，具体的历史人物事件都虚化成背景。尽管读者并不知晓具体人物事件，却获得了一个整体的感受。这是一种整体性的思维方式，也是中国民间叙事传统重要的特征。

古希腊的神话内容庞杂，故事与传说都比较多。西方神话脉络清晰，是从源头开始便由其宗教将创世的概念一以贯之的。②古希腊神话有老辈神谱和新辈神谱之分，在老辈神谱中先出现的是混沌神，混沌神分出爱神埃罗斯、地狱神塔尔塔洛斯、大地神盖娅，盖娅生出天神乌拉诺斯，乌拉诺斯和大地神盖娅生出提坦神族6儿6女，其中女神瑞亚和天神克诺洛斯生出了包括宙斯在内12主神的新辈神谱。这些神的故事在荷马史诗中有描写，赫西俄德的《神谱》是用长诗对希腊神话的系统整理。神与人的故事属于一个家族内部的事件。古希腊人通过史诗、悲剧、诗集的形式传播了神的故事，荷马史诗叙事性比较强，线索复杂，把矛盾、冲突、高潮放在开始来写，容易激发读者的好奇心，采用回溯的方式层层铺开，显示了强大的推理和分析能力。

这种分析性思维方式把高潮置于开头来写，对于西方后世文学叙事影响深刻。古希腊作家索福克勒斯的悲剧《俄狄浦斯王》采用回溯的方法来处理情节的，即城邦发生瘟疫，追查凶手，找出真凶。戏剧一开始就把观众带到了一个叙事迷宫。通过一系列的对证，查到是俄狄浦斯王杀父娶母招致神的惩罚。在莎士比亚的《哈姆雷特》中，一开场就是激烈的矛盾冲突：老王新丧，母亲出嫁，叔父继位。哈姆雷特通过戏中戏、装疯等手段调查父亲死亡的真相，故事一波三折。在古典主义悲剧《伪君子》中，奥尔恭一家的争吵、矛盾、冲突被置于最前面，再叙述事情的来龙去脉，影响了曹禺《雷雨》。乔伊斯的《芬尼根守灵夜》叙述了搬运砖瓦的工人芬尼根从梯子上跌落，大家以为他死了，守灵时洒在他身上的威士忌酒香却刺激他苏醒。人们把他按倒叫他安息。乔伊斯企图通过梦境来概括人类历

---

① 罗贯中：《三国演义（上）》，北京：人民文学出版社，2019年，第1页。
② 王彦：《神话里有我们值得栖身的文化归宿》，《文汇报》2016年1月29日第12版。

史。福尔摩斯探案故事系列通常在开篇叙述一桩案件:有东西被盗窃或有人被杀,福尔摩斯展开调查——看似无辜的围观者就是凶手,最终真相水落石出,观众在自叹弗如中赞许探长的高明。土耳其作家帕慕克的《我的名字叫红》由一桩凶杀案引出,然后国王组织查案,引发读者对中西文明冲突的思考。与西方不同的是,《三国演义》是从天下大乱、桃园三结义开始的,《西游记》是从孙悟空出世开始的,《水浒传》从官逼民反开始的,《红楼梦》是从女娲补天顽石无缘济世的失落开始的,体现了与西方不一样的情节处理方式。

(二)中西神话伦理性思维与认知性思维

中国创世神话基本上遵循了伦理原则。在一则大洪水神话中的兄妹婚神话是典型例子。大洪水后伏羲和女娲兄妹结合繁衍是神灵的意志,《天地开辟已来帝王记》记载两者结合的时候分别用树叶和芦花遮盖脸面,《独异志》记载两者用草扇遮面遮羞,符合了人们的审美想象和伦理模式:

> 要理解伏羲女娲造人烟这一故事……较具首尾的记载见于唐人李冗的《独异志》和敦煌写卷中的《天地开辟已(以)来帝王记(纪)》,两者都是明确地将伏羲、女娲的婚姻作为人间婚姻制度和风俗的起源来讲述的。《独异志》说:
>
>> 昔宇宙初开,只有女娲兄妹二人在昆仑山,而天下未有人民,议以为夫妻,又自羞耻。兄即与其妹上昆仑山,咒曰:"天若遣我兄妹二人为夫妻,而烟悉合;若不,使烟散。"于烟即合。其妹即来就兄。乃结草为扇,以障其面。今时人取妇执扇,象其事也。①

中国神话中的神基本上是真善美的化身,以家国、百姓为本位,是道德的范本,在人群中具有示范作用。神话具有为特定社会提供社会秩序的功能。

在西方的创世神话中,神祇和人一样有七情六欲,是人格化了的形象。西方神在两性家庭伦理禁忌方面较为宽泛。宙斯和姐姐赫拉结婚,共有七位妻子十位情人。阿芙洛狄特是火神与匠神赫淮斯托斯的妻子,

---

① 刘宗迪:《伏羲女娲兄妹婚故事的源流》,《民族艺术》2005年第4期,第67页。

但和战神阿瑞斯有私情。宙斯的神威、赫拉的善妒、雅典娜的智慧等,反映了古希腊神具有与人同形同性的特点,更贴近普通人。这反映了古希腊对人性的深刻认知,也说明西方神话思维的认知性属性。

在基督教中,上帝是绝对权威的存在,是理性与理想道德的化身。对上帝的崇拜表现了人对自身原始生命力和个体生命价值的一种压制,是对古希腊神话世俗性的排斥。《圣经》一元论神话系统规范了古希腊神话中的自由主义,是理性发展的结果。从古希腊神话中充满原欲的神到绝对理性的上帝,反映了西方人对世界认知的巨大变化,认为世界应当按照理性秩序运行。这是一种理性的认知方式。

中国早期创世神话重视家庭伦理,对后世风俗伦理影响很大。中国民间故事《一幅壮锦》《一把斧子》《宝莲灯》表达了忠孝诚实等传统伦理观念。古希腊神话重视人的自由与自然情欲,对后世人们对热烈奔放性格的认可有影响。西方民间故事如《灰姑娘》《睡美人》《白雪公主》等表达了对个体价值的肯定。中西不同的神话思维,通过民间叙事传统传承,最终形成了具有民族特色的文化模式。

三、中西神话思维与民间叙事传统

中西神话思维具有共性,都运用隐喻、类比方式来描述神秘的未知事件,渲染气氛。这对于民间想象文学虚构具有重要作用。受神话的整体性思维影响,中国民间叙事传统中的叙述者常采用集体叙述者。受神话重视认知思维影响,西方民间叙事传统重视谱系。神话思维及其内容作为范式,显示出民间叙事传统的权威特征。

(一)集体叙述者与想象共同体

神话故事是先人集体创作的结果,神话在流传的过程中,叙述者不断地补充细节,使之更趋于合理,能够解释人们的疑问。神话思维是集体思维的结果,神话的叙述者是集体叙述者,神话思维的集体性特征也是民间叙事传统的重要特征。

神话故事的叙述者是复数形式的存在。为了让神话故事有效接受,叙述者以人们喜闻乐见的方式来虚构故事,传达信息,教育民众,建构共同体。史诗的流传也是如此,具有集体叙述者。诞生于公元9—10世纪的柯尔克孜族史诗《玛纳斯》,描写了玛纳斯及其七代子孙率领柯尔克孜人民与侵略者和邪恶势力斗争的事迹,每个部分都以主人公的名字命名,体现了柯尔克孜族的民族性格和团结、进取的民族精神。《玛纳斯》以口耳相传,在流传过程中,柯尔克孜族歌手们的琢磨使得故事变得更加合理。蒙古族史诗《江格尔》叙述了以江格尔为首的12名大将和数千勇士保卫家乡而艰苦斗争并取得胜利的故事,在卫拉特蒙古族人中流传了数百年时间,17世纪其内容将近10万行,基本定型。从阿勒泰草原前往伏尔加河下游定居的卫拉特部土尔扈特人,将史诗带到了异乡,俄罗斯布里亚特、图瓦、阿尔泰等地以及蒙古国因此也都流行《江格尔》。《格萨尔王传》产生于公元五六世纪,氏族、部落、部族和民族之间的战争是格萨尔故事的源头。格萨尔自幼家贫,16岁参加赛马选王并登位,一生降妖伏魔,统一了150多个部落。在神话与史诗产生与流传的过程中,民族集体参与了叙述,体现了一个民族的思维,是民族的重要精神财富。民族各个部落、地区的人们又据此了解本民族文化,神话与史诗等成为整个民族的想象,形成具有强大聚合力的共同体。

  集体叙述者带来的效果是这一神话传说或史诗为众人所熟知认同,激发了人们的凝聚力,为民族集体认同打下了基础。"想象的共同体"这一概念源自美国学者本尼迪克特·安德森,他从东南亚各民族独立的历史进程中获得的丰富材料,通过深入研究,提出了想象的共同体理论。安德森认为民族是想象的共同体的产物。虚构是创造性想象的重要特征,神话思维中的想象更多地属于创造性想象。神话思维有助于人们建构共同体的想象。人们在共同的思维框架下,形成大致相似的人生观、世界观,通过共同的旨趣与想象,建构共同的身份。"因为即使是最小的民族的成员,也不可能认识他们大多数的同胞,和他们相遇,或者甚至听说过他们,然而,他们相互联结的意象却活在每一位成员的心中。"①

  深受中国传统思想和利益关系的影响,中国的神授故事传承人常为家族流传。老舍笔下的沙子龙深刻地展示了中国传统技艺传承的特点和人们内心的纠结。沙子龙的断魂枪技艺精湛,但是由于没有合适的直系继承人,面临失传的尴尬境地;即便如此,他也不违背祖训将技艺传给外人。中国神授故事讲述人的传承常常具有类似特点,这个和后天的教育培养是有密切关系的。

---

① [美]本尼迪克特·安德森:《想象的共同体——民族主义的起源与散布》,吴叡人译,上海:上海人民出版社,2005年,第6页。

（二）神话内容作为范式与权威秩序

神话蕴含着集体的智慧，是一个民族的梦。"神话是起因故事。这些故事尽管荒诞不经，但讲故事的人都相信它，真诚地用它来说明宇宙、生与死、人和动物、人种、物种的区分、男女的不同工作、神圣的典礼、古代的习俗以及其他神秘的自然现象。"[1]神话不是脱离社会实际的想象，需要以现实的经验为基础。

神话为了满足人们的现实生活需要，一方面把经验教训以神秘神圣的方式传递给后人。如，中西民族创世神话中都有共同的祖先，包含团结才能获得更好的生存等劝诫。神话是先民用想象的思维解释了现象之间的因果关系。在这个过程中，先民以一定的真实情境为基础，把当时的社会现实编织进神话故事中。神话与族群关系密切，神话故事是各民族最初的历史和宗教叙事。各民族总是树立体现本民族理想的神灵形象，这些神灵的形象是本民族的共同想象，能够凝聚族群的力量。"人在无知中就把他自己当作权衡世间一切事物的标准，在上述事例中人把自己变成整个世界了。"[2]另一方面，神话用象征的方式解释人类生活面临的问题，解释抽象的、模糊的观念，如创世、自然、死亡、性别、仪式和风俗的起源等，解决人们愿望的心理冲突。象征是用具体事物表现特定的意义，表现观念与实物在心理上的相似性，因而是形式化的、抽象的。

神话在人与自然、社会制度、信仰人伦等方面具有规范作用。人是自然之子，从自然中索取，但是不能涸泽而渔焚林而猎，否则就会遭到神灵的报应。这样神话就起到了协调人与自然关系的作用。很多民族的神山、神湖就是例子。在阿来的《机村史诗》中，罕见的干旱使山火演变为一场蔓延13天的森林大火，神湖色嫫措消失，传说中守护机村的金野鸭也飞走了。时代变迁颠覆了机村人关于自然和神灵的信仰，改变了传统。人们把自己的理想秩序注入神话当中，为世俗的权力秩序提供范型。古希腊神话中以宙斯为主神的奥林匹斯山神按照一定的秩序行事，比如神的集会讨论，这既是人间秩序的写照，同时也为其他地区及不同时代的权

---

[1] [英]查·索·博尔尼：《民俗学手册》，程德祺、贺哈定、邹明诚等译，上海：上海文艺出版社，1995年，第211页。

[2] [意]维科：《新科学（上册）》，朱光潜译，北京：商务印书馆，1997年，第201页。

力秩序提供参照。因此,神话就是一种秩序与权威的体现。这种权威还在于古代神话的历史化。人们为现实的合理性寻找理由,必然把目光转向具有权威的神灵。通过让无法操控的神力来敷衍现实,让现实得到神性的加持,赋予权威。车锡伦认为:"早期佛教宝卷中的文学故事宝卷,讲唱的都是佛教传说;明代民间教派改编了少量俗文学故事宝卷,主要是为了宣传其教义,即改编者标榜的'外凡内圣'。大量改编俗文学传统故事娱乐听众,是清及近现代南北各地的民间宝卷。"① 神话写入文学历史文本,获得了现实合理性。中国古代神话的历史化也用于解释中国上古神话的消失和缺乏系统性,也就是上古神话消解于历史文本之中。茅盾认为"古代史家因误认神话为太古历史,因此保存了一部分已经修改过的神话"②。尧舜禅让的故事被认为是受了墨子尚贤的影响而出现的。中国历史上的尧舜禅让是神话"历史化"的例子。神话的历史化有利于流传和制度化。考古文物的出土和文献的被发现,使得一些曾经被认为是神话的人物事件被证明是历史。

人们在想象传说的过程中,对历史事件人物加工,获得理想的秩序范型,为当下的日常生活、政治秩序提供模式。借助于神秘力量的威慑力获得秩序范型是最为经济的做法。周代以来,商代形成的神灵信仰传统经过儒家学说的改造而形成了历史化神话系统,与传统神灵信仰构成了宗教历史叙事传统。在陈胜吴广起义中,人们在鱼肚子里塞入"陈胜王"的口号,为陈胜当王注入神灵因素。统治阶级也经常借助这一方式为统治注入合法因素,天子、龙袍、龙椅等都是这一模式的延伸。日常生活中人们借助神的力量来劝导人们向善弃恶、保护生态环境。比如,不能随意骂天骂地,否则会遭雷劈,这是借助神的权威来调节日常生活秩序。神话为人们的行为提供了合理模式。神话信仰借助仪式重现于人间,调节人与自然关系。吕微认为:"在此神话现象以及神话现象不断被超越的过程中,人加深了对人自身的领会,也不断更新了对超越性存在的把握,用康德的话说,这是一个永恒进步的过程。没有神话复兴,人从来都是神话式的存在,亦即,人在本体的存在中以信仰的方式存在。人过去是,现在是,

---

① 车锡伦:《中国宝卷研究》,桂林:广西师范大学出版社,2009年,第330页。
② 茅盾:《神话研究》,天津:百花文艺出版社,1981年,第80页。

将来仍然是以神话、信仰的本体方式而存在。神话用过去(传统、经典)为现在正名,用未来作为解读过去的指南。"①

在神话中,人们以感性形式和有限推理能力把握世界,在表现对客观世界的理解过程中,用口传的方式记录了当时的人文地理景观,以想象的方法、意象的方式保存了自然与历史样貌。这些意象生动形象,不断重复,使得想象的世界如同历史的呈现,确立社会范型的崇高地位,人在神的强大压力下亦步亦趋。如,不忠不孝要遭天谴,由此强化社会现行秩序的合理性和必要性。中国社会的天人合一思想是这一观念的体现。神话秩序及其内容都会构成人类社会的规范。

人们对世界的认识日趋理性,富有浪漫想象的神话日趋没落。但丁《神曲》表现了人们对于神学的矛盾态度,代表了中世纪晚期人们对宗教的看法。文艺复兴时期人们对宗教制度的反叛,从意大利薄伽丘的《十日谈》、法国拉伯雷的《巨人传》、英国乔叟的《坎特伯雷故事集》的嬉笑怒骂中可见一斑。19世纪德国哲学家尼采声称"上帝死了",19世纪法国哲学家孔德曾经预言宗教将会被科学取代。神话宗教的内容——神圣高大的形象日渐没落消逝,神话叙事传统依然存在于人们的叙述中。T.S.艾略特的《荒原》依然借助神话的外壳制造叙事框架,运用大量神话传说典故支撑全诗。美国作家福克纳的《喧哗与骚动》讲述了南方种植园主康普生家族的没落故事,是一曲南方种植园社会的挽歌,其叙事框架来自《圣经》中耶稣受难故事,作品大量使用《圣经》意象,显示出现代人在世俗化语境下的经验发生了巨大变化,神话虽已没落,神话故事叙述框架依然在发挥作用。加拿大学者查尔斯·泰勒认为:"它们远没有过时,这些主叙事是基于我们的思考的。我们都在运用这种叙事,包括那些声称要放弃它们的人。我们需要对我们所做之事保持清醒,并且准备好为我们所倚赖的东西进行论争。试图放弃它们恰恰使事情变得模糊混乱。"②

---

① 吕微:《中国民间文学史·神话卷》,石家庄:河北教育出版社,2019年,第77页。
② [加拿大]查尔斯·泰勒:《世俗时代》,张容南、盛韵、刘擎等译,上海:上海三联书店,2016年,第650页。

第三节　中西占星叙事传统比较

人类生存面临无数的未知,解释当下和预测未来是人们的理想与追求。历史悠久的占星是这种追求的结果,它有复杂的思想渊源,是民间重要的口传叙事传统,占星叙事的虚构性和"权威性"都对中西文学的发展有一定的影响。在科学昌明的今天,占星术尽管仍有一定的信众,但其主观色彩也日益为人所认识。

一、苍穹秘密:中西占星思想渊源

中国古代有天人合一的思想。李泽厚认为,天地自然在昼夜运转着、变化着、更新着,人必须采取同步的动态结构,才能达到与整个自然和宇宙相同一,这才是"与天地参",即人的身心、社会群体与天地自然的同一,亦即"天人合一"。[①] 楼宇烈认为,在中国古代文化中,人跟自然之天的合一,中心是顺自然。在中国传统中,自然这个词的意思就是指"本然",即万物原来的本性。所以顺自然不是顺自然界,而是顺从一切事物的本然状态,顺从它的本性。[②] 天人合一思想史演进的大致线路:从上古人们对于天地、祖先的崇拜,演进为对于天命的认同和敬畏;天命思想在殷商时代渐渐浸入"德"的内涵,后来周朝将之明确为"以德配天";思、孟由此进一步将天道与人道一以贯之,为宋明道学开启了天理与人性统一的先河。而董仲舒的思想,表面上虽然与思、孟南辕北辙,实则内在相通。这基本上是中国思想史上关于"天人合一"思想发展的比较完整的过程。[③]

中国是农耕文明的国家,先人需要通过日月星辰来辨别方位与时令变化,掌握规律制定历法,也就是"观象授时"。农业生产与季节天象有着极为密切的关系,我国古代的天文历法知识,就是在农业生产的实践中不

---

① 李泽厚:《李泽厚十年集(第一卷)》,合肥:安徽文艺出版社,1994 年,第 274 页。
② 楼宇烈:《中国的品格——楼宇烈讲中国文化》,北京:当代中国出版社,2007 年,第 47 页。
③ 章启群:《星空与帝国——秦汉思想史与占星学》,北京:商务印书馆,2013 年,第 24 页。

断积累起来,又直接为农业生产服务。① 人们观察星象并将其变化同季节、社会现实联系起来,为后来的星占学奠定了基础。

中西都有占星传统,研究者对于占星的兴起有各自的看法。如,有学者认为早期的星辰崇拜与占星术的兴起有一定的联系②;有的则认为占星术的起源同早期的巫术密切相关,很有可能是巫术的一种③。先民对大自然充满敬畏。人们对自然现象进行人格化解释,天威严崇高,也具有喜怒哀乐的情绪。人们通过日月星辰的位置及其各种变化来预言和解释人的行为命运,即星象学。占星术士通过观察星象来揣测天的意志,联系世间现象进行总结附会,确定了一套规范准则,把人的行为结果与自然现象尤其是星象进行对应解释和预测,把两者是否相合作为行动指南。占星术士对于发生之事,根据星象做出解释预测。在认识水平有限和政治原因的综合作用下,占星对人类早期社会产生了深刻的影响,占星随着科学技术与社会哲学发展而影响日渐减弱。

中国古人认为气是天地万物构成的基本物质。成形的气凝聚而成可见的形质,"其中清轻的精气形成天上的星辰、大气现象与人魂,浊重的气则聚为地与人魄。就成形的气而言,传统士人多采清轻之气与浊重之气的区别来解说天上与地面已成形的事物"④。天地之间有密切的联系,地上之气可达星辰感应天象,天地遥相呼应。悖气可使天上产生异象,造成星行失序,因而古人通过其与气的吻合度来预测、解释未来。《周易·贲卦·象传》有云:"观乎天文,以察时变。"⑤天地之间构成庞大的象征体系,观天察地就能反观自身,如《史记·天官书第五》所言:"众星列布,体生于地,精成于天,列居错峙,各有所属,在野象物,在朝象官,在人象事。"⑥"天事恒象"是春秋时期人们对天象与人事关系的最普遍的认识。比如时人以日食为天谴,人将受其祸。星象的异常变化预示着人事的吉凶,这种思想深入人心。

---

① 十院校《中国古代史》编写组:《中国古代史(上册)》,福州:福建人民出版社,1982年,第52页。
② 肖巍:《中国占星术初探》,《上海社会科学院学术季刊》1991年第4期,第132页。
③ 冯时:《中国天文考古学》,北京:中国社会科学出版社,2007年,第97—99页。
④ 徐光台:《明末清初西学对中国传统占星气的冲击与反应:以熊明遇〈则草〉与〈格致草〉为例》,《暨南史学》2005年,第291页。
⑤ 黄寿祺、张善文译注:《周易译注》,上海:上海古籍出版社,2007年,第132页。
⑥ 司马迁:《史记》,裴骃集解,司马贞索隐,张守节正义,北京:中华书局,2011年,第1203页。

司马迁《史记·天官书第五》对占星学的核心思想作了这样的概括："仰则观象于天,俯则法类于地。天则有日月,地则有阴阳。天有五星,地有五行。天则有列宿,地则有州域。三光者,阴阳之精,气本在地,而圣人统理之。"①意即:仰则对天上的星象进行观察,俯则对地面上的事物进行模仿、效法,然后知天上有日月,地上则有阴阳;天上有五星,地上则有五行;天上有列宿,地上则有州郡,一一相对应。天上的日、月、星三光,是地上的阴阳二气精华凝聚而成,三光之气以地为本原,所以圣人得以统一天地而加以治理。②占星预言基于天人关系的理解,在春秋时期受到重视。古代统治者为了加强自身的合法性与权威,把权力与天道联系起来,并使用占星叙事来强化这一观念。占星术开始与天文学分离。天文家试图论证人间帝王统治的合法性,用天象反映人间社会的等级制度。这段时期的天文学把星叫作"星官",如《史记·天官书第五》唐司马贞索隐:"星座有尊卑,若人之有官曹列位,故曰天官。"③《月令》在中国古代思想史上具有一种里程碑的意义。它标志着纯粹代表上古农耕社会宇宙观和意识形态的终结,标志着中国上古天文学向占星学的转折,同时还体现了农耕思想与阴阳五行学说和占星学思想的结合。④《左传》昭公十七年记申须语"天事恒象",《国语·周语》有"天事必象"之说。这种情况到了战国末期就很严重了。《月令》就是按天象给天子设计每月移动的住处。⑤ 从这些典籍的记载中可以看到占星学的发展轨迹。古代天文透过星占影响政治,是中国古代天文学相当突出的特质。⑥

西方占星术起源于公元前三千年的美索不达米亚,西方占星学真正发展是从古希腊文明的古风时期开始的。古希腊先民认为,灵魂之所以能感知万物,是因为灵魂中有一些成分与自然元素是同类的。柏拉图说:"创造主按自己的意愿造就灵魂以后,就在灵魂之中构造有形体的宇宙,并把二者放在一起,中心对中心。灵魂从宇宙中心扩散到各处,直抵宇宙

---

① 司马迁:《史记》,裴骃集解,司马贞索隐,张守节正义,北京:中华书局,2011年,第1248—1249页。
② 司马迁:《史记》,弘丰译,北京:中国文联出版社,2016年,第219页。
③ 司马迁:《史记》,裴骃集解,司马贞索隐,张守节正义,北京:中华书局,2011年,第1203页。
④ 章启群:《星空与帝国——秦汉思想史与占星学》,北京:商务印书馆,2013年,第141页。
⑤ 章启群:《两汉经学观念与占星学思想——邹衍学说的思想史意义探幽》,《哲学研究》2009年第1期,第22页。
⑥ 黄一农:《社会天文学史十讲》,上海:复旦大学出版社,2004年,第2页。

的边缘,无处不在,又从宇宙的外缘包裹宇宙,而灵魂自身则不断运转,一个神圣的开端就从这里开始,这种有理性的生命永不休止,永世长存。天的形体是可见的,但灵魂是不可见的,分有理性与和谐,是用最优秀的理智造成的,具有永恒的性质,是被造物中最优秀的。"①亚里士多德认为,地球是由土、水、气、火四种元素构成,这四种元素皆不能抵达由以太构成的天体,而天体或星体却能影响地球。"黄道十二星座就是由地、水、火、风四元素所构成的,这四元素不但是占星学和一切玄学的基础,也是人类经验到的一切事物的构成元素,甚至是灵魂对肉体产生作用力的必要条件,或是意识体的动力来源。因此,学占星学必须先彻底了解四元素的内涵、意义以及彼此的关系,才能领略这门学问真正的本质。"②火元素是热情自信的能量,象征精力充沛;风元素是与气息息相关的能量,象征沉着冷静;水元素是主观的情感反应,象征灵敏机智;土元素是肉体感官和现实联结,象征讲究实际。

研究天际星体活动的星学,古希腊有采用数学方式来测算星体位置的"星位学",也有根据星体与地球间的位置研究的"星体对地球的影响学"。占星家通过绘制星图可以分析星星的位置,也可以为未来某个时间点构建占星图以预测星体在彼时的影响。"地球上每天发生的事件都是由于星体的运动引起的。这种因果关系是必然的,这意味着,如果可以了解天上星体的运动,就可以预知地球上发生的事情。"③这与中国占星文化中对气的认识有较大区别。在16、17世纪的英格兰甚至整个欧洲,占星学是大众普遍接受的知识理论体系,在很多作品中都涉及天体、星辰的比喻和占星学的相关知识。但是随着某些天文现象(如新星的出现、彗星、流星雨等)的突然出现,古代占星学的发展出现了巨大转折,逐渐没落,而现代天文学则慢慢发展起来。④ 占星学神学思想与天文科学属于两种根本不同的思想体系。古人崇拜日月星辰并据此进行占卜,表明人

---

① [古希腊]柏拉图:《柏拉图全集·第三卷》,王晓朝译,北京:人民出版社,2017年,第287页。
② [美]史蒂芬·阿若优:《生命四元素:占星与心理学》,胡因梦译,昆明:云南人民出版社,2008年,译者序第3页。
③ Roger French, "Astrology in Medical Practice," in Luis Garcia-Ballester, Roger French, Jon Arrizabalaga and Andrew Cunningham, eds., *Practical Medicine from Salerno to the Black Death*, Cambridge: Cambridge University Press, 1994, p. 30.
④ 胡鹏:《从占星学到天文学:莎士比亚的宇宙观》,《国外文学》2014年第4期,第13页。

类探索自然和认识能动性的开始,但限于当时的生产力发展水平和相应的认识能力,古人只能借助幻想和神秘的猜测对天体进行解释,从而产生了原始神话传说和各种神灵观念,而原始天文科学却从中开始萌芽。①

二、泄露天机:中西占星叙事模式

中西占星都具有相似的模式,先是把天宫分区分时标记,然后进行观察,根据星象和经验进行预测,也就是涉及"象"与"占"两方面。占星在古代政治中曾经占有重要地位,在民间也有重要影响。占星术士掌握着观象与解释的权力,充当了叙述者的角色。

在对自然了解有限及宿命氛围中,不少帝王相信占星术,选择对自己有价值的信息,推断时势,如王朝兴衰、战争胜负、民心向背等。正如《汉书·艺文志》所说:"以纪吉凶之象,圣王所以参政也。"在历朝宫廷中还是能见到占星师的身影。无论在中国还是西方,占星术是一门危险的技艺,将它应用于政治实践中意味着需要承担很大风险。有时占星预言连同其他预言一样,是政治集团操作下的棋子,不过通过管控占星预言的传播,统治者能宣示维护自身统治地位的立场,这同样也是一种策略性的政治表达。②

中国古代有二十八星宿的划分,在帝辛红陶罐有一些记载。战国后期,区划星空的二十八宿体系逐渐形成,占星家随之使用二十八宿来区划分野。《淮南子·天文训》记载:"星部地名,角、亢,郑;氐、房、心,宋;尾、箕,燕;斗、牵牛,越;须、女,吴;虚、危,齐;营室、东壁,卫;奎、娄,鲁;胃、昴、毕,魏;觜巂、参,赵;东井、舆鬼,秦;柳、七星、张,周;翼、轸,楚。"③将二十八宿分组分配给了十三国。这种分配方式只是为了占星而设计,与事实并不相符。早期人们在观象授时的基础上形成占星术,将"象"与占星术士的附会阐释结合预测未来吉凶。《史记》中有不少对于星象及其意义的叙述:

---

① 鲁子健:《中国历史上的占星术》,《社会科学研究》1998年第2期,第117页。
② 梁珉源:《都铎-斯图亚特王朝时期英格兰的占星术与政治表达》,《英国研究》2022年第1期,第115页。
③ 张双棣:《淮南子校释》,北京:北京大学出版社,1997年,第385页。

天一、枪、棓、矛、盾动摇,角大,兵起。①

辰星之色:春,青黄;夏,赤白;秋,青白,而岁熟;冬,黄而不明。即变其色,其时不昌。春不见,大风,秋则不实。夏不见,有六十日之旱,月蚀。秋不见,有兵,春则不生。冬不见,阴雨六十日,有流邑,夏则不长。②

长庚,如一匹布著天。此星见,兵起。③

占卜是人为的迷信手段。占卜实际上是一个公共操作,具有调节性。它根据一种已知的制度形式,来传递出一个信号,关乎过去(即那个确定命运的神圣决定之源)、现在(即征兆所出现的时刻)和将来之间的关联。占卜描绘出了时间的方向性,并意味着在某一刻行为是暂停的。在这里,神在行为过程中突如其来,并且不仅仅是指示性的。④

占星术士常通过一定的仪式来与神沟通,通过虔诚邀请神来帮助化解灾难。对古人来说,"天狗"吞日吞月是比较可怕的天象,"天狗"在中国古代星占文化中属于妖星,日食被星占家认为是臣掩君之象,是不祥之兆。"天狗,状如大奔星,有声,其下止地,类狗。所堕及,望之如火光炎炎冲天。其下圜如数顷田处,上兑者则有黄色,千里破军杀将。"⑤意即:"天狗,形状就像一颗大流星,伴有隆隆声,落在地上,形状像狗。它坠落的地方,远远望去火光炎炎,直冲天际。坠落的范围有数顷地方大小,上端尖

---

① 司马迁:《史记》,裴骃集解,司马贞索隐,张守节正义,北京:中华书局,2011年,第1208页。
意即:"如果天一、天枪、天棓、天矛和盾星看上去在摇动,且星光的芒角大,这预示着世间战乱将起。"该翻译见司马迁:《史记》,弘丰译,北京:中国文联出版社,2016年,第201页。
② 司马迁:《史记》,裴骃集解,司马贞索隐,张守节正义,北京:中华书局,2011年,第1238页。
意即:"辰星的颜色,在春季是青黄色;夏季,是赤白色;秋季,是青白色,预示年岁丰熟;在冬季,是黄色,星不明亮。如果某个季节颜色改变,则该季不得顺昌。若辰星春季不出现,则有大风,秋天作物将不会结实。若夏季不出现,则有六十天的旱灾,有月食发生。若秋季不出现,则有战争,春天作物不会萌发。若冬季不出现,则有阴雨六十天,有城邑将被大水冲毁,夏天作物不生长。"该翻译见司马迁:《史记》,弘丰译,北京:中国文联出版社,2016年,第213页。
③ 司马迁:《史记》,裴骃集解,司马贞索隐,张守节正义,北京:中华书局,2011年,第1243页。
意即:"长庚星,如同挂在天上的一匹布。此星出现,预示将有兵祸兴起。"该翻译见司马迁:《史记》,弘丰译,北京:中国文联出版社,2016年,第216页。
④ 陆康、张巍主编:《权力与占卜》,北京:中华书局,2016年,第173页。
⑤ 司马迁:《史记》,裴骃集解,司马贞索隐,张守节正义,北京:中华书局,2011年,第1243页。

锐处发黄光,预示着军队将奔袭千里,破军杀敌。"①人们相信"道法禁天狗"②能化解社会灾难,通过驱赶天狗的仪式来予以解决。

美索不达米亚平原早期游牧民族关注到明亮的行星的动态,这些亮星轮流升起,对人类精神产生了影响。美索不达米亚平原游牧民族把星空上耀眼的亮星用想象的虚线分别按照神或动物的形状联结起来,描绘出各种动物和人的形象,形成后来的白羊、金牛、双子、巨蟹、狮子、室女、天秤、天蝎、人马、摩羯、宝瓶和双鱼这12个星座。在希腊化时代发展为现在面貌的占星术。黄道十二宫被视为能量场、原型模式、宇宙构成法则。十二宫和人体特定部位对应,客观世界和人的性格都与十二宫有关。占星术士根据个体与星座位置的研究,算出行星的影响力,利用占星天宫图找出与地上事件的对应关系,发明出整套根据想象预测未来的方法。占星术的大流行导致不少公共建筑的屋顶的底面装饰有黄道十二宫和星座的图案。占星是从星盘开始的,每个人出生时的太阳、月亮、星星的位置,也就是星盘,可以通过天文学计算出来,占星术认为这与人一生的运势都相关联,灵魂联系着人格与星象。"占星学的确可以让人惊奇。只要给出某个人的出生日期、时间和地点,任何一个人通过简单学习以后都能以较高的准确度描述出那个人的一般特征。……一个人的出生星盘是一个丰富的、充满生命的陈述,它充满了洞见、指导和警示。"③每一个出生星盘都可能包含着上万种性格。占星学是一门根据人们出生时刻的天相来看清其一生的主题,在西方影响巨大。自古希腊以来,人们就相信宿命,表现在神话当中,就是无可抗拒的神谕。在古希腊悲剧《俄狄浦斯王》中,神谕是如此不可违抗,以至于拼尽全力的英雄俄狄浦斯终究还是犯下了弑父娶母的滔天罪行,最后只能自刺双眼自我流放,显示了古希腊人对

---

① 司马迁:《史记》,弘丰译,北京:中国文联出版社,2016年,第216页。

② 旧时,当日食、月食现象发生时,本地高道携全体道士迅速结神坛,祈请上界天尊降临,辅助驱除"天狗"。这时高道在神坛前舞"巡天步",掐"罗网诀""流金火铃印"等,念"驱天狗咒",其余道士率领当地民众在神坛周围方圆一里地范围,边舞边哼,并各自持锣鼓敲击,条件较差的地区则以铁盆、铁锅替代锣鼓。该道教舞蹈之意义在于,高道在上界天尊的辅助下驱除吞噬日月的"天狗",及时阻止随后可能出现的社会祸患。高道所掐"罗网诀""流金火铃印"等在道经中似乎有明确记载。"罗网诀"在道经中的准确命名应当为"天罗地网诀",在高功布置"天罗地网"时使用,各道派动作不尽相同。参见程群:《道教舞蹈与中国传统象占、星占、风水文化》,《美与时代(下)》2020年第7期,第10页。

③ [美]斯蒂芬·福里斯特:《内在的天空:占星学入门》,郭宇译,昆明:云南人民出版社,2012年,前言第2页。

伦理和神谕的理解。占星术从中世纪开始日益流行：

> 从中世纪中期开始，有一套将黄道十二宫与日月及五大行星相互对应附会的学说，也日益流行起来。在当时许多著作、绘画中都可以见到这套学说的表现和影响。由这套学说出发，又进而附会出许多结论来。比如，日月和五大行星常在一些占星图册中被绘成人形，他们手中所持的器物也固定下来，具体为：
>
> 日：老年王者，手持书册与权杖。
>
> 月：裸女，手持号角与火把。
>
> 水星：男子，手持囊袋和两条缠在一起的蛇。
>
> 金星：裸女，手持镜子与花卉，有时还头饰花冠。
>
> 火星：武士，顶盔披甲，手持军旗和利剑。
>
> 木星：猎人状，手持箭矢和杖。
>
> 土星：男子，手中持镰刀，有时还拄着拐杖。
>
> 在中世纪，基本上趋于成熟的占星术越来越多地渗透到社会的各个领域中。①

占星术把星座、宫位和行星结合起来，星座是身份，宫位是身份运行的场所，行星是心识的真正结构。星座的第一吉凶星是按照距地距离的顺序排列的（月亮除外），第二吉凶星是按照视星等的顺序排列的。星体是指宇宙中无意识的客观存在与主观映象。相位是行星之间或行星与轴线之间形成的几种关键角度。占星术中的宫位是指将黄道平均划分后的十六块天区，分为先天十六宫与后天十六宫。与第一宫成主要相位的宫位就是吉宫，成次要相位的宫位就是凶宫。

"如果把占星学看成是一种因果理论，我们会发现有越来越多的证据足以支持占星学的有效性。其中最常见的对占星学因果律的解释，就是所谓的'宇宙性先决条件'。它指的是在人和太阳系之中维持巧妙平衡性的电磁场。当行星的位置改变时，这个电磁场就会产生各种变化。"②对于占星家来说，天体之间的运动位置和状态至关重要，任何改变都有可能导致预测或解释失效。事实上，天体的运行具有一定的规律，天体的运行

---

① 北京大陆桥文化传媒编著：《神秘占星术》，重庆：重庆出版社，2008年，第34页。

② [美]史蒂芬·阿若优：《生命四元素：占星与心理学》，胡因梦译，昆明：云南人民出版社，2008年，第41页。

和地球上的四季更迭密切相关,和人们的生产活动有关联。但是人类社会的发展运动具有规律性和偶然性的特点,和天体的运行并没有一一对应的关系。把天体运行的规律和人类社会的各种现象尤其是人际关系的运行相关联并强行解释,显然是不明智的且无效的,必定是会遭受挫折的。神学枷锁的打破、政治的介入、自然科学的发展,让充满偶然性判断的西方占星术走向了没落。

三、走向虚构:中西文学中的占星叙事

中西占星在国家政治和民间都具有重要影响,中西文学中常见占星术,用以塑造人物、推动情节发展。占星作为一种预言,其所得结果未必与实际相一致。尽管占星的准确性存疑,但不妨碍占星从民间走向文学虚构。文学也是按照生活的逻辑进行,因此,在事实逻辑不足的情况下,作家使用占星来完成逻辑合理性的填充,肯定可能的结果以激励主人公冲锋陷阵,以推动情节的发展,或者塑造英雄形象。

占星走向虚构,一是指文学中使用了占星来虚构情节,如运用占星预测推动情节,如有些民间故事借用占星师预测寻宝;二是指占星的不准确本身就是一种虚构叙事,它作为一种观念影响了文学叙述;三指虚构作品借用了占星的权威来表现主题,或借用占星的客观性来取信于人,或借占星来进行反讽,如莎士比亚借占星来战斗。中国的一些小说中,人物、情节天"注定"。占星在人们的心里具有一定的权威地位,因为在他们看来一切均是宿命或神来安排,表明所有文学故事的过程与结果并非作者的随意编造,都是客观的,作者借助占星的"权威性""提醒"人们故事的真实可靠。这接续了中国客观性传统:儒家的"不偏不倚"中庸之道,以及《史记》以来"其文直,其事核,不虚美,不隐恶"的实录精神。

在《三国演义》中人物的命运、战争的成败甚至国家的兴衰等方面都有占星描写,对于故事情节的发展起到了预示作用。如第七回蒯良利用天象预测孙坚将战死的命运,刘表因此调兵遣将突围,最终吕公军队在岘山杀死孙坚:

蒯良谓刘表曰:"某夜观天象,见一将星欲坠。以分野度之,当应

在孙坚。主公可速致书袁绍,求其相助。"①

第三十回有对战争胜败的预测,袁绍不听劝告,结果曹操在乌巢烧毁袁绍的军粮,打败袁绍:

> 且说沮授被袁绍拘禁在军中,是夜因见众星朗列,乃命监者引出中庭,仰观天象。忽见太白逆行,侵犯牛、斗之分,大惊曰:"祸将至矣!"遂连夜求见袁绍。②

第六十五回对城邦兴亡的预言,加速了刘璋向刘备投降:

> 忽一人进曰:"主公之言,正合天意。"视之,乃巴西西充国人也,姓谯,名周,字允南,此人素晓天文。璋问之,周曰:"某夜观乾象,见群星聚于蜀郡;其大星光如皓月,乃帝王之象也。况一载之前,小儿谣云:'若要吃新饭,须待先主来。'此乃预兆。不可逆天道。"黄权、刘巴闻言皆大怒,欲斩之,刘璋当住。忽报:"蜀郡太守许靖,逾城出降矣。"刘璋大哭归府。③

尽管作品中写到了让人惊叹的英雄事迹,但从作品中仍能感受到宿命意味,一切均有定数。因此作品开头才会有"一壶浊酒喜相逢:古今多少事,都付笑谈中"的一切皆空的慨叹。

《儒林外史》也运用了占星思想,用来塑造人物的性格或推动情节的发展,具有反讽的效果。第十六回对匡超人的发迹预叙:"二相公,不是我奉承你,我自小学得些麻衣神相法,你这骨格是个贵相,将来只到二十七八岁,就交上好的运气,妻、财、子、禄,都是有的。现今印堂颜色有些发黄,不日就有个贵人星照命。"④他也因此得到乐清县知县的关照,即潘保正给他看相时所说的"贵人星照命"。在知县的关照下,他接二连三地顺利通过各级考试,也因此步入歧途,人性也逐渐扭曲。第三回胡屠夫对于中举的范进表现出两副脸孔,认为范进是天上的星宿下凡不敢打,与得知范进中举前的态度相对照,多了一层反讽。胡屠户作难道:"虽然是我女婿,如今却做了老爷,就是天上的星宿。天上的星宿是打不得的!我

---

① 罗贯中:《三国演义(上)》,北京:人民文学出版社,2019年,第61页。
② 同上书,第256页。
③ 罗贯中:《三国演义(下)》,北京:人民文学出版社,2019年,第541页。
④ 吴敬梓:《儒林外史》,北京:商务印书馆,2018年,第152页。

听得斋公们说，打了天上的星宿，阎王就要拿去打一百铁棍，发在十八层地狱，永不得翻身。我却是不敢做这样的事！"①

在《李尔王》中，莎士比亚通过埃德蒙的话对人作恶批判讽刺，以此来表达对星辰运势的怀疑：

> **爱德蒙** 人们最爱用这一种糊涂思想来欺骗自己；往往当我们因为自己行为不慎而遭逢不幸的时候，我们就会把我们的灾祸归怨于日月星辰，好像我们做恶人也是命运注定，做傻瓜也是出于上天的旨意，做无赖、做盗贼、做叛徒，都是受到天体运行的影响，酗酒、造谣、奸淫，都有一颗什么星在那儿主持操纵，我们无论干什么罪恶的行为，全都是因为有一种超自然的力量在冥冥之中驱策着我们。明明自己跟人家通奸，却把他的好色的天性归咎到一颗星的身上，真是绝妙的推诿！我的父亲跟我的母亲在巨龙星的尾巴底下交媾，我又是在大熊星底下出世，所以我就是个粗暴而好色的家伙。嘿！即使当我的父亲苟合成奸的时候，有一颗最贞洁的处女星在天空睒眼睛，我也决不会换个样子的。②

莎士比亚是文艺复兴时期的巨人，他通过哈姆雷特之口，把人视为"万物的灵长，宇宙的精华"，展示的是人文主义思想，矛头对准的是旧世界的思想体系。

占星在中西民间具有广泛的影响，人们相信，求助占星师或许能找到解决问题的方案。民间文学中也有不少与占星师有关的题材。在瑞典民间故事《富商和他的女婿》中，富商波尔有一个美丽的女儿，他向占星师请教未来女婿的情况，得知女儿将来要嫁给磨坊工人的儿子，第一次他买走工人儿子装在箱子里丢弃，没想到又被磨坊工人捡回，富商又过来买走男孩并养大。富商让养大的男孩带一封信到森林里去，企图借森林里的逃犯之手除掉男青年。逃犯们识破了富商的阴谋，他们预料富商不在家，便模仿富商的语气给富商的妻子写了一封信，信中要她立刻把女儿嫁给男青年，让小夫妻住在自己家的隔壁，配一辆有两匹马的马车。富商让男青年完成取三片龙的鳞片的任务，顽强的女婿竟然完成了任务还发了大财。

---

① 吴敬梓：《儒林外史》，北京：商务印书馆，2018年，第30页。
② [英]威廉·莎士比亚：《莎士比亚全集（Ⅲ）》，朱生豪译，北京：人民文学出版社，2014年，第234—235页。

贪得无厌的富商为了获取财宝也上龙山，却再也没有回来。故事由此对富商的愚昧、徒劳进行了讽刺，也对占星师的灵验、天意不可违进行了肯定。这与欧洲的宿命传统相一致。法国民间故事《磨坊主的四个儿子》中，磨坊主让四个儿子自己外出谋生，其中四儿子学的是占星术，他获得了一个望远镜，这为四个儿子共同拯救公主帮上了大忙。公主要嫁给她的救命恩人，通过抓阄儿选中了大儿子裁缝，其他三个儿子最后获得了国王大量金钱的赏赐。意大利故事《克拉布》描写了聪明机智的克拉布冒充占卜师通过故弄玄虚让偷戒指的仆人坦白而找到国王的戒指，克拉布又通过自言自语猜中盘子里的食物螃蟹（crab 与克拉布同音）而获得称赞和奖励。①

四、回归现实：中西占星叙事反思

占星术的功能是心理上的，占星术的解释可以帮助人们减轻焦虑、增加信心，让人们逃避责任、减轻负罪感。从社会学、人类学的角度看，因为人类有一些心理上的需要，这些需要可以从占星术中得到满足。人们对未来的不可知和对灾难的恐惧，今天仍然没有消失，人们会需要寻求安慰，这个安慰多种多样，其中类似于算命这个系列的，包括星座在内，也是人们所寻求的对象之一。②

占星术通过"象"和"占"来解释性格、经历的必然性，不考虑人们生存环境的多样性和能动性，不考虑各种偶然性，因而在实际运用中存在诸多难以周延的情况。历史上有很多人都看清了占星在解释和预测上的缺陷，提出了自己的看法。在春秋时代，一些具有进步思想的政治家对占星预言进行了否定，甚至通过实验的方法来进行论证。荀子《天论》说："天行有常，不为尧存，不为桀亡。"

天灾人祸常有，疾病与死亡总是困扰着人们。中世纪医学占星术代表人物帕拉切尔苏斯是位医生、炼金术士和自然哲学家，强调医生必须通过星辰获取苍穹的判断来解释病症、病因、病理。占星医学神秘的仪式感、占星医学把疾病放在更广阔的背景下进行解释、占星家试图通过深奥

---

① 《富商和他的女婿》《磨坊主的四个儿子》《克拉布》分别见［美］斯蒂·汤普森编：《汤普森世界民间故事金典》，马一鸣、胡锦葭等译，愚公子绘，北京：北京联合出版公司，2021 年，第 185－190 页、第 384－389 页、第 553－555 页。
② 刘慧：《占星术为何长盛不衰》，《北京科技报》2004 年 5 月 19 日 A05 版。

的"科学"来解释这个世界的谜题是占星医学流行的主要原因。占星医学填补了当时医疗市场的不足,并为时人提供了宗教之外纾解病痛和压力的渠道。当时也存在质疑占星医学的声音,认为它是迷信、骗人的把戏。①

"据有关资料统计,在法国6000万人口当中,居然大约有5万人从事占星术,其中1万人还拥有各类占星专科学校的毕业证书。占星业的年营业额高达上亿欧元,至少一次求助过占星术的法国人近1000万,几乎每家书店都上架占星算命的书刊,销售量动辄上10万,比很多龚古尔文学奖小说都要畅销。"②占星在远古发生成型,但占星叙事传统伴随社会发展存在直到今天。有人认为,只要掌握基本信息,通过星座及其运势图,就可能做出一定的预测或对现象进行解释。

今天从哲学上看,无论是证伪主义所表述的科学是理性的,还是历史主义所表述的科学是非理性的,都一致地把占星术拒斥在科学之外。③科学家认为那些恒星与地球的距离是如此遥远,恒星的图案是随机形成的,根本不可能对地球和人产生任何影响。他们试图用科学手段证伪占星术的可靠性。"1971年,美国加州大学伯克利分校收集了1000个成年人的星座和他们被天宫图影响的属性,包括领导才能、政治观、音乐才能、美术才能、自信心、创造力、职业、宗教信仰、社交能力等。分析表明,天宫图不同的人在这些方面都不存在差异,天宫图根本无法预测人生。"④美国国家科学基金会2014年公布的一项调查显示,2012年,美国人中认为占星术"绝对不是科学"的比例为55%,这是自1983年以来最低的数据;另有32%的美国人认为占星术"是某种科学",而10%的美国人则认为占星术"非常科学"。⑤"对于星座算命,要树立正确的三观,倡导文明、健康的生活理念和价值导向,将其作为茶余饭后的生活情趣倒也无益无害,但被其主宰命运是不妥的。"⑥

---

① 赵秀荣:《16—17世纪英格兰占星医学的流行及其原因分析》,《史学集刊》2020年第1期,第98页。
② 北京大陆桥文化传媒编著:《神秘占星术》,重庆:重庆出版社,2008年,第184页。
③ 朱彤:《20世纪对西方占星术的科学检验》,《自然辩证法研究》2005年第8期,第24页。
④ 赵洋:《千年占星术》,《科学与文化》2008年第7期,第22页。
⑤ 张博:《检验占星术:科学可以判定超自然观念的真伪吗?在心理学研究中如何排除主观因素影响?》,《科学世界》2015年第7期,第97页。
⑥ 田燕、付怡冰:《别让网络占星"占"了你的心》,《湖南日报》2021年8月26日第7版。

第三章
中西民间故事叙事传统比较

讲故事和听故事是人类生活中必不可少的文化活动。"历史学、社会学和人类学的研究已经表明,民间故事的起源可以追溯到史前巨石文化时期,而且不识字的人与识字的人共同成为故事的传播者和改造者。"① 作为民间文学的重要类型,民间故事是由广大群众口头创作并传播的散文体叙事作品,反映了广大群众的社会生活、风俗习惯和价值观念,具有故事性强、情节生动、口语化、类型化等特点。

民间故事属于口传叙事。广义的民间故事指民众口头创作并广泛流传的,包括神话、传说、幻想故事、生活故事、寓言、笑话等在内的所有散文体叙事作品。狭义的民间故事特指神话、传说之外的那些具有神异色彩而又有鲜明现实特点的口头叙事作品。无论是从叙事题材、叙事方式还是人物形象,神话、传说与狭义的民间故事之间都存在着密切关联,本书对于中西民间故事叙事传统的讨论是偏于广义的民间叙事。

"自先秦以来的两三千年间,中国民间故事一直以口承和书面两种方式传播,两种传播方式相互依存、相互渗透、相互影响、相互推进,促使民间故事在中华大地上的各民族民众中不断生成、发展、演变,日益走向繁荣。"② 口耳相传是民间故事的主要传播方式。然而,在中国悠久历史形

---

① [美]杰克·齐普斯:《冲破魔法符咒:探索民间故事和童话故事的激进理论》,舒伟主译,合肥:安徽少年儿童出版社,2010年,第7—8页。
② 祁连休:《中国古代民间故事类型研究(修订本)》(上卷),石家庄:河北教育出版社,2007年,第8页。

成的文化典籍中,以文字记载形式保存的民间故事不计其数,成书于战国时期至汉代初期的《山海经》记载了精卫填海、后羿射日等神话故事,魏晋南北朝时期的《博物志》《搜神记》《幽明录》《异苑》,隋唐五代的《酉阳杂俎》《河东记》《稽神录》,宋辽金元时期的《梦溪笔谈》《夷坚志》《辍耕录》,明代的《应谐录》《雪涛谐史》《古今谭概》,清代的《聊斋志异》《志异续编》《客窗闲话》等都记载了大量的民间故事。

民间故事属于口传叙事,数量多、范围广,以口头和书面两种方式流传。为讨论方便,本书单辟一章讨论,没有放在中西口传叙事传统比较一章内。

中西民间故事是各国劳动人民智慧的结晶,不同国家和地区有各具色彩的民间故事。"在非洲中部的村庄里,在太平洋装有舷外铁架的小船上,在澳大利亚灌木林中,以及在夏威夷火山的阴影里,现时的和神秘过去的故事,动物、神和英雄的故事,以及男人和女人们自身生活的故事,总是以它们的魅力俘虏听众或丰富着日常生活的谈吐。这样的故事还在爱斯基摩雪屋的海豹油油灯下,在巴西的热带丛林中,在英属哥伦比亚海岸的图腾柱旁拥有听众。另外,在日本、中国和印度,僧人和学者、农民和手艺人全都加入了喜欢好的故事和崇敬故事讲得好的人的行列。"①民间故事鲜明的人物、生动的情节、强烈的情感和浪漫的风格为人们喜闻乐见,成为各民族民间叙事传统的重要组成部分。中西民间故事的形成具有共通性,诞生于各自的人文地理环境,都源于社会发展中对自我和外界的认识,对人与自然、人与人的关系的总结。民间故事是老百姓情感的表达,记录和传播民俗文化,折射出一个地域的人们的心理、行为、精神,具有教育规范作用。

中西民间故事叙事传统在各自的文化语境下发生,携带本民族的信息,具有集体性、变异性等特点。本章从中西民间故事叙事题材、人物塑造和叙事结构等方面展开研究。

(一)中西民间故事的叙事题材。中西民间故事历史悠久、囊括世间百态、延续到当下。中西民间故事叙事题材包括创世故事、英雄故事、机智人物故事、动植物故事、神怪故事等。中西民间故事通过丰富的想象,

---

① [美]斯蒂·汤普森:《世界民间故事分类学》,郑海等译,上海:上海文艺出版社,1991年,第2页。

赋予故事中主人公超常的智慧、超凡的勇气,反映了广大民众的美好愿望理想,是普通民众思想、感情和意志的集中体现。中西不同的文化背景、思想观念、历史传统、风俗习惯等,使中西民间故事呈现不同特点,如,生活故事或英雄故事中经常讲述故事主人公如何战胜艰难险阻,中国民间故事多强调集体力量,西方民间故事更关注个体奋斗;在幻想故事中,中国民间故事多关注男人的梦想,西方民间故事中有不少是对女人的梦想的表达。

(二)中西民间故事的人物塑造。民间故事的作者和受众都是普通劳动者,故事中的人物较少,主人公性格单一,呈现出鲜明的类型化人物特征。民间故事的人物塑造遵循二元对立的原则,如,统治阶级与普通民众的阶层对立、巨人与普通人的形体对立、美貌与丑陋的外貌对立、真情与假意的情感对立、现实社会与神奇仙境的环境对立、善良与邪恶的道德对立等。"民间故事里,美与丑、善与恶、机智与愚蠢、勤劳与懒惰、勇敢与怯懦、憨厚与狡诈、谦虚与骄傲、诚实与虚伪,都是作为性格类型互相对立地存在着的。广大人民正是通过在这种夸张的类的对比中,来表明他们对生活的审美和道德的评价的。"①中西民间故事中的人物体现了人类的共通性,同时,由于中西文化的差异,还会呈现因文化不同而产生的不同性格。

(三)中西民间故事的叙事结构。民间故事广为流传,与故事内容贴近民众生活、审美理想有关,与民间故事叙事结构的程式化特征有关,情节结构易讲、易听、易记,有利于流传。中西民间故事常采用泛指方式交代故事发生的时间、地点和背景,如,故事多开始于"古时候""有一天",故事发生地点总是"在山上""大海边""森林里""有一个国家",故事的主人公也为"有个农夫""有位牧羊人""一个男孩""一位国王""一对老夫妇"等,拉开故事中的世界和听众环境之间的距离。情节发展是民间故事的主体部分。流传下来的民间故事大都情节简单、结构紧凑。中西民间故事的叙事结构在历史发展中形成了特定程式,"三段式"复合结构是常用的叙事程式。

---

① 张凯:《〈青凤〉中民间故事叙事特点的体现》,《蒲松龄研究》2010年第1期,第47页。

第一节　众生万象:中西民间故事题材选择

中西都有影响深远的民间故事。大禹治水、嫦娥奔月、牛郎织女、孟姜女哭长城、白蛇传、梁山伯与祝英台等故事在我国妇孺皆知。潘多拉的盒子、达摩克利斯剑、灰姑娘、睡美人等故事在西方家喻户晓。"当我们的考察以自己的西方世界为限时,大约在三四千年前,故事讲述者的技艺就已经在社会的各个阶层培养起来。俄底修斯以他冒险的奇迹使阿尔喀诺俄斯宫廷得到娱乐。"①古希腊罗马神话展示了西方初民对于世界和人类的认识,成为西方民间故事的重要源头。《伊索寓言》收录了许多经典的寓言故事,其中,龟兔赛跑、农夫与蛇、乌鸦喝水等故事脍炙人口,在世界各国广泛流传。《十日谈》《坎特伯雷故事集》《浮士德》等西方文学经典中也有民间故事的影响。

"民间故事内容包罗万象,涉猎人类社会的文化、历史、民族、民俗、哲学、宗教以及天文、地理、生态、气象、生物等各个领域。这部浩大的人类文化知识的百科全书,具有多重文化的复合形态。在民间故事中,历代社会民众不但极其自然地抒发、表达着他们的世界观与人生观,同时,关于人类文化演进的轨迹,在民间故事中也可以排出时间的序列。"②民间故事和民众生活息息相关,题材非常广泛。中西民间故事叙事题材包括创世故事、英雄故事、机智人物故事、动植物故事、神怪故事和生活故事等类型。

一、神·人·物:叙事题材的丰富与多元

创世故事是先民对世界本原和自身的思索与探寻,以超自然的形象和瑰丽的想象展现人类最初的宇宙观以及对生命起源的认识,表达了人类对世界的整体性追问。中西创世神话都产生于原始心理状态,具有神

---

① [美]斯蒂·汤普森:《世界民间故事分类学》,郑海等译,上海:上海文艺出版社,1991年,第2页。俄底修斯即奥德修斯。
② 刘守华、陈建宪主编:《民间文学教程(第二版)》,武汉:华中师范大学出版社,2009年,第84页。

秘性、幻想性和非逻辑性的原始思维特点。由于人类社会早期的自然条件、生活经历和生产方式相似，中西创世神话在叙事题材上都具有鲜明的释源性特征，包括宇宙起源、天地形成、人类起源、动植物起源等。盘古开天地和混沌之神卡俄斯的故事都是对宇宙起源的讲述，女娲造人和上帝造人都是对人类起源的叙述。创世神话反映了初民对世界和自我的认识，反映了人类在恶劣自然环境中艰难成长的生命历程，但中西创世神话在文化特性和审美精神上却存在较大差异。古希腊创世神话体现了二元对立观念，神与人之间的创造与被创造、神界与人间、自然的征服与被征服，以主客二分为基础的认识论成为西方文化的基本特征。中国创世神话体系中，天、地、人之间同源同构，形成圆融一体的一元世界，体现出人与自然"天人合一""物我一体"的文化观念，对中华文化传统产生了深远的影响。古希腊神话中人反抗神、人与自然抗争等故事，反映了西方人勇于征服自然的决心。中国神话中以盘古、女娲化育万物为代表的神话故事，体现了中国人对于天、地、神、人之间和谐关系的认识。

民间故事生成与流传受各种条件的限制。人类早期屡遭洪涝灾害，先人想办法治理，出现了各种民间故事。弗雷泽根据洪水神话资料归纳了以古巴比伦、美洲、马来半岛为中心的三个洪水神话圈。事实上，中国也有洪水神话，如女娲补天、大禹治水的故事。世界各国的洪水神话传说叙事模式包括灭绝世界的大洪水和繁衍新人类两部分。中国的洪水神话概括起来有四种模式：神谕奇兆型、雷公报仇型、寻天女型、兄妹开荒型。① 在这四种模式中人类能得以繁衍，大都是因为幸存的人做了善事，属于好人好报的主题。《圣经》大洪水来自古巴比伦的《吉尔伽美什史诗》，后者为苏美尔神话，有诺亚方舟拯救的故事。中国洪水神话叙事中人们的逃难工具是葫芦、牛皮等，西方神话中逃难工具是船，体现了中西民族的物产、生活特色。人类常常遭遇洪水，洪水留下的灾难印象和恐惧时常在人类心头徘徊。马尔克斯在《百年孤独》中描写马贡多地区的大雨四年不停地下，直至一切都消失，这不能不说是民族集体无意识的恐惧以显性的方式表现。中西民间故事保留了人类生活中的基本信息。对民间故事叙事传统的比较研究，可以了解其中各民族的生活习性和喜怒哀乐。

---

① 陈建宪：《中国洪水神话的类型与分布——对433篇异文的初步宏观分析》，《民间文学论坛》1996年第3期，第4—8页。

英雄故事是以讲述英雄事迹、表现英雄性格和讴歌英雄精神为主要内容的民间叙事作品,既包括远古时期部落英雄斩妖除魔、战天斗地的英雄传说,也包括不同历史时期源于历史人物事迹或民众想象创作的除暴安良、舍生取义的英雄传奇。古希腊英雄传说塑造了以赫拉克勒斯、阿基琉斯、奥德修斯、伊阿宋为代表的英雄形象,他们大多勇猛善战,是强悍的征服者和勇敢的冒险家。德国中世纪民间故事中的浮士德形象就是西方文化精神的体现。欧洲中世纪的骑士传奇和文艺复兴以来的个人主义英雄都延续了尚勇的传统。中国神话传说中的英雄观则体现出鲜明的尚德特色,英雄们往往放弃个人的愿望,从氏族整体利益考虑。"三过家门而不入"的大禹,"辨药尝百草"的神农氏,逐日而死的夸父,射日除害的后羿等都以高扬的集体主义精神获得了崇高的地位。尚德的英雄观在后世民间故事进一步发扬光大。民间故事中有不少取材于历史名人故事,如荆轲刺秦王、苏武牧羊、岳飞精忠报国、文天祥舍生取义、秦良玉一门忠烈、杨家将四代英魂……民间对于英雄们动人事迹的传颂,体现了广大民众对这些"为国为民"的慷慨之士和民族英雄的高度肯定和赞扬。

民众不仅以故事形式传颂贤哲圣人、明君忠臣和英雄好汉等功业显赫、德行超群的历史人物,也依据自己的生活经验和价值观,对身边的人、事、物进行想象加工,创造符合人们道德观念和精神诉求的理想人物、机智人物故事。"他们的性格特征主要是:(一)机捷聪颖,足智多谋,被人们视为智慧的化身。(二)滑稽风趣,诙谐善谑,富有幽默感。(三)敢于傲视权贵,戏弄豪绅,常常采用各种巧妙的手段惩恶锄害,扶弱济危,并且嘲讽一切愚昧落后的现象,匡正世风。"①中国的诸葛亮、阿凡提,古希腊的奥德修斯,阿拉伯的朱哈,德国的汉斯等都是机智人物形象。民间故事中还塑造了聪明的牧羊人、智慧老人、聪明的修士、机智的农夫等形象,反映各族人民反对压迫剥削、渴求伸张正义的愿望,具有现实性和人民性特征。西方机智人物故事的形成和发展主要受到中近东机智人物故事带的影响,形成了"世界末日型故事""估身价型故事""款待皮袍型故事""表演箭术型故事""母鸡公鸡型故事"等故事类型②,东亚、东南亚机智人物故事带则是以中国各民族的机智人物故事为主体,体现出机智人物众多,故事

---

① 祁连休、冯志华编著:《中外机智人物故事大鉴》,北京:知识出版社,1993年,第3页。
② 同上书,第1—2页。

类型丰富和宗教信仰多元等特点，特有的故事类型有"被子官司型故事""写寿屏型故事""搓灰绳型故事""咬耳授计型故事""斗阎王型故事"等。① 与西方相比，中国民间故事中的机智人物故事类型更为丰富。机智人物故事既包括表现徐文长、解缙等历史人物的故事，也包括表现幌江山、艾西、夏怀清等普通民众智慧的故事。

动植物与人类生活息息相关，在人们的生产生活中都扮演了重要的角色。中西民间故事中存在丰富多彩的动植物故事，以人格化的动植物或其他自然物作为主人公，如老鼠娶亲、老虎怕"漏"、鼠牛争大、荷苞牡丹的来历等。这些故事通过拟人的方式展开情节、塑造角色，以动植物的言行表现人间生活的人情事理。这类故事中的动植物既有动植物的外形特征，又有人格化特点，寓意人的性格与品性。动植物故事有两种重要类型。第一种是解释性的动植物故事，如《中国民间故事集成·湖南卷》中收录的《公鸡叫的来历》《鳊鱼的来历》《舂米鸟》《黄瓜雀》《猴子瘦的由来》《枣树为什么长刺》《油桐树的来历》《烟草和旱竹》等故事。在《战国策·楚策一》的《狐假虎威》故事中，狐狸假借老虎之力逞雄一时，讽刺了那些仗势欺人的奸猾之人，以及受人利用而不自知的昏庸之人。西方民间故事也有不少关于狐狸、大象、驴、雏菊、玫瑰、月桂等动植物的故事，通过对动植物外形、特征和习性的介绍，让人们更好地认识动植物及故事蕴含的道理。第二种是寓意性的动植物故事，通过动植物的经历和遭遇给予人们深刻的教育。《伊索寓言》中有许多富有寓意的动植物故事。《苍蝇与蜜》中苍蝇因为贪恋蜂蜜的甜美导致脚被蜜粘住，再也飞不起来了，告诫人们贪婪是灾祸的根源。《芦苇与橡树》中橡树自以为力量比芦苇大，结果在一阵猛烈的强风中，芦苇因为弯腰而生存下来，橡树因尽力抵抗而被连根拔起，这个故事告诉人们应该理智认识自己，合理运用优势、避免劣势。这些寓意性的动植物故事，包含了劳动人民的生活经验与教训，启迪民众。

神仙、鬼怪、精灵是神怪故事中经常出现的超自然形象。这些超自然形象往往幻化为人形，本领高强。这些超自然形象常作为主人公的助手或伴侣出现，人与神怪相恋结婚的故事居多。《天仙配》叙述了勤劳善良的牛郎与擅长织锦的织女之间的爱情故事。俄罗斯民间故事《青蛙新

---

① 祁连休、冯志华编著：《中外机智人物故事大鉴》，北京：知识出版社，1993年，第2页。

娘》、德国民间故事《青蛙王子》以及我国的《蚌姑娘》《田螺姑娘》都讲述了人神间的婚恋故事。当精怪神灵成为人的对手时,会给人们制造干旱水患、狂风暴雨、山崩地裂等灾害。故事主人公凭着智慧与毅力,有时也会有神力的帮助,最终战胜对方,表现出人类面对各类自然灾害的勇气与智慧。张云的《中国妖怪故事(全集)》收录了《山海经》《神异经》《搜神记》《抱朴子》《博物志》《幽明录》《述异记》《酉阳杂俎》《玄怪录》《夷坚志》《太平广记》《说郛》《阅微草堂笔记》《子不语》等古代典籍中关于妖怪的各类故事,按妖部、精部、怪部和鬼部等分门别类,记述了旱魃、鸡妖、枫鬼和白骨妇等神怪故事。意大利《恶魔娶了三姐妹》、挪威《格拉夫三兄弟》等神怪故事也都是通过讲述主人公在面对恶魔、巨怪的刁难甚至伤害时,以机智和勇气战胜了对方,赞颂主人公的智慧与力量。神怪故事具有浓厚的原始文化色彩,与中西图腾崇拜、鬼魂复活等原始观念密切相关,"一些原始观念保存在人们的思想中,就必然会在创作中表现出来,像神灵精怪故事中人与异类的结合等情节在今天看来荒诞不经,实则是原始观念的延续与折射"①。

中西民间故事中既有民众对于神奇世界的瑰丽想象,也有对社会生活的现实反映。反映爱情婚姻、生产劳动、家庭矛盾和阶级冲突等方面具有现实意义的故事都可称为生活故事。这些故事取材于人们的日常生活,基于人们对生活的认识和想象,全景式描摹纷纭人生百态、世间万象,具有鲜明的现实性特征,表现了人们对智慧、守信、勇敢和团结等品质的赞颂。德国民间故事《忠诚的约翰》中老仆人约翰以其忠诚的品格赢得了国王的认可和尊重。希腊民间故事《教子乔尼》中牧羊人的孩子乔尼诚信有礼、聪明坚韧,经历各种考验过上了幸福生活。《中国民间故事集成·广西卷》收录的《治嫂都阿芒》《雅丽》《阿兰嫂》《宝葫芦》等故事中,以达英、雅丽为代表的底层劳动人民生活贫困,但他们勤劳、勇敢、乐观,以丰富的斗争经验让心怀不轨的财主露丑。爱情是民间故事的经典题材,中西民间流传着许多优美动人的爱情故事。与神怪故事中主人公往往获得幸福美满的结局不同,生活故事中的爱情带有更加鲜明的反抗情绪和悲剧色彩,着力表现青年男女对于美好爱情的热切渴望和勇敢追求。

---

① 田兆元、敖其主编:《民间文学概论》,上海:华东师范大学出版社,2009年,第99页。

二、相通·相异·相合:叙事题材的主题呈现

中西民间故事叙事题材丰富,既有神与人、人与自然的故事,又有人与人、人与动植物、动植物之间的故事,而关于人的故事中,几乎涵括了以爱情、亲情、友情、劳动、抗争为代表的人类社会生活的方方面面。民间故事中既有神奇多变的神鬼精怪、法力超群的魔法宝物,还有变幻莫测的神奇历险、幽默诙谐的斗智斗勇,引领人们进入反映普通民众生活面貌和思想感情的大千世界。"从世界范围来审视,民间故事类型是在各国各民族的民间故事广泛传播过程中逐渐形成和发展的。"[1]中西相似的叙事题材体现出人类发展历程和普遍情感的极大相似性,但是由于自然环境和文化精神的差异,叙事题材所表达的故事主题的类型及主题内涵往往会存在差异。中西民间故事的主题会随着时代发展而发生变化,是时代风貌和情绪情感的重要体现。中国民间故事的主题还有很多,包括孝敬父母、敬重兄弟、和睦邻里、行善修德、因果报应、入乡随俗等。西方民间故事的主题包括敬重上帝、智慧、忠诚等。

中国民间故事歌颂团结奋斗是主旋律。兄弟型故事成为中国民间故事中的经典类型,不同民族、不同地区都流传着兄弟齐心的斗争故事。《20世纪中国民间文学经典》中收录了《神奇的十兄弟》[2]的故事,故事情节大致如下:移山的村庄里住着姓梁的老夫妇,老两口五十多岁没有儿女,常常愁眉不展。一位长着白胡子拄着手杖的老头给他们算命,告知他们会有十个儿子,分别是:听事一、力大二、硬头三、散风四、大肚五、散七六、高脚七、大口八、雷公九、造船十,他们的名字都体现出各自拥有的本领。皇帝多次使出计谋想害死梁老汉一家,十兄弟施展各自的本领一次次脱离险境。最后,皇帝试图通过洪水淹死梁老汉一家,没想到造船十在一夜之间造了许多船供家人乘坐,还送给了善良的人们。皇帝坐的船被吹翻,皇帝被淹死。梁老汉一家和善良的人们过上了安居乐业的生活。

《中国民间故事集成·广西卷》中第285个故事是壮族的《八兄弟》,

---

[1] 祁连休:《中国古代民间故事类型研究(修订本)》(上卷),石家庄:河北教育出版社,2007年,第6页。

[2] 刘铁梁主编:《20世纪中国民间文学经典》,北京师范大学中文系组编,北京:北京师范大学出版社,2004年,第167—169页。

故事情节如下：寡妇三婆到大仙山打柴，又冷又饿，想起自己无儿无女，伤心痛哭。这时一位白胡子仙翁出现，给了三婆八个金红金红的柑，三婆吃后生下八个儿子：第一个叫千里耳，第二个叫万里眼，第三个叫大力三，第四个叫顽皮四，第五个叫硬骨五，第六个叫发冷六，第七个叫长脚七，第八个叫大哭八。八兄弟受到土官的陷害，兄弟齐心协力，大哭八的眼泪比山洪还急，淹死了残害百姓的土官，还使得田地变得很肥沃，年年五谷丰登，瓜果满地。①第286个故事是汉族的《十兄弟》，故事情节如下：一个妇人，丈夫早亡，无儿无女，到山上打柴，想起自己孤苦无依，便伤心地哭了起来。一位白发白胡须老翁给了她十个橘子，妇人吃下后生下十个儿子：第一个叫大脚板，第二个叫大吃懒，第三个叫铁颈三，第四个叫大力四，第五个叫顺风耳，第六个叫长脚丈，第七个叫水鬼七，第八个叫千里眼，第九个叫发冷鬼，第十个叫打勒歪。十兄弟齐心协力，斗财主，降巨龙，战雷公。吃了雷公腿后，十兄弟的母亲真的成仙了，十兄弟也威武有力，个个活了三千年，他们将吃剩的残渣泼到草坪上，成了解热祛暑的草药雷公根。②十兄弟捉雷公的故事，在桂东南汉族地区流传较广。北流市流传的故事为十兄弟，陆川县为十二兄弟，博白县为五兄弟。③

《中国民间故事集成·四川卷(下)》第932个故事《僰人三兄妹》和第933个故事《箭射金銮》讲述了阿老和他三个孩子的故事：阿大、阿二和阿幺妹三兄妹据九丝山一起抗明朝官兵，除掉了恶棍游七里，打跑了横行霸道的官兵，用芭茅箭射中金銮殿。《中国民间故事集成·福建卷》的第421个故事《十个兄弟》和第422个故事《十兄弟闹皇宫》都是肯定集体力量的经典之作。

这类故事讲述共同面对困难，要和睦团结，依靠集体的力量来战胜强敌，过上美好生活；兄弟之间的团结互助是家庭和睦、社会稳定的关键，揭示了正义终将战胜邪恶的真理，表达了劳动人民的美好愿望。这种模式化的故事被民众反复传说，渗透在民众的意识中，"作为意识形态和集体无意识影响人们的观念和思维及其活动和行为"④。兄弟型故事存在明

---

① 中国民间文学集成全国编辑委员会、《中国民间故事集成·广西卷》编辑委员会：《中国民间故事集成·广西卷》，北京：中国ISBN中心，2001年，第630—633页。
② 同上书，第633—635页。
③ 同上书，第637页。
④ 张利群：《民族区域文化的审美人类学批评》，桂林：广西师范大学出版社，2006年，第128页。

显的跨越族际的互通性特征。祁连休指出:"民间故事类型的生命在于流布。民间故事类型在流布中逐渐形成,在流布中不断发展,一旦停止流布,它的生命便宣告终结,成为历史的陈迹。"①

西方民间故事中提倡依靠个人奋斗,赞美勇敢无畏的精神品质。法国民间故事《熊人约翰》②讲述了半人半熊的男孩约翰长大后,经历了石磨约翰、扭树约翰和撑山约翰的欺骗和伤害,战胜了巨人和十二个魔鬼,最终娶了年轻美丽的公主。希腊民间故事《教子乔尼》③中牧羊人夫妻的孩子乔尼无意中成为王子的教子,乔尼长大后去寻找已成为国王的教父,经历过无须男的欺骗,在食人巫妖女妖拉弥亚、蚁群和蜂群的帮助下,获得了国王和王子的认可,并迎娶金发少女。德国民间故事《勇敢的小裁缝》④中主人公凭借自己的非凡勇气和聪明才智巧妙地打败了巨人,拴住了独角兽,抓住了野猪,战胜了刁钻狡诈的国王,娶到美丽公主,赞美了小裁缝的勇敢无畏和勇于奋斗的个人英雄主义精神。罗宾汉的故事在英国流传了几百年。《罗宾汉与吉斯伯恩的该伊》《罗宾汉与陶器匠》《罗宾汉与屠夫》《罗宾汉与穿法衣的修士》《罗宾汉与寡妇的三个儿子》《罗宾汉与赫里弗特的主教》《罗宾汉与埃兰阿代尔》等,丰富了罗宾汉的故事和人物形象。那些反面人物不是受到他的愚弄,就是成为他的手下败将。在英国的城市和乡镇中,有关于罗宾汉的纪念日,在欧洲许多其他国家也会举行以罗宾汉为主题的游园活动和化装舞会等。人们参照罗宾汉故事中的形象,从服装、行为等方面进行戏剧化模拟,可见罗宾汉勇敢善战、不屈不挠的个人魅力赢得了民众的尊敬。

中国民间故事中的爱情故事基本是对于"男人的梦想"的表现,贫穷的少年以勤劳、善良等美好品质最终赢得美好的爱情,我国在各地广泛流传的民间故事《天仙配》《牛郎织女》《田螺姑娘》,《中国民间故事集成·北京卷》中收录的第481个故事《春哥和画眉姑娘》和第482个故事《牛娃和橘子姑娘》都是这方面的代表。西方民间故事中也有不少表现"男人的梦

---

① 祁连休:《中国古代民间故事类型研究(修订本)》(上卷),石家庄:河北教育出版社,2007年,第59页。
② [美]斯蒂·汤普森编:《汤普森世界民间故事金典》,马一鸣、胡锦媛等译,愚公子绘,北京:北京联合出版公司,2021年,第6—11页。
③ 同上书,第283—298页。
④ 同上书,第545—552页。

想"的爱情故事,如法国民间故事《金发小园丁》中的约翰在骡子和戒指的帮助下娶了三公主并继承王位,俄罗斯民间故事《角》讲述了天生神力的劳工杀死巨龙,娶了公主,过上快乐富足的生活。

西方民间故事中有许多婚恋题材的故事是对于"女性的梦想"的关注。法国民间故事《塔中的少女》中被教母关在塔里面的少女帕西莱特,最终离开了塔楼,嫁给了一位富有的王子。瑞典民间故事《地洞里的公主》中邻国的王子和公主相互倾心,因为两国突然交恶,公主的父亲将女儿藏在湖中一个偏远的小岛上长达七年;在公鸡、猫和狼的帮助下,王子终于找到了寻觅多年的公主。意大利民间故事《聪明的农家女》中聪明的农家女聪慧而善良,为馋嘴的仆人说情,为可怜的驴主人指点,以她的聪明机智赢得了王子的尊重,嫁与王子为妻。"男人的梦想"与中国传统文化中根深蒂固的男尊女卑思想有着密切关系。随着宗法制社会的形成,男性从属于家族,而女性则从属于男性。东汉班昭的《女诫》系统阐述了男尊女卑的观念、夫为妻纲的道理,至宋明理学提出"三从四德"理念,对女性在道德、行为和修养等方面进行严格规范,无疑影响到不同时期民间婚恋故事中的观念形态,使得中国民间故事中婚恋题材基本呈现为对"男人的梦想"的讲述。古希腊罗马神话神人同形同性的特点,开启了强调人作为有尊严理智和自由意志的独立个体的西方文化传统,从文艺复兴人文主义的高扬,到资产阶级自由平等意识的深入人心,女性愿望获得关注,其在民间故事中的表达也成为可能。

民间故事由民众创作,口耳相传,是民间意识形态的重要载体。中西文化价值系统中都将人置于中心位置,但对人的理解却大不相同。"西方文化强调人作为有理智、尊严和自由意志的独立个体的地位,要求人对自己的命运负责。而中国文化则主要把人理解为类的存在物,重视人的社会价值,仅把人看作群体的一分子,是他所属社会关系的派生物,他的价值因群体而存在并借此体现。因而只有无条件地将自己的命运和利益都托付给所属的群体。"①这两种关于人的认识,对中西民间故事叙事传统产生了重要影响,使中西民间故事相似的叙事题材往往表达不同的主题内涵,塑造不同的理想人格。"民间口承叙事作为民众心理结构的一种物化形态,向我们真实地展示了特定历史阶段民众的生活风貌及心路历程。

---

① 徐行言主编:《中西文化比较》,北京:北京大学出版社,2004年,第81页。

口承叙事独特地伴随着历史,越是古老的叙事,越具有历史的粘着和多层的积累,经过不同时代的传承,往往打上不同历史时代的印记,因而具有特殊的文化史价值。"①对中西民间故事叙事题材丰富性的认识,对其主题的辨析,有助于了解中西历史变迁、社会风貌和风俗民情,从中感受民间故事中所寄寓的伦理观念、审美情趣和价值取向,丰富对中西民间叙事传统的认识。

第二节 千人一面:中西民间故事的人物叙述模式

民间故事是由劳动人民集体创作的,在长期传承中,社会环境、时空转换及故事讲述人发生变化,故事也会产生变异。但集体创作和传播使得民间故事在情节、人物和主题等方面会出现类型化特征。1910年,芬兰民俗学家安蒂·阿马图斯·阿尔奈发表《故事类型索引》一书,对芬兰和其他欧洲国家的民间故事进行对比,先将这些故事同一情节的异文归为一个类型,然后写出简明的提要,再依次分类编排,统一编号。故事学"类型"特指贯穿在多种异文中有相同基本要素并定型的故事框架。类型分析成为故事研究的一种重要方法,并发展成为故事类型学。"人物的类型化指许多故事的人物属于同一种形象类型,即在品格、行为等方面的主要特征是共同的,如巧媳妇型、呆女婿型、机智人物型等。"②民间故事的人物形象鲜明,性格单一,个性突出,往往能给听众留下深刻印象:勇猛善战、智慧坚韧的英雄,奸诈狡猾、满腹诡计的恶棍,忠贞不渝、勤劳聪慧的巧媳妇,不懂世事、滑稽可笑的呆女婿等。动植物故事中的形象往往既具有动物的外形动作,又兼有人的行为品性,如聪明的兔子、凶猛的老虎、狡猾的狐狸和忠厚的老牛等,鲜明生动的类型化特征给人们留下了深刻印象。"类型化人物(Type Character)戏剧或小说中的一种人物,他们的言语或动作绝大部分能体现出为人们熟知的某一类人物的特征,而不具备独特的个性。"③类型化人物在民间故事中更是广泛存在,是民间人物叙

---

① 江帆:《民间口承叙事论》,哈尔滨:黑龙江人民出版社,2003年,第162页。
② 黄涛编著:《中国民间文学概论(第二版)》,北京:中国人民大学出版社,2013年,第148页。
③ 林骧华主编:《西方文学批评术语辞典》,上海:上海社会科学院出版社,1989年,第205页。

述最为重要的特征。"与作家文学相比,民间故事的人物形象不够丰满、故事情节不够复杂多变、语言描述不够细腻优美。然而,这些看似缺点的地方,却正是民间故事为适应口头讲述要求所形成的艺术特色,也是吸引听众百听不厌的关键所在。"[1]鲜明类型特征的人物形象不仅能让听众清晰地理解人物,有助于故事的讲述和传播,也使人物个性彰显的爱憎分明、扬善嫉恶等主旨对听众产生影响。

民间故事人物形象的类型化特点与人物塑造方式密切相关:一方面,遵循二元对立的美学原则塑造人物,如好与坏、善与恶、强与弱、胜利与失败,这种鲜明的人物性格对比、两极的伦理观念对峙以及奇幻的故事情节突转有助于激发人们强烈的感情;另一方面,漫画式人物形象刻画将人物的某一特征夸张放大,其他性格特点则几乎被隐匿,单一性格的强化使得人物脸谱化,成为某种思想或品质的代言人,人物成为思想或品格的代名词。比如灰姑娘是美丽勤劳善良的代言人,地主是贪婪自私愚蠢的代名词。

民间故事也具有鲜明的集体性特征。民间故事通过集体的口传心授得以保存传播,民间故事的叙述相对稳定,但绝大部分在民间口耳相传中很难保持原貌。这种集体创作和传播的形式,会直接导致故事在不同的讲述者口中出现差异,形成民间故事的变异性特征。"在各民族的口头文学中,有很多是由某一个作品的主体,变化成为许多大同小异的作品,形成了若干'异文'。就是那些民间艺人在说唱中,也时常变动着自己的一些原作,变动着前代艺人口传心授的作品。"[2]这种变异性主要体现在讲述方式及细节描述的差异性,有时也体现为不同故事在传播过程中情节糅合,形成新的故事,"像《牛郎织女》故事,在流传过程中就与《两兄弟》故事中的《狗耕田》复合成一个故事了"[3]。一般而言,故事的主题会相对稳定,这种稳定性往往通过人物形象的类型化塑造得以体现。为突出故事的主题思想,民间故事里的人物往往只具备单一的性格和品质,并会在叙述中不断强化和凸显这种单一性,放大了人物的某一特征。

---

[1] 万建中主编:《新编民间文学概论》,上海:上海文艺出版社,2011年,第136页。
[2] 钟敬文主编:《民间文学概论(第二版)》,北京:高等教育出版社,2010年,第27页。
[3] 同上书,第28页。

一、人物塑造的类型化：泛指性称谓与单一化性格

民间故事中的人物形象既鲜明又单一，这与故事中人物称谓的泛指性有着密切关系。"泛指性指故事发生的时间、地点，故事的主人公姓名往往是含糊的、不确定的。"[①]中西民间故事中的主人公一般都没有明确的姓名，有时以人物的性别、外貌或年龄称呼，比如老大、老二、小二哥、哥哥、弟弟、李四、赵五、张生、大姐、二姐、老太婆、小伙、姑娘等；有时以人物的职业或社会身份称呼，比如樵夫、渔夫、牛郎、织女、木匠、书生、和尚、员外、国王、大臣、王后、王子、公主、牧师等；有时以人物的特征、本领称呼，比如飞毛腿、顺风耳、大个子、长发妹、仙女、魔鬼、大嗓门等；有时以人物的性格或行为来称呼，比如急性子、小偷、强盗、大善人、恶人、懒人、聪明人等。如果人物有名字，也往往是某一国家或地区最常见的，比如我国的阿福、德国的汉斯、英国的约翰等。民间故事中人物称呼的泛指性提示听故事的人，故事讲的不是某个特定的人，而是具有这种性格或行为的人。民间故事不仅是一种娱乐方式，更承担着对民众的教育功能，人物名称的泛指性使得故事的道德训诫意味可以更好地越过故事的虚构性特征，给听众以深刻的影响、教育。

中西民众创造了多姿多彩的民间故事，表达人们的心理、情感与愿望，体现了民众的审美观念。"审美观念，是对客观事物的审美过程中，审美主体所持的态度和看法的总称。"[②]民间故事多选择简短、特征鲜明、情感色彩饱满的形容词进行描述，表达上也往往出现明显的程式化特点，如形容女主人公常常用"美丽的""善良的""可爱的""漂亮的"等，描述男主人公经常用"英俊的""勇敢的""勇猛的""聪明的"等，形容魔怪总是用"可怕的""巨大的""残忍的""凶狠的"等，形容反面人物则基本是"贪婪的""愚蠢的""狡猾的"等。

民间故事在人物描述上的类型化是人物单一化性格形塑的重要原因。人物的外表不是"美丽无比"就是"无比丑陋"，人物的头脑不是"聪明机智"就是"愚昧无知"，人物的行为不是"特别勇敢"就是"非常胆小"，人物的品德不是"非常善良"就是"特别恶毒"……这种极端化的做法，使得

---

① 黄涛编著：《中国民间文学概论（第二版）》，北京：中国人民大学出版社，2013年，第147页。
② 张紫晨：《民间文艺学原理》，石家庄：花山文艺出版社，1991年，第163页。

人们在听故事时的情感强度不断推进,情节的吸引力和情感的代入效应叠加,在故事结局处形成认知的、情感的双重满足。"故事中的人物形象多是正反对比,一好一坏,一善一恶,一忠一奸;在民间故事里,美与丑、善与恶、机智与愚蠢、勤劳与懒惰、勇敢与怯懦、憨厚与狡诈、谦虚与骄傲、诚实与虚伪,都是作为性格类型相互对立地存在着的。这些形象饱和着生活的血肉,充溢着幻想与夸张。广大民众正是通过这种极度夸张的类的对比,来表明他们对生活的审美和道德的评价的。"① 民间故事中二元对立的美学特征,与民间故事的集体创作与传播的方式密切关联。说故事与听故事是交流的主要形式,听众更关注事情的发展与结局,复杂的人物性格和故事细节会影响听众对故事情节的把握和故事主题的认知。相较于视觉带来的直观感受,听觉更易于引发人们的联想和想象;描述过于细致,会压缩听众的想象空间。

民间故事注重人物行为的叙述,少有对人物内心的描写,人物内心活动的缺失加剧了因人物外在形象行为突显而产生人物性格单一化感受。古往今来孝顺与善良都是中西人们赞颂的美德。"百善孝为先"是中华传统美德精髓所在,西方谚语"父母之恩,水不能湮,火无法灭"(the grace of parents, water cannot drown, fire cannot extinguish)也表达了父母恩情之深重,人们应该孝敬父母。孝亲故事成为中西民间故事的重要类型,中国民间故事《长发妹》②和波兰民间故事《金苹果树》③就是突出代表。

《长发妹》这则故事源于中国侗族,主人公是个小姑娘,因为"她的头发黑油油的,一直拖到脚后跟",因而被村民们称为长发妹。父亲早逝、母亲瘫痪在床上,长发妹只能靠起早贪黑地劳动来勉强养活自己和母亲。长发妹所在的小村庄常年严重缺水,人们要去很远的小河边挑水。长发妹在打猪草的过程中,看到翠绿的萝卜缨,想着把脆甜可口的萝卜带回去给母亲吃,却无意中发现了流着清清泉水的山泉。山神威胁她,如果讲出秘密,"我要叫你躺在悬崖上,让泉水从高处冲到你身上,叫你永生永世承受痛苦"。迫于山神的威胁,长发妹一开始不敢把山泉的秘密告诉其他人,可是看到村民们用水艰难,她痛苦极了,最后还是宁愿牺牲自己,讲出

---

① 刘守华、陈建宪主编:《民间文学教程》,武汉:华中师范大学出版社,2002年,第159页。
② 佚名:《中外民间故事》,大东沟主编,西安:太白文艺出版社,2016年,第1—7页。
③ 同上书,第137—143页。

了山泉的秘密。村民们有了清甜的泉水,长发妹却被山神给抓走了。老榕树幻化成绿衣老人,雕了一尊和长发妹一模一样的石像,把长发妹的白发安在石像上,让石像代替长发妹被泉水冲刷,帮助长发妹骗过了山神。长发妹又长出了黑油油的头发,快乐地回家了。

《金苹果树》是一则经典的波兰民间故事。"在一个山脚下住着一个农妇和她的儿子,一个十岁的小男孩",这一开端很有代表性,时间、地点和人物等都体现出泛指性特点。满怀着儿子获得幸福的期待,农妇把一筐野果给向她乞讨的老太太吃。老太太告诉农妇:"你的儿子只有找到他喜欢做的工作,他才能孝顺你,他自己才能得到幸福,他也才能造福于别人。"但未说明是哪种工作,老太太就消失了。小男孩分别跟着裁缝、鞋匠当过学徒,却都不喜欢这些工作。因为"喜欢呼吸自由的空气,喜欢无拘无束的生活",小男孩决定去当牧童。放牧过程中,小男孩无意中救了蝎子,原来农妇遇见的老太太就是蝎子变的。老太太给了小男孩一棵金苹果树,生病的人吃了树上结的金苹果就会很快痊愈。小男孩用这棵金苹果树治好了很多人,却一分钱都不收。国王得知这个消息,命人把金苹果树拔起来,搬到了王宫的御花园里。在老太太的帮助下,小男孩带回了枯萎、凋谢了的苹果树。在小男孩所在的村庄里,金苹果树恢复生机,结满了金苹果,小男孩又可以给很多人治病。他很孝顺母亲,造福别人。

中外民间故事中关于孝顺、善良的叙述,长发妹和小男孩的故事很有代表性,主人公也体现出鲜明的类型化特点:

> 故事里的人物被漫画化,其原因有二:一方面,因为民间故事本身是民众表达思想感情的方式,因此,故事里的人物本身并不重要,重要的是这个人物所代表的思想感情,所以,人物的其他方面都可以省略不计。另一方面,因为民间故事是口头的艺术,它主要借助声音进行传播,而声音是转瞬即逝的,如果民间故事对人物进行全方位的塑造,就会削弱人物形象的主要特征,造成故事主题不鲜明的现象。[①]

在人物称呼上,故事主人公没有明确姓名,只体现出年龄、性别等基本特征,这与民间故事重情节编排、轻人物刻画的表现方式密切相关。民

---

① 万建中主编:《新编民间文学概论》,上海:上海文艺出版社,2011年,第136页。

间故事的趣味性和吸引力都是通过情节的生动性体现出来，尤其注重关键情节的交代，比如上述两个故事中山泉的发现、金苹果树的获得都有详细描写。在人物品格上，孝顺母亲、造福民众是两位故事主人公都具有的美德；然而由于中西文化差异，主人公行为的动因不同。民间故事《长发妹》着力强调了长发妹的勤劳，她为了照顾母亲，"每天从早到晚忙个不停"，这与中华民族自古以来对勤劳的肯定和赞美有着密切关系。"民生在勤，勤则不匮""业精于勤荒于嬉"……勤劳是中华民族的基因，也成为民间故事中人物身上经常出现的一种美德。民间故事《金苹果树》则特别突出了小男孩对于自由的渴望和追求。"换了一个又一个师傅，可是始终没有找到一个他自己喜欢的工作"，经历了不同的工作，小男孩认识到自己最喜欢的是"呼吸自由的空气"，于是，"整天就是放放牲口，唱唱山歌，吹吹芦笛"的牧童生活成为小男孩的理想。故事讲述金苹果树被移植到御花园中，特别提到"树的周围是银栅栏"，小男孩问苹果树为什么枯萎凋谢，苹果树的回答是："没有自由我怎能不枯萎？一旦让我自由，我便会重新开花结果。"①自由不仅成为小男孩的追求，也是金苹果树的渴望，表现出自由这一观念已经在西方人灵魂深处扎根。

二、文化地理环境与人物形象的类型化生成

民间故事中人物形象的塑造往往还与故事创作和传播所处的地理环境密切相关。每个地方都有适应当地自然环境的物产，水稻孕育了稻神的产生，花间孕育了花神，大江大河孕育了河神，大海孕育了海神，高山孕育了山神。各种自然环境滋养了各地人们独特的人文气质。中国以农业为主，培养了勤劳的民族特性；西方民族以海洋渔猎为主要谋生方式，大海的多变培养了西方人勇敢创新的民族特性。在这些地理环境和人文景观的影响之下，各民族产生了与之相适应的民间故事。这些故事是对自然环境产物的主观性表达，或崇拜，或恐惧，或羡慕，也是对本民族人们生活习性的某种描绘，或赞美，或批评，或讽刺。这些类型化人物往往是故事主题的形象化表达。

中华文明首先发祥于大陆，这里的自然地理环境包括山峦、平原、湖泊、河流等。民间故事发生的地点通常和这些环境有密切关联。老鼠、野

---

① 佚名：《中外民间故事》，大东沟主编，西安：太白文艺出版社，2016年，第143页。

兽常是民间故事的主角,如老鼠嫁女的故事。东北地区在山上挖野人参,常能遇到化作人形的人参精。在田螺中会有田螺姑娘。农业耕作的生活方式让人们对四季的气候气象十分了解,人们据此耕作、放牧和捕捞。常常遭受自然灾害的人们特别渴望风调雨顺。因此,民间有很多祭天祈求风调雨顺的故事,也有得罪上天而遭报应,最终演化为祭天求雨的故事。在自然条件恶劣的地方,人们一年的劳作常常所剩无几。要成家立业有很大的困难,因此,成家立业就成了人们心中的理想。在父系社会中,娶妻是男人的理想和责任,但由于前述原因,通常这会变成难以完成的任务。因此勤劳、孝义、忠诚的适婚男子,通过另类方式获得爱情就成了民间故事的重要母题。如中国羽衣仙女的故事中,牛郎和老黄牛相依为伴,忠诚的老黄牛忽然开口说话给牛郎提供了仙女下凡洗澡的重要线索,牛郎偷仙女的衣服,成就了惊天动地的故事。住在水边的男子辛勤劳作,获得了田螺姑娘的青睐,田螺姑娘无奈离去后给男子留下了不愁吃穿的田螺壳,解决了歉收灾难问题。在山上挖人参的小伙子因为善良放走了人参精遭到责骂,人参精回来做妻子报恩。许仙因为善良做了好事,白蛇精才来到人间献出爱情。羽衣仙女的故事、田螺姑娘的故事、人参精的故事、白蛇精的故事都是在农业社会背景下的良好愿望表达。壮族的《一幅壮锦》反映了壮族同胞安家乐业的理想,是亲情、爱情母题的升级版。

西方文明是海洋文明,民间故事发生的地点常和海洋关系密切。人类战胜困难的斗争对象也常是海妖水怪,这是对大自然的神化想象,通过对想象对象的胜利来表达人类的豪迈勇气。古希腊民间故事的地点通常在海岛或海洋。忒修斯的故事发生在克里特岛,克里特岛的迷宫中有一个半牛半人的怪物,每年都要吃掉雅典被迫进贡的七对童男童女。大英雄到克里特岛上的迷宫中去降妖除魔,在米诺斯王的女儿阿里阿德涅的帮助下(赠予一柄宝剑和一个线团),顺利地斩杀了妖怪,洗刷雅典人的耻辱。由于他回来时忘记升起与父亲约定的白帆,悲愤的父亲无法抑制悲哀,一跃入海。这片海以忒修斯父亲的名字命名,即今天的爱琴海。这个故事表现了古希腊人的斗争勇气、血缘亲情、异性钟情等主题。在贝奥武甫除去妖魔的英勇故事中,英勇、爱情、血缘关系都得到了体现。俄罗斯渔夫和金鱼的故事,是对贪婪的抨击。灰姑娘的故事是对苦难的同情和对坏人的报应。

民间故事中人物形象的类型化特征,有助于表现人们强烈的思想感情和伦理判断,爱恨情仇型故事尤为明显。一方面,人们敬佩英雄的勇敢坚毅,赞赏机智人物的聪慧,同情弱小者的不幸遭际,故事讴歌爱情的忠贞不屈,表达对美好幸福的无限向往;另一方面,人们愤怒于敌人的凶残狠毒,嘲笑统治阶级的愚昧无知,故事揭露社会的压迫与不公,表现对黑暗现实的强烈不满。这些故事承载着人们的强烈情感,故事中类型化的人物形象成为强烈情感的具象呈现,在讲述中给人启迪,既具有疏解情绪的娱乐功能,又具有传授知识、塑造观念的道德教化作用。惩恶扬善、锄强扶弱、维护正义、讴歌爱情、嘲讽贪婪、赞美勇敢……这一系列观念在类型化人物身上不断放大,随情节进入人们的内心世界,内化一种朴素的认知和认同,代代相传。

第三节　异事同构:中西民间故事叙事结构方式

民间故事是由广大民众集体创作和传播的散文型叙事作品,其结构形态体现出了传统叙事文学"情节-性格"的特征。"结构是对人物生活故事中一系列事件的选择,这种选择将事件组合成一个具有战略意义的序列,以激发特定而具体的情感,并表达一种特定而具体的人生观。"[①]叙事结构是民间故事的讲述者在叙述策略上对故事的处理,体现为对故事情节结构的编排。为适应口耳相传的方式,民间故事的情节比较简单,线索也较为单一,"故事的叙述按照事情发展的顺序依次讲述,几乎不会出现讲述顺序与事件的发展顺序不一致的情况,这种叙述顺序是对生活本身的模仿,最容易被人理解和接受"[②]。口头文学的听众只能通过听来记忆和理解故事,现场感很强,不可能倒回来查看复杂的故事线索。口头文学的表演者必须将故事线索简单明了化,多用单线索,尽量按故事发生顺序叙述,少用倒叙、插叙、预叙,让人们很快掌握故事情节。

民间故事按照一定的模式叙事,叙事结构具有鲜明的程式化特点。美国民俗学家斯蒂·汤普森曾对民间故事叙事模式及其特点进行了分

[①] [美]罗伯特·麦基:《故事:材质、结构、风格和银幕剧作的原理》,周铁东译,天津:天津人民出版社,2014年,第39页。

[②] 万建中主编:《新编民间文学概论》,上海:上海文艺出版社,2011年,第136页。

析,列出了如下九个方面的特点:

(1)一个故事不能以最重要的活动部分作为开端,也不能突然就结束,而是需要有一个从容的推进。故事往往经过高潮向轻松、安定的方面变动。

(2)重复是普遍存在的,这不仅使故事给人以悬念,而且也使故事展开得更充分,由此构成了故事的骨架。这种重复大多是三叠式。但在一些国家,由于其宗教传统的象征性,这种重复也可能是四叠式。

(3)一般地说,只能两个人同一时间出现在一个场景里。如果有更多的人,他们中只有两个人是同时行动的。

(4)对立的角色彼此发生冲突——英雄和反派人物,好人和坏人。

(5)如果两个人以同样的角色出现,被描述得十分弱小,他们常常是双胞胎。当他们变得本领高超时,就可能成为敌对者。

(6)在一个群体中,最弱小或最差的一方往往会转变为最占优势的一方。最小的弟弟或姐姐常常是胜利者。

(7)性格是单纯的。正是这种特点的直接影响,人们注意到,故事里的人物没有任何生活以外的暗示。

(8)情节简单,从不复杂化。一个故事一次就能讲完,如故事情节有两个或更多枝节的话,必定是多个故事捏合在一起的结果。

(9)每一事件都尽可能简单地处理。同类事件尽可能描述得接近于相同,不会试图使事件复杂化。①

汤普森讨论了民间故事的人物设置与情节结构的程式,认为三段式是民间故事中常见的复合式叙事结构,认为对立角色的冲突以及人物初始力量的巨大差异在故事结局的反转,往往通过对比式叙事结构来表现。"程式的丰富积累会导致更高水准的创造和再创造的变异;主题和故事的积累会导致限度之内产生大量同类变体。"②这是民间故事叙事结构不断

---

① [美]汤普生:《民间故事——活的艺术》,陈晓红译,载北京大学民俗学会编:《北大民俗通讯》第14期,1986年,第34页。汤普生即汤普森。
② 转引自朝戈金:《"口头程式理论"与史诗"创编"问题》,载中国民俗学会、上海文艺出版社编:《中国民俗学年刊(1999年)》,上海:上海文艺出版社,1999年,第185页。

丰富的重要原因。

一、"三段式":叙事结构的经典类型

复合式叙事结构在中外民间故事中广泛存在。民间故事大都情节简单,结构紧凑,常以故事情节的反复来强化主题表达,这种反复以三次居多,比如,流传于我国广西壮族地区的民间故事《刘三姐》中便有"唱了三天三夜""来了三个水客""把葡萄藤砍断三次""大水冲了三天三夜"等。中西民间故事的谋篇布局一般都采用故事情节三次大同小异的重复,"一般是指三个或更多在情节上有某些重复,却又各自独立、有所变化发展的段落,有机的组合、连缀而成的结构形式。这种结构可能是某一个民间故事的主要结构形式,也可能是其次要结构形式。基本结构单位,是具有一定的情节的故事段落"①。这种结构的故事的情节常包括解三道难题、经受三次考验、斗争三个回合、经历三个历程、实现三个愿望等,这种叙事结构常称为三重式、三复式或三段式。

经受三次考验是中国民间故事经常出现的叙事结构。《三个女婿拜年》中是岳父考验三个女婿,《巧媳妇》中是公公考验三位媳妇,巧媳妇和"呆"女婿的故事都取材于现实生活,反映了广大民众敢于向封建家长、封建官僚挑战的精神。《三个女婿拜年》②讲述了岳父"耳疙瘩"对三个女婿进行对诗行令考验的故事,大致情节如下:财主"耳疙瘩"有三个女儿,分别嫁给了不同身份的女婿:大女婿是进士,做了知县;二女婿是武举人,是守关"百户";三女婿是庄稼汉,曾经做过长工。过年时,三个女儿和女婿都来拜年,大女儿和女婿乘坐花轿,二女儿和女婿骑着大马,三女儿和女婿并肩行步。"耳疙瘩"瞧不起三女婿,于是串通大女婿和二女婿在酒桌上卖弄文才,刁难三女婿,想让他当众出丑。没想到三女婿的应对句句贴令押韵,毫无破绽,并在会对的句子中以"你耳根那个疙瘩莫非是牛撞伤"来讽刺"耳疙瘩"。这是一则典型的"呆"女婿故事。中国封建制度让人们形成根深蒂固的等级观念,在封建家庭最讲究"礼数"的祝寿、婚娶、拜年等场合尤为突出。从身份和出行方式来看,大女婿和二女婿无疑是"人上

---

① 靳玮:《对民间故事三种定式结构的考察》,《民间文学论坛》1987年第3期,第77页。
② 刘铁梁主编:《20世纪中国民间文学经典》,北京师范大学中文系组编,北京:北京师范大学出版社,2004年,第214—218页。

人",经济的窘迫和身份的低下让三女婿成为岳父"耳疙瘩"嘲弄的对象。故事中的"呆"女婿无疑是充满智慧的,面对刁难和轻蔑,三女婿从容不迫、对答如流,"慢条斯理地""轻蔑地朝二女婿瞅瞅""不假思索地说""神态自若地说"……这些形容三女婿对答状态的语句无不显露出他的聪明才智。试图嘲弄他的岳父最后哑口结舌、无言答对,自己成了被嘲弄的对象。《巧媳妇》的故事在我国很多地方都广泛流传,三儿媳用自己的智慧一一解答了公公提出的难题,塑造了才智过人、敢于反抗封建家长、勇于追求人格自主的女性形象,反映了身处社会最底层的女性要求改变长期以来低下的社会地位的强烈愿望。巧媳妇和"呆"女婿的故事反映了广大民众的世界观、道德观和审美观。实际上,这类故事在现实生活中往往难以发生,民众只有通过故事想象的胜利表达美好愿望。

经受三次考验在西方民间故事叙事中也常见。西方的三段式故事讲述的基本是家庭生活。西方三段式故事主题较少指向社会制度的批判,更多是对勤劳、善良、勇敢、智慧等具有普遍性的性格品格的思考。瑞典民间故事《自己家里的钉子》①讲述了一对贫困的农民夫妇的三个儿子外出挣钱养活自己的故事。兄弟三人都从家里带走一样东西作为纪念:大儿子马兹从家里带走了父亲的旧上衣;二儿子皮德带走了母亲的宝贝铁锅;三儿子斯文得只带了一颗钉子做纪念。斯文得用这枚钉子帮助赶车人修好了车轮,由此获得了在铁匠铺学手艺的机会;又用钉子帮助忙碌的裁缝挂好、晾干了衣服,获得了在裁缝铺当学徒的机会;接着用钉子帮着老奶奶系好绳子,获得了跟鞋匠学做鞋子的机会。斯文得学到了很多本领,用自己赚的工钱把哥哥们为了糊口卖掉的纪念品都买了回来。哥哥们衣衫褴褛地回到家里,而年纪最小的斯文得却能带着自己给妈妈做的新皮鞋和挣的工钱回来。这个故事赞颂了斯文得乐于助人的品质和勤勤恳恳的态度。丹麦民间故事《虱子皮》中大儿子克里斯汀和二儿子雅各布急于赶去宫殿娶公主,忽视蚂蚁的恳求,小儿子贾斯珀却将食物分给蚂蚁,在蚂蚁的帮助下娶到了公主,并最终成为一个有才干的君主。这个故事肯定了乐于助人的品质。俄罗斯民间故事《爱猜谜的公主》中三儿子"傻子伊万"要去给爱猜谜的沙皇公主出题,此前很多人出的谜语被公主猜出来后都被处死了,伊万运用自己的智慧设计了悖论式谜语,不仅保全

---

① 王楠主编:《欧洲民间故事》,成都:四川人民出版社,2021年,第77—81页。

了自己的生命,还让公主不得不嫁给了自己。这个故事赞扬了伊万的勇敢机智。相较于中国民间故事通过三段式叙事结构表达对社会制度的批判,西方民间故事三段式叙事结构的运用有助于人们理解生活。有意思的是,个别西方民间故事会打破"年龄最小者获得美好的结局"这一程式,如德国民间故事《一只眼、两只眼和三只眼》①的结局是:被称为"两只眼"的二女儿过上了幸福的生活,大女儿"一只眼"和三女儿"三只眼"却要靠乞讨才能生活。最终,"两只眼对二人表示了欢迎,并妥善安置了她们。一只眼和三只眼深深后悔她们年轻时对两只眼做了坏事"②。

中西民间故事情节都具有模式化的特点,模式化的优点在于易于理解、掌握和重复。在人们的文化水平较低、未经系统学习的情况下,要掌握复杂的、线索多变的叙述模式不容易。民间故事的情节模式只有重复到了一定的数量才更容易被大众接受。中国牛郎织女的故事一直在传承,原因就是中国农业生产的条件没有变化,人们娶妻生子、安居乐业的理想没有发生变化。相反,人们通过不断讲述这样一个故事来弥补现实中的缺憾。西方民间圣诞老人的故事历久弥坚,也是由于人们的美好理想、渴望被人关心的愿望没有发生变化。

二、中西审美观念差异与故事结局

中西民间故事的结局表现了不同民族的习俗心理。德国本雅明1936年在《讲故事的人》中说:"民间故事和童话因为曾经是人类的第一位导师,所以直至今日依旧是孩子们的第一位导师。无论何时,民间故事和童话总能给我们提供好的忠告;无论在何种情况,民间故事和童话的忠告都是极有助益的。"③人们从民间故事中了解人的社会关系,了解民族文化的奥秘。如,《青蛙娶妻》是藏彝走廊人们生殖崇拜、图腾与英雄崇拜在民间故事中的表达,集中反映了人们对生命延续的渴望。

古希腊以来,西方民族都强调命运的重要作用,意在尊重上天意志、自然规律,形成了以悲剧为结局的悲剧意识。任何违背神旨的行为都会

---

① [美]斯蒂·汤普森编:《汤普森世界民间故事金典》,马一鸣、胡锦霞等译,愚公子绘,北京:北京联合出版公司,2021年,第252—258页。
② 同上书,第258页。
③ [德]瓦尔特·本雅明:《本雅明文选》,陈永国、马海良编,北京:中国社会科学出版社,1999年,第309页。

得到惩罚。西方的民间故事,叙事的结局基本也遵循这样的逻辑。

大团圆结局是中华民族传统思维和审美心理的表现,也是人们渴望超越自身的体现。中国古代四大民间故事《牛郎织女》《孟姜女哭长城》《梁山伯与祝英台》《白蛇传》都具有大团圆的特征,是传统大团圆审美心理的体现。文中矛盾在结尾处统统解决,人物都有各自的归宿,读者的情绪也得到了相应的满足。① 故事的结局和主要矛盾没有什么关联,就像是强加进去的美好愿景。这和人们的美好情感想象是一致的,也就是在阅读情感上与人们的情绪没有强烈冲突。这与西方完全遵循神的意愿行事是不同的。为了达到这种大团圆的效果,民间故事会采用异类通婚和异类报恩的故事模式,如人妖恋、人与动物相恋等。中西民间故事与本民族的审美文化心理紧密结合在一起。

中国民间故事的结局通常也和教化功能密切相关。民间故事的劝诫作用集中体现在"善有善报,恶有恶报""有恩不报非君子""滴水之恩当报之涌泉"等观念上。这是由于现实中很多恶的行为得不到惩处,善的行为得不到表彰,故事只好借助于命运的权威来施加压力。所以,民间故事通常是风俗伦理人情的调节器,才会有中国民间故事中"善有善报,恶有恶报"的结局。展示了民间故事在传播中作为在野的权威的功能,调解人们的社会关系。民间故事的结局体现了叙述者的教化目标,民间故事所表达的观念会随着故事的传播深入人心,影响着人们的行为规范。内蒙古地区流传的猎人海力布的故事,讲的是猎人海力布救了一条被老鹰叼走的小白蛇,后来小白蛇报恩的故事。小白蛇给了海力布一块石头,含在嘴里能听懂鸟兽之语,因此海力布经常能打到很多猎物。一次他从鸟兽那里听说要发洪水,因此动员村子里的人搬走,村里人不信,海力布只好把原因说了。按照规则,说了原因之后自己就会变成石头。村民们得救了,也永远记得海力布。这是一个报恩的故事,重在说明报恩的相互性。报恩的故事在各民族都有很多,有不少是假借动物来叙述。中国民间故事的动物报恩具有较强的理性色彩。② 中国民间故事中被报恩者,一般都

---

① 庄涛、胡敦骅、梁冠群主编:《写作大辞典》,上海:汉语大词典出版社,1992年,第243页。
② 理性色彩具体表现为:一、在具体的报恩行为之上,高悬着"道""德""孝"等形而上之的价值标准,报恩行为必须与这些价值标准相统一;二、在中国文化的报恩中非常注意利益计算。孟芳:《报恩故事与民族心灵——从民间故事看我国报恩观念的理性色彩》,《中州大学学报》2008年第2期,第66页。

是有德之人,善良之人。在东郭先生和狼的故事中,东郭先生救了狼,狼在危机解除后却要吃掉东郭先生。这本来是一个悲剧。为了实现恶有恶报的伦理理想,最后狼还是被聪明的农夫装进袋子里打死了。好人得偿所愿,坏人罪有应得,表现了人们的真切愿望。

西方民间故事结局中延续的是悲剧传统。在伊索寓言的农夫和蛇的故事中,农夫被蛇咬是一个悲剧结局,农夫并不因为自己的善良而受到好报。这种悲剧性的结局似乎在传达一种理念,即任何不讲原则的做法是要受到报应的。这符合西方悲剧审美观念,和西方社会宿命观念保持了一致。所以西方人把自由个体精神看得很重,到了基督教时代,人依然是要服从上帝的旨意。在日常生活中仍是好人没好报、坏人没恶报,因此有必要借助于其他形式来规劝、讽喻。民间故事就是很好的媒介。德国民间故事《驴影》写了一个为了驴影而争论不休的故事。其教训是谁要为驴影争论不休,谁就是自寻烦恼。英国人考克斯认为,灰姑娘故事在欧洲和近东有345种大同小异的传说。有学者认为西方流传甚广的灰姑娘民间故事是从西方传到中国再传回西方的,故事应该是从西方经过苏门答腊等地的转输进入中国,然后通过马六甲、巽他海峡再转输。①

中国民间故事的结局往往以大团圆形式体现"善定胜恶"的伦理,比如《达架的故事》②中恶毒的后母不小心掐死了女儿达仑,自己也气绝身亡。《找幸福》③中勤劳善良的谭福一家过上了幸福生活。西方民间故事也有许多表现正义战胜邪恶的圆满结局,但也有不少故事结局体现出"善恶共存"的价值追求。意大利民间故事《忘恩负义者》④中,有个男人拾柴的时候救了一条被压在大石头底下的蛇,"忘恩负义"的蛇要吃了他,男人表示:"别急,先听听别人的意见,如果别人也判我有罪,你就吃了我吧。"他们分别遇到了马、桑树和狐狸。骨瘦如柴的马认为它驮着主人走了那么多年的路,现在不能干活就只能被拴在这里等着饿死,既然善有恶报,

---

① 王青:《"灰姑娘"故事的转输地——兼论中欧民间故事流播中的海上通道》,《民族文学研究》2006年第1期,第13页。
② 刘铁梁主编:《20世纪中国民间文学经典》,北京师范大学中文系组编,北京:北京师范大学出版社,2004年,第138—149页。
③ 同上书,第135—137页。
④ [美]斯蒂·汤普森编:《汤普森世界民间故事金典》,马一鸣、胡锦葭等译,愚公子绘,北京:北京联合出版公司,2021年,第3页。

还是"吃掉他吧"。千疮百孔的桑树曾经为主人提供了大量桑叶，养出了最好的蚕，现在站不直了却要被扔进火里，桑树认为蛇吃掉救命恩人"没什么不对"。狐狸帮助男人把蛇又压在大石下面，认为自己帮助了男人，想要一口袋母鸡作为报酬，没想到男人"忘恩负义"地把几条狗装在口袋里，狐狸一打开口袋，就被狗咬死了。"世界上总是有这种事，做了善事得不到善报，做了恶事也没有得到恶报。"故事结尾的这句话耐人寻味，体现出故事讲述者及其所处环境中广大民众对于现实世界"善行未必有善果"的理性认识。与此相对应，人们一般认为良好的品德也总是更容易获得美满的结局，在民间故事中就往往体现为：具有善良、勤劳、勇敢等美好品质的人历经千难万险后，终于过上了幸福的生活。西方民间故事中也有不少故事讲述主人公虽愚蠢而懒惰，也往往能凭借不可思议的运气获得美好生活。丹麦民间故事《懒惰的男孩》[①]中，有个男孩格外懒惰，懒得打水、懒得许愿，然而好运却如影随形地跟着他。他娶了公主，还拥有了属于自己的宏伟宫殿。在古希腊的造人神话中，普罗米修斯从各种动物的心中摄取了善恶，并将其封闭在人的胸膛中，这表明古希腊人已意识到，人是一个善恶并存体。古希腊人对于人的天性的这种理解，影响到西方后世的思维模式和文学创作。中国神话体现出很强的道德观念，人物形象被刻意地公式化和概念化，神祇们总是以正面形象出现，具有明显的教化意味。这些大智大善的伦理型人物，代表着我国伦理本位的审美倾向。中西方对于人的这种定位，反映出两种文化体系在思维模式上的差异，对中西民间故事人物形象塑造、故事主题表达及叙事结局安排等方面产生了深远影响。

  由于地理、社会、历史、环境等因素的不同，中西民间叙事传统在主题思想及审美风格上有较大差异。但从叙事结构看，以三段式为代表的复合式叙事结构反映了中西方民众在故事讲述和接受方面的内在共通性。作为人们生活与观念的反映，民间故事是认识和理解中西民众生活方式、文化观念及其发展历程的重要资料。

  "民间故事构成人类文化史的一个重要部分。人类学家及研究人类习俗的所有学者应该将各种故事的存活史的大量增加的材料，用之于阐

---

① ［美］斯蒂·汤普森编：《汤普森世界民间故事金典》，马一鸣、胡锦葭等译，愚公子绘，北京：北京联合出版公司，2021年，第404—406页。

释他们自己的发现。他们所真正理解的大量故事,会使得他们关于人类的整个智力的和审美的活动的观点,变得更加清晰和更加准确。"[1]对中西民间叙事结构及其主题表达和审美风格的认识,有助于人们深化对中西民间叙事传统的认识。

---

[1] [美]斯蒂·汤普森:《世界民间故事分类学》,郑海等译,上海:上海文艺出版社,1991年,第537页。

第四章
中西民间仪式叙事传统比较

仪式是一种古老又普遍的文化现象，是一种具有文化规约特性的可重复性人类社会性活动，包括宗教仪式、世俗仪式等。宗教仪式表现在对神灵崇拜的象征性的结构化活动中，世俗仪式是在社会生活中发展起来、协调社会关系的象征性权威表达。大卫·科泽认为："仪式是一种裹缠在象征之网中的行为。缺乏这种象征化的规则性、重复性的行动不是仪式，只是习惯或者风俗等。象征化赋予行为以更多的重要意义。借助仪式，可以认识、强化甚至改变对世界的信仰。"①"仪式作为一种存储、传播文化和信仰的重要媒介，承载着一个民族历时性的文化记忆。而文化记忆又是民族文化认同的精神纽带。"②如，东巴仪式中本土的行为系统体系、文化要素之间的连接模式，存在于文化主体的神话记忆和身体再现动作系统中，被仪式实践者反复操演。仪式将观者引入杀气腾腾的争斗场面，让在场的仪式参与者共同回忆纳西先民曾有的情感记忆。③

古希腊祭祀仪式完整，狄奥尼索斯是酒神，受世人信仰礼拜。古希腊悲剧来源于酒神颂歌。生殖仪式依赖的是循环性时间概念。宗教神话种类很多，其中最重要的是围绕植物生长的年度循环所进行的庆祝仪式。仪式从自然现象崇拜演化而来，通过模仿自然界的运行状况来表达人们

---

① [美]大卫·科泽：《仪式、政治与权力》，王海洲译，南京：江苏人民出版社，2021年，第15页。
② 郭讲用：《中华民族共同体：传统节日仪式传播与信仰重塑》，北京：商务印书馆，2022年，第8页。
③ 冯莉：《神话叙事与仪式身体——以纳西族东巴仪式舞蹈为例》，《长江大学学报（社会科学版）》2021年第3期，第8页。

叙事的深层心理动机,以神人感应的方式获得神的帮助,以获得生活资料、抚慰心灵。仪式通过象征将传统与当下联系起来,帮助人们理解世界,调节人与神灵、人与人之间的关系。现实生活中神话宗教仪式有一套严谨的程式,表现了秩序的严肃性,具有重要的认识价值和教育功能,有助于权威的生成:

> 恪守仪式及仪式本身就有巨大的社会整合效应,尤其是当祭祀和仪式有大批人群参与并且为了全社会的目的时。后者在某种意义上是权威系统的一个技术功能,祭司-首领为了一次好收成在"搞定一桩事情",比如确保仪式之后的一场降雨。那当然好。但他需要他的人民在场,或需要他们大量的实际参与,跳舞、诵唱、拍手或祈祷。所有这些都是为共同福祉所做的一种努力,但由权威领导。因此,这种仪式具有有机体的性质,就像再分配系统一样。它也具有重要的社会心理学意义,因为人们在这种情景下进行群体合作而不太可能起摩擦。显然,群体越大,个体融入集体的社会陶醉感也越强。①

中西都有本民族特色的传统礼仪。礼仪由礼和仪组成。在古代,"礼"是最高的自然法则、总秩序,是治国的根本。"仪"指法度准则。仪式作为叙事传统通过象征的方式将民众、民族和国家联系在一起,进而成为民族认同的媒介。下面以饮食、萨满养成、傩仪等与秩序习俗的关系为例分析:

(一)中国古代重视礼,饮食的仪式和祭祀、秩序、习惯相连,表现在仪式与形式的保持、仪式与食物的选择、仪式与吉日的挑选等方面。饮食也是一种荣誉感、仪式感强烈的行为。从饮食叙事传统可以看出,仪式是和神明权威联系在一起的,是在场的权威。仪式习俗发生变化,显示了条件的变化以及与之相关的权威的消解。庄重的仪式通常是为了表示对神明的尊敬,展示的是权威在现场。中国民间仪式叙事展示了神明观念对人的影响,民间仪式叙事突出了在场的权威。在西方,神明常常通过手段来迫使人们遵照指示。古希腊悲剧命运观念就是神明对人控制的表现。

(二)疾病与修炼带来的生死体验是成为萨满的艰辛之路。萨满仪式

---

① [美]埃尔曼·塞维斯:《国家与文明的起源:文化演进的过程》,龚辛、郭璐莎、陈力子译,上海:上海古籍出版社,2019年,第91页。

包括祭祀神灵、祭天、祭祖、治病等。萨满通过仪式与神灵对话,强调敬奉祖先神灵求得庇佑。驱傩之后,驱傩所用的贡品还能够为人所食用,而且在观念中还有某种治愈效果。而萨满仪式中使用的食物,因为具有某种替人受过的作用,不宜再食用了。这是傩仪和萨满仪式的一个区别。

（三）傩仪的发展体现为以傩戏为核心的傩文化。人类社会在发展过程中形成了阶级阶层、尊卑秩序,傩仪的本质是尊重权威的表现。傩面拟神,展示了程式化的傩戏叙事。国傩是朝廷大典。乡傩则是民间的礼俗。傩仪通过傩戏的叙事表演实现目的。傩舞侧重于通过舞蹈来叙事,传达情感。傩舞表演者通过佩戴含义不同的面具,增加形象的控制力量。在舞蹈过程中,他们通过驱赶、脚踩等动作,模拟驱赶、杀魔、生产、迁徙等场景,叙述某个事件的发生经过。傩仪试图展现渺小的个人获得神的眷顾,拥有了惊人的力量,产生非同寻常的驱赶效果。

第一节　中西饮食叙事传统：仪式与权威

饮食是生存必需、快乐的源泉、物质与精神的结合之处,是情感维度、社会组织、经济活动的基础。随着社会的发展,吃什么、和谁吃、怎么吃,成了附加在饮食上的关键问题,涉及生产力水平、生产关系、社会心理等方面内容,衍生出一套与饮食有关的社会性的仪式,包括集体饮食仪式与个人饮食仪式、国家宴会仪式、社会交际饮食仪式等,反映了人类社会的权力秩序、风俗习惯。饮食仪式将自我与他者、自然物之间的关系确定下来。"饮食男女为人之大欲,传世文献对饮食行为的记述,反映了人类为维系生存和改善状态所作的种种努力。互渗指先民心目中万物因'交感'和'触染'而发生的相互浸透,受这种思维的影响,一些现代人仍相信食物的某些属性会随摄入过程进入人体。"[①]

一、传统饮食仪式与权威的建构

中西饮食思维与礼仪的发展具有相关性。中国古代的鼎是重要的食器(有"列鼎而食")。鼎开始是用于祭祀和宴飨的器具,后来发展成政权

---

① 傅修延、钟泽芳:《饮食叙事与互渗思维》,《江西社会科学》2023年第1期,第134页。

或权势的象征,甚至成为传国重器,如"问鼎""鼎食人家"。鼎也是"礼"的象征,具有重要的涵义,其原因就在于权力和基本的生存联系在一起,显示了中华民族对于饮食的重视。人们从饮食生活中窥见世俗的道理,用饮食思维来思考社会人生道理。周公制礼作乐是这一制度的重要事件。儒家从饮食中发展出礼及各种典章制度。《礼记·礼运》记载:"礼之初,始诸饮食。"饮食的仪式和祭祀、秩序、习惯相连。礼仪制度的规范化是为了更加合理地处理人与神鬼、人与人之间的关系。"礼制与礼义的分离体现在族群认同上就是华夏精英建构他们的礼制和礼义的优越性以区分他们眼中无礼的夷狄以及废弃华夏之礼制而夷狄化的华夏国家。无疑,政治制度是礼制最重要的组成部分,华夏精英据此设置了华夷之间的藩篱。在他们看来,华夏国家有一套无比优越的政治制度和政治机构以及它们所带来的稳定秩序。"[1]因此,孔子在王室衰微、周礼已经崩坏的情况下仍对政治制度有信心。当然,在唐中叶之前,"礼不下庶人",礼还是属于统治阶级的。"作为儒家倡导和推广的正统仪式,儒家礼仪从很早开始就被视为庶民以上的社会阶层的'第二本性'。古代不为庶民制礼,不仅是由于庶民不具备行礼所需的文化背景与仪式器具,而且因为礼仪知识和礼仪表演是区隔早期中国贵族、士大夫和庶民的重要方式。"[2]在唐宋,尤其是宋末以来,朝廷为庶人制定礼仪。

马丁·琼斯在《饭局的起源:我们为什么喜欢分享食物》中谈到了青铜时代的盛宴,描述了皮洛斯小山附近国王宫殿里最后的宴会,为我们提供了想象西方饮食仪式传统的材料:

> 皮洛斯的宴会可能是这样展开的。这个地区的所有村社都要前来参加在国王宫殿周围举行的宴会,并根据自身的财富和地位带来贡品。他们的地位将决定距离宴会活动中心的远近。绝大多数人集中在宫殿和大海之间的斜山坡上分享食物,他们可以看到整个宫殿建筑群,却看不到里面进行的活动。各村社地位较高的成员聚集到不同的庭院中,每个庭院都有自己的观景台,也有专门的餐具室,宴

---

[1] 魏孝稷:《互动与认同:古典时期中国与希腊族群认同的比较》,北京:中国社会科学出版社,2015年,第106页。
[2] 刘永华:《礼仪下乡:明代以降闽西四保的礼仪变革与社会转型》,北京:生活·读书·新知三联书店,2019年,第9页。

饮用的酒杯就从那里传递出来。巨大的储酒器存了足够的酒,时刻保持杯子斟得满满的,来自异域的调味品被加到罐和盆中用于泡酒。牛和少量捕获的鹿,经过塔门、庭院和前厅被送到最重要的王座室,在这里被屠宰,肉从骨头上被剔下来,舌头和精心挑选的腿骨被放到燃烧的壁炉中,供奉给神灵。在近距离范围内,大家将听到国王致祝酒词,举起他们的酒杯。只有最尊贵的就餐者,才能传递金银酒杯,见证这一刻,而地位较低的人只能观看供奉神灵的骨骼。①

饮食传统仪式表现了人们的神明观念。先秦祭祀时,敬奉神灵的食物多用蒸的方法,蒸食物时食物本身的香气与蒸汽一起布满祭祀场所,"宗庙之祭,取萧合膟膋爇之,使臭达墙屋也。案:此亦气相感耳"②。祭天神"大都是以燔柴燃烧,或在火上加牲体、玉帛之类,以为烟气上升,可以被天神享用"③。人与神通过蒸汽、香气相交流,造成一种朦胧神秘的"仪式感",体现了对天神的敬重。《西游记》中妖怪们认为唐僧肉应该蒸着吃,显然与当时的饮食习惯有关系,同时也是"仪式感"的需要。古希腊祭祀仪式正式开始时,"有人用火为祭祀的牲畜燎毛,主祭上前割断牲畜的喉咙,有意让血向天地两个方向喷,然后收集在祭台上的一个瓶子里。……牺牲动物的腿被送上祭台,覆盖肥油,撒上酒和香料,然后燔祭,恭请诸神在烟雾熏腾中享用"④。祭祀承担了与神明沟通、凝聚力量、展示权威的功能,需要准备食物、美酒、牺牲,在长期的实践中形成了一系列的规范和仪式。祭祀过程是严肃庄重的,是一种隆重的饮食仪礼,柏拉图、亚里士多德等人认为祭拜使公众聚餐成为希腊人社交的基本方式。

饮食传统仪式还涉及吉日与食物的选择。《礼记·郊特牲》有云:"酒醴之美,玄酒明水之尚,贵五味之本也。"祭祀要有酒,要选用味薄清淡的酒,来表达对神灵的敬意。《十三经注疏》认为,唐人祭祀活动先要选定良辰吉日。祭祀者在"卜日"定下吉日后要斋戒数日才可祭祀。国家要定期举行养老、恤孤、飨众之礼。保持祭祀食物干净与完整是敬重鬼神的方

---

① [英]马丁·琼斯:《饭局的起源:我们为什么喜欢分享食物》,陈雪香译,北京:生活·读书·新知三联书店,2019年,第220—221页。
② 方玉润:《诗经原始》,李先耕点校,北京:中华书局,1986年,第508页。
③ 王丽娜主编:《中国民俗文化精粹(第一册)礼仪节俗》,北京:线装书局,2016年,第6页。
④ [法]让-马克·阿尔贝:《权力的餐桌:从古希腊宴会到爱丽舍宫》,刘可有、刘惠杰译,北京:生活·读书·新知三联书店,2018年,第13页。

式。古希腊人通常用一头母羊或一头公牛向诸神献祭,在节日游行时,管理者、神父、携带祭祀用料的妇女、城市贤达和精英、群众依次出现在队伍中。负责祭祀的人必须保持牺牲的干净和完整,牺牲的头向下倾表示愿意奉献,供奉时伴有规定的祷告。古希腊人把虔诚的献祭仪式当成弥补过失或赎罪的方式。从饮食叙事传统可以看出,仪式是和神明联系在一起的,是权威的延伸。古希腊的悲剧命运观念是显示神灵权威的具体表达。酒神狄奥尼索斯懂得自然的秘密以及酒的历史,受人们敬仰。酒的酿造需要消耗较多的粮食或葡萄等,反映了粮食或葡萄的丰收,因而有必要通过隆重的仪式来表达对神灵的感谢。"仪式能够给予人们一种连续性感觉的能力,主要来自在日积月累中形成的形式上的持久性。仪式的特殊规则所具有的影响力,正是其过往不断操演的结果。与以往仪式的经验相关的记忆对仪式的新规则有一种渲染力。"① 酒神祭祀是最神秘的祭祀。传说狄奥尼索斯乘坐由野兽驾驶的四轮马车到处游荡,走到哪儿,乐声、歌声、狂饮就跟到哪儿。

庄重的仪式突出了对神明的尊敬,显示了神的权威和对于神的敬谢。在《伊利亚特》中,阿波罗因为希腊联军不尊重他的祭司,所以降下瘟疫对希腊联军进行惩罚。阿伽门农因为在狩猎中杀死了月神的神鹿,得罪了月神阿尔忒弥斯,结果战船出发时海上却刮着逆风。月神要求阿伽门农向她献上自己的女儿伊菲革涅娅作牺牲。西西弗斯也是对神不敬的人,他"背叛了宙斯,死后被打入地狱受惩罚。每天清晨,他都必须将一块沉重的巨石从平地搬到山顶上去。每当他自以为已经搬到山顶时,石头就突然顺着山坡滚下去。作恶的西西弗斯必须重新回头搬动石头,再次爬上山去"②。宙斯的儿子对神不敬,蔑视神祇,被罚入地狱,永无休止地受着三重折磨。得罪了神明就会受到惩罚,《西游记》中也有类似故事。在第八十七回中,凤仙郡侯祭祀时冒犯玉帝,"那厮三年前十二月二十五日,朕出行监观万天,浮游三界,驾至他方,见那上官正不仁,将斋天素供,推倒喂狗,口出秽言,造有冒犯之罪,朕即立以三事,在于披香殿内。汝等引

---

① [美]大卫·科泽:《仪式、政治与权力》,王海洲译,南京:江苏人民出版社,2021年,第19页。
② [德]古斯塔夫·施瓦布:《古希腊罗马神话》,光明译,长沙:湖南文艺出版社,2011年,第357页。

孙悟空去看。若三事倒断,即降旨与他;如不倒断,且休管闲事"①。当地因此受到了三年无雨的严厉惩罚。冒犯神明是一件大事,需要通过一定的仪式调节人与神之间的关系。仪式传统展示了神明观念对人行为方式的影响,突出了观念中神灵的权威。

文学描写的饮食场景反映了那个时代和地区的饮食风俗、文化形态。《三国演义》的各路诸侯的饮食仪式展现了尊卑等级秩序;《水浒传》中大块吃肉、大碗喝酒的描写显示了战后经济状况;《西游记》中素食出现较多,反映了吴承恩生活的淮扬一带的主要饮食情况;《红楼梦》描写了贵族的奢华的饮食面貌。文学作品中描写的饮食仪式感也是非常强的。《西游记》中唐僧取经经历了八十一难,其中一难就是众妖怪要吃唐僧肉,据说他是金蝉子化身,十世修行的原体,吃了之后可以长生不老。妖怪抓到唐僧之后,在吃这个问题上更多的是讲究仪式。蜘蛛精要洗了澡再来蒸唐僧吃,金翅大鹏说:"此是上邦稀奇之物,必须待天阴闲暇之时,拿他出来,整制精洁,猜枚行令,细吹细打地吃方可。"②唐僧肉为稀奇之物,吃唐僧肉需要选择天阴闲暇之时,吉时、美酒、音乐相互搭配,仪式感十分强烈。

饮食仪式呈现了风俗习惯和权力关系。卡夫卡《变形记》中格里高尔父亲的早餐场景如下:"桌子上摆着数量极其多的早餐餐具,因为对于格里高尔的父亲来说早餐是一天里最重要的一顿饭,他一边读着各种报刊,一吃就是好几个小时。"③格里高尔变成了甲虫,家里已经没有了收入,陷入窘境,但是父亲依然保持一贯的早餐仪式和习惯,这一场景是父权的一种表达。实际上,卡夫卡在多部作品中表达了对父权制的抗议。英国饮食仪式和基督教密切相关,除了信仰的原因,教堂也是神职人员食物的直接提供者。"教堂行使着巨大的权力,主宰着人们的灵魂,行使驱逐出教堂和开除教籍的权力,可以拒绝施洗、婚礼、赎罪和葬礼的主持,还能将人们下地狱。但是,教堂仍然深深根植于社会结构中,不仅仅为修士和僧侣

---

① 吴承恩:《西游记》,南京:凤凰出版社,2006 年,第 659 页。
② 同上书,第 585 页。
③ [奥]卡夫卡:《变形记——中短篇小说集》,张荣昌译,上海:上海译文出版社,2012 年,第 48 页。

提供住所及食物,对待世俗弟兄也同样如此。"①

亚瑟王和他的圆桌骑士是骑士文学的常见题材。亚瑟王被描写成封建社会中一个有作为的君王。他在卡美罗特城堡中的大厅里,设有一张巨大的圆桌,周围设 100 个座位,赫赫功勋的骑士均可占一席位,引出了许多骑士行侠的故事。看上去是饮食,更是一种至高无上荣誉的确认与肯定仪式。有效的饮食仪式展示良好的关系和精神抚慰,可以更好地维护统治:"客人席地而坐,只有得到国王赏赐的人方能跟国王一样享有椅子。宾客根据级别和地位排座,使节们则根据国别来排座。首先是给国王上菜,如果国王想特意给某位客人一点恩宠,就会将上给自己的一道菜让给这位客人。宴会上,有音乐、杂耍、滑稽表演助兴。"②当然,饮食仪式的反作用也是巨大的:"餐桌既然是确立权力、反映社会平衡的一种形式,就不可避免地会产生相反的结果,给当时的社会政治结构造成麻烦。"③

二、日常饮食与社会塑形

种植业在中华民族发展中占据了重要位置,后稷发现了位于五谷之首的农作物稷及其种植方法而成了部落首领。中国古代"社稷"一词的出现是农耕崇拜的表现,"社"代表土地神,"稷"代表谷神。古代中原农业种植以五谷为主,游牧民族在实践中也学习农耕,种植青稞或谷类作物。16 世纪玉米和红薯传入中国并开始大量种植。粮食的增加带来了人口数量的增长与生活生产方式的改变。

欧洲用了近 15 个世纪形成了自己特色的饮食。罗马人占领高卢之前,高卢人主要吃猪肉,每天四顿饭;罗马人占领高卢之后是每天一顿饭,以面包为主。罗马人学习了高卢人的酿造葡萄酒技术,改变了自古希腊以来的素食传统。"罗马人餐桌的变化就是一幅微缩的扩张图,政治的变动和战争动态和他们的一日三餐息息相关。罗马人当时的主食是像糨糊一样掺杂着蔬菜碎粒的大麦粥,这种食品后来也被罗马人当作角斗士的

---

① [英]克拉丽莎·迪克森·赖特:《英国食物史》,曾早垒、李伦、徐乐嫒译,重庆:重庆大学出版社,2021 年,第 8 页。
② [法]雅克·阿塔利:《食物简史》,吕一民、应远马、朱晓罕译,天津:天津科学技术出版社,2021 年,第 23 页。
③ [法]让-马克·阿尔贝:《权力的餐桌:从古希腊宴会到爱丽舍宫》,刘可有、刘惠杰译,北京:生活·读书·新知三联书店,2018 年,第 5 页。

主食。在出征时,罗马士兵还要带上手磨,这样便可利用闲暇时间研磨面粉。在罗马人扩张之初,是大麦粥等素食支撑着罗马军团的战斗。谷物种植与罗马的领土扩张息息相关。"①1300年左右意大利出版了欧洲第一部伟大菜谱《烹饪书》。"首先是希腊的餐饮,继而是罗马的餐饮,再接着是阿拉伯的餐饮、意大利的餐饮、法国的餐饮,等等。在将这些来自别处、数不胜数的做法或菜品融入自身的同时,欧洲餐饮渐渐地作为(后来变成)世界餐饮典范的模型而确立下来,正是这种餐饮模式为所有人提供了(可能的)交流的场所。"②民以食为天,饮食是日常之事,也是生活的大事。谚语"人是铁,饭是钢"诠释了粮食的重要性。族群、家庭等组织活动的核心目标是为了吃饭生存,人们在聚餐中交流沟通,理解彼此,做出更有利于生存的决定。各个时代的文学作品都努力描写这场生命之战。刘绍棠《榆钱饭》写饥饿时代人的生存状况。刘恒在《狗日的粮食》中写了普通人为了吃在苦苦挣扎,甚至放下了尊严,丢了性命。西班牙小说《小癞子》中的主人公"拉撒路"为了生存想方设法偷主人的食物,小癞子趁主人外出或者酣睡之时,把刀子当锥子在存放食物的旧箱子上钻出一个窟窿,造成老鼠打洞之后偷食面包的假象。一向精明的主人信以为真,他一边咒骂老鼠一边用钉子木片把窟窿补上。他白天补上的窟窿,夜晚又会被小癞子钻开。几日夜之间,那只倒霉的伙食箱已不成模样,上面密密层层的钉子,简直像古代战士的铠甲。一连串可笑的场景,表现的是饮食的重要性和艰难性。

　　随着社会生产能力日益强大,解决温饱的能力也越来越强。在社会正常运转的情况下,很多人已经不再受温饱问题的困扰,有相当一部分人已经是衣食无忧了。饮食从之前的因匮乏而产生的至高无上的地位降为人们的日常生活,随之下降的是饮食本身的神圣性和权威性。这是社会进步的表现。而自古以来在饮食中形成的仪式和传统依然保留在饮食习俗中。比如西方人的餐前祷告,中国人在餐桌上的尊卑长幼秩序。积淀在饮食中的习俗并不会因为粮食得来相对容易而快速消失。而这些仪式

---

① 李从嘉:《舌尖上的战争:食物、战争、历史的奇妙联系》,长春:吉林文史出版社,2018年,第41页。

② [法]雅克·阿塔利:《食物简史》,吕一民、应远马、朱晓罕译,天津:天津科学技术出版社,2021年,第44页。

与秩序所构成的叙事传统，是不同文化心理内容的表现，从中可以反观社会的发展沿袭历程。中国农历中历来重视灶神的祭拜，风俗中每年除夕要贴上祈福字符，以保佑人们能够顺利吃上饭。当代中国生活水平大为提高，神圣的拜祭灶神仪式更多是留在老一代人的记忆习俗中，显示了条件的变化以及与之相关的权威的消解。这种权威性的消解反映了传统叙事形成与消失的条件性。传统在形成过程中依赖于一定的社会物质条件，条件的变化引发叙事传统的变化。在漫长的封建社会中形成的传统在较长时间内很少发生大的变化。

民间传统饮食仪式对人们的社会关系起着凝聚形塑等作用。一场饮食涉及邀请宾客、准备材料和场地等众多的环节，整个过程比较长，人们在群聚的过程中加深情感与信息交流，无论是受鼓励还是挫折，个人心理、情绪都会得到宣泄。这深深地留在人们的记忆中，有利于族群和团体身份建构与认同。

当代社会生活节奏加快，人们被工作和手机屏幕所牵制，在饮食上所花费的时间日益减少。厨房萎缩，快餐、外卖、零食等成为人们主要的选择，麦当劳、肯德基等连锁餐饮流行于世界各地。这类饮食已经不需要专门的厨房、餐桌、饭厅等，只重饮食的基本功能，省却了相对烦琐的仪式，甚至不需要围坐在一起交流。由饮食仪式生成的权力关系及文化习俗，随着仪式的消失而消退。

第二节　中西萨满仪式叙事比较

有着原始信仰的先民浑浑噩噩，以为星辰运行，风吹草动，甚至一石一木都有不可知的神秘的凭藉者。由惊奇而恐惧，由恐惧而彷徨，由彷徨无所主而发生一种时常在动摇不定的物的崇拜，渐进而成为信仰，成为原始的宗教。替他们解释这神秘，领导着举行宗教的仪式的便是所谓巫和觋。①

《山海经》是一部跟巫术有密切关系的巫典。《山海经》里讲完每一段山系，都会描写用什么样的物品和方式去祭拜山神。同时，《山海经》对巫

---

① 吴晗：《历史的镜子》，北京：中国华侨出版社，2020年，第82页。

师进行了大量的描写，比如最著名的就是《大荒西经》里描写的灵山十巫。另外，《海内西经》里写道，开明之东有六大巫师。《海外西经》甚至描写了一个巫咸国，群巫在神山往来天地间。通过《山海经》，我们可以了解到，"巫"这种职业曾经广泛存在于中华大地，后来，它以"萨满"之名，在东亚北部，例如通古斯族语系里，依然有着非常强悍的表达。①

郭淑云在《"萨满"词源与词义考析》中认为，中国的萨满一词是土著语，欧洲的"萨满"一词源于通古斯语，最早是17世纪俄国大主教艾瓦库牟记载的。民族学家和宗教学家在世界各地发现了与通古斯萨满教相似的宗教现象，统称为"萨满教"，"萨满"由通古斯人的民俗用语上升为学术用语。② 东北亚地区、欧洲的北部、西伯利亚、中亚和西亚乃至北美、南美、非洲、南亚的某些地区都有萨满教的影迹。③ 萨满意即狂舞者，通古斯语把"满"解释为"极度兴奋而狂舞的人"。在萨满的世界里，萨满平时与常人无异，在萨满仪式中进入特殊状态时似乎具有特殊能力：传达神的意志和人们的愿望请求，在人、神之间起某种桥梁的作用，占卜治病。一般认为，萨满是能够进入以忘我失神为标志的神灵附体状态的人物。根据迷狂状态的不同表现形式，萨满可分为灵魂脱离身体的脱魂型萨满和外面的精灵进入体内的凭灵型萨满。④ 萨满在仪式中扮演了上天入地与神祇交流的桥梁中介。萨满是人类早期社会不能解释自然、社会、自我时采用的一种调节手段。在科学日益昌明的时代，萨满仪式及其解释更多被视为一种心理作用与想象。萨满占卜治病更多的是依赖于自身生活经验或通过传承前人知识来实现的，与仪式通灵本身关联不大。萨满出神的心理现象是旧石器时代留下的人类文化遗产。整个地球上的先民都曾经长久生活在类似萨满的精神氛围中，其年代深远和积淀深厚的程度，往往超出今人的想象。⑤

---

① 朱大可：《中国神话密码》，成都：四川文艺出版社，2021年，第6—7页。
② 郭淑云：《"萨满"词源与词义考析》，《西北民族研究》2007年第1期，第159页。
③ 富育光、孟慧英：《满族萨满教研究》，北京：北京大学出版社，1991年，绪论第1页。
④ 色音：《中国萨满式文明的宗教人类学解析》，载金香、色音主编：《萨满信仰与民族文化》，北京：中国社会科学出版社，2009年，第13页。
⑤ [美]简·哈利法克斯：《萨满之声：梦幻故事概览》，叶舒宪主译，西安：陕西师范大学出版总社，2019年，中译本导读第2页。

一、中西萨满养成:通往萨满的艰辛之路

(一)两部萨满之书:《我的先人是萨满》《萨满之声:梦幻故事概览》

此处选取中西两部萨满之书进行中西萨满养成叙事比较分析。鄂温克族何秀芝和杜拉尔·梅合著的《我的先人是萨满》与美国简·哈利法克斯著《萨满之声:梦幻故事概览》两部作品都是关于萨满的著作。

《我的先人是萨满》由民族出版社于2009年出版,讲述了家族故事、神秘的萨满世界、神与人沟通的使者、萨满的神装与神具的特点、萨满世界的诸神、作者亲历的萨满神事活动、萨满文化与鄂温克文化、萨满文化熏陶下的人的生活。

《萨满之声:梦幻故事概览》由陕西师范大学出版总社于2019年出版,这本书通过世界各地三十六位萨满的自述,展现其心灵的超常体验的经验。这本书一共九章,分别讲述了入幻、异界之旅、寻求幻象、天眼圣视、神奇草药、转变的力量、歌唱生命、梦之屋、提升幻象。

《萨满之声:梦幻故事概览》中译本导读说道:"本书英文版,是译者在1996年访问加拿大麦吉尔大学时,由好友锻炼博士带去当地书店购得的","在拖延二十三年之后,如今这部中文译稿终于要问世了"。[①] 即《萨满之声:梦幻故事概览》原版在1996年就已面世。《我的先人是萨满》的后记写道:"我从小就是听妈妈的童话长大的。长大以后,当我能够拿起笔开始写作的时候就是把妈妈给我讲的故事整理成一本《鄂温克民间故事》出版。可是这本《我的先人是萨满》,却在我这里放置了很久,我舍不得让它面世。因为我知道这本书的价值……后来妈妈说,'我老了,我想在有生之年看到这本书'。妈妈这句话激发了我……""这本书更重要的价值在于:妈妈述说的都是她亲身亲历亲见亲闻的历史记忆,承载着一个民族的一段真实的历史。"[②]从创作、时间、地理空间的角度上说,这两部作品相互没有影响,因此它们分属于不同文化传统中对于萨满的记叙写作。对这两部作品的分析,能够呈现不同文化传统下的萨满世界。

(二)疾病与修炼带来的生死体验:成为萨满的艰辛之路

神明存在总是神秘莫测,与这些神明沟通需要通过一些特殊的渠道,

---

① [美]简·哈利法克斯:《萨满之声:梦幻故事概览》,叶舒宪主译,西安:陕西师范大学出版总社,2019年,中译本导读第1页。

② 何秀芝、杜拉尔·梅:《我的先人是萨满》,北京:民族出版社,2009年,第309、311页。

必须经历能带给人生死体验的疾病和修炼才能成功：

> 要成为一名真正的萨满，必须经历一场特殊的患病过程，首先在精神上、肉体上经历莫名其妙的不适与痛苦，在久治无效的情况下，通过老萨满主持的接神仪式之后，疾病方可医治，这时候才有资格成为真正的萨满。另外，传统民间知识认为，萨满在共同体内主要完成治病、消灾、祈丰、超度亡灵等功能，尤其在病因论方面，认为灵魂移动是大部分疾病的发生根源。至于通神的方式，萨满主要依靠神灵附体和灵魂飞翔两种方式，其中神灵附体的方式最为普遍。达斡尔族萨满的宇宙观可以归纳为三界观念，即世界由天界、人界、地界（或远处）所构成，神灵穿梭于三界之间，完成其使命。虽然此观念受到佛教的影响，但在萨满信仰中无轮回观念。①

《萨满之声：梦幻故事概览》认为，萨满一般是有缘人通过后天的某种机缘才能修炼而成。萨满的启蒙仪式都要经历死而复生，并从中得到启示，疾病或噩梦会给人带来这种体验。所以才会有"我不是萨满，因为我还从没有经历过梦境或疾病"的说法。"在成为萨满之前，我病了整整一年。我在十五岁时成了萨满。导致我成为萨满的疾病表现为身体浮肿，频繁昏厥。然而，当我开始唱歌时，通常病痛就消失了。"②疾病是对人的极限考验，使之有控制和引导精灵的能力。萨满教经常把新加入的门徒送到一片只有野兽和精灵栖息的旷野。正是在这些孤寂的地方，那些看不见的神秘物质才能进入人们的思想。③

只有死而复生、生生不息才能抵达神灵，与神交流。经历严重的疾病常常是成为萨满的重要机缘。萨满身体痊愈后具备了出神的能力，沟通天地人，成为能够治愈疾病的人。"在出神冥想状态下，萨满能和动物盟友及灵魂助手进行沟通。否则，当他们的灵魂步入上方的神圣乐园或下方充满死亡与疾病的地狱时，萨满便会离开他们的身体，如同丢下外皮一样。也正是因为对这些领域的了解，萨满能够为伤者修复灵魂，为逝者指引灵魂，并且能够和天界的至高神圣进行直接联系。在另外一些场合，萨

---

① 崔敏浩：《达斡尔族萨满的物质文化研究》，《黑龙江民族丛刊》2017年第6期，第139页。
② [美]简·哈利法克斯：《萨满之声：梦幻故事概览》，叶舒宪主译，西安：陕西师范大学出版总社，2019年，第3—7页。
③ 同上书，第8页。

满的身体会幻化成事物的脉管,通过人类的肉体形式进行支配和交流,使灵魂世界得以呈现、得以生存并最终得到理解。"①患病中容易出现精灵来访的现象,一位西伯利亚戈尔德族萨满讲述了这样一次经历:"有一次我生病躺在床上,一个精灵靠近我。她是一个非常美丽的女人,身材特别好,她的身高仅有三十五六厘米。她的面容和衣服都特别像我们戈尔德部落的女人。她的黑色头发,一缕缕垂到肩头。其他的萨满说他们曾在幻象中看到一个女人,一边脸是黑色的,而另外一边脸是红色的。她说:'我是你祖先们的(精灵助手)阿雅米。他们是萨满。我教会他们做萨满的法事。现在我要开始教你。老萨满们已经不在人世,现在没有人能够给人们治病救命。你将要成为一名萨满。'"②戈尔德部落每一名萨满都有一名阿雅米做助手。

在中国北方,萨满也需要经过多种考验,尤其是疾病的考验才能养成。《我的先人是萨满》中主人公的爷爷是萨满,能看病。他以梦兆和烧狍子或羊的肩胛骨来占卜,一般都比较准确。爷爷出去治病都总能达到效果。怡艳姑姑成为萨满,也是从患病开始的。新祭祀人员都要经过严格的"学乌云"培训。期满后为检验弟子祭祀能力的仪式为"落乌云"。据舒兰县满族钮祜禄氏家族存《郎氏抬神应用》记载:"抬神名之曰教乌云,以三乌云为满,每乌云三天。教乌云九日为度,分头乌云,二乌云,三乌云,每乌云三天。学乌云结束叫落乌云。"③锡克特里哈拉的萨满祭祀仪式,除依赖于萨满的"口传心授"传承之外,还依靠《神本子》对神词与仪式程式的记载。因此,《神本子》的留存状况,也决定着萨满祭祀仪式的传承情形。④

基特卡汕印第安人艾萨克·特斯回忆说,他第一次遇见精灵时,就处在一种失去意识的状态中。他的身体在颤抖:"我一直处在这种状态中,然后开始唱歌。歌声就这样自然而然地流露出来,我无法阻止。不久就出现了很多东西:大鸟、动物……这些生物只有我才能看见,屋里的其他

---

① [美]简·哈利法克斯:《萨满之声:梦幻故事概览》,叶舒宪主译,西安:陕西师范大学出版总社,2019年,第15页。
② 同上书,第100页。
③ 富育光:《萨满论》,沈阳:辽宁人民出版社,2000年,第99—100页。
④ 王晓东:《九台满族萨满仪式音乐的传承现状考察》,《歌海》2012年第4期,第5页。

人是看不见的。"①这种幻象只有在一个人即将成为萨满时才会出现,并且因人而异。

萨满的梦对于获得经验和启示至关重要,萨满必须遵从梦中神灵的预示。《萨满之声:梦幻故事概览》里露丝·普拉莫尔提到,她的伯父、父亲和她自己都曾因梦获得了法力。"我伯父生命垂危时,让我父亲继承他的法力,因为他想让我的父亲获得法力成为医生。他告诉父亲,可以通过梦到法力,并以获取启示的方式来给人治病。""响尾蛇曾是我伯伯的法力……现在响尾蛇也给了我法力。它进入父亲的梦里,这就是为什么父亲会治疗蛇咬伤。""我大约五十岁的时候,父亲开始出现在我的梦里。他把自己的法力带给我,让我成为医生。"②

二、中西萨满仪式叙事

萨满仪式一般在晚间进行,萨满身穿各式披挂,载歌载舞,从跳神开始,直至精神恍惚甚至虚脱,到达"脱魂"状态,然后是下神,神灵附体进入"显灵"阶段。神灵附体和灵魂飞翔是萨满通神的两种方式,神灵附体方式最普遍。

萨满仪式包括祭祀神灵、祭天、祭祖、治病等。在萨满的神事活动中,与神灵对话、祭祀、安魂、招魂等都是伴随音乐完成的。萨满的求神、拜灵、祷告等仪式,始终在伴唱者用不间断的音乐伴唱下完成。伴唱者须嗓子洪亮,有一定的应急能力。③ 萨满仪式使用了一定数量的法器,通过一定的规范化程式,使得萨满活动具有神秘性,被赋予权威与知识。

(一)萨满仪式中的圣歌与神器

先民在日常生活中对于日月星辰、风雨雷电、生老病死等自然现象难以理解,甚至感到恐惧,产生了崇拜和超自然的想象。人们试图与神明沟通,通过萨满仪式向神灵寻求帮助,祈福去灾。萨满圣歌是萨满仪式的重要组成部分,是萨满与神灵交流的特别的语言,表达了人们对自然界中各种动植物、日月星辰、风雨雷电等各种事物的崇拜敬仰,表达人们的愿望

---

① [美]简·哈利法克斯:《萨满之声:梦幻故事概览》,叶舒宪主译,西安:陕西师范大学出版总社,2019年,第26页。
② 同上书,第87页。
③ 何秀芝、杜拉尔·梅:《我的先人是萨满》,北京:民族出版社,2009年,第61页。

要求,祈求神灵保佑众生平安、恩赐百姓幸福。这些神明包括自然神如天神、星神、水神等,祖先神如满族的长白山祖先神,图腾神如鹰神、柳树神[①]等,自然界的事物往往能与一种神明对应。在北美,有的萨满从水宝宝那里获得神力。巨蛇也生活在水里,拥有强大的法力,也会把法力赋予萨满。[②] 天神是萨满仪式中普遍受到供奉的。神明与自然息息相关,来源多样,这和万物有灵观念密切相关,反映了人们对自然的敬畏及认识的有限性。神歌具有一定的程式,是通过萨满对弟子口传心授的方式传承。科尔沁蒙古族的萨满神歌是歌舞乐一体的形式,其形成与蒙古族民间音乐密切相关:

> 神歌是萨满在祭祀活动中神灵附体时所唱念的歌。科尔沁蒙古族的萨满神歌具有载歌载舞的蒙古族音乐艺术特点,它是歌、舞、乐三位一体的艺术形式,具有强烈的舞蹈律动感。作为一种原生性宗教音乐,科尔沁萨满神歌一直以口耳相传的原始传承方式、以其独具特色的宗教崇拜和民族语言保留着远古时期蒙古[族]人的传统文化。神歌也是萨满教祭礼仪式的重要组成部分,通过一系列唱念行为表现与神灵沟通、交流,主要目的是祭祀神灵,取悦神灵,以博取神灵的保佑与赐福。[③]

勐海县哈尼族一些猎手出猎前,会由"贝玛"(巫师)边唱《打麂子马鹿歌》边表演打猎的动作,表现了猎手们捕获野兽的强烈欲望,而且都带有浓烈的神秘气氛和巫术意味。据说,这样的念唱和模拟表演会对动物之灵施加影响:前一群猎手所见所闻所想的老熊就会真正被击中,变成自己的猎物;后一群猎手就会真正捕获到麂鹿、马鹿,实际再现敲、打、砍、剁麂鹿、马鹿的情景。[④] 受万物有灵观念影响,中国南方民族对于异界的想

---

① 满族萨满神歌描述满族始祖与柳枝变的一个美女结为夫妻,生下后代,繁衍发展。因此,满族把柳树称为"佛多妈妈",意为祖母。满族人还在宅院中栽下柳树作为祭祀场所,进行祈祷。汪丽珍:《从满族萨满神歌中的神名看满族的宗教信仰》,《满语研究》1997年第2期,第87页。
② [美]简·哈利法克斯:《萨满之声:梦幻故事概览》,叶舒宪主译,西安:陕西师范大学出版社,2019年,第87页。
③ 金雷:《科尔沁萨满神歌与科尔沁民间歌舞的亲缘关系》,《白城师范学院学报》2012年第4期,第17页。
④ 刘亚虎:《神话与诗的"演述"——南方民族叙事艺术》,北京:北京大学出版社,2006年,第33页。

象创造了带神话性质的叙事形态。云南兰坪县通甸乡弩弓村普米族在老、中年人去世以后,会请祭司给死者举行"给绵羊"丧葬仪式,并唱《指路歌》。

在西方,萨满圣歌是注入人体的神的歌声,就像牛吼器高亢而哀怨的声音是灵魂的声音一样。圣歌不只是飞行的工具,还是一种转换的方式。萨满圣歌是灵魂和实体之间关系的象征。

萨满的神具只有在仪式中才能使用,平时还要把它供起来。"平时不用的时候,就把鼓装在皮口袋里高高挂起来,初一、十五的时候还要给鼓烧香磕头。"①萨满仪式中都要使用一定的神器,包括帽子、披肩、萨满服、萨满鼓、鼓槌、铜钹等。这些神器各有寓意,各具作用。达斡尔族萨满神帽上鹿角与鹰鸟并存,帽头上有一只被视作忠诚神鸟的铜鹰,鹰被看作达斡尔族的保护神。铜鹰的下端与铜帽连接处,凸出一对铜鹿角叉。神帽上的鹿角叉数量是象征萨满法力的标志。② 达斡尔族的萨满服上有鹿图腾,也有蛇图腾。鄂温克族萨满服中有几组数字是成双成对的,服装上有三只神鹰,前身两肋间各有十五个铜镜。不同民族的铜镜数量不一。达斡尔族萨满神袍背面悬有的五面铜镜,是日月星辰的象征。铜镜是萨满的护身符,它反射出来的明光和跳神仪式上发出的碰撞声音,具有辟邪、驱魔、纳福的作用。

萨满鼓在萨满仪式中起着至关重要的作用,使用动物皮经过特别制作的萨满鼓槌是最重要的神器,鼓声能招来神灵附体。鼓在,舍文在,萨满就能战胜一切。③《萨满之声:梦幻故事概览》中写到,萨满从骨头中获得了重生,这便超越了生命存在的有限性。而通向这一充满阳光与光明的天界的交通工具便是鼓。鼓的震动经常把萨满带出地狱,通过宇宙树的根,上升至中间世界或是尘世的树身之上,最后达到这神圣之树的顶端,树梢直通明亮的天堂。"祷告箭、治疗杖、神鸟棍、羽翼披肩、头饰等,所有这些和萨满表演行为相关的羽饰物品(the feathers)都是一种象征。它们不仅象征着萨满的灵魂升入天堂,还象征着灵性的太阳的金色光芒,

---

① 何秀芝、杜拉尔·梅:《我的先人是萨满》,北京:民族出版社,2009年,第94页。
② 范铁明、陈畅:《达斡尔族萨满服饰造型艺术初探》,《齐齐哈尔大学学报(哲学社会科学版)》2016年第2期,第144页。
③ 何秀芝、杜拉尔·梅:《我的先人是萨满》,北京:民族出版社,2009年,第94页。

象征着由重力解放而唤醒的意识之光,象征着空间、物质与时间结构之间的界限。"①北美洲印第安人多格里布族乔尔做法事时,"击鼓声越来越响,变得让人难以忍受,就像一声惊雷从湖面上掠过。这时阿米尔一跃而起,随即一阵鸟兽嘶鸣声穿透了屋子的黑暗。他身上挂着的金属器物相互碰撞,如同成百上千个铃铛同时雷动九天"②。

(二)萨满仪式中的神明观念与疾病观

人们生活在这个世界上,难免会生病。那么疾病是由什么原因引起的呢?现代医学表明,引起疾病的原因多种多样,既有外界因素如细菌病毒等,也有心理因素如焦虑、恐惧、忧愁,还有生活习俗习惯等原因。由于对于这类知识的缺乏以及受治疗技术手段的限制,先人总是把疾病或者其他不寻常现象归结为对神明的冒犯和神明的责罚。

从前达斡尔族萨满的工作内容是为人看病、治病,而且以巫术治疗方式为主,对于疾病的认识水平有限,大多认为是鬼神原因导致人们生病,因此,萨满主要采用赶鬼驱魔的巫术手段进行治疗。③

生病后请萨满做法事就成为一种惯常的治疗手段:"家有病者,不知医药之事,辄招巫入室诵经。装束如方相状,以鼓随之,应声跳舞,云病由某祟,飞镜驱之,向病身按摩数次遂愈。"④

按照《我的先人是萨满》中的说法,萨满能治的病很多,能治容易复发的病,治甲状腺肿、皮肤癣、嗓子痛、淋巴腺肿。

容易复发的病中,伤寒很常见。萨满的治疗方法是把一个盛满小米的碗,用一块新黑布罩上,将这块布的边角在碗底箍好。病人侧躺在炕上,萨满用那个包着黑布的碗放在病人的额头、前胸、后背、双肩、臀部、双腿……嘴里还轻轻地念叨着歌词。然后掀开罩在碗上的黑布,把那些凸出来的小米,用拇指和食指轻轻地挟出来,放在一碗水里待用。而后依照上次的唱词反复念叨三遍,做三遍,每次都把凸出来的小米拣出来,最后把

---

① [美]简·哈利法克斯:《萨满之声:梦幻故事概览》,叶舒宪主译,西安:陕西师范大学出版总社,2019年,第12—13页。
② 同上书,第124页。
③ 萨敏娜:《从中华宗教模式及其当代发展看达斡尔族萨满仪式的重建》,《世界宗教文化》2016年第2期,第88页。
④ 徐宗亮:《黑龙江述略》,载姜维公、刘立强主编:《中国边疆研究文库·初编(东北边疆卷三)龙江公牍存略 黑龙江述略》,哈尔滨:黑龙江教育出版社,2014年,第220页。

那些小米放在火盆上熬汤给病人喝。病人喝了这个小米汤后痊愈了。①

马萨克特族的玛丽亚·萨比娜用神奇蘑菇获得神灵的指示治病:"我采了些神奇蘑菇,带回舅舅的小屋,在奄奄一息的舅舅面前,我把它们吞下去。神奇蘑菇立即把我带到它们的世界,我问它们舅舅得了什么病,要怎样才能救他。它们告诉我是邪灵侵入舅舅的血液,要医好他,得让他服下些草药。"②

萨满通过跳神等仪式能听到神灵和祖先的声音,听到宇宙万物的声音。他们用独特的隐喻方式和世界交流信息,把权威的神灵之意通过特别的方式告诉人们,给在惊恐中的人们以希望,给受病痛折磨的人们以心灵的抚慰或治疗。世界按照自己的方式有规律地运行,人们对于大自然的认识是有限的、分阶段的。萨满以自己的方式解释世界,在某种程度上是与世界达成某种和解。

当代萨满治疗的多是现代医学技术难以医治的疾病,这种疾病通常被认为与神灵有关。萨满通过仪式强调要敬奉祖先神灵,求得庇佑。这实际上是一种心理暗示治疗,让病人建立一种积极乐观的情绪,从而提高自身免疫力来对抗疾病。萨敏娜在《从中华宗教模式及其当代发展看达斡尔族萨满仪式的重建》中认为,达斡尔族萨满仪式不同于原始巫术,它利用神道设教方式发挥宗教文化伦理教化功能,以萨满神灵的名义对人们提出警示、劝告和期望,给人以心灵安抚和精神慰藉。

在西方信仰中,也有替人受过的仪式。典型的例子是基督教的替罪羊和阿尔忒弥斯的母鹿。

第三节 傩仪与巫术:程式化的驱鬼酬神叙事

傩仪是重要的传统仪式。傩是一种完整的文化现象,体现人与自然、天地之间的呼应联系,体现的是自古传承的一种动态文明过程。③ 在古

---

① 何秀芝、杜拉尔·梅:《我的先人是萨满》,北京:民族出版社,2009年,第53—54页。
② [美]简·哈利法克斯:《萨满之声:梦幻故事概览》,叶舒宪主译,西安:陕西师范大学出版总社,2019年,第108页。
③ 陈跃红、徐新建、钱荫榆:《中国傩文化》,北京:中央编译出版社,2008年,第8页。

人的观念中,凡人在神明统治管理之下,必须服从神明的权威,通过虔诚的礼仪向鬼神讨好、祈福,慰藉心灵。傩仪最初是鬼神信仰的产物,是鬼神信仰特殊形式的体现,是人避免生存危机的仪式,也是人与自然妥协的表现。傩的主要特点是通过傩祭鬼逐疫。祭中有戏,戏中有祭,在傩戏中,表演者按照八卦的方位行步,结合咒语,与鬼神进行精神交流,从而让人们趋吉避凶,通过傩祭酬神驱鬼,通过戏娱人娱神。傩仪的进行有时间性。《礼记·月令》有云:"季春之月……命国难九门磔攘""季冬之月……命有司大难旁磔",这体现了傩礼时间的固定性,是仪式稳定性的表现。傩从自发的感性极强的巫发展而来。汉代傩的仪式规模很大,朝廷官员都要参加,仪式上有侲子(年轻的男巫)120名,北齐时期侲子多达240人。到了唐朝,宗教繁多,社会复杂,傩礼能兼容各教之间的规则,唐对于傩有专门的规定和管理机构。唐代侲子达500人,佩戴假面,方相氏四人。傩成为朝廷大典,属于国家行为,成为全民的精神信仰,朝廷要求人们在法律上遵从、道德上敬畏、礼仪上履行。宋代傩不断向戏剧化发展,逐渐取消了方相氏和十二神兽,成为假面戏剧,体现了傩有驱鬼逐疫的涵义,出现了十二神兽的神灵体系,有专门的神职人员,有面具。傩仪的发展体现为以傩戏为核心的傩文化,通过人虔诚地参与仪式,对观者产生强大的心理震撼力。傩仪的本质是尊重权威。傩仪在发展过程中,吸收了儒家礼仪制度和道家文化中的神灵体系,丰富了傩文化的祈福驱鬼仪式。

一、傩面拟神:程式化的傩仪叙事

傩戏由傩舞演化而成,是程式化的呈现,融音乐舞蹈文化为一体。"傩戏,是历史、民俗、民间宗教和原始戏剧的综合体,其演剧形态最早可上溯到原始社会时期图腾崇拜的傩祭仪式。故而可以说,傩戏是古代'驱鬼逐疫、祈福消灾'的祭祀仪式的程式化戏剧。"[①]

傩面拟神,面具是核心道具,所谓"无面不傩",摘下面具是人,戴上面具是神。傩仪上会佩戴含义不同的面具,这一类形象饰演者,通常会手持利刃,增加形象的力量。身份和情绪都可以通过面具来表达,面具表情的夸张程度与其内心张力程度相关。面部表情是人际交流中发展出来的动态的表达,是人们之间关系的信号。尽管情绪和认知之间存在着裂隙,但

---

① 池瑾璟、吴远华:《非遗保护与新晃傩戏研究》,苏州:苏州大学出版社,2015年,第22—23页。

面具仍然可以视为具有代表性的表意瞬间的物化。一旦物化,通常更具有符号化的效果和价值,其意义相对固定、表达具有可靠性。一个群体能够顺利交流也依赖于这种表情的发出和接受能无障碍地进行,这种通约性有助于共同体的形成。傩面符号更多的是对人们心目中神的形象与表情的模仿。

对于面具的价值和叙事功能,列维-斯特劳斯在他的《面具之道》中围绕萨利希人的斯瓦赫威面具、努特卡人和夸克特尔人的赫威赫威面具、夸克特尔人的皂诺克瓦面具进行了分析,认为:"面具跟神话一样,无法就事论事,或者单从作为独立事物的面具本身得到解释。从语义的角度来看,只有放入各种变异的组合体当中,一个神话才能获得意义,面具也是同样道理,不过单从造型方面来看,一种类型的面具是对其他类型的一种回应,它通过变换后者的外形和色彩获得自身的个性。""如果我们不把每个神话对比同一神话的其他说法,或者对比表面上不同的其他神话,如果我们不把每一个片段跟同一个或不同的神话里的其余片段进行对比,尤其是如果不把它跟那些从逻辑框架到细微的具体内容都显得与之相悖的神话或片段进行对比,那么任何神话或神话系列都仍然难以理解。"①傩仪中的傩面具被看作神明的象征,是宗教崇拜信仰的产物。面具常塑造成神鬼的形象。傩戏演出时演出者通常会手持盾刃,"刻木为面",佩戴形式各异的木面具,因此被称为"师公脸壳戏"。傩面具反映了人们对于无处不在的神明的信仰,一般包括正神面具、山神面具、世俗面具几大类。不少地方表演傩戏时要请神,神灵体系比较复杂,涉及的面具也比较多。所请之神包括:(1)天上之神。包括如来、观音、太上老君、雷公电母等以及掌管农事、生产等的众多神祇。(2)地上之神。包括城隍、社公、土地、五猖神等神,以及桥梁神、灶王等。(3)人间之神。本为人间的英雄豪杰为人们所敬仰,被尊为神,如关云长、包拯、昭明太子等。还包括儒、道、释之教的众多神祇。(4)艺术之神。号啕耍戏之神、净、旦、丑、生、末之神。②傩面具每一个角色都有不同的表情含义,色彩不同,寓意也不同,如红色

---

① [法]克洛德·列维-斯特劳斯:《面具之道》,张祖建译,北京:中国人民大学出版社,2009年,第10、38页。

② 顾朴光、潘朝霖、柏果成编:《中国傩戏调查报告》,贵阳:贵州人民出版社,1992年,第56—57页。

一般表示忠勇。有时同一种颜色在不同地方有不同的含义,如白色在贵州安顺傩戏中表示年轻英俊,在云南关索戏中却表示奸诈。面具刻画时也注重细节,如男将豹眼圆睁,女将凤眼微闭,少将眉一支箭。赣南宁都中村傩戏表演面具据称早期有108个,现有36个。①

国傩是朝廷大典,"选人年十二以上、十六以下为侲子,假面,……其一人方相氏,假面,黄金四目,蒙熊皮,黑衣朱裳,右执盾;其一人为唱师,假面,皮衣,执棒"②。隋唐宫廷傩礼中侲子、方相氏、唱师为假面,侲子归太乐署和鼓吹署管理,在傩礼中主要负责舞蹈和唱和;唱师是专业的音乐人,他们的出现增加了仪式的规范性和音乐性。

乡人傩则是民间的礼俗。民间风俗习惯中的燃放爆竹、龙舟竞渡、秧歌等,保留着古代傩仪的种种痕迹,如云南的端公戏、湖南的傩愿戏、苗族的傩堂戏、壮族毛南戏。春秋之后,浙江民间的"傩舞""傩祭",如宋代杭州的"打夜胡"、绍兴的"乡傩"、龙泉的"打魌"等,是古代傩舞和傩戏在浙江的遗存。③

湖南高椅古村"杠菩萨""冲傩"仪式反映了傩戏表演程序。傩坛布置时必须供奉东山圣公、南山圣母两位傩神的神像,并悬挂绘有傩坛诸神的《总坛图》,以表尊敬之意。坛前须用竹篾扎制三道拱门,缠上花纸彩条。拱门上悬挂书有"桃源仙境""华山宝殿""金厥云宫"等坛匾,并在两侧张贴对联。表演过程为:"冲傩"仪式开始,巫师身穿法衣、扎红头巾上场,演唱傩歌,下场。依次演出:《发功曹》《立五营五寨》《迎神》《松果盒》《送下洞》《送神》。④

贵州铜仁傩文化是古人用来祭祀先人和众神的神秘文化,铜仁傩有"冲傩""还愿"两大类活动。傩信仰者家中一旦发生了不幸,如急病、灾害等,及时请傩法师来"冲傩",两个法师一个晚上便可完成。凡许下的愿如愿之后,主人就要选定良辰,请傩法师来举行傩祭"还愿"酬神,一般分为四个阶段:"开坛""开洞""和坛催愿""勾愿送神",三到十五天完成。结束时,亲朋好友要前来祝贺,晚间唱戏祝贺主人平安,款待来贺亲友。1990

---

① 王奎:《宁都中村傩戏》,《地方文化研究》2020年第1期。
② 欧阳修、宋祁等:《新唐书·礼乐志六(卷十六)》,北京:中华书局,1986年,第392—393页。
③ 陈跃红、徐新建、钱荫榆:《中国傩文化》,北京:中央编译出版社,2008年,第9页。
④ 危静:《湖南高椅傩戏"杠菩萨"的表演形态特征》,《中国民族博览》2019年第16期,第138页。

年建立的铜仁傩文化博物馆收藏着明清以来的傩面具500多件,2006年傩戏被列入第一批国家级非物质文化遗产名录。

二、傩舞表演与叙事效果

傩仪通过傩戏的叙事表演实现目的。傩舞侧重于通过舞蹈来叙事,酬神娱人,传达情感。在舞蹈过程中,通过手势驱赶、脚踩的动作,身体多方面的配合,模拟驱赶、杀魔、生产、迁徙等场景,叙述某个事件的发生经过,表现惊人的效果。比如舞狮活动,由一人假面扮"瘟神",两狮先作驱赶状然后作扑咬状,击鼓为乐。傩舞中的舞狮仪式后来由辟邪驱鬼演变为庆祝丰收和娱乐的民俗形式。在傩舞表演的过程中,还会配以音乐,音乐主要是增加舞蹈的节奏感,烘托舞蹈的所叙之事的气氛。

江西宁都傩舞被誉为"中国古代舞蹈活化石",其风格古老稚拙、粗犷豪放。广西毛南族傩舞兴盛于明清,2006年,广西毛南族傩仪中的"肥套(傩仪)"被列入国家级非物质文化遗产。毛南族傩仪的核心是傩舞,傩舞节奏灵活强烈多变,傩舞的突出艺术特点为傩面,傩面把图腾与人物融合在一起。傩面形象具有指导、约束、祈求、评判等现实功能,在毛南族社会有两个主要的作用:一是民间道德评价,指导族人的思想观念;二是族人借傩面活动表达自己的理想与寄托。这些作用和功能通过傩仪和傩戏传达出来。①

湖南侗族傩戏"咚咚推"有六百多年历史,表演时演员佩戴面具,用侗语演唱,双脚伴随着"咚咚"(鼓声)、"推"(锣声)的锣鼓声跳跃行进,演出目的是为全寨驱鬼祭神、祈福禳灾。它是天井侗族古老的生命记忆和活态的文化基因,体现着天井侗族的生活智慧与民族精神。②

云南昭通大关端公戏表演的内容分为做法事、正坛戏、耍坛戏三个部分。镇雄端公戏有三种:庆菩萨、还钱和打醮。庆菩萨是主人家不顺,请端公来祭祀,保护家庭平安顺利,连续四天。打醮是在干旱时节求神祇普降甘霖、念经祈福,连续三天。还钱(还愿)是主人家中不顺,孩子体弱多病,主人家请端公到家里做法事一天一夜,家庭顺利要请端公前来祭祀神

---

① 宾泉:《环江毛南族木雕傩面形象创作及演变》,《雕塑》2020年第2期,第72页。
② 王文章主编:《非物质文化遗产概论》,北京:文化艺术出版社,2006年,第1—2页。

灵，了却心愿。①

傩舞是驱鬼逐疫的祭祀仪式表现，还有财运昌盛、祈子求嗣、平安健康的目的；大都在正月期间举行，元宵前后结束；面具形式多样，古怪狰狞的多，以求以恶制恶；服装色彩多样，常常是红男绿女；傩舞动作有晃头、抖肩、八卦步等，追求阴阳相生对称。

傩戏表演具有一定的叙事效果。傩戏表演具有隐喻性，而文化是隐喻效应发生的条件。傩戏表演是一个叙事单元，包含了功能、行动、叙述三个层次。傩仪是古代宫廷与民间驱灾祈福的仪式，来源于原始图腾的傩祭，傩祭是以驱逐疫鬼为目的的仪式。《周礼·夏官·方相氏》记载，狂夫四人蒙以熊皮，以黄金为四目，率百隶行傩礼以驱疫。因为厉鬼会化为黄熊在人的梦境中出现，所以傩仪中驱疫者需要以黄金为四目并蒙以熊皮威风凛凛地驱鬼。演傩是为了驱疫逐祟，发展的走向是向戏剧转化："从赣傩起源与演变历程可以看出，赣傩的发展轨迹，正是一部完整的中国戏剧起源与异化的发展史。"②

广西毛南族傩舞世代相传，表演是为了祭祀还愿，娱神娱人，成为毛南族人的精神食粮和文化象征。湖南怀化会同县高椅古村"杠菩萨"原始古朴，反映了沅水上游居民的社会生活民俗与经济民俗。"从傩文化发展史来看，由古傩到今傩显然经过了一个泛化的过程，这种泛化包括时间的泛化、空间的泛化和鬼神的泛化，从而打破了宫廷傩礼程式化的范式，拓展了傩文化的主题，使这种在鬼神信仰观念主导下的文化活动，由礼到俗，随着地域的扩大，和地方民俗交织融合"③，具有浓厚的地方特征。

傩仪、傩舞的叙事表演者通常由一些家族承担和传承。湖南新晃侗族自治县贡溪乡四路村天井寨傩戏"咚咚推"，由寨内龙、姚两姓家族世代传承。羌族傩戏中的释比是人文历史文化的传承者，在傩戏通神通灵的角色扮演中，释比使用到的唱词是代代口口相授的经文和咒语，而这样的口传心授是传男不传女的，任何角色均由男性出演，在释比的传代和继承

---

① 徐艺：《文化生态视角下民间传统艺术研究——以昭通市傩戏（端公戏）为例》，《中国民族博览》2020年第14期，第2页。
② 李雪萍、章军华：《论赣傩的起源与发展流程》，《东岳论丛》2006年第1期，第127页。
③ 任伟：《傩的泛化："千人一面"到"千人千面"——傩文化理论探讨之二》，《学术界》2015年第2期，第159页。

上亦是如此。① 傩舞从原始社会产生,在艰苦的岁月中,人们通过傩舞对假装的鬼疫的决定性胜利,获得信心和勇气。在这一过程中,族谱、祠堂、族田为傩舞的承续发展提供了基础。由于傩舞基本上是由有血缘关系的家族成员继承,族谱就为傩舞表演者提供了血缘纽带及人力资源的支持。不少地方的傩舞都是以宗族、村落为单位进行的。村落是农耕生活的产物,是基于农业和血缘凝聚的天然共同体,一切生活均在村落中生发传承。池州傩舞是这个乡村社会村民生活的一个不可分割的部分,开展这样的活动需要特定的组织,这个组织的核心力量就是宗族。②广西毛南族傩舞由家族世代沿袭、师徒相授方式传承。本地成员的资助、到家驱疫的各户捐助、族田为傩仪举行提供了物质保障。

三、西方巫术仪式叙事

西方巫术具有教导世人、安抚心灵的作用,作为一种古老的文化现象,体现了西方先民对世界秩序的探索,影响了西方文明的形成。"中世纪人认为他们是在透过地球的黑影仰望一个透明的宇宙。而且,他们是在透过空气的世界眺望以太的世界。空气是天上所有星效应作用于中世纪人的媒介。"③欧洲中世纪的诗人常常在诗作情节的空隙插入天体结构运转的论说,推动故事的发展,反映了天体规律对人们心理的影响。

巫师通常被视为为达到自己的目的而与魔鬼交往的人。在一整套巫术仪式中,巫师是仪式的主导者。巫师通常是由女性来担任。女巫通常会涂抹油膏,骑着山羊或丑陋的猪前往附近有水的树丛或十字路口参加巫魔会。巫术仪式中巫师施法是为了驱逐魔鬼。"我驱逐你邪恶的灵魂,恶魔、幽灵和敌人的化身,以耶稣基督之名连根拔除,从这个天主子民的身上出来。基督命令你,他曾从至高之天让你下降到至深的地狱。基督命令你,他曾给大海、狂风、暴雨出命。因此,撒旦听着,害怕吧,你这信仰的破坏者、人类的敌人、死亡的实现者、生命的摧毁者、公正的破坏者、邪恶之源人类的诱惑者、国家的叛徒、嫉妒的挑拨者、贪婪之源、不

---

① 石若辉:《羌族傩戏中释比的戏剧呈现》,《四川戏剧》2020年第6期,第82页。
② 鲍红信:《比较视域下的池州傩舞及其特点》,《内蒙古农业大学学报(社会科学版)》2019年第1期,第93页。
③ [英]C.S.路易斯:《被弃的意象:中世纪与文艺复兴文学入门》,叶丽贤译,北京:东方出版社,2019年,第339页。

和谐之因……"①这与萨满驱除病魔的目的基本一致。

蒙塔古·萨默斯认为,博盖的《关于女巫》用大量的细节探讨巫魔会,详细写了巫魔会的过程:

1. 巫师敬拜魔鬼,魔鬼以高大黑衣人或山羊的形象出现。他们给他蜡烛,并亲吻他的屁股。

2. 他们跳舞。对他们舞蹈的描述。

3. 他们进行各种淫秽的、令人厌恶的事情,魔鬼将自己变成梦淫妖和女淫妖。

4. 令人憎恶的狂欢以及由祈祷派和诺斯替教徒实践的令人厌恶的性交。

5. 巫师在巫魔会上享受美食。他们的肉和饮料。饭前饭后的祷告。

6. 然而,这些食物并不能满足他们的食欲,他们吃完后通常与之前一样饿。

7. 当他们结束用餐后,他们向魔鬼详细汇报他们的所作所为。

8. 他们再次弃绝上帝、洗礼等。撒旦如何煽动他们行恶。

9. 他们引起黑暗的暴风雨。

10. 他们举行弥撒。他们的法衣和圣水。

11. 有时为了结束巫魔会,撒旦似乎消失在火焰中,并完全变成灰烬。每个人带走一点灰,巫师们将其用于符咒。

12. 撒旦总是在每件事情上模仿上帝。②

巫术要达到救人的效果,而巫魔会的种种仪式消解了巫术仪式的伦理意义。弗雷泽在《金枝——巫术与宗教之研究》中认为巫术赖以建立的思想原则有两种——相似律和接触律(统一于交感律),产生的巫术分别为模拟巫术和接触巫术(统一于交感巫术):

巫术是一种被歪曲了的自然规律的体系,也是一套谬误的指导行动的准则;它是一种科学,也是一种没有成效的技艺。巫术,作为一种自然法则体系,即关于决定世上各种事件发生顺序规律的一种

---

① [英]蒙塔古·萨默斯:《巫术的历史》,陆启宏等译,上海:上海三联书店,2020年,第5页。
② 同上书,第136—137页。

陈述，可称之为"理论巫术"；而巫术作为人们为达到其目的所必须遵守的戒律，则可称之为"应用巫术"。同时，应当看到：最初的巫师们是仅仅从巫术应用的角度来看待巫术的，他从不分析他的巫术所依据的心理过程，也从不思考他的活动所包含的抽象原理，他也和其他绝大多数人一样，根本不大理会逻辑推理。他进行推理却并不了解其智力活动过程，就像他消化食物却对其生理过程完全无知一样，而这两个过程对这两种活动都是最必要的。简言之，对他来说巫术始终是一种技艺，而从不是一种科学。在他那尚未开化的头脑里还谈不上有任何关于科学的概念。哲学研究者应该探索构成巫师活动的思想状况，从一团乱麻中抽出几条线索来，从具体应用中分析出抽象原理来。总之，要从这种假技艺后面辨别出它的伪科学的性质来。①

1542年亨利八世颁布的巫术法令将巫术规定为世俗性犯罪。詹姆士一世于1604年颁布巫术法令，该法令对"恶魔崇拜"施以重典的原因是当时的苏格兰人坚信恶魔的存在。在莎士比亚的悲剧《麦克白》中，三个女巫的作用是显而易见的，影响了叙事情节的发展。苏格兰麦克白将军是国王邓肯的表弟，因为平叛和抵御入侵立了功，归来途中遇到三个女巫。女巫预言他将为王，但他并无子嗣能继承王位，反而是同僚班柯将军的后代要做王。女巫令人恐惧："霍林舍德在博伊斯的著述基础上进一步暗示道：三位诱惑麦克白的女子可能是'宁芙或仙灵'。这种恐惧后来从未消失过，除非是在仙灵信仰也真正消失的地方。我自己就曾在爱尔兰一个荒凉的地方待过，那个地方据说常有鬼魂和'善人'（委婉的称呼）出没。不过，我后来开始相信让我的四邻在夜里避之犹恐不及的，是仙灵，而不是鬼魂。"②莎士比亚笔下令人恐惧的女巫和文艺复兴时期对女巫的恐惧有关。历史长河中不少巫术事件令人恐惧，并被写入历史，也悄无声息地进入了文学表现之中。被誉为"美国戏剧良心"的戏剧家亚瑟·米勒的《萨勒姆的女巫》根据1692年马萨诸塞州萨勒姆镇的一桩株连数百人的诬告"逐巫案"而创作。《萨勒姆的女巫》剖析人性的沉沦，被视为人性

---

① [英]J.G.弗雷泽：《金枝——巫术与宗教之研究》，汪培基、徐育新、张泽石译，北京：商务印书馆，2019年，第26—27页。
② [英]C.S.路易斯：《被弃的意象：中世纪与文艺复兴文学入门》，叶丽贤译，北京：东方出版社，2019年，第179页。

善恶的寓言。《萨勒姆的女巫》取材于1692年发生在马萨诸塞州萨勒姆镇的"逐巫"案。该镇一群姑娘深夜来到树林里狂欢跳舞、裸体奔跑,结果被一些居心叵测的人咬定是巫术作怪。于是,姑娘们开始了呐喊指控。一场以指控、逼供和株连为特征的"逐巫"行动在该镇全面铺开,众多心怀鬼胎之人借此报复邻里之间的怨恨、羡慕、嫉妒以及过失,从而造成了恐慌、盲从和宗教狂热的可怕氛围。在这样的行动中,许多无辜的村民受到指控,被捕入狱,面临着绞刑和被剥夺财产的厄运。"逐巫"运动中,人人自危,人性沉沦,不少人为了活命,或者被迫承认犯有子虚乌有的罪名,或者陷入歇斯底里转而指控他人。在《萨勒姆的女巫》中,米勒影射了当时麦卡锡主义极权下的人性沦丧,竭力展示了人性中最黑暗的一面:报复、怨恨、猜疑、忌妒。[①]

在一些文学作品中,经过作家的修饰,由女巫变化而来的仙灵已经变得柔美或高贵。弥尔顿《隆法尔爵士》中的仙灵富有生气活力,符合古希腊人对于神灵的想象。

[①] 姚小娟、周天楠:《论〈萨勒姆的女巫〉对麦卡锡主义的批判》,《西南科技大学学报(哲学社会科学版)》2016年第1期,第48页。

第五章
中西私修家谱叙事传统比较

家谱是记录一个家族或宗族世系的历史图籍。作为与家族密切相关的历史文献,家谱经历了由简及繁、从低级到高级的漫长发展历程。口传家谱是中西家谱纂修传统共有的源头,在文字出现以前的早期人类社会,人们通过口耳相传或结绳记事等方式记忆、传承世系。中国家谱纂修经历了从官方化到民间化的过程,西方家谱纂修则表现为由贵族化逐步走向平民化。家谱的历史实际上也是人类发展历史的缩影。私修家谱以其丰富的叙事内容和叙事形式成为以文字为载体的民间叙事的重要类型,成为中西民间叙事传统中的重要门类之一。

家谱有不同的称谓,如族谱、谱牒、家乘,称谓各异但内涵基本相同,都是以表谱形式记载同一宗族血缘世系迁徙、人物、事迹等方面情况的历史图籍。"谱牒按照编纂者归属不同和编纂目的不同,可分为官修谱牒和私修谱牒,所谓官修谱牒是一种由官府主持编纂记述官方具有宗族血缘关系的世系载体;所谓私修谱牒是由本宗族内部主持编纂记述民间具有宗族血缘关系的世系载体。"[①]官修家谱是由官方组织修纂,诗人屈原在楚国任三闾大夫时的工作之一就是修纂谱牒。魏晋南北朝时期,"'九品中正'的用人制度,选人标准必须严格以谱籍为准,同样国家赋税徭役和兵役的征收招募,也都以谱籍为依据,因而对于篡改谱籍者处分极严。当然,其时的谱学既是伴随门第制度而发展起来的,自然就成为维护门阀豪

---

① 王忠田:《私修谱牒叙事的主要模式及文化内涵》,郑州:郑州大学出版社,2022年,第15页。

族利益的工具"①。宋代官修公谱式微,私修家谱风气盛行。欧阳修所作《欧阳氏谱图》标志着民间修谱的开端。在西方,"以爱尔兰、威尔士口述史以及七世纪的基督教知识为基础,形成与传统贵族或圣经世系相关的爱尔兰或英国皇家写本家谱,编写体例源于圣经中基督家谱世系体例"②。15世纪的西方出现了自由民家谱。

作为理想的宗族文化载体,家谱在统治阶级和民间都广为流行。与官方组织的修纂方式不同,私修家谱是由家族内部成员修纂,成为记述同宗共祖血缘集团世系的载体。随着家谱发展演变,私修家谱逐渐成为中西家谱修纂的主流,并成为独特的历史文献,大量保存于民间。作为记载家族历史的文献,中西私修家谱都是以辨血统、明世系为核心内容,记载家族的来源、生息、婚姻和迁徙轨迹等,家谱叙事上存在着不少相通之处。由于中西文化差异,中西私修家谱叙事在源流发展、叙事体例和叙事话语等方面又存在诸种不同。本章主要讨论了以下问题:

(一)中西私修家谱叙事的源流发展。(1)中西家谱的起源与演进。私修家谱是中西家谱的重要类型,对于私修家谱叙事源流与发展的考察,需要放置在整个中西家谱发展的背景下展开。中西社会都存在着悠久的修纂家谱传统。以血缘关系为纽带的亲缘组织,是人类最早的社会组织形式。以辨血统、明世系为核心的家谱是一种世界性文化事物,广泛分布在中西各个地区。作为家族密切相关的历史文献,中西家谱修纂都经历了从口述到文字、由简单到繁杂的漫长发展历程。中西口传家谱往往通过世代口述流传,然后才被文字记载下来。我国古代典籍中所记载的汉字产生以前的家族世系,都以口述家谱形式保留下来。从中国文化传承的角度来看,家谱和正史、方志一起构成了中华民族历史的三大支柱。自宋代以来,私修家谱开始兴盛,除了皇家玉牒由官府组织修纂,其他家谱均由私家修纂保存。在西方,源于中世纪的纹章学从家族纹章的视角考察家族变迁,构成西方家谱纂修传统的重要组成部分。除了作为家族标志的纹章,西方也有大量记载家族血缘之间世系繁衍关系及家族重要人

---

① 仓修良:《谱牒学通论》,上海:华东师范大学出版社,2017年,第112页。
② 钱正民、沙其敏:《中国家谱与西方家谱之比较》,载上海图书馆编:《中华谱牒研究——迈入新世纪中国族谱国际学术研讨会论文集》,王鹤鸣、马远良、王世伟主编,上海:上海科学技术文献出版社,2000年,第377页。

物事迹的私修家谱。自文艺复兴时期以来,平民家族修谱日趋增多。中西家谱纂修传统都缘起于口述家谱,都经历了自上而下的发展路径。所不同的是,中国家谱纂修主要是从官方化到民间化,即从官修家谱转变为私修家谱,而西方家谱纂修则大体表现为由贵族化逐步走向平民化,即家谱编纂由贵族阶层扩展到平民阶层。其中,跨越各阶层被广泛使用的家族纹章成为西方私修家谱中的一种独特现象。(2)中西私修家谱叙事的功能。家谱产生的普遍性心理根源在于人类对于自我身份的追问。确认自我的家族归属,关系到个体身份认同,对于人们获得归属感是不可或缺的。中西私修家谱叙事都具有"追溯先祖,确认自我"的身份认同功能。此外,不同于官修家谱叙事对社会政治功能的强调,私修家谱叙事体现出鲜明的道德伦理功能。在中国,随着宋代私修家谱的兴盛,官修家谱注重的"别选举、定婚姻、明贵贱"的社会政治功能,逐渐让位于私修家谱以尊祖、敬宗和收族为主要目的,以"尊尊亲亲之道"为主的道德伦理功能。到了明代,在继承宋元的"尊尊亲亲之道"伦理的基础上,私修家谱体现出鲜明的理学色彩,发展为以朱熹的"三纲五常"为核心的道德伦理教化功能。[①] 在西方,家族历史的道德维度被人所看重,家谱中承载了价值观。基督教传统家族中,父母和先辈的信仰实践被后人所纪念,他们的虔诚和美善为后人效法,这不断提醒着后人谨记自身从何而来,并且把家族信奉的伦理道德和宗教上的价值观传递给下一代。[②]

(二)中西私修家谱中的叙事体例。(1)中西社会文化传统与私修家谱叙事体例的形成。中西最初的社会关系都是以血缘作为标志,由于地理环境、社会条件和经济因素的影响,中国社会形态与血缘关系联系更紧密,中国社会以基于血缘关系组成的家庭为主体,形成了血缘关系为主体的社会形态;西方社会形态则逐渐与血缘关系疏离,更强调个人的主体地位,形成了以契约关系为主体的社会形态。中西社会形态对私修家谱叙事体例的形成与发展产生了很大影响。西方在记录家族血统变迁时采用以树形、图表为主的私修家谱叙事体例,中国私修家谱的叙事体例则更为丰富。此外,宗法文化是中国文化的核心内容之一,祖先崇拜深刻地影响

---

① 王鹤鸣:《中国家谱通论》,上海:上海古籍出版社,2010年,第461页。
② François Weil, *Family Trees: A History of Genealogy in America*, Cambridge, MA: Harvard University Press, 2013, p.45.

了中国的家庭结构,也影响了社会心理和意识形态。家国同构的皇权制度和宗法制度,强调以血缘和群体意识为纽带,使得中国的家谱纂修备受官方和民间的重视。西方社会历史发展进程使得社会主流意识形态并不着力强调家族谱系的修纂,家谱纂修的动力主要源自人类天然的对于"我是谁""我从哪里来"等本源性的追问,以及固有的尊祖敬宗的文化传统。
(2)中西私修家谱叙事体例比较。祖先崇拜是中国民间信仰的基本特征,上帝崇拜则是西方民间信仰的主要形式。祖先崇拜本质上是对人的崇拜。中国家谱素有"叙本系,述始封"的传统,"大宗之法"也就成了中国家谱纂修的主要方式。中国私修家谱叙事体例可归纳为史、表、图、志、传、文共六种基本的叙事体例。到了明清时期,尽管不同私修家谱收载内容有多寡之别,编纂形式有所不同,但叙事体例基本上都包括了谱名、祖先像赞、目录、修谱名目、谱序、凡例、恩荣录、谱论、姓氏源流、世系、传记、家法、风俗礼仪、祠堂、坟茔、艺文、领谱字号等。西方私修家谱中,简单的家谱往往只有车轮状、树状和纵向列表式的家族图式,或者只是简单记述家族传承关系;内容相对丰富的家谱则大致与中国私修家谱中的史、表、传、图、文等五种叙事体例相对应。中西私修家谱都普遍存在"美化先人"的情况,但中国私修家谱中的家传还具有鲜明的"为亲者讳"的问题。在叙事情节编排上,中西家传都以励志型和夸耀型为主。中国私修家谱中的家传更强调"扬前人之德泽,激励后人之奋发"的教化功能,通过记叙传主的言行事迹,对本宗族后人进行伦理价值观念引导,家传因血缘维系而具有了收宗睦族的传统意义。

(三)中西私修家谱中的叙事话语特征。家谱叙事中的叙事话语是特指家谱纂修者运用图像、图表或采用文字实录或叙说的方式以记叙和呈现家族世系变迁的话语行为。根据中西私修家谱叙事话语的总体特性,可以将私修家谱叙事中的叙事话语分为直陈性和隐指性两大类型。家谱既是对传统的认知、认同甚至褒扬,也是对后来者的训示、制约和期望。
(1)中西私修家谱叙事话语的直陈性。中西家谱的源起及基本特点都是对于家族人物世系的记录,形成一种特殊的历史文献,属于历史叙事的范畴。受家谱本身实录性质影响,家谱叙事往往更贴近历史叙事,私修家谱的叙事话语呈现出大量的直陈性叙事。直陈性叙事话语主要指私修家谱中以图谱、文字等形式对家族史中客观信息的实录。中国私修家谱中的祖先像、祠堂图、祭器图、坟茔图等基本为写实图绘,而西方私修家谱中的纹章多为色调和线条的搭配,即便有动植物图案,也是取其象征意义,从而使得直陈性叙事带有了譬喻的色彩。(2)中西私修家谱叙事话语的隐指性。私修家谱叙事往往既是对宗族生活与事件的阐释,同时也是对本宗族文化内涵的呈现与描述。隐指性叙事话语主要指修纂者在族谱修纂中带有较强主观色彩的记叙,隐含着家谱修纂者自身的思想观念和情感价值,如家谱修纂者可能会隐匿特定群体的入谱资格。西方家谱修纂者更关注人物对于家族荣誉和自由生命的追求,即便先祖犯罪,也能获得本族后人的认同。家谱的修纂者按照自己所设想的模式来组织材料,形成特定的风格和独特的视角,使所修家谱具有较强的主观色彩。因此,家谱不仅有史料文献价值,它还是一种文化符号,在族群心理认同上有着重要的价值。

第一节 中西私修家谱的源流发展及其叙事功能

中西私修家谱叙事传统有各自的演进过程。要了解中西私修家谱叙事的异同,需要先审视中西家谱纂修的发展历程。早在文字出现以前,家族世系就以口传、结绳等方式存在于许多民族发展史中。上古的结绳家谱已不可见,但这种原始家谱的活化石却在我国部分少数民族中发现,如居住在大兴安岭海拉尔河流域的鄂伦春人,直到17、18世纪,还以马鬃绳打结来表示家族世系,并将此种表示世系的绳结挂在所居住房子木梁的正中,可见其重要程度。

私修家谱丰富的叙事内容和形式成为以文字为载体的民间叙事的重要类型。

一、中西家谱起源与私修家谱的兴起

家谱是记述血缘集团世系的载体,没有稳定的血缘集团则不会产生家谱。吕思勉在《中国宗族制度小史》中形象地指出:"浑然一大群,何由分为若干小群乎?曰:自知血统始。人之相仁偶也,他种关系,皆较后起,惟母之鞠育其子,则必最初即然","人类之知有统系,率先母而后父","母系时代,人之聚居,率依其母。男子与异姓匹合,则入居其妻之族,而其身

仍属其母之族。生有子女,亦属其妻之族"。①可见,"分为若干小群"现象的产生"自知血统始","率先母而后父"表明血缘关系是从母系氏族社会开始。中西从母系氏族开始就已经形成血缘集团,为记述血缘集团世系的载体提供了可能。

以血缘关系为纽带的亲缘组织是人类最早的社会组织形式。在没有文字的时候,有血缘关系的人以口耳相传的方式,将宗族的世代谱系传承下来,形成了人类最古老的家谱形式——口述家谱。《山海经》中对于传说中的姜姓炎帝神农氏家谱是这样记载的:"炎帝之妻,赤水之子听訞生炎居,炎居生节并,节并生戏器,戏器生祝融。祝融降处于江水,生共工。共工生术器,术器首方颠,是复土壤,以处江水。共工生后土,后土生噎鸣,噎鸣生岁十有二。"②"炎帝之孙伯陵,伯陵同吴权之妻阿女缘妇。缘妇孕三年,是生鼓、延、殳。殳始为侯,鼓、延是始为钟,为乐风。"③这种口述家谱的方式在我国许多民族地区也存在。杨冬荃指出,公元14世纪初的蒙古史《史集》记载了蒙古族人口述家谱的习惯:"蒙古[族]人有保存祖先的系谱、教导出生的每一个孩子知道系谱的习惯。这样他们将有关系谱的话语做成氏族的财产,因此他们中间没有人不知道自己的部落和起源。""蒙古[族]人自古以来有保持对自己的起源和世系的记忆的习惯,又由于他们那里没有教会和宗教,不能像其他民族那样地借助于教会和宗教通过遵守教规的方法教导子女,所以父母要对出生的每一个子女解释有关氏族和系谱的传说。"④《元史译文证补》也说蒙古族人在有文字以前,"世系事迹"是"口相传述"的。在怒族、哈尼族等民族中,几乎每个成年男子都可以根据父子连名制来背诵自己的家谱。此外,从家谱记载、传承的不同方式看,中国家谱还有结绳家谱、甲骨谱、青铜家谱、碑谱、塔谱和布谱等形式。20世纪初,锡伯族人依然保留着以结绳记载一家世系的方式,这就是锡伯族人用来祭祀祖先的"喜利妈妈"。"直到清末民初,锡伯族人还有供奉'喜利妈妈'的习惯。'喜利妈妈'是用长约两丈的丝绳,系上小弓箭、小靴鞋、箭袋、摇篮、铜钱、布条、背式骨(即猪、羊的膝骨)等

---

① 吕思勉:《中国宗族制度小史》,北京:知识产权出版社,2018年,第5—6页。
② 田妹译注:《山海经·海内经》,北京:光明日报出版社,2014年,第277页。
③ 同上书,第275页。
④ 杨冬荃:《中国家谱起源研究》,载中国谱牒学研究会编:《谱牒学研究(第一辑)》,北京:书目文献出版社,1989年,第71页。

物制成，用来记载一家人的辈数、人数和男女数。每添一辈人，就在'喜利妈妈'上添结一根背式骨；每生一个儿子，就在上面系一个小弓箭；生一个女儿，就在上面系一根红布条，以此来作为他们的家谱。"① 西周王朝利用由氏族制度演变而来的血缘亲属关系，以及祖先崇拜的宗族观念，建立了系统严密的宗法制度，对后世家谱修纂产生了深远影响。宋代以前，中国家谱基本上是以官修家谱为主导。魏晋南北朝时期的九品中正制的推行，以及门阀豪族势力的强大，促进了官修家谱的兴盛，家谱成为崇门第、别婚姻、维护家族集团利益的重要依据。

魏晋南北朝时期，研究家谱的专门学问——谱牒学，也称为谱学，已发展为一门新的学科，逐步从史学中独立出来。到了唐代，家谱的编修权几乎被官府垄断。"这就将法令制度通过谱牒著作的形式，把全国旧望与新贵的地位固定下来，使那些本不为士族的新贵进入了士族行列，从而也压低了原有旧士族的地位，于是形成一个以皇族为中心，功臣、外戚为辅佐，包括原有旧士族在内的新士族集团。"② 谱学在当时的政治斗争中发挥了重要的作用。宋代家谱发展有了非常大的变化，除了皇家玉牒之外，官方不再组织家谱修纂，家谱均由各自的宗族修纂并保存。宋代私修家谱风气兴起，欧阳修和苏洵所创立的谱例影响最大，他们分别修纂的家谱《欧阳氏谱图》《苏氏族谱》被后世尊为家谱修纂典范。明清至民国时期，私修家谱之风极为盛行，各家各族都非常重视家谱修纂，甚至多次重修和续修。清末和民国时期，全国基本上是姓姓有谱，家家有谱。

在西方，古希腊诗人赫西俄德的《神谱》对流传久远的宇宙诸神和奥林匹斯诸神之间的亲缘世系关系进行了详细描述：

  大地和广天交合，生了涡流深深的俄刻阿诺斯、科俄斯、克利俄斯、许佩里翁、伊阿佩托斯、忒亚、瑞亚、忒弥斯、谟涅摩绪涅以及金冠福柏和可爱的忒修斯。他们之后，狡猾多计的克洛诺斯降生，他是大地该亚所有子女中最小但最可怕的一个。③

  瑞亚被迫嫁给克洛诺斯为妻，为他生下了出色的子女：赫斯提

---

① 欧阳宗书：《中国家谱》，北京：新华出版社，1993年，第5—6页。
② 仓修良：《试论谱学的发展及其文献价值》，《文献》1983年第2期，第220页。
③ [古希腊]赫西俄德：《工作与时日　神谱》，张竹明、蒋平译，北京：商务印书馆，1991年，第30页。

亚、德墨特尔、脚穿金鞋的赫拉、冷酷无情住在地下的强大的哈得斯，震动大地轰隆作响的波塞顿和人类与诸神之父英明的宙斯——其雷声能够震动广阔的地面。①

古罗马贵族经常在大宅天井放置绘制家谱为主题的装饰物。《圣经》中《马太福音》第一章的题名即为"耶稣基督的家谱"，以顺序的方式记录了耶稣的家谱。《路加福音》第三章中则用倒推方式录有"耶稣的家谱"："耶稣开头传道，年纪约有三十岁，依人看来，他是约瑟的儿子，约瑟是希里的儿子……塞特是亚当的儿子，亚当是神的儿子。"②

中世纪时期，欧洲只有阿林顿家族、卡佩家族、美第奇家族等贵族之家才纂修家谱。美第奇家族是意大利佛罗伦萨城的著名家族，原来是托斯卡纳地区的农民，以药材生意起家，然后开办银行，逐步发展成为欧洲最大的银行家，家族中先后有三人被选为行政长官。美第奇家族的财政状况、政治举措、外交策略和兴趣爱好等，影响了佛罗伦萨城的社会历史进程，对文艺复兴运动产生了关键性影响。只有这种处于权力核心的显赫家族才能修纂家谱，体现出西方私修家谱修纂初期的贵族化特点。文艺复兴运动以来，西方家谱纂修逐步由贵族走向平民，其中，能够为所有人使用的家族纹章的广泛使用起到了重要推动作用。家族纹章是西方所特有的现象，成为家族世系传承的图像表达。"纹章作为一种社会代码，通过其组成规则，往往可以确定某一个人在某个团体内的定位。能识别纹章者有时可以对其进行解读，如某人在家族中的地位、其姻亲情况、职务与社会地位，某个家族在谱系中的位置及其祖宗、姻亲和亲子关系史，不同谱系间的相互关系、封号与特权的历史，以及领地、朝代、王国与国家的历史等。"③跨越各阶层被广泛使用的家族纹章，成为西方私修家谱中的一种独特现象。

二、中西私修家谱的叙事功能

海登·怀特在《元史学：十九世纪欧洲的历史想像》中强调："我将历

---

① [古希腊]赫西俄德：《工作与时日 神谱》，张竹明、蒋平译，北京：商务印书馆，1991年，第40页。
② 《圣经(中英对照)》，南京：中国基督教两会，2008年，第1559—1560页。
③ [法]米歇尔·巴斯图鲁（Michel Pastoureau）：《纹章学——一种象征标志的文化》，谢军瑞译，上海：上海书店出版社，2002年，第75页。

史作品视为叙事性散文话语形式中的一种言辞结构,这就如它自身非常明白地表现的那样。各种历史著述(还有各种历史哲学)将一定数量的'材料'、用来'解释'这些材料的理论概念,以及作为假定在过去时代发生的各组事件之标志而用来表述这些史料的一种叙述结构组合在一起。"①也就是说,历史作品是一种言辞结构,具有鲜明的叙事性特征。家谱是一种特殊的历史文献,是对一个个家族的历史记载,人们可以通过家谱比较真实地了解当时的历史面貌、时代精神、社会风尚、生活生产情况。家谱是人类悠久历史文化的重要组成部分,在不同的发展阶段体现出不同的叙事功能。家谱信息记录和家谱的修纂源于对帝王亲缘世系关系的记录,帝王利用家谱树立其统治的神圣权力;家谱后发展为对以士族、官僚、贵族等为代表的统治集团中精英们的世系记录,精英们将家谱作为保持政治特权、婚姻特权的工具。随着家谱修纂在民间普及,家谱的叙事功能也发生了很大变化,基于家族认同的伦理功能成为私修家谱的主要叙事功能。伦理功能主要表现为两方面:一方面体现为敬宗睦族、凝聚血亲,通过血缘承继关系的确认,起到增强家族凝聚力和生命力的作用;另一方面体现为增知育人,以家规族训规范族人的言行,教育族人行事立世的道理。

家谱具有政治、伦理、文化等功能。魏晋南北朝时期,修谱主要是为选官、婚配服务,具有明显的"别选举、定婚姻、明贵贱"的社会政治功能。北宋家谱作为区别门第身份的政治功能基本消失,代之而起的是尊祖、敬宗、收族、"尊尊亲亲之道"的道德教化功能。明代家谱发展趋于成熟,编修家谱的体例、内容更加完善,并基本定型。明代修谱功能进一步发展为以朱熹"三纲五常"为核心的道德伦理思想。所谓三纲,即"君为臣纲""父为子纲""夫为妻纲",它是以血缘关系为基础而建立起来的封建等级关系,也是以宗法关系为基础的封建政治制度。所谓五常,儒家认为即五伦,指君臣、父子、夫妇、兄弟、朋友关系,是保证三纲实行的道德伦理行为规范。在明代,随着程朱理学统治地位的确立,三纲五常成为明代的主流意识形态,深入到社会生活的各个方面,宣扬和实践"三纲五常"很自然地成为编修家谱的宗旨。明代编修家谱的谱序、家法、族规、传记等项记载

---

① [美]海登·怀特:《元史学:十九世纪欧洲的历史想像》,陈新译,南京:译林出版社,2004年,序言第1页。

中就充斥着"三纲五常"的说教。清代编修家谱之所以能够普及到全国各地,与清政府采取以孝治天下的三纲五常伦理、积极倡导民间修谱有直接关系。清代的一些士大夫将修谱视为贯彻孝治思想的实际行动。

随着改革开放的深入,海内外中华儿女的民间交流越来越频繁,海外华人寻根问祖的行动直接促进了家谱纂修的广泛开展。在浙江、福建、湖南、江西、河南、江苏等地,出现了民众自发开展编修新家谱活动,甚至出现了村村修谱的现象。新修家谱中吸收了许多旧家谱家规族训中的积极因素,如《赵氏志》在'规约'一节专门编写了《社会公德歌》:'锦绣中华,礼义之邦,文明古国,屹立东方。时逢盛世,改革图强,社会公德,再谱新章。人在社会,敬业乐群,同舟共济,自重敬人……'"[1]可见,"规约"注入了社会主义道德建设的新内涵。这些新修家谱对弘扬中华历史文化,促进社会主义公民道德建设等方面也起到了积极作用。

西方家谱也有自上而下的发展历程。"英格兰家谱也具有公私两种功能,而美国家谱只具有私修功能。英国王室利用家谱树立其神圣权力,而贵族地主和新贵们利用家谱提出世袭头衔、荣誉和地产的权利。普通民众醉心于家谱是因为对祖先们的好奇心、强烈的归属感,移民们渴望了解自己来源于何方。"[2]1493年德国人类学家哈特曼·谢德尔出版的《纽伦堡编年史》中插入了"耶西树""亚当树""以诺家族树"等大量"谱系树",用以表现家族中的血脉谱系,以及宗教团体中的承继关系:"书中的谱系树是用自然主义的植物藤条将人物形象连接在一起","谱系树将家族的繁衍形象化为植物的生长,而植物的枝蔓就是对于血脉关系或者继承关系的形象化"。[3]中世纪时期,欧洲的贵族十分热衷于绘制本族的家谱,一方面是为了记录家族荣耀,作为高贵门第的血统证明;另一方面,贵族和骑士的族谱也与晋升爵位和骑士等级密切关联。这与魏晋南北朝时期的门选方式相似,家世门第成为选官标准。家谱成了国家选拔人才的依据,确认贵族身份的证明,体现出鲜明的政治功能。

文艺复兴时期,家谱不再为王室贵族专有,平民家庭也开始热衷于绘

---

[1] 王鹤鸣:《中国家谱通论》,上海:上海古籍出版社,2010年,第468页。
[2] 钱正民、沙其敏:《中国家谱与西方家谱之比较》,载上海图书馆编:《中华谱牒研究——迈入新世纪中国族谱国际学术研讨会论文集》,王鹤鸣、马远良、王世伟主编,上海:上海科学技术文献出版社,2000年,第379页。
[3] 韩洞:《〈纽伦堡编年史〉中的谱系树图像》,《美术观察》2019年第2期,第88页。

制家谱。西方早期私修家谱主要以树形和图表的形式展示家族成员的名字或肖像,展示家族的血脉源流。人们渴望通过家谱修纂了解自己来源于何方,产生对家族身份强烈的归属感,这也是家谱一以贯之的伦理功能的体现。虽然西方家谱的叙事体例不如中国家谱丰富,但随着家谱修纂活动的推进,西方家谱的修纂形式也日益丰富,除了世系表,还逐步增加了序言、概述、家族成员的重要事迹等内容。值得一提的是,男性和女性在西方家谱中具有同样的地位。中国私修家谱基本是对于父系世系关系的反映,而西方私修家谱往往是对于父系、母系两大世系的追溯。美国人经常强调对家谱的探索有助于他们家族的自我认识和长期稳定性:"缅因州的杰迪迪亚·赫里克1846年出版了一本家谱,希望家谱可以作为亲属之间相互认可和交流的媒介,否则彼此之间就会变成不熟悉的人,甚至陌生人。"[①]可见,欧洲各国间频繁的人口流动,使得西方民众产生了强烈的寻根意识,希望通过家谱强化家族成员之间的交流。强调个体本位的西方文化精神使得西方人有更强烈的个体意识,在家谱修纂中更多是对于世系关系及相关事迹的记载。从可见的西方家谱来看,没有与中国族训家规相对应的内容。因而,西方私修家谱叙事基本不承担教化功能,而体现为家族认同与家族成员交流的伦理功能。

第二节　中西私修家谱中的叙事体例

祖先崇拜深刻地影响了中国的家庭结构和社会结构,也影响了社会心理和意识形态。家国同构的皇权制度和宗法制度,强调以血缘和群体意识为纽带,使得中国的家谱纂修一直备受重视。中国家谱发展到明清时代已趋成熟,体例完整。西方家谱纂修的动力主要源自人类天然对于本源性的追问,以及尊祖敬宗的文化传统。中西私修家谱都普遍存在"美化先人"的情况,但中国家谱中的家传还具有"为亲者讳"的特点。中西家传都以励志型和夸耀型为主。祖先崇拜是中国民间信仰的基本特征,上帝崇拜则是西方民间信仰的主要形式。

---

① François Weil, *Family Trees: A History of Genealogy in America*, Cambridge, MA: Harvard University Press, 2013, pp. 47—48.

一、中西私修家谱叙事体例的形成：祖先崇拜与上帝崇拜

私修家谱是以表谱形式记叙同宗共祖的血缘集团世系关系，属于历史叙事的范畴。唐代刘知几在《史通·序例》中提出："史之有例，犹国之犹法。国无法，则上下靡定；史无例，则是非莫准。"中国史传的体例在先秦时已经出现，主要有《左传》编年体和《国语》国别体。到了西汉，司马迁《史记》开创了史传的纪传体体例，首创本纪、书、表、世家、列传五种历史叙事体例。东汉班固以《汉书》创制了断代体体例。私修家谱在漫长的发展过程中形成独特的叙事体例。文化传统的差异使中西方私修家谱叙事体例产生了各自的特点。

祖先崇拜是世界上古老而普遍的信仰现象，家谱修纂就是对于祖先尊崇的重要方式。在人类历史上，许多民族都曾盛行祖先崇拜："古希腊人也有祭祀亡灵的习俗，他们摆设葡萄酒、水果或食物等款待回家的亡灵。"[①]随着基督信仰的盛行，上帝观念不断深入人心，上帝崇拜逐渐成为西方宗教信仰的核心，祭祖仪式日渐式微，只有在少部分如万圣节等基督教仪式中，还依稀可见祖先崇拜的痕迹。对祖先的虔诚崇拜是中国人最大的信仰，汉族、侗族、苗族、水族、土家族、满族等都有祖先崇拜观念和习俗。祖先崇拜根植于中华民族的精神血脉当中。祖先崇拜和上帝崇拜对中西方私修家谱叙事体例有深远影响。

中华民族有强烈的寻根意识，这使得私修家谱修纂成为家庭或宗族中极为重要的事情，体现出中华民族强烈的家族认同感：一方面，家谱中记述了祖先的事迹、恩德，体现出对于祖先的记忆和认同；另一方面，通过家族世系认同，相信祖先具有神秘力量庇护子孙后代。私修家谱修纂由此形成了家国同构的忠孝文化结构，也契合了统治者以孝治天下的政治意图。祖先崇拜以强大的情感召唤力，深刻影响了中华民族的伦理观念、思维方式、价值取向和审美心理，并通过各种仪式、风俗习惯不断强化，成为形塑中华民族国民性格的深层文化根源。因而，私修家谱修纂为官方和民众所普遍认同，叙事体例也越来越完善。

上帝崇拜对西方人心灵世界的影响也极为深远。人与神建立契约关

---

① 蒋栋元：《跨文化视阈下祖先崇拜与上帝崇拜的阐释》，《江苏师范大学学报（哲学社会科学版）》2013年第5期，第62页。

系,使得任何个体都无法凌驾于其他人之上。西方人对于私修家谱修纂的重视程度不够高,叙事体例也相对简单。

二、中西私修家谱叙事体例比较

叙事体例规定了家谱的编排方式及呈现形态。宋代的苏洵和欧阳修对于私修家谱叙事体例的基本定型起了重要作用,他们是"首次尝试编纂新型家谱之人。这从收录到苏洵文集《嘉祐集》卷十三的《苏氏族谱》和收录到《欧阳文忠公集》外集卷二十一的《欧阳氏谱图》可以看到"①。到了明清时期,中国家谱叙事体例更加完善,虽然收载内容多少不一,修纂形式存在差异,然而,"一部完整的家谱,主要内容包括:历代谱序、名人题词、世系图谱、历代源流、新旧字派、章程凡例、家训族规、科举仕宦、婚丧嫁娶、祠堂祭田、墓图风水、遗像像赞、传记年表、祭文寿文、田房契约、行状墓志、艺文著述、五服图、恩荣录等"②。私修家谱叙事所涵括的内容非常广泛,是一部家族史或宗族百科全书。

宗法文化是中国文化的核心内容之一。中国家谱发展到明清时期已趋成熟,体例完整,内容丰富。一部完整的家谱大致包含以下体例:谱名、祖先像赞、目录、修谱名目、谱序、凡例、恩荣录、谱论、姓氏源流、世系、传记、家法、风俗礼仪、祠堂、坟茔、族产、契约、艺文、字辈、领谱字号等。根据传统历史的编排,可将体例归纳为史、表、图、志、传、文共六种最基本的叙事体例。其中,史包括谱序、姓氏源流、宗族播迁等;表主要包括世系世传等;图包括祖先像、祠堂图、祭祀器物图、住宅图、播迁图、坟茔图、书院图等;志包括祠堂志、讲堂志、碑铭等;传主要包括人物传记等;文包括诗文、像赞、铭赞、字辈排行等。如"弘治时程敏政编纂《新安程氏统宗世谱》具有代表性,该谱合44支、通53代,入谱者逾万人"③。作为目前国内保存完好的通谱,《新安程氏统宗世谱》呈现了家谱的体例,成为私修家谱的仿效之作。当然,私修家谱的体例安排会因修纂者而有所不同,如《新安商山吴氏宗祠谱传》就是一部以传记为主的家谱,载有吴氏族人传记

---

① 杨宗佑主编:《中华家谱学》,济南:济南出版社,2009年,第81页。
② 彭雄:《蜀都家谱——老族谱中的百姓家史》,成都:西南交通大学出版社,2019年,自序二第4页。
③ 常建华:《谱牒学与徽学离不开徽州族谱(主持语)》,《安徽大学学报(哲学社会科学版)》2015年第6期,第78页。

73篇。

中国家谱重视宗族传承关系和家族荣誉。父辈取名比较讲究，通常是"姓＋辈＋名"的格式，常常为下几代都取好了名字当中的一个字，就是所谓的字辈。在族谱修编的实践中，名字缺少固定的顺序和标准，长幼尊卑顺序容易混乱，也就是从族谱中看不出长幼。因此，有的家族在修族谱时编有宁国安邦、忠孝勤俭等寓意的字辈诗句，取名时按照辈分高低选用其中的一个字，有利于交往和区别长幼。如，颍川堂义门陈氏就使用过五行字辈谱，即："栓清标烦坤，铭增，锦添相辉培，钦深桂炳均，钊潜桃烛折，铜江柳焕璋"，这一字辈谱中基本上每句以金、水、木、火、土作为偏旁，以五行相生之意附会人世间祖生父、父生子、子生孙等基本规律。①

古希腊罗马时期，家庭个体生产逐步代替了集体协作生产，淡化了以血缘关系和群体意识为纽带的宗法制。西方社会历史发展进程使得社会主流意识形态不强调家族谱系的修纂，家谱纂修的动力主要源自人类对于"我是谁"等本源性追问以及固有的尊祖敬宗的传统，因而西方家谱叙事体例相对简单，简单的家谱只有车轮状、树状和纵向列表式的家族图式，或者只是简单记述家族传承关系。家族复杂些的会在列表的基础上记述家族历代成员的主要经历和事迹，如苏格兰的《图灵的叙事诗：一个家族的历史素描、些微构想和不完全记叙》中列有图灵家族的世系列表，并按时序记载了弗沃兰小镇上图灵家族中的安德鲁·图灵、吉尔伯特·图灵、约翰·图灵、罗伯特·图灵等家族成员的故事，根据人物在家谱中的地位可分为三种类型：杰出人物类型、重要人物类型、一般人物类型。这些人物类型的情节结构赋予所论述人物事件以可以辨认的故事模式，形成情节编排模式。部分西方私修家谱中有家族纹章图，中国大部分私修家谱中的图则包含了祖先像、祠堂图、祭祀器物图、坟茔图、契约图等丰富内容；西方私修家谱中的史主要表现为世系序列，中国私修家谱中的史涵括谱序、姓氏源流、宗族播迁等内容，除了记录家族世系变迁，还包括修谱缘由、修谱目的、修谱经过。中国私修家谱中志这一叙事体例在西方私修家谱中找不到对应的形式。

上述叙事体例在叙事方式上各有不同，比如谱图叙事多为静态叙事，各类图像呈现为"含事的信息"，通过视觉形象来叙事，叙述浓缩在空间中

---

① 王丽娜主编：《中国民俗文化精粹（第三册）姓氏文化》，北京：线装书局，2016年，第25页。

的历史时间与文化内涵。传和文则具有较强的叙事性,记叙宗族世系繁衍,以及重要家族成员的突出事迹等。在史、表、图、文、志和传这六种叙事体例中,"传"是中西私修家谱中可谓故事情节最为丰富,叙事意味也最浓的部分。究其原因,主要在于其他叙事体例多为直呈实录式,世系、图谱、字辈和家法等都要么直观可感,要么言有定规,修纂者往往只需照章而行,个体意识的介入较少。家传多为家族人物传记,用以记述本宗族在德行、官爵、技艺等方面颇有成就之人的事迹,名可行世之人方能入传,主要以人物生平的故事化形式出现,比如我国的《范氏家谱》就载有范蠡传、范增传、范榜传、范宁传、范缜传、苏州范氏十六房祖传、范履冰传、范仲淹传、范景文传等。通过家传可以对传主的事迹有客观了解。此外,家传中的叙述往往是建立在修纂者对宗族事件理解的基础上进行,这一理解掺杂着修纂者自身的思想观念与情感价值,具有明显的主观性,这一点在上文所提到的图灵家族的家谱名称上也可以得到印证。

中西私修家谱都存在"美化先人"的情况,但中国家谱中的家传还有"为亲者讳"的特点。在叙事情节编排上,中西家传都以励志型和夸耀型为主。中国家谱中的家传更强调"扬前人之德泽,激励后人之奋发"的教化功能,通过记叙传主的言行事迹,对本宗族后人进行伦理价值观念的引导,家传也就因血缘维系的注入而具有了收宗睦族的传统意义,如《新安商山吴氏宗祠谱传》所录人物有忠信不泯者,有孝行幽微者,有贞节不渝者,有义勇捐躯者,有文德兼优者,有友爱恭睦者,有创业开基者,有奋志成家者,有淡泊明志者。家谱通过对这些人物嘉行懿德的描述和称颂,意在引导本宗族人向善的价值观,倡导美俗良风的社会风尚和推崇读书崇儒的人生价值,其教化目的和价值体现甚明。[①]由于中国私修家谱产生、发展于宗法社会,不可避免会出现攀附、假托的弊病。周作人曾指出:"过去一般家谱的办法,始迁虽是晚近或微末,却可以去别处找一个阔的祖来。"[②]贵州《清河张氏宗谱》不仅将张良、张飞奉为先祖,而且将张九龄、张公艺、张载等也奉为先祖,这显然不符合史实;而江西九江瑞昌的《九源文氏族谱》不仅将文天祥奉为先祖,而且将文彦博也奉为先祖,这也与历

---

① 周晓光:《论徽州家谱谱传的价值——以〈新安商山吴氏宗祠谱传〉为例》,《安徽大学学报(哲学社会科学版)》2015年第6期,第79页。
② 周作人:《鲁迅的故家》,止庵校订,石家庄:河北教育出版社,2002年,第155页。

史大相径庭。①西方私修家谱攀附王族和贵族情况不如中国私修家谱普遍。

祖先崇拜是中国民间信仰的基本特征,上帝崇拜则是西方民间信仰的主要形式。祖先崇拜本质上是对人的崇拜,中国家谱纂修日益受到官方和民间的重视。中国家谱素有"叙本系,述始封"的传统,"大宗之法"也就成了中国家谱纂修的主要方式。如明代程宗孟修纂的《河南程氏正宗世谱》,按照统一的体例修纂,使河南程氏从得姓一直到明末的世系井然有序。此谱清代又经程延祀和程佳嶓、程圭璋和程拟璋、程步月和程敬道等多次修续订正。1906年,由程步月等纂修刻印的《河南程氏正宗世系谱》(河南嵩县两程故里藏版)流传至今。中国的私修家谱更多体现为宗族传统的延续,对于宗族中重要人物成就的细致描述主要起着对本宗族后嗣进行教化规训的作用。西方上帝崇拜的实质是对神的崇拜。西方不少贵族家族的家谱修纂采用"大宗之法",但西方的私修家谱多用"小宗之法",世系追溯大多在十代左右。如网站名为"Genealogy"的网站上所收录的杜蒙特、兰伯特等家族的族谱,编纂体例较为简单,涉及内容也不如中国的家谱丰富。西方的私修家谱对家族中英雄人物及事迹详尽描摹,其目的更多在于通过追溯家族荣誉彰显个体价值。

第三节　中西私修家谱中的叙事话语特征

叙事话语主要是针对虚构性的文学叙事的理论概括。"人们可以从种种著作之中发现,叙事话语只能遵循特定的叙事路线追溯历史。这不仅是历史聚焦点的规定,同时还是叙事话语的规定——叙事话语只能处理一个历时系列的事件轨迹。对于多维度的历史结构而言,叙事话语永远是不完备的。"②家谱叙事中的叙事话语是指家谱纂修者运用图像、图表或采用文字实录或叙说的方式记叙和呈现家族世系变迁的话语行为。

私修谱牒的编纂者对话语进行精心建构的过程中,无法回避其自身

---

① 欧阳宗书:《中国家谱》,北京:新华出版社,1993年,第132页。
② 南帆:《叙事话语的颠覆:历史和文学》,《当代作家评论》1994年第4期,第34页。

的主观性与倾向性。在话语大量直义之下,离不开转义的话语形态。在私修谱牒中,从叙事学角度讲,直义最为基本的含义是直陈其事,转义最基本的含义是隐陈其事。主要从两个层面来看私修谱牒叙事话语的特征:一是用话语表现具体叙事对象层面,这一层面用话语直接描写、叙述一个对象的行为,就是直义行为;而通过特殊的手法,如象征、拟人、隐喻、双关、暗示、反讽等手法叙述描写对象的行为,就是转义行为。因此,在用话语叙述对象这个层面,私修谱牒的叙事应该是以直义性为主,而以转义性为辅的。二是通过宗族历史与人物的叙述表达特定宗族文化观念和意识形态层面,这一层面则主要是转义性的,因为特定宗族文化观念和意识形态一般不会直接全面地表述在叙事或形象这个层面。私修谱牒要通过塑造宗族历史和人物形象隐晦表达特定宗族文化和意识形态观念,在这个层面上,两者的关系主要是一种转义关系。编纂者在编纂时,以自身的意识形态影响着叙事文本,赋予本宗族事件以不同的情感价值。他们所反映的不仅仅是指示的事物或事件,更是让本宗族成员回想起事物所指涉的形象或事件所隐含的意义,因此私修谱牒文本具有较多的隐指性特征。

综上,根据中西私修家谱叙事话语的总体特性,我们可以将私修家谱叙事中的叙事话语分为直陈和隐指两类。

一、中西私修家谱叙事话语的直陈性

谱牒学和方志学一样,都是史学的旁支。[①]清代史学评论家章学诚认为:"传状志述,一人之史也;家乘谱牒,一家之史也;部府县志,一国之史也;综纪一朝,天下之史也。"[②]家谱叙事更贴近历史叙事。中国家谱还受史家"不虚美、不隐恶"的实录精神的影响,叙事话语呈现出大量的直陈性叙事。

直陈性叙事话语主要指私修家谱中以图谱、文字等形式对家族史中客观信息的实录,家谱的命名就是直陈性叙事的重要表现之一,比如注明姓氏、居住地点、原住地址等。家谱的命名,通常是在家谱之前冠以姓氏、地名、郡望、堂号、几修等客观内容,集中体现了私修家谱叙事话语实录和

---

① 仓修良:《史家·史籍·史学》,济南:山东教育出版社,2000年,第940—970页。
② 章学诚:《文史通义新编新注》,仓修良编注,杭州:浙江古籍出版社,2005年,第836页。

纪实特点,如《汾湖柳氏第三次纂修家谱》,有地名、姓氏、几修;《六修严氏家谱》,只有几修和姓氏;《黄山王氏辅德堂支谱》,有地名、姓氏、堂号;《倪氏报本堂重修家乘》,有姓氏、堂号、几修;《陇西李氏宗谱》,有地望、姓氏。也有一些家谱将由何处迁来也标识在名称上,如《锡山过氏浒塘派迁常支谱》,即由无锡迁至常州的过姓浒塘支派的家谱。①西方文化传统中也重视宗法制度。西方家族也通常以名字命名,如罗斯柴尔德家族、杜邦家族、肯尼迪家族。费尔南德·伦德伯格在《美国60个家族》中,阐述了美国60个最有权势的家族的影响力。除家谱纂修中攀附、假托、附会以及信息缺失等因素,家族世系图中对于本宗族世系族人姓名字号、生卒年月、婚配子嗣等情况的记载,都属于直陈性叙事。西方私修家谱中也有车轮状、树状和纵向列表式的家族图式,但内容相对简约,多为世系族人的姓名和婚配情况的呈现。中国私修家谱中基本上会附上祖先像、祠堂图、祭祀器物图、住宅图、坟茔图、书院图等,除了祖先像旁边一般为数十字的赞语、对族人的颂扬具有较强的主观性不属于直陈性叙事,其他谱图都是对于实物的摹绘,属于直陈性叙事。如《白居易家谱》载有住宅图并附有文字《履道里第宅记》:"宅在西北隅闲北垣第一邸也。坐向南方,于东五亩为宅,其宅西十二亩为园,方正共十七亩"②,客观地记载了住宅的方位、地点、面积等信息。中国私修家谱中涉及的祠产、义庄、义田、祭田等内容,以及族规、家训、仕宦等,具有直陈性叙事特点。

同为直陈性叙事,中西私修家谱在同一叙事体例中又会呈现出不同的表现方式,如在图这一叙事体例中,中国私修家谱中的祖先像、祠堂图、祭器图、坟茔图等基本为写实图绘,而西方私修家谱中的纹章多为色调和线条的搭配,即便有动植物图案(如奥尔良家族的刺猬),也是取其象征意义,从而使得直陈性叙事带有了譬喻的色彩。中国私修家谱中的"姓"在上古时期是以图腾的形式呈示出来。宋代《百家姓》共收录比较普遍的姓氏411个,并绘制姓氏图腾,也属于譬喻式直陈性叙事,在此层面上与西方私修家谱中的纹章不谋而合。私修家谱中的直陈性叙事体现了家谱作

---

① 徐建华:《家谱的地方性特色及价值》,《福建论坛(人文社会科学版)》2005年第9期,第56页。
② 中国人民政治协商会议洛阳市郊区委员会学习文史资料委员会编:《白居易家谱》,洛阳:洛阳理工学院图书馆馆藏,1990年,第63页。

为文献的认知价值,在人口史、迁移史、宗法史、经济史等方面有着重要的研究价值,如顾颉刚所言:"向日我国社会之单位为家族,而家谱记之;我国行政之区域为省府县,而方志详之。此二者,材料至丰富,且甚详实也。"①

二、中西私修家谱叙事话语的隐指性

尽管家谱修纂注重真实客观的原则,但私修家谱的修纂者会自觉不自觉地加入个体意识,这种个人意识往往由本宗族的文化传统与个人的境遇相互融合后而成:"族谱的生产者当以各类读书人、地主、在职的或退休的官僚、有钱的商人等等为主。在很多方面,他们是中国农村传统文化的承担者和传播者。"②私修家谱叙事既是对宗族生活与事件的阐释,也是对本宗族文化内涵的呈现。私修家谱源于追根溯源的需要,要明白自身的渊源,使家族源流明确,让家族的传统美德训示后人。如《太师马家谱历史系统图考·前言》(清乾隆三十三年)有言:"滔滔江水入海洋,悠悠历史岁月长……吾族之祖乃是中华之栋梁,因之禄授为太师马也。吾族之历史起祖泽源,居职三品,而后各辈更是人才辈出超越前,武有安邦将领,文有治国能臣。视吾族史册谱列辉煌篇章,弘扬千古也。"③这种光宗耀祖和家国同构的情怀溢于言表。因而在私修家谱中,文字叙述较多的传、志、文等叙事体例中存在着许多隐指性叙事话语。

隐指性叙事话语指修纂者在族谱修纂中进行的带有较强主观色彩的记叙,其中隐含家谱修纂者自身的思想观念和情感价值。中西家谱修纂都有着较为严格的叙事规约,如坏人不得写入族谱。"有学者对比西方,特别是圣经中的家谱传统,认为这条坏人不入谱的规矩,恰恰体现出西方人与人是一种契约关系。"④中国私修家谱中还普遍存在"书善不书恶"式的选择性叙述。所谓书善不书恶,这一传统自周代金文家谱开始,历代家谱遵守无违。明代《率东程氏重修家谱·凡例》清楚地规定:"谱史例也,

---

① 顾颉刚:《〈中国地方志综录〉序》,载李泽主编:《朱士嘉方志文集》,北京:燕山出版社,1991年,第15页。

② 钱杭:《谁在编族谱?谁在看族谱?——关于族谱的"生产者"和"消费者"》,《社会科学报》2000年6月1日第4版。

③ 胡青、马良灿:《回族家谱的三个维度:族源、族规与人伦——以云南昭通回族谱牒为例》,《回族研究》2007年第2期,第127页。

④ 张文茹、张九雨:《"年谱家谱族谱及其他":第18届中外传记文学研究会年会综述》,《国外文学》2014年第1期,第154页。

史则善恶具载,谱则载善不载恶。为亲者讳也。"①私修家谱中的祖先像旁边往往有一两行十来字的像赞,多为后世子孙所作或托名士而作,常依据家谱修纂者本人的思想立场而定,多有溢美成分,如"忠悬日月,台谏台臣""巍然人表,名重金华""德征仁寿,俗美化纯"等,字里行间充满对本族先祖的敬仰和崇敬之情,但往往不能做到遣词公允,体现出隐指性叙事话语特征。家传叙事中多为隐指性叙事话语。家传是私修家谱中叙事意味最浓的部分,主要刊载家族中言行可书的"忠臣孝子""义夫节妇"事迹。传记中对于人物生平的介绍并非如世系表中按时序而列,有明显的故事化形式,有很强的叙事性。

　　家谱修纂者依据自身所处时代的文化观念来编排人物生平和情节模式,尤其注重通过家传叙事达到教化族人孝敬、和睦、亲善等目的,从而强化族规家训的教化作用。这显然与家谱修纂者对家谱阅读对象的预设有关。家谱的阅读对象基本上都是本宗族成员,家传叙事目的不仅在于夸耀先人,更要起着砥砺后人、收宗睦族的效果。传主一生所经历事件繁多,叙述哪些事件,以何种方式记叙都可见出修纂者的主观性。江西婺源《武口王氏总谱》末集卷之四中收录了元湘公的传记②,其中着力记述其为父"亲咀吮瘀","捐金修治"先人之墓,为贫寒子弟"置瞻学田二十亩,以延塾师"等事迹。修纂者对于元湘公孝行善举的倡扬可见出修纂者所处时代的痕迹,以及修纂者的伦理观念和价值评判标准。"人生始源于其祖、父母,对祖先、父母恩德的纪念既是施报活动的具体化,也是制定相关礼规的目的。"③元湘公以其孝行成为本族族规家训的形象化表达。家谱修纂者主观性的渗入强化了元湘公的道德表率作用,而元湘公生平的丰富性便在这种有意的编排中淡化。世系表中的元湘公仅有姓名、字号、婚配等简略信息,呈现的是曾客观存在于家族世系中的个体,而家传中被叙述的元湘公却承载着修纂者的观念与情感,这显然是隐性叙事话语作用的效果。

　　西方私修家谱中的人物传记也有这种特点,只是由于文化差异,西方

---

① 欧阳宗书:《中国家谱》,北京:新华出版社,1993年,第132页。
② 元湘公的传记内容详见欧阳宗书:《中国家谱》,北京:新华出版社,1993年,第117页。
③ 王文东:《儒家伦理规范体系建构的原则和方法——以"三礼"为中心的分析》,《江西师范大学学报(哲学社会科学版)》2015年第1期,第20页。

家谱纂修者更关注人物对于家族荣誉和自由生命的追求,即便先祖诉诸犯罪,也能获得本族后人的认同:

> 20年前,大多数澳大利亚人只有在得知本人血统与19世纪富有的牧羊主、政府官员或殷商富贾有某种联系时,才会对家谱感兴趣;很多人避免探索家史,生怕发现有罪犯先祖,在当时那是不光彩的事。但现在追寻出自己是罪犯的后代,特别是第一船队运来的罪犯的后代,通常是一种十分荣耀的事。因为人们现在认为,他们才是澳大利亚的开拓者。第一船队联谊会主席彼得·克里斯琴自豪地说,他的先祖里有八个人是罪犯,他妻子的家系里有四名罪犯。现在也有人追寻与丛林强盗和与某一地区出生的第一个白人的后代的联系,还有越来越多的人自豪地宣称自己有土著血统。
>
> 家谱的修纂者按照自己所设想的模式来组织材料,形成特定的风格和独特的视角,从而使所修家谱具有较强的主观色彩。因此,家谱不仅有史料文献价值,它还是一种文化符号,在族群心理认同上有着重要的价值,正如澳大利亚家谱协会主任尼克·瓦因海尔所说,人们热衷于续家谱是"因为在当今变化和分裂的社会里,家谱给人一种归属感"。①

私修家谱由于渗透了传统文化观念、修纂者基于传统和自身的认识和目的,对所记族群事件的解读与撰写会留下主观的印记。但总体而言,家谱是一种能够比较真实反映历史面貌、时代精神、社会风尚的文献资料。家谱的叙述内容既是对传统的认知、认同甚至褒扬,也是对后来者的训示、制约和期望。

---

① 张明华、陈露:《澳大利亚的续家谱热》,《世界博览》1989年第3期,第49页。

第六章
中西陶瓷图绘叙事传统比较

　　陶瓷历史悠久,是人类技术发展、审美情趣与社会组织方式综合作用的结果。一时代有一时代陶瓷,一地区有一地区陶瓷。历代陶瓷风格各异,历经岁月抚摸、穿越时空来到今天,叙述过往,记录着时代的变迁,成为历史的活化石。中国是瓷器的故乡与瓷文化发源地,瓷器的发明是中华民族的伟大贡献。"瓷器是几千年来中华文明的历史见证,每一件器物的背后都凝聚着文明与智慧,蕴涵着一段历史,述说着一个故事。"[①]叙事涉及叙述者、受述者、人物等要素,陶瓷图绘叙事是几个要素分离后的统一,是以空间表现时间,以信息表现人物与情节,在这个意义上,它属于广义叙事。

　　陶瓷图绘伴随着陶瓷的产生而出现,表现人们的生活、理想信仰、愿望情趣,美化瓷器,具有实用性和审美性。陶瓷图绘叙事是通过专业化方式来实现的,包括使用具有时代特征的材料与技术、图形与色彩、题材与技巧,体现了陶瓷图绘变迁的传统与传统的变迁。中西陶瓷图绘叙事性图案包括动植物纹、人物山水花鸟绘,或描摹日常生活,或表现神话传说文学场景,有较强叙事特征和功能,潜移默化地影响人们,构成了中西非语言文字叙事形态重要的叙事门类。中国陶瓷图绘凝聚了人们的智慧,携带了人文精神、民俗习性等文化信息,进入欧洲的中国陶瓷,深深地吸引了欧洲人并影响了其陶瓷图绘的发展。中西陶瓷贸易是现象级的文化叙事交流。在中西陶瓷图绘叙事传统比较研究中,展现陶瓷文化及其与

[①] 陈士龙、沈泓:《历代瓷器收藏与鉴赏》,北京:中华工商联合出版社,2015年,序第1页。

生活的深刻互动,通过凝固在空间中的信息诗性地把握历史,能让人们更好地理解远去的时光和把握当下的生活。

第一节 中西陶瓷图绘叙事源流比较

中西陶瓷图绘叙事传统有各自的演进过程。陶瓷是陶器和瓷器的统称,分别以沉积土和瓷土为原料,烧制温度分别在 700－800 摄氏度和 1200 摄氏度以上。中国陶器出现比较早,"江西万年仙人洞遗址发现的夹粗砂红陶器残片弥足珍贵,因为它们是中国迄今为止发现的年代最早的陶片,同时也是世界目前发现的最古老的陶片之一","仙人洞两次发掘分别分为上层文化期和下层文化期。下层文化期共出土陶片 388 片,质地均为夹砂红陶,仅复原一件夹砂红陶罐。陶器的纹样装饰为绳纹。上海博物馆举办的陶瓷史展览,把仙人洞遗址下层堆积中出土的夹粗砂绳纹陶认定是我国迄今发现的最古老的陶器"。① 陶器的出现首先是为了解决生活中的实际问题,随着技术的进步,陶器发展较快,地方特征也比较显著。仰韶文化的陶器主要是小口尖底瓶、夹砂陶罐、细泥彩陶盆或钵等。仰韶文化后期制陶中出现了"慢轮修整法":把已经成型的陶坯放在转动陶轮上修整器坯;后来出现了"快轮法":把陶泥坯料放在快速转动的陶轮上来制作圆形陶器,大大提高了生产效率,增加了陶瓷品数量。中国在三千年前的商朝已经出现了原始青瓷。东汉时期摆脱了原始状态,生产出了青瓷。

新石器时代的彩陶,陶绘以几何图案和动植物花纹为主,不同部位装饰的花纹不相同,如口缘部分多采用锯齿纹,在腹和肩的位置则为较大的网格纹、圆圈纹、葫芦纹等。以各种线条组合在一起的鱼、鹿、蛙常是画面主角。时代风格鲜明的陶器,是了解古人生活习俗、宗教信仰、文化传统面貌的实物证据。除了以简单的图纹展现动植物图景,如生动变化的鱼纹、栩栩如生的小鹿、匍匐欲跃的蛙类等,还出现了复杂寓意的图像。如,中国国家博物馆馆藏的鹳鱼石斧图彩陶缸是新石器时代仰韶文化中最特别的一件,是迄今为止发现最早的一件写实性绘画彩陶,上面的彩绘很可

---

① 郑云云:《千年窑火》,南昌:江西人民出版社,2007 年,第 14—15 页。

能是原始氏族图腾崇拜礼仪场面的一个特写：

> 此彩绘陶缸外表呈红色，作直壁平底圆筒状。陶缸外壁有彩绘一幅。画面左侧为一只站立的白鹳，通身洁白，圆眼、长嘴、昂首挺立。鹳嘴上衔着一条大鱼，也全身涂白，并用黑线条清晰描绘出鱼身的轮廓。画面右侧竖立一柄石斧，斧身穿孔、柄部有编织物缠绕并刻画符号等。白鹳的眼睛很大，目光炯炯有神，鹳身微微后仰，头颈高扬。鱼眼则画得很小，身体僵直，鱼鳍低垂，毫无挣扎反抗之势，与白鹳在神态上形成强烈的反差。
> ……
> 鹳鱼石斧图彩绘陶缸不但施彩，而且构图复杂，在题材选择与画面构思上都强调了图案自身的独立性。一般认为此陶缸应该是氏族首领的葬具。白鹳应是首领本人所属氏族的图腾，鱼则是敌对氏族的图腾。石斧是权力的标志，是首领所用实物的写真。首领生前曾经率领白鹳氏族同鱼氏族进行了殊死的战斗，并取得了决定性的胜利。人们将这些事迹寓于图画当中，记录在首领本人的瓮棺上，通过图腾形象与御用武器的顶级组合来表现重大历史事件，以纪念首领的英雄业绩。①

彩陶罐装饰在罐体的肩部，从其侧面看是一种有变化的连续图案，俯瞰则是一个圆形整体图案。

国家博物馆馆藏的西安半坡遗址出土的人面鱼纹彩陶盆"呈红色，口沿处绘间断黑彩带，内壁以黑彩绘出两组对称人面鱼纹，人面呈圆形，头顶有似发髻的尖状物和鱼鳍形装饰。前额右半部涂黑，左半部为黑色半弧形。眼睛细而平直，似闭目状。鼻梁挺直，成倒立的'T'字形。嘴巴左右两侧分置一条变形鱼纹，鱼头与人嘴外廓重合，似乎是口内同时衔着两条大鱼。另外，在人面双耳部位也有相对的两条小鱼分置左右，从而构成形象奇特的人鱼合体。在两个人面之间，有两条大鱼作相互追逐状"②。画面动感自由，图案简洁奇幻。它是半坡类型彩陶的代表作，是当时用于

---

① 中国国家博物馆：《鹳鱼石斧图彩绘陶缸》，https://www.chnmuseum.cn/zp/zpml/kgdjp/202008/t20200824_247232.shtml，2024年1月19日访问。
② 中国国家博物馆：《人面鱼纹彩陶盆》，https://www.chnmuseum.cn/zp/zpml/kgfjp/202008/t20200824_247218.shtml，2024年1月19日访问。

葬礼的物品。古代半坡人在许多陶盆上都画有鱼纹和网纹图案,叙述的是当时的图腾崇拜和日常生活,是渔猎生活的艺术表现。陶纹描绘了动植物形象,具有认识价值。如,河姆渡文化的猪纹黑陶钵,猪纹轮廓清晰,猪嘴较长拱地,一条短线表示地,猪背上猪鬃竖起,猪身上有植物叶片花纹。这一陶绘叙述了古代猪的外形,为人们研究猪种进化提供了有益的参考。

现由国家博物馆藏的新石器时代马家窑文化中的舞蹈纹彩陶盆,盆内的上部分以黑彩绘有几组集体舞蹈纹饰,各组以线条相隔,画面中的人们张开手相互牵着,动作舒展自然,头上的辫子或装饰物甩向同一个方向,形象生动地反映了先民娱乐时的场面。甘肃省博物馆收藏的马家窑文化中的彩陶鲵鱼纹瓶,瓶身画的鲵鱼弯曲着身子成弯月状,有两只脚,头部绘有两只大眼睛,嘴巴形状是中间向上、两端向下的弧形,下巴有竖条的须,头部以下是中间向下、两端向上的四条弯月弧线,身体的其他部分是网纹花纹,人格化特征明显,纹样也具有代表性。

陶绘中可以看到生活场景,器型也传递着文化信息。仰韶文化时期后期,在彩陶之后出现的烹饪食器"鬲"是中国文化中独有的,在中原龙山文化中较为常见。鬲造型独特,口沿外倾,有三个肥大中空的足,像是将三个尖底瓶合并,这样比较稳定,便于携带,可在迁徙、行军中随时煮食物;这种造型也能加大受热面积、提高热效率,表明先民认识水平的提高。鬲被视为"远取诸物,近取诸身"的表现,有人认为鬲的造型是对羊乳崇拜的结果。"鬲的形制尤为特异,在西方似乎没有发现过与它类似的器物。所以它似乎确实是中国文化的一种特有的产物。同时在中国古代的文化里,它的存在又特别长久,所以竟可目为中华古代文化的一种代表化石。"[①]

自东汉烧制出成熟的青瓷器,采用镂空模印划刻等装饰,中国陶器逐步由陶绘转向兵马俑和唐三彩等陶塑,最终为瓷绘艺术取代。隋唐五代时期形成了南方烧青瓷、北方烧白瓷的制瓷格局,唐代贴堆花工艺使瓷绘由简单线条纹饰转向叙事性图案,如韩森寨盛唐墓出土的堆花青瓷壶,壶的腹部就有胡人与武士打马球的场景。唐代装饰注重釉色,包括黄釉、褐釉、黑釉、花釉、绞盘釉等,绞盘釉是不同原料搅在一起出现的花纹。唐代

---

① 苏秉琦:《苏秉琦考古学论述选集》,北京:文物出版社,1984年,第104页。

以黄色为主调，黄褐对比；宋代以白色为主调，黑白、赭白对比。唐朝越窑青瓷釉层均匀，色如山峦之翠，滋润而不透明，隐露类玉青光，唐朝诗人陆龟蒙在《秘色越器》中称越窑青瓷为千峰翠色，徐夤则在《贡馀秘色茶盏》中称越窑秘色瓷为古镜破苔、嫩荷涵露。隋唐五代时期出现了白瓷。宋元形成了以耀州窑、定窑、磁州窑、钧窑、景德镇窑、龙泉窑、建窑为主体的七大窑系，生产了风格各异的瓷器，其图绘也各具特色。瓷绘的叙事性得以加强，历史故事题材在元青花装饰中极为盛行，如萧何月下追韩信、鬼谷子下山、三顾茅庐等都被作为元代青花瓷的装饰画面。元代青花瓷上的图绘具有情节性、连续性、和故事性的特点，这与元代戏曲、小说和版画的发达有密切关系。

明清两代瓷器上的人物故事内容深受元青花图绘的影响，康熙年间民窑的装饰图案题材多样：有各种小说、戏曲题材的故事图画，如《三国演义》《水浒传》《封神演义》《西厢记》《西游记》等；有反映文人士大夫风尚的图饰，如"竹林七贤""王羲之换鹅""饮中八仙""张旭醉写""西园雅集"等。这与明代以来带有版画的戏曲剧本的流行有关。明清代的瓷窑烧制了大量的日常生活器皿，如，明清时期的德化窑烧制了碗、杯、盘、盒等。这些瓷器上的图案花纹多用动物纹、人物纹、山水纹等。明清漳州窑出产了不少大盘，上面绘有立凤牡丹纹、荷塘芦雁纹、仙山阁楼纹等。

彩绘图案是清代瓷器装饰的重点，清代瓷器利用不同的色料绘制各种图案画面，包括青花、釉里红、五彩、粉彩和斗彩等。"清代瓷器的彩绘图案装饰，主要分两大类。一类是单纯的纹样，如缠枝莲、缠枝菊、缠枝牡丹等各种缠枝花纹；团龙、团凤、团鹤及各种团花；以及龙、凤、夔龙、云龙、饕餮、云雷、回纹、海涛纹等等；此外，还有康熙时期特别盛行的冰梅纹；乾隆、嘉庆时期粉彩瓷器上风行的凤尾花纹等。另一类，是以花卉、花鸟、山水、人物故事等为主题的图案画面。官窑瓷器以各种图案纹样为主，尤以缠枝莲和龙凤纹为多，五彩龙、凤的盘碗，是帝王婚礼时的必备之物。"①清朝时期的中国瓷器也向西方学习珐琅彩技法。

古希腊从新石器时代也开始生产带有纹饰的陶器。古希腊陶瓶是日常生活中汲水盥洗功能的器物，通常是指公元前900年至公元前300年之间古希腊制造的陶瓶。与仰韶时期彩陶总体呈现的抽象性、意象化特

---

① 中国硅酸盐学会编：《中国陶瓷史》，北京：文物出版社，1982年，第447页。

点不同,希腊陶有较强的场景化、叙事性特点。古希腊几何风格时期有规则的几何图案叙述场景,如狄比隆陶瓶生动地表现了殡仪的情景。神话故事、戏剧题材构成了古希腊陶绘的重要内容,如,梵蒂冈埃特鲁斯坎博物馆馆藏的阿特拉斯和普罗米修斯陶盘,描绘了古希腊神话中普罗米修斯和阿特拉斯两兄弟反抗宙斯受到严厉惩罚却不屈服的故事。公元前6世纪至公元前4世纪,雅典奴隶主民主制的领袖们大力提倡、鼓励戏剧的创作和演出。古希腊戏剧在公共剧场演出,观众很多,具有较高的知名度,常常是陶绘故事的来源。"他们在雅典卫城修筑露天剧场,每年春秋两季举行盛大的戏剧比赛。剧作家一旦获奖,立刻身价百倍,受人钦敬。不但如此,国家还给公民发放看戏津贴,给演员一定的特权。"①剧场成了古希腊文化活动中心。"意大利南部瓶画最独特的一点是偏好采用源自戏剧中的场景。这类艺术风格在雅典得到了最显著的发展。埃斯库罗斯(Aeschylus)、索福克勒斯(Sophocles)和欧里庇得斯(Euripides)——公元前5世纪最杰出的三位悲剧作家,他们的作品给大量公元前4世纪期间的图像带来了灵感,尤其是在阿普利亚。"②公元前300年,意大利南部的陶瓶多用于陪葬。古希腊陶绘的写实风格对后世产生了深远影响。中世纪的白地彩绘陶多取材于《圣经》,教会或其他建筑的室内装饰用的陶版也多以圣像为图案。文艺复兴时期的意大利陶瓷工艺繁荣,马略卡式陶器晚期主要以写实手法表现神话故事、日常生活场景。意大利巴尔杰罗博物馆藏的陶盘《圣母子像》是代表作。巴洛克时期欧洲陶工业的繁盛地是荷兰德尔夫特。

瓷器烧制需要使用到高岭土,欧洲高岭土的发现是一大重要事件。据说是德国约翰·弗里德里希·伯特格于1718年在萨克森地区发现了黏土矿,并使用这个矿中的黏土首次在欧洲烧成硬质瓷器:

> 萨克森选侯国一心想要将这一发现保留给自己,于是便采取了严厉的措施来保守瓷器配方的秘密,禁止将这一珍贵的泥土出口至国外。
>
> 矿藏的发现地被严密护卫起来,几乎完全无法接近。矿藏的采

---

① 刘意青、罗经国主编:《欧洲文学史(修订版)第一卷·古代至十八世纪欧洲文学》,北京:商务印书馆,2019年,第24页。

② [美]琼·R.默滕斯:《如何解读希腊陶瓶》,汪瑞译,长沙:湖南美术出版社,2019年,第165页。

集次数也被严格控制,人们使用密封箱将黏土运输至工厂,路上交通都有军队护送。生产瓷器的阿尔布莱希特(Albrechtsburg)已经完全成为一座堡垒,其通向外界的吊桥只在需要的时候才会放下来。

窑厂员工都受到了监视并且必须遵守特殊的规定,他们需要进行最严厉的宣誓,并在符合各类条件后才可以被录用。①

荷兰德尔夫特陶瓷图绘受中国陶瓷影响,题材选用了中国瓷器纹样,如狮子、凤凰、亭台楼阁、庭院花枝等。新古典主义时期的陶瓷工艺在法国、德国和英国比较兴盛,陶瓷图绘多为古希腊神话和宗教题材,如自1770年开始,法国塞弗尔窑的陶瓷装饰便以古希腊神话题材为主,几乎人们熟悉的古希腊神话人物和故事都被画到了,如雅典娜、狄奥尼索斯、赫拉克勒斯的种种经历、帕里斯和海伦的故事等。西方陶瓷图绘表现神话传说、宗教故事,具有很强的叙事性,有较浓的宗教意味。还有的陶瓷图绘受中国陶瓷的影响,尽力仿效中国瓷绘的题材与技法,也会采用柳树燕子图案,绘上红娘的故事,会使用各种植物纹。向中国陶瓷学习,是18、19世纪西方瓷绘的一大特点。

第二节 中西陶瓷图绘叙事特征比较

中西陶瓷图绘叙事传统在源流、题材、呈现方式方面显示了各自的发展轨迹和审美追求。从新石器时代的彩陶到明清时期的瓷绘,中国陶瓷图绘叙事反映了民众日常生活和审美信仰,具有较强的现实关怀,其叙事性也与叙事传统密切相关。西方陶瓷图绘表现神话传说、宗教故事,具有很强的叙事性,并带有浓厚的民族宗教意味。生存环境、生活习俗和宗教信仰决定各民族独特的审美观,中西各民族由于地域差异而形成了迥然不同的生活习性观念。中西民族文化观念与习俗的差异导致了中西陶瓷图绘叙事传统的差异。"中国传统工艺尤其注重经验性的认识。它所体现的是对自然世界的直观感受和一般的数据关系,因而缺乏必要的分析

---

① [法]奥图·德·萨代尔:《器成天下:中国瓷器考》,刘婷译,桂林:广西师范大学出版社,2021年,第81—82页。

和推理过程,这大概是中国古代工艺的最基本的特征。"①因而中国陶瓷图绘叙事重视主观神韵,不重背景,不重透视法,突出主观表现,以写意为主。古希腊逻各斯主义一直是西方文化传统的核心思想。希腊语"逻各斯"意即"语言""定义",是关于每件事物是什么的本真说明,是全部思想和语言系统的基础所在。在德里达看来,从柏拉图和亚里士多德一直到黑格尔和列维-斯特劳斯的整个西方形而上学传统都是"逻各斯中心主义"的。表现在西方陶瓷图绘叙事传统中,就是重视形似、客观,重视背景,技法上采用透视法,写实为主,关注人物行动的身体线条表现。

一、写意与写实:中西陶瓷图绘呈现模式

陶瓷图绘是在陶瓷上的纹饰图案,陶瓷图绘创作者运用技艺在陶瓷上刻画花鸟鱼虫,讲述故事,表达自己的情感与对世界的理解。陶绘不诉诸语言文字描述,以图像方式呈现其中的"故事"。人类早期的陶绘使用线条来表现,但这并非刻意为之,主要是受制瓷技术的限制,如色彩调制、烧制技术等。但是这却暗藏了写意画的种子。写意是中国诗文传统重要的特征。自屈原《离骚》浪漫主义诗歌传统以来,在表现上注重意境、意象、抒情成为重要的传统。绘画也注重写意:"文人画家主要以老庄和禅宗思想为基础,反对把绘画充当教育宣传的工具,主张不受世俗束缚,自由作画。作品重修养,重写意,重意境,一般描绘比较简括,多取材于山水、花鸟、四君子等,讲求诗、书、画、印的四美合一,讲求笔墨情趣,脱略形似,在主客体结合、形神兼备的前提下,强调主体之神,即画家个人情感之抒发,'写胸中逸气'。"②

(一)中国陶瓷图绘重神韵写意

中西陶瓷图绘叙事呈现方式的差别是受陶瓷图绘客观条件、人们的审美理念、构图技巧等多种因素影响形成的。人们的审美理念影响到构图绘画技巧,而绘画艺术也会影响到陶瓷图绘。"在印象派画家作画时,已不再面面俱到一个人或一棵树的细节,而是用不多的笔画创作出它们的近似形象。换言之,这些笔画的出现,不再是为了创造出关于一个人或一棵树的全部细节的幻象。相反,为了使它们成为产生特定效果的刺

---

① 赵宏:《中国陶瓷文化史(上册)》,北京:中国言实出版社,2016年,第6页。
② 周积寅:《中国画派论》,杭州:浙江大学出版社,2020年,第8、10页。

激物,"这种由不多笔画构成的极为简化的式样自身倒变成了欣赏的对象。"①元代画家更强调高逸脱俗。中国陶瓷图绘叙事呈现方式以写意为主。如,青花瓷单用蓝白两色,讲究留白,具有中国传统水墨画的艺术效果。

唐代重视瓷器彩绘装饰美,构图简洁,偏向写意。唐代长沙窑的青瓷釉下彩绘使用绿色、褐色来描绘人物、动物、植物,花鸟彩绘是奔放的大写意笔法,是陶瓷图绘大写意的首次出现。简单几笔却能传神表现所绘之物,为后世的写意瓷绘奠定了基础。唐朝诗歌繁荣,诗歌的表意与瓷的写意产生了交集。唐代刘言史的《与孟郊洛北野泉上煎茶》中有"湘瓷泛轻花"诗句,塑造了湘瓷泡茶的形象。诗与瓷相互联系表现,不失为一种意趣。唐代长沙窑青瓷釉下彩绘也使用了诗文,这些诗文一般多写在壶嘴下的正中处,或书于枕面及碗碟内壁。如唐长沙青釉褐彩"春水春池满"壶题的诗句是"春水春池满,春时春草生,春人饮春酒,春鸟弄春声"。青釉褐彩"君生我未生"壶题的诗句是"君生我未生,我生君已老。君恨我生迟,我恨君生早"。这实际上是唐朝无名氏的《无题》部分。从中看到的是长沙瓷绘中的人间烟火气。

宋元时期陶瓷图绘写意很有特征,宋瓷装饰题材有花鸟虫鱼,梅梢月纹是这一时期器物上常见的纹饰。宋代林逋将梅和月入诗:"疏影横斜水清浅,暗香浮动月黄昏";元代马致远在《落梅风》中也写道:"蔷薇露,荷叶雨,菊花霜冷香庭户。梅梢月斜人影孤,恨薄情四时辜负",以写意的方式叙述了主人公悽清的情感。宋元词曲中描写的梅梢月与同期流行的梅梢月纹饰是一致的,"梅梢月"图绘中月亮只有一弯象形的线条,显然也是以写意方式呈现。中国水墨画的特点是重意不重实且大量留白,宋代的水墨写意画具有极高的水平,其创作理念也影响到瓷绘。也许有人会想,绘画大师们若能在陶瓷上直接绘画,将大大提高瓷绘艺术水平,但当时并没有结合。清代珐琅彩绘才属于画师在瓷器胚胎上作画。要注意的是,珐琅彩绘是在景德镇窑烧制好的瓷胎上作画,然后再用低温烧制,就技术难度而言,这要比高温烧制小多了:

宋瓷的器形、材质、颜色都非常好,但为什么没有把宋画给融合

---

① [美]鲁道夫·阿恩海姆:《视觉思维》,滕守尧译,成都:四川人民出版社,2019年,第140页。

进去呢？要知道，皇帝重视绘画的程度其实是远远高于瓷器的，瓷器的地位实际上是比不过绘画的。那为什么不把绘画技巧用在瓷器上呢？

答案其实也很简单，那就是做不到。

虽然也有很多宋代的瓷器上有装饰画面，但这些基本上是靠雕刻来完成的，或者是靠模印。①

元代瓷器的题材有动植物及人物，其中松竹梅最为流行，代表了不满情绪与高洁的品格。元代青花瓷的出现，对于瓷绘写意的呈现方式具有重要影响。"青花"的制作过程是，用钴料在瓷胎上绘画，涂上透明釉，在高温中烧成蓝色花纹。"青花瓷器的白地蓝花，有明净、素雅之感，具有中国传统水墨画的效果。"②青花瓷绘进一步强化了写意的审美趣味。

明代民窑青花瓷匠师为了追求效率，瓷绘用笔轻快简洁、流畅灵活，独创了大写意画法。题材从唐代的花鸟发展到明代的花草、人物、山水及各种动物。"晚明时期的民窑青花瓷器上的纹饰，取材、画意与官窑器物都有着明显的区别。虽然色调稍觉清淡，却善于渲染（景德镇术语称作'分水'），画法大气磅礴，不受拘滞。"③明代青花瓷装饰题材有草木云龙鸟兽，缠枝牡丹和海水云龙最为常见。明青花瓷突破了元青花瓷纹样繁复的图案型装饰，开拓了以绘画型为主，图案为辅的创作，吸收国画表现技法，取得了与写意水墨画笔墨相似的效果。当然，陶瓷图绘重视写意，与它采用散点透视法也是密切相关的，这使得图绘更加均匀饱满。当时图绘采用一种分水技法，这是学习文人画富于变化的笔墨。利用分水法能把青花料水分为五种不同深浅的色调，如国画"墨分五色"那样绘画青花。青花还能产生晕化的生宣纸效果，因而青花能产生水墨大写意的一切效果。叙事呈现方式的写意特点更重视其喻示功能。

清代的陶瓷成就主要包括青花、古彩、粉彩、珐琅等。康熙时期的康青五色，由于渲染次数多，青花富有层次感。清代青花携琴月下访友瓷盘，画面中有群山、河流、石桥、树木、村庄、人物等。两个小山村各居河流的一边，中间架着一座石拱桥。秋夜月下一位老者身着长衫手挽着弦琴，

---

① 涂睿明：《瓷器里的文明碎片》，北京：北京联合出版公司，2021年，第168页。
② 中国硅酸盐学会编：《中国陶瓷史》，北京：文物出版社，1982年，第339页。
③ 叶喆民：《中国陶瓷史(第三版)》，北京：生活·读书·新知三联书店，2020年，第538页。

经石拱桥走去对岸访友。这样的故事延续到了20世纪早期,程门的浅绛彩"携琴访友瓷板画",就是这样一件诗书画印融于一体的瓷上文人画。平展的瓷面犹如宣纸,古松远山,云遮雾绕,携琴访友的士人,行走在寂静的山道上。① 画意本身就是古代文人向往的意境。康熙时期釉里红技艺精湛,能够烧制出上乘的瓷器,如"清康熙釉里红加彩芍药纹小罐",罐口圆润整体白色,罐底斜画一枝花,花朵红色且较大,花枝细长,花的上部留出巨大的空白,给人以空灵想象的余地。瓷绘也是写意的风格。

(二)西方陶瓷图绘重形似写实

西方的陶瓷图绘受文化观念的影响,多以写实方式呈现。有趣的是,西方绘画也是以写实的手法出现的:"最杰出的原始绘画作品,发现于法国南部和西班牙北部地区的几十处洞窟中,其中最著名的是法国的拉斯科洞窟壁画和西班牙的阿尔塔米拉洞窟壁画。所绘形象皆为动物,手法写实,形象生动。"②西班牙阿尔塔米拉洞窟壁画"长18米、宽9米,包括15头野牛、3只野猪、3只母鹿、2匹野马和1只狼。……《野牛图》被画在主洞的窟顶上,经研究发现,是通过先涂色、后勾线的方式绘成的,野牛线条粗犷,结构科学,运用了多种颜色,其中以赭红与黑色为主,辅有黄色和暗紫色"③,野牛画像的身体比例准确、色彩丰富,栩栩如生。古希腊"辞行出征的战士双耳瓶"使用了写实的手法,在通体黑色的底面上绘的是父母孩子三人,位于中间的孩子双手拉拢自己的衣服,居于孩子右侧的母亲一只手拄着拐杖,一只手举着头盔要给孩子戴上,居于孩子左侧的父亲一只手拄着拐杖,另一只手伸出食指正在叮嘱孩子,绘有人物像的盾牌放在孩子的右脚边。中心画面的上下边分别点缀着花朵和整齐的鱼纹。整个画面充溢着离别的牵挂、温暖和不舍。

西方陶瓷图绘在叙事呈现方式上以写实为主,这是与文化观念密切相关的。古希腊神话的核心特征是神人同形同性。古希腊神话里神与人性格一致,十二主神的世界是生机勃勃的情欲世界,必然会对身体等具象追求具体可感的直接形象,而非含蓄内敛:"西方艺术中的人体美追求的是视觉带来的触觉想象——皮肤的弹性、真实的肉感,因此在西方,雕塑

---

① 郑云云:《千年窑火》,南昌:江西人民出版社,2007年,第270—271页。
② 《深度文化》编委会编著:《世界名画鉴赏(珍藏版)》,北京:清华大学出版社,2021年,第6页。
③ 子衿主编:《中国名画世界名画全鉴》,北京:北京联合出版公司,2014年,第2页。

比绘画先成熟。"①18世纪30年代欧洲制造的瓷器在艺术表现上仍旧尚实:"对称的几何造型让位于不稳定而过分矫饰的笨重式样的器皿。浮雕装饰覆盖整个器面,只留下一点空间彩绘有限的装饰;而画家除了用模拟罗可可艺术浮雕旋涡花饰和涡形以及对称的鹅卵石或贝壳状之装饰品等花样外,没有别的创造。"②18世纪西方绘画洛可可风格兴盛,"洛可可风格的特点:华丽、纤巧,追求雅致、珍奇、轻艳、细腻的感官愉悦。洛可可绘画以上流社会男女的享乐生活为对象,描写全裸或者半裸的妇女和精美华丽的装饰,配以秀美的自然景色或精美的人文景观"③。19世纪的西方绘画出现了现实主义风格的绘画。写实理念深入人心。

二、散点与聚焦:中西陶瓷图绘构图技巧

(一)中国陶瓷图绘重整体,多用散点透视法技巧

中国陶瓷图绘注重主观神似,多用散点透视法构图,较少用焦点透视法。从绘画技巧中可见原因:"中国画之山水并非面对实物,亦非以大观小,乃画者足迹所至,眼光所及,各方面之综合印象,并非枝枝节节之局部现象,以其为综合之印象。故山下之屋宇,山上之楼阁,山外之远峰,山内之溪谷,均能悉见并陈,层层不穷也。"④透视法强调视觉客观性的观察事物方法,它利用线和面趋向会合的视错觉表现三维物体,所绘人物、器具、房屋家具、田园街市等形象逼真。中国古代画师灵活运用透视技法,在莫高窟壁画中:"画师们巧妙地运用人视觉的生理特点,根据观赏角度的不同,将仰视、平视、俯视与画面中的建筑结合起来,人正常平视视线以上的建筑内容(佛殿、寺院)描绘用仰视手法表现,体现了对天国的瞻仰之感;视线以下的内容(民居、台基)用俯视手法表现,更体现了与民间生活的亲切贴近。"⑤透视法的灵活运用的底层逻辑在于人们对于物的观念性把握:

---

① 邵仄炯:《读懂中国画——画家眼中的五十幅传世名作》,上海:上海人民出版社,2021年,第18页。
② 张夫也:《外国工艺美术史》,北京:中央编译出版社,2004年,第485页。"罗可可"即"洛可可"。
③ 《深度文化》编委会编著:《世界名画鉴赏(珍藏版)》,北京:清华大学出版社,2021年,第7页。
④ 俞剑华:《国画研究》,桂林:广西师范大学出版社,2005年,第75页。
⑤ 吴昊、翁萌编著:《甘肃古建筑》,北京:中国建筑工业出版社,2015年,第197页。

写意的中国艺术自有一套相应的形式和技法来实现其写意性，其典型的标志就是散点透视和用线造型。中国艺术的这种形式构成，可谓源远流长，一直可以追溯到原始彩陶那里，并延续到明清的各门的艺术之中。中国的原始彩陶的图案变化除了体现出一种由具体形象向抽象图案的表现历程，为中国艺术的写意传统做出铺垫之外，同时也表现出用线造型的倾向，无形中也培育着中国人"仰观俯察""移步换形"的审美心理习惯，而这种习惯正是成就中国艺术散点透视最可靠的基石。因为，面对中国彩陶器皿上用线条绘制的无始无终的抽象图案，人们自然需要通过"游目"的方式，才能在有限的圆面内体会到"无尽"的意味，而绘于瓶罐颈口的图案，更养成了人们"仰观俯察"的审美习惯。而多角度仰观俯察所得的物象，只能以散点透视的方法才可能表现了。①

中国陶瓷常用规范的刻画线条来和菱形纹、卷线纹、方格纹等边饰搭配，图绘整齐整洁，客观上消除了透视法的运用机会。"中国人发展了表意和具象两种透视画法。这样的画乍一看显得很奇怪，有些本该相交的线却发散了，人们称之为反透视或者散点透视。比如，4世纪时顾恺之所作的《内寝图》就采用了这种画法。画家将床的前部和侧边圆化，使它们看起来更近，这样画面提供给了观者一些实际中不可能看到的信息。"②中国陶瓷也使用书法诗文、花鸟鱼虫、山水人物等纹饰来代替以往的规矩图案，消除了刻板印象，形成生动活泼的风格。"宋瓷上面的图案装饰并不因表现形式的自由奔放而忽视了构图的完整性。它同样能够按照器物的造型做相应的组合，无论缠枝、串枝或折枝花纹都不是循规蹈矩、千篇一律，做死板的整齐布置，而是依照植物向上生长或旁逸斜出的生理形态，巧妙地运用花、叶、枝、梗彼此间的疏密转折、阴阳反侧以及比例大小的关系，有机地组成非常适合造型的优美纹饰。"③这种以线条运事的技法为想象空间的营造、写意的呈现提供了支撑。

中国陶瓷图绘主要表现人物的神似姿态特征，不讲究人物各部分的

---

① 徐行言主编：《中西文化比较》，北京：北京大学出版社，2004年，第286—287页。
② [英]李约瑟：《中华科学文明史（第五卷）》，[英]柯林·罗南改编，上海交通大学科学史系译，上海：上海人民出版社，2003年，第85页。
③ 叶喆民：《中国陶瓷史（第三版）》，北京：生活·读书·新知三联书店，2020年，第372页。

比例。"真正适宜于思维活动的'心理意象',绝不是对可见物的忠实、完整和逼真的复制。这种意象是由记忆机制提供的,记忆机制完全可以把事物从它们所在的环境(或前后联系)中抽取出来,加以独立地展示。"①对于男子,重在突出人物奇伟阳刚的形象,所以男子相貌奇古,如,元青花鬼谷子下山大罐中的鬼谷子的形象,重在表现决胜千里的神韵。对于女子,重在突出女子的阴柔特点,所以女子纤巧,如清代顺治时期表现《西厢记》故事人物的青花五彩西厢记故事人物图瓷器、清代康熙青花瓷器瓶《西厢记》故事四折、清代雍正粉彩西厢记人物故事纹折沿洗画的女性人物形象,意在表现其智、巧、勇。

(二)西方陶瓷图绘重客观,多用焦点透视法技巧

西方艺术的形式"大致走过了从崇尚逼真的具象作品到强调抒写印象再到重视形式与精神的抽象艺术的探索历程。写实艺术所反映的当然是具象世界,但亦不排斥描绘自然在艺术家心目中的印象,从具象到印象,都是以客观为依据。到20世纪,西方艺术潮流也开始由客观走向主观,由再现走向表现"②。

西方陶瓷图绘重客观,重形似,善用焦点透视法。俞剑华认为:"西洋透视系按照画者立足之点,将自然界映于眼中之现象描出,其足之位置亦不能任意高低,故其每一画中仅有一中心视点,上下左右均受此中心视点之限制,丝毫不能自由。"③焦点透视应用比较早,但是直到1435年阿尔贝蒂才在《论绘画》中第一次正式提出透视理论。透视法在西方陶器传统图绘中长时间广泛地运用,经历了古典文艺复兴、古典主义、洛可可、新古典主义、浪漫主义等漫长历史阶段,对视觉艺术产生了重要的影响。

陶瓷图绘在构图上往往突出中心人物在图绘中所占的比例。人看陶瓷的视角以及器物的大小,会对器物的花纹格式产生影响。古希腊陶瓶图绘"阿基琉斯杀死亚马逊女王"展示了杀戮的情景,甚至能从场景看到力量的表达,阿基琉斯占据两个人物构图较大部分,表现出他在争斗中占据优势。焦点透视法符合人的视觉真实,在平面上创造了三维空间。陶瓷图绘受焦点透视法的影响,其创作容易导致写实效果。西方绘画在表

---

① [美]鲁道夫·阿恩海姆:《视觉思维》,滕守尧译,成都:四川人民出版社,2019年,第135页。
② 徐行言主编:《中西文化比较》,北京:北京大学出版社,2004年,第292页。
③ 俞剑华:《国画研究》,桂林:广西师范大学出版社,2005年,第74页。

现现实的效果时,会在绘画和现实世界之间划出明确的界限,而画框便承担着这一功能。西方的陶瓷图绘受到绘画创作的影响,但这一点却没有在陶瓷图绘上体现,原因可能是陶器大多是圆形的、立体的,边界问题不突出。西方陶瓷上的人物绘注重人物身体形状、线条变化的客观效果,写实为主。约公元前 530 年希腊"绘有争夺德尔斐青铜三脚祭坛的赫拉克勒斯和阿波罗的安法拉瓶(储存罐)"描绘了一个在当时很流行的主题,即英雄赫拉克勒斯与阿波罗神争夺德尔斐的阿波罗圣所里最重要的三脚祭坛的所有权:"主持仪式的女祭司坐在祭坛上面传达神谕,这神谕通常是模棱两可的,却总是为祈求者起到预示作用。赫拉克勒斯想要为自己建立一个神谕圣所,他试图偷走德尔斐三脚祭坛,由此引发了一场争夺它的拉锯战。两位主人公的两边分别站立着他们的神圣同盟:雅典的保护神雅典娜支持赫拉克勒斯,狩猎女神阿耳忒弥斯则支持她的孪生弟弟阿波罗。陶瓶的背面表现的是酒神狄奥尼索斯(他的形象常常出现在红绘陶瓶上),他站在自己的追随者萨堤尔和女祭司迈那得斯中间。"[①]该陶瓶图绘正面有 4 个人物,赫拉克勒斯和阿波罗手拉着悬空的三角祭坛,位于正面的中间。狄奥尼索斯手持酒杯,肩扛柳枝条,位于背面图绘的中间。人物肌肉线条、衣物的褶子清晰可见,属于写实的技法。图绘在陶瓶腹部上半部,因此图绘是在一个弧形陶面上,人物的头部随弧面倾斜拉长,显然使用了焦点透视手法处理人物图像。约公元前 460—前 450 年古希腊红绘"绘有婴儿赫拉克勒斯扼蛇的卡尔皮斯瓶(水罐)"叙述的是赫拉克勒斯与伊菲克勒斯出生后,神后赫拉放出两条蛇要咬死幼小的宙斯和阿尔克墨涅的私生子赫拉克勒斯。画面上正中央是坐在铺有条纹布的台子上的同父异母兄弟赫拉克勒斯与伊菲克勒斯,赫拉克勒斯两手各捏住一条蛇,根据神话故事这两条蛇是被捏死了。图像右侧,伊菲克勒斯伸手要母亲抱走,但是母亲却张手跑开了。图像左侧,阿尔克墨涅的丈夫安菲特律翁拔剑要去斩杀蛇。在孩子后面的背景中站的是赫拉克勒斯的保护神雅典娜,她正看向安菲特律翁。五个人物占据了画的主体。左右两侧的人物按照瓶的形状站成了弧形,显然也是透视技法的效果。

[①] [美]琼·R. 默滕斯:《如何解读希腊陶瓶》,汪瑞译,长沙:湖南美术出版社,2019 年,第 106 页。

三、虚与实：中西陶瓷图绘背景艺术

中西陶瓷图绘的背景处理方式具有极大的差异性。中国重整体感知，重神韵，陶瓷图绘采用了虚化背景的方式，删除多余的表现内容，空白较多，以突出主体。西方重客观事实，重形似，重视背景的运用，背景一般会表现得真实。

（一）中国陶瓷图绘重整体感知，虚化背景

中国陶瓷图绘重传神不重背景，所以常常一枝独秀，删除多余的表现内容，空白较多，以突出主体，如宋代的写意陶瓷图绘很具有代表性。中国香港徐氏艺术馆馆藏"明永乐枇杷绶带鸟纹青花大盘"，盘中央仅有鸟站在枇杷树上的图绘。元青花云龙纹高足碗、南京博物院藏元代蓝釉白龙瓶瓶身外面仅绘有一只巨龙。"清洒蓝粉彩八仙人物大天球瓶"的人物布局于瓶身表面的各个位置，一些花朵作装饰，整个蓝色底瓶身空白空间比较大。清康熙釉里红瓷器代表豆青釉里红瑞兽纹笔筒呈圆筒状，口底径相当，通体施豆青釉，宝石红与豆青釉发色莹润，外壁绘釉里红瑞兽。该瓷绘除了单纯的动物形象，没有其他任何装饰，与西方的陶瓷图绘注重背景的铺陈有比较明显的区别。

明景德镇瓷窑烧制了以青花瓷、彩瓷、单色釉瓷为代表的瓷器。景德镇窑的釉上彩绘"五彩、素三彩"、釉下彩绘"青花"、釉上釉下结合的"斗彩"，超越了前代。"斗彩"是指在坯体上先用青花描绘图案轮廓，施透明釉高温烧成后，再在釉上以各种彩料填绘，经低温彩炉烘烤最后成型。明成化斗彩薄似蝉翼、线条流畅，有鸡缸杯、高士杯、婴戏杯、三秋杯、葡萄杯等名瓷。成化朝青花纹饰题材主要有花卉、菊花、葵花、松竹梅、麒麟、海水异兽、莲池鸳鸯等。"民窑青花纹饰在题材上以花蝶、麒麟、海兽、婴戏、灵芝、松鼠葡萄、飞龙、园景、蒂莲、秋葵等为常见，与成化官窑相比毫不逊色。典型特征牡丹花叶常常是外部轮廓留有一周白边。构图前期较为简洁，布局疏朗，后期层次分明，繁而不乱，构图合理；民窑显然达不到这一水平。成化朝官窑青花线条流畅、自若、挺拔、有力、画工精细，干净利落；民窑线条渲染勾勒并用，双线勾勒填色，以纤细线条为主，粗线很少见。"[1]如，明成化斗彩三秋杯浅斜式腹壁、敞口圈足，因杯身以秋菊、蝶、

---

[1] 姚江波：《青花瓷》，北京：中国林业出版社，2019年，第132页。

草组成画面而得名,"色彩以青花色绘出,草花和飞蝶轮廓,以鹅黄、紫红、姹紫点染飞蝶和花蕊。杯形秀巧,画面素雅,为明瓷珍品"①。

中国陶瓷图绘处理背景的方式与中国传统文学艺术尚虚的精神气质是一脉相承的:

> 凡虚实相涵者皆可游,而凡可游者必有实有虚。一往质实或一往表现无尽力量者,皆不可游者。瀑布大海、高山峻岭、高耸之教堂与金字塔,皆美之可观、可赏、可赞美,而不可游者,以其皆缺虚灵处也。故吾人谓中国艺术之精神在可游,亦可改谓中国艺术之精神在虚实相涵。②

在文学艺术及其背景采用虚化处理的方式,所谓大音希声、大象无形、羚羊挂角无迹可求。中国书画艺术观念相通,都善于使用线条来表现所叙之事。"文学家曹植形容洛神美得像惊鸿、像游龙,画家顾恺之笔下的女神也回避了女性自身美的特征,而以象征性的符号如细腰、长裙、飘带以及'游丝'的线描来表现对美的想象。我们常说距离产生美,含蓄就是一种距离,更是一种中国式审美。"③象征性符号飘带、游丝般的线正是写意技巧借助展示心理意向的手段。"飞天无论在什么情况下出现,给人的第一印象都是其飞扬灵动的线条,也就是说艺术家着力表现的是飘带精神。唐君毅在'悠游回环'的飘带中看到中国性,将飘带精神作为中国艺术精神的代表。"④

(二)西方陶瓷图绘重客观事实,巧用背景

西方绘画重光与色、大与小、远与近。西方陶瓷图绘注重写实,重视背景的运用,焦点物一般与清晰的背景联系在一起。约公元前700年的古希腊阿提卡绘有奠礼的双耳喷口瓶(纪念碑式双耳瓶),瓶上主要的场景是在牛头形的把手之间的奠礼,展示正在安放死者的场面,主要由几组图画组成:用裹尸布将死者包裹起来放在灵床上,送葬人员哀号痛哭。低处的装饰带有战车队列,士兵拿着剑矛和盾牌。瓶身的饰带把图案分成

---

① 陈士龙、沈泓:《历代瓷器收藏与鉴赏》,北京:中华工商联合出版社,2015年,第61页。
② 唐君毅:《中国文化之精神价值》,北京:九州出版社,2020年,第214页。
③ 邵仄炯:《读懂中国画——画家眼中的五十幅传世名作》,上海:上海人民出版社,2021年,第18页。
④ 傅修延:《丝巾与中国文艺精神》,《江海学刊》2023年第4期,第245页。

了上下两层。瓶口是回形纹。整个陶绘叙述了一场隆重的葬礼。低处的装饰、战车与手持盾牌剑矛的士兵，都是故事的背景，但都刻画得很翔实和细腻。因为写实背景的存在，人们能看到更多的细节。

16世纪绘有伊阿宋和美狄亚的锡釉陶盘，是古希腊悲剧题材陶绘，整个画面上人物处于醒目位置，整个背景充斥了树木、城堡、土地、山水。教皇保罗法尔内塞三世纹章盘，画面中心的纹章还绘了阴影，使之显得立体。中国国家博物馆馆藏英国制五彩药盒盖子是五彩绘画动物故事纹样，除了动物外，整个盖面绘满了青草树木背景。这在中国国内的瓷器上是很少见的。民国粉彩海岛访仙图琵琶尊，器身绘福禄寿三星，立于蓬莱仙岛上，背景是山、水、树，人物之间也留有较大空白，但是水纹画得比较充分、写实，不似写意，很可能是受西方陶瓷图绘或绘画技巧的影响。

第三节　中西文化差异与陶瓷图绘题材

中西文化差异、审美旨趣的不同影响了陶瓷图绘题材的选择。中国陶瓷图绘内敛和谐，题材以自然为主，多用线条来表现山川河流动植物与器物。西方陶瓷图绘独立自由，多用神话宗教人物题材。

一、内敛与直观：中西图绘题材选择

中西陶瓷图绘叙事都着力表现人们的生活生产、喜怒哀乐的情感，但中国陶瓷图绘叙事传统侧重于对世俗生活的描摹，体现出强烈的现实色彩，总体内敛含蓄，重义、重集体价值。西方陶瓷图绘叙事传统更偏向对神性世界的想象，有浓厚的宗教意味。西方陶瓷图绘总体情感热烈外露，重个体价值。古希腊人把城邦民主制和以自由为核心的价值系统当作文化标准。文化差异导致中西陶瓷图绘叙事题材不同。

（一）中国内敛和谐与陶瓷图绘题材

中国有重集体重义传统，含蓄内敛、强调和谐。清代瓷绘中的桃园三结义、三顾茅庐题材，体现了仁、义、智主题。西方重视个体价值、强调主体意识，在瓷绘题材的选择上，常以某一英雄人物为核心。

中国瓷器上表现爱情的图绘比较含蓄，水仙和兰花作为爱情的象征通常成对出现，比翼鸟、并蒂莲、比翼双飞的大雁、成双的鸳鸯、水中成双的鱼儿等通常是美满婚姻的象征。"由于牛郎织女的爱情故事,喜鹊成为充满想象力的吉祥之鸟。鸳鸯则是显而易见的爱情象征,因为这种鸟不仅相伴终老,而且时时比翼双飞。如果在鸳鸯的身旁或口中增添一朵莲花或莲蓬,就能寓指'鸳鸯贵子',成为卧室瓷器上常见的装饰主题。"①中国瓷器图绘中有一种常见的"缠枝莲"纹,特点是藤枝花叶无间断地缠绕,耐寒长寿的紫藤缠绕在松树上是男女结合的象征,喻示着生命恒久,后代永继。有一件"南宋吉州窑缠枝蔓草纹罐",在黄褐罐身主体表面绘制的是缠枝蔓草纹,罐颈使用的是回字纹,以此寄予连续长久的美好愿望。南宋吉州窑釉下彩绘奔鹿纹盖罐腹部置两个四曲开光②,开光外衬以卷草纹,开光内绘口衔瑞草、四足腾空跃鹿一只。盖沿使用卷草纹,盖面使用折枝牡丹纹,颈部饰蔓草纹。鹿表示太平吉祥,因与"禄"谐音,古时作为官禄的象征。

  元青花瓷纹大都是历史人物、戏曲传唱人物和民间传说人物。鬼谷子下山、萧何月下追韩信、三顾茅庐等题材出现在瓷绘中并受到人们的喜爱。元青花鬼谷子下山大罐图绘叙述了鬼谷子在齐国使节苏代的再三请求下,下山搭救被燕国围陷的齐国名将孙膑和独孤陈的故事。鬼谷子端坐在一虎一豹拉的车中,神态自若,表现出他运筹帷幄的神态。车前两个步卒手持长矛开道,一位青年将军骑马手持战旗,上书"鬼谷"二字,苏代在后骑马。鬼谷子是隐士,也是谋略家、思想家和教育家,他的弟子包括孙膑、庞涓、苏秦、张仪、毛遂等。鬼谷子下山意味着问题有解决的希望。元青花萧何月下追韩信梅瓶图绘讲述了一个历史故事:韩信是有用之才,却不为刘邦所用;萧何得知韩信出走,赶忙骑马去把韩信找回并推荐给了刘邦,韩信后来屡建奇功,帮助刘邦得天下。所以萧何追回韩信是一个重要事件,如果没有韩信,历史可能是另一种样貌。元代青花追韩信瓶瓷绘中,萧何骑着马风驰电掣,骑在马上还回头张望寻找。萧何双手扬起,驾马飞驰,居画面主体,画面其他陪衬是松树、杂草、阔叶植物,显示出人物处在荒山野外,走得急走得远。萧何追韩信反映了知人善用、道路曲折、英雄豪情等主题,寄予了立德、立功、立名的理想。这些在"信、义、事"方

---

  ① [美]那仲良:《图说中国民居》,[菲]王行富摄影,任羽楠译,北京:生活·读书·新知三联书店,2018年,第143页。
  ② 陶瓷器皿上的开光,指在陶瓷面上圈出范围使其中的纹样醒目的装饰构图。

面取得了圆满,是人们喜闻乐见的题材。

清雍正粉彩蝠桃福寿纹橄榄瓶在白底瓶上绘了桃枝,桃枝上有红艳的桃子。中国陶瓷图绘反复出现婴戏图题材,多以童子戏花构图,表现孩童的天真烂漫。而以"四妃十六子"为代表的瓷绘大量存在,则成为一种潜在叙述,表达了中国古代人们期待多子多福,门庭昌盛的愿望。"清代粉彩瓷的纹饰为所有彩瓷之冠,彩绘图案多以龙凤、花卉、山水、人物、故事等为主题画面,以当时名画家的绘画为蓝本,并兼容西方绘画技法。常见的花卉纹有月季、牡丹、玉兰、蔷薇、菊花、海棠等,以寓意吉祥的纹饰多见。"①

福寿鹿图、八仙庆寿、五蝠捧寿、三羊开泰、渔樵耕读、吉庆平安等寓意美好的陶瓷图绘,富丽华缛的风格,有政治上太平盛世、安居乐业的寓意,瓷绘题材的选择显然是受政治文化观念影响。江南士子在康熙帝即位28年南巡时进献了《耕织图》,"康熙帝见后即命宫廷画师焦秉贞据原意另绘《耕织图》,于康熙三十五年完成,康熙五十一年刻版刊行,共46幅,耕图、织图各23幅。康熙亲自为其撰写序文并配诗46首,故此该版《耕织图》得名《御制耕织图》,或名《佩文斋耕织图》。其后男耕女织题材的瓷器广为流行,其布局绘画具有程式化风格。景德镇瓶、碗、盘、壶等均出现了一定数量的耕织图纹样"②。美国大都会博物馆藏有两只中国外销瓷瓶"清康熙古彩耕织图棒槌瓶",均以开窗形式绘有耕织图。

(二)西方独立自由与陶瓷图绘题材

西方文化传统中重视个人自由和尊严,追求勇武,表现直观,体现了西方人热烈直爽的性格特征,表现了个体价值的重要地位。陶瓷图绘题材来源多样,包括神话传说、宗教、民间故事等。

希腊古代陶器绘有装饰花纹、人物、神话场景和日常生活中的事件。如,陶瓷图绘中的婴孩或者是挥着翅膀的小天使,或是降临人世的圣婴等形象,宗教意味不言而喻。约公元前520—前510年的古希腊阿提卡黑绘"赫拉克勒斯制服克里特公牛的颈柄安法拉瓶"主体绘着赫拉克勒斯背使劲弯着,手抓着缰绳,右腿弯曲,膝盖压着牛脖,脚踩牛头,公牛一只前脚跪地,牛嘴也贴地,公牛不堪重负但仍然想挣脱,主体画面点缀着植物

---

① 史树清主编:《明清瓷器鉴定三十讲》,长春:吉林出版集团有限责任公司,2007年,第11页。
② 赵东亮:《中国外销瓷瓷上文化研究》,南昌:江西美术出版社,2021年,第84页。

花纹。瓶颈与瓶的下部是程式纹饰,画面惟妙惟肖,双方角力搏斗的紧张气氛呼之欲出,英雄浩然之气呼之欲出。约公元前510年的古希腊阿提卡红绘"绘有运动员的基里克斯杯"绘有三个运动员,中间一个伸长双臂抱球,其左右两边的两个运动员正在作体操动作,神情专注,杯面绘有12个花瓣的花。在17—18世纪,西方的陶瓷厂依然在向古希腊陶绘纹饰学习。如,美国费城艺术博物馆馆藏的18世纪英国约书亚·韦奇伍德窑黑陶加彩安夫拉陶瓶,瓶身庄重,有两个雕刻人像的耳柄,瓶颈的花纹中间是一个人物像,瓶腹中间是白色绘制的一勇士牵马站在亭子中的画面,亭子外是姿态各异的人物。

  希腊古瓮上的黑色人像陶艺图绘叙述了古希腊神话和传说,也有部分反映现实生活中的男女相会、热烈追逐的图绘,表现了对于爱情的赞美和向往。路易十四所收藏的索西比奥斯瓶浮雕上绘阿尔忒弥斯、阿波罗和赫尔墨斯跳舞的场景,图绘形象生动惟妙惟肖。济慈从索西比奥斯瓶看到了一个令人迷恋的场景。济慈的《希腊古瓮颂》从古瓮上的男人和少女形象看到了生动的爱情故事以及青春不老的树木:

> 听见的乐曲是悦耳,听不见的旋律
> 更甜美;风笛呵,你该继续吹奏;
> 不是对耳朵,而是对心灵奏出
> 无声的乐曲,送上更多的温柔:
> 树下的美少年,你永远不停止歌唱,
> 那些树木也永远不可能凋枯;
> 大胆的情郎,你永远得不到一吻,
> 虽然接近了目标——你可别悲伤,
> 她永远不衰老,尽管摘不到幸福,
> 你永远在爱着,她永远美丽动人!
>
> 啊,幸运的树枝!你永远不掉下
> 你的绿叶,永不向春光告别;
> 幸福的乐手,你永远不知道疲乏,
> 永远吹奏出永远新鲜的音乐;
> 幸福的爱情!更加幸福的爱情!

> 永远热烈,永远等待着享受,
>
> 永远悸动着,永远是青春年少,
>
> 这一切情态,都这样超凡入圣,
>
> 永远不会让心灵餍足、发愁,
>
> 不会让额头发烧,舌敝唇焦。①

济慈描写了希腊古瓮陶绘的故事,让人留恋的乐声、迷人的爱情和不老的时光,"瓮上乐师演奏和男女追逐的生活画面引起他的妒意,因为他们虽凝止不动,却永在恋爱,春天永驻:无声的旋律因此才更加甜美。与此对照的是恼人的真实人世的情感,它受制于时间等因素,无法达及永恒的境界"②。这引发济慈对于生命短暂的惆怅和对生命易逝的感慨:"并非仅仅因为这些人物永远被囚禁于古瓮上,才导致无人能够回到这座空荡荡的小城,更重要的原因在于真正的居民消失在了遥远的过去——那个遥远的过去,除了古瓮或其他艺术品上的人物能够在其间停留,再没有任何人能够驻足彼处。"③

二、中西文化观念、审美旨趣与陶瓷题材

中西审美旨趣不同。中国传统文化尚中庸,注重礼教,因此,悲剧中也常常注入喜剧因素,甚至以大团圆方式为悲剧作结,也常以各种形式来表达特定的悲喜好恶内涵。西方传统文化注重崇高优美的主观体验,常以悲剧形式来表达内心感受。中西这一审美旨趣也影响到了陶瓷图绘。

(一) 文化观念与中西陶瓷图绘题材

中国陶瓷图绘题材总体以自然为主,最初是图腾或部落人物,在元明小说流行后,文学人物形象也随文学作品的传播进入陶瓷图绘视野,因而人物画也常见。中国陶瓷多用线条来表现山川河流、动植物、器物。受技术水平限制,早期陶瓷使用了各种纹,如绳纹、线纹、饕餮纹、夔龙纹、蝉纹、回纹等。西方陶瓷图绘题材总体以人物为主,神话宗教人物题材较

---

① [英]济慈:《济慈诗选》,屠岸译,北京:人民文学出版社,1997年,第16—17页。

② 彭克巽主编:《欧洲文学史(修订版)第二卷·十九世纪欧洲文学》,北京:商务印书馆,2019年,第77页。

③ [美]W.杰克逊·贝特:《约翰·济慈传》,程汇涓译,桂林:广西师范大学出版社,2020年,第670页。

多,陶瓷图绘多用繁复图像。

中国陶瓷图绘取材于日常生活片段(如宋影青刻花婴戏图瓷瓶、清广彩合家欢人物图瓷盘)、民间神话传说(如明嫦娥奔月青花八角盘和清瓷八仙上寿瓶)、文学叙事中的人物与场景(如清五彩长亭钱别图棒槌瓶)。中国传统社会是农耕文化,男耕女织是农耕文化的具体体现,在陶瓷图绘中也有体现。清康熙矾红彩耕织图壶用红色绘有男耕女织的画面,美国大都会博物馆馆藏清康熙古彩耕织图棒槌瓶腹部地对称两处主体以开窗形式分别绘有耕图和织图。荷兰格罗宁根博物馆馆藏明崇祯景德镇青花山水耕种图执壶腹部是中国山水纹饰,圆形开光内绘有农民弯腰耕种水稻。

中国陶瓷图绘题材反映了民众日常生活,也反映了统治者的观念。比如,龙在中国是遨游九天的神祇、权力的象征。陶瓷上的龙纹占有十分重要的地位,百姓把龙当作喜庆吉祥的化身:

> 瓷器上的龙纹可分为平面、立体两大类,以刻、划、印、绘等技法表现的平面龙纹出现年代较晚,五代时期初创,宋金初步发展,并对后世产生了较大影响。宋金瓷器龙纹的种类丰富,除带有"九似"特征的标准龙纹之外,还包括螭虎、鱼龙、夔龙等其他类别。[①]

> 宋金瓷器上的龙纹繁简不一,整体特征为昂首张口、躯体细长、双角、长吻、突睛、细颈、四腿、S形长尾,须发外扬,多数身披层次清晰的鳞甲,以三爪、四爪龙居多。[②]

中国国家博物馆馆藏的距今三千多年的红山文化的玉龙基本上奠定了中华龙形象,玉龙以墨绿玉圆雕曲龙为代表,玉龙张口露齿、眼睛突出、额头饱满、全身蜷曲成未封闭的圆环状。《周易》有"九五,飞龙在天,利见大人",显示了王与龙的关系。宋徽宗确定了龙与王的5种对应等级关系:"蓝龙——富有同情心和勇敢的国王;红龙——带来快乐和祝福的国王;黄龙——在老百姓中传播文化并向神灵传达他们祈祷的国王;白龙——善良纯洁的国王;黑龙——拥有神秘力量的国王。其中,黄龙代表

---

① 隋璐:《宋金瓷器龙纹及其来源探析》,载中国古陶瓷学会编:《青白瓷器研究》,北京:故宫出版社,2015年,第277页。

② 同上书,第281页。

着最高权威。"①中国国家博物馆馆藏元代青花云龙纹玉壶春瓷瓶、故宫博物院馆藏元青花八棱海水白龙纹梅瓶、故宫博物院馆藏明青花云龙纹蟋蟀罐、天津博物馆馆藏明宣德款青花云龙纹钵、天津博物馆馆藏明正德款皇地绿龙纹盘、天津博物馆馆藏万历款青花云龙纹长方洗、土耳其托帕卡帕皇宫馆藏元青花龙纹盘口瓶、日本白鹤美术馆馆藏宋代磁州窑龙纹梅瓶、美国纳尔逊·阿特金斯艺术博物馆馆藏宋磁州窑长颈撇口龙纹瓶外表主体部分都绘有巨龙：

> 在中国古纹样装饰中，龙纹占有十分重要的地位，被大量运用在玉石、牙骨、青铜、陶瓷、服饰和建筑等许多领域。作为中国古瓷器发展中分量很重的纹饰，特别是元、明、清三代的御窑瓷器中，龙纹成为专门象征帝王权威的标志符，民间不得随意使用龙纹。同样是龙纹，每个朝代瓷器上的龙纹仍然有很大差别，为我们解读各朝代的瓷器工艺水平和历史发展兴衰提供了丰富的信息。……一个朝代由兴到衰，龙纹的气势也有不同的变化。一个朝代开启之时，龙的体态威武霸气；到了朝代的中期，龙的体态变得温和安详；朝代的末期，龙的体态已显得瘦弱呆滞。尤其是明清两代御窑瓷器上龙纹的演变，不仅能体现各朝代国力的盛衰起伏和社会的审美演变，更能折射出皇帝个人对龙的理解和崇拜程度。这就是：盛世龙威，败世龙衰。②

中国社会较早进入封建世俗政权统治，因而陶瓷图绘中神的题材较少。

西方陶瓷图绘不少取材于古希腊罗马神话，如古希腊阿基琉斯和阿加克斯玩骰子陶罐、18世纪法国塞弗尔窑贴花人物纹双耳罐，或来源于《圣经》故事，如意大利中世纪圣母子像陶盘，也有少量表现日常生活的场景，如意大利马略卡式彩绘陶盘和彩绘故事纹陶盘。爱琴海是古希腊文明的摇篮，西方陶瓷图绘上也有不少与海洋有关的题材，如古希腊狄奥尼索斯在船上陶盘，淡红黄色的盆面主体是一艘鱼状船，船上有一人升帆状，白色的帆快升至桅杆顶上，被风吹起，边上布置的是七条鱼。

---

① ［英］马丁·阿诺德：《龙：恐惧与权力》，潘明霞译，重庆：重庆出版社，2022年，第142页。
② 贺原：《一目了然古陶瓷：给大家的中国古代陶瓷思维导图》，北京：故宫出版社，2022年，第121页。

(二) 中西喜剧性与悲剧性陶瓷图绘题材使用

中国陶瓷图绘不仅悲剧性叙事题材较少出现,而且常用吉祥寓意的图案:以牡丹喻富贵、石榴喻多子、桃喻福寿、松竹梅为岁寒三友、梅花喜鹊喻喜上眉梢、云龙鲤鱼喻鲤鱼跳龙门等,以此增加叙事的喜剧效果,也常和所叙之事互文。民窑青花瓷作为流通之物,要考虑人们的愿望、习俗和审美,因此青花瓷装饰题材多为祥瑞吉庆内容,如寿山福海图、松竹梅图、田园山水图等,花鸟虫鱼、山水松石也是常见形象。故宫博物院馆藏明嘉靖五彩鱼藻纹盖罐属青花五彩工艺,腹下部绘蕉叶一周,腹部绘荷花水藻游鱼,罐肩部绘莲瓣纹一周。明万历五彩花鸟草虫文瓶通体青花五彩花鸟草虫文装饰,绿浓红艳,该瓶蒜头口细长颈圆腹下垂圈足。明成化斗彩鸡缸杯,因画面以鸡为主角,造型像缸,俗称"鸡缸杯"。杯内纯白无纹饰,杯身是一幅农家田园景色,绘有山石、牡丹、兰草,两只觅食的母鸡、三只嬉戏的小鸡以及回头观望、引颈长啼的公鸡各一只,神态生动,色彩艳丽,突破了传统瓷绘缺乏活力的老套风格。中国文化中鸡鸣有催人早起劳作的寓意,该瓷绘母鸡带小鸡、公鸡报晓各司其职,具有天伦之乐的和谐寓意。清人朱琰在《陶说》中认为"成窑以五彩为最,酒杯以鸡缸为最",《钦流斋说瓷》称"鸡缸为成化精品"。

清朝乾隆八宝纹青花抱月瓶两个卷形瓶柄形似灵芝枝干,瓶的边沿与足部有蝙蝠在云中飞翔,瓶颈与瓶身的轮形装饰中心有两个不同形状的"寿"字。清朝康熙浮雕人物纹瓶采用轮廓分明的浮雕装饰,以最绚丽的色彩绘制八仙庆寿,"寿星驾着仙鹤在云中飞行。八仙每人手中拿着法器聚集在多石的海边,准备驾着海浪去仙境。画面背景绘有浮雕装饰的松树。瓶肩、瓶颈和瓶足均绘有花卉图案。瓶沿有黑色绘制并加金彩的矩形回纹。这种装饰技法与瓶身的深浮雕和丰富的色彩构成强烈的反差"①。鹿在中国文化中寓意太平吉祥、长生不老。在西方文化中,鹿是诺亚方舟上的动物之一,是给圣诞老人拉雪橇的神兽。陶瓷图绘的动物元素常有其特定的内涵。明朝嘉靖万历开始出现青花瓷将军罐,造型为大肚有盖,因罐形庄重、顶盖形似将军头盔而得名,用作僧尼圆寂后的骨灰罐。"将军罐是明清时期民窑中多见的一种器型,在故宫的各个实景陈

---

① [英]威廉·科斯莫·蒙克豪斯、[英]卜士礼:《中国瓷器史》,邓宏春译,北京:华文出版社,2021年,第211页。

设的宫殿中却从来没出现过,即使在故宫博物院官网上,将军罐的说法也没有出现过。"①将军罐远销国外,因文化语境不一样,受到外国贵族的喜爱,成为经典的外销瓷器。

自古希腊以来,陶绘多表现英雄神话故事、争斗场面,以突出英雄气概和丰功伟绩,肯定个人价值与自由。绘有"亚历山大大帝面前的大流士家族"的锡釉陶盘,画面描绘了公元前333年亚历山大大帝击败大流士三世的军队,俘虏大流士的妻子斯塔蒂拉、女儿们以及斯塔蒂拉的母亲茜茜甘比。画面绘有打斗的人物,拉弓射箭或防守,形态各异,表现冲突的动作。公元前540—前530年的古希腊阿提卡黑绘"绘有赫拉克勒斯与革律翁的颈柄安法拉瓶",描绘了赫拉克勒斯与革律翁相逢的场面,瓶身绘有身材魁梧的弓箭手拉满弓对准了另一面的对手,而对手此时正用盾牌试图抵挡对面的进攻。约公元前440年的古希腊阿提卡红绘"绘有从冥界中上升出来的珀耳塞福涅的钟形双耳喷口瓶",钟形双耳喷口瓶的正面描绘的是珀耳塞福涅从冥府中升起的场景,拿着尖头朝下双蛇节杖的赫尔墨斯引导珀耳塞福涅从地下的窄口走到土地上,大地和丰饶女神赫卡忒拿着两个燃烧的火把为珀耳塞福涅照明,得墨忒尔手拿权杖在最右边等候着。古希腊神话中珀耳塞福涅被冥王哈得斯掳走做妻子,母亲丰收之神得墨忒尔悲痛欲绝,导致天下颗粒无收,珀耳塞福涅的父亲宙斯只好同意母女见面。由于珀耳塞福涅吃了冥府的石榴籽,因此每年只能留离开冥府一段时间。当母女见面时大地欣欣向荣,母女分离时大地作物枯萎。古希腊人用这则神话来解释四季交替,表现了神力的伟大。从中可以看出,冥王哈得斯、得墨忒尔、珀耳塞福涅、宙斯都注重自身的情境、情绪,而不是首先考虑天下苍生。此神话人物故事绘在传世陶瓶上,显然是因为民间大众、作者都已经认可了其中的价值观。在中国传下来的文物中很少见到类似题材,表明类似的价值观不被认可。

(三)中西陶瓷图绘叙事的色彩运用

中国传统中有随类赋彩的色彩观念,这是重明度变化与感情情绪的表现,认为绚丽之极将归之于平淡。西方色彩体系是以固有色为基础,以色彩的复合、光线的变化给视觉以强烈的冲击。

---

① 贺原:《一目了然古陶瓷:给大家的中国古代陶瓷思维导图》,北京:故宫出版社,2021年,第148页。

陶瓷史上首先出现的是黑色陶瓷。黑色是因为材料含铁量高,导致了釉发黑。故宫博物院藏品东晋德清窑黑釉鸡头壶主体呈黑色,壶嘴饰以鸡头形;耀州窑博物馆馆藏唐黑釉贴花执壶主体也是黑色,壶身腹部的上部有贴花,多了一些活泼。黑色让两个壶显得沉稳。对铁和温度的控制能改变颜色,人们意识到这一点用了上千年的时间。商代已经出现了原始青瓷,东汉时期生产出了青瓷。《说文解字》中说,青,东方色也。青色是中国的独特颜色,在传统文化中具有独特寓意:

> 中国的青色正是这样一种吸纳了各种环境要素并不断产生寓意变迁的色彩,是可以使人们联想到中华文明特色的特殊颜色:它反映兼容并包的民族特性,折射以儒释道为主流的中国哲学,展现含蓄、坚韧而不张扬的国民性格;它可以反映从朴素到华丽的宽广审美尺度,也可以引发从轻灵到沉稳的视觉感受,因为它不是一种单一的色彩,而是一种杂糅的颜色,有时融合了明丽的黄,有时融合了热烈的红,有时偏绿,有时偏蓝,有时偏紫,有时呈现出暗黑的苍青色。①

白色是工匠们在青瓷的基础上去掉铁质提纯,探索千年的结果。唐朝的白瓷在邢窑和定窑得到光大。唐朝邢釉白釉盘通体白色,盘的中间小沿边宽大,更像艺术品。唐宋皇帝对白瓷与青瓷的关注程度不同,影响了两种瓷器的发展走向。唐朝皇帝热爱白瓷,宋朝白瓷式微,南宋青瓷色泽匀称,纹饰让位色彩,足见青色的影响力。"南宋的梅子青实际上与青梅本色并不同,它重嫩不重青,青梅之青还在绿色中游荡,梅子青之青已渐渐向蓝色靠拢。其实,梅子青并未想彻底摆脱宋以来的传统,还是在传统青色中做文章,让蓝色调揉进青色调,让蓝欲言又止,一副羞羞答答的模样,正是这副羞涩,给了文人充分想象,文人赋予它梅子青之名。"②四川遂宁金鱼村窑出土的荷叶纹盖罐是南宋时期的代表作。

青花讲究情调美,有低调、高雅的"暗香"气质和东方韵味。而青瓷的釉色是对天崇拜的体现,青白色是禅宗喜爱的颜色,体现了清幽淡远的自然、灵动之美。明清以来景德镇民窑大量生产的青花缠枝莲图案瓷,表达了老百姓希望为政者清白廉洁的愿望。把颜色的使用与现实愿望要求联

---

① 包岩:《青色极简史》,北京:现代出版社,2022年,第3页。
② 马未都:《瓷之色》,北京:故宫出版社,2011年,第85页。

系在一起,体现了人们的智慧与创新。这也体现了中国传统文化的兼容性、多样性、创新性等特征。观复博物院馆藏元代龙泉窑青釉葫芦瓶通体圆润,有一定的禅意。蒙古族的蒙古包、哈达、华盖都是白色的,元代的白瓷迎合了以白为美的蒙古族人心理。蓝天的蓝色也受到蒙古族人的喜爱的颜色。元代景德镇的青花瓷是技术进步的产物,也是统治者的喜好与要求。

中华民族的祖先把黄色视为吉庆的代表。明正德黄釉碗撇口深弧壁圈足,腹外通体黄釉,釉色纯正,明净清新,底款有双圈双行六字楷书款"大明正德年制",是明代正德瓷器珍品。黄色是"五行"中的中央方位,所以被定为皇室专用色彩,在瓷器上也是一样。清代宫廷所用瓷器的色泽及数量都有严格规定:黄釉是宫廷专用,里外施纯粹黄釉的器物属天子、皇太后和皇后用具。如,首都博物馆古陶瓷馆展藏清道光黄釉雕瓷琴棋书画图笔筒,圆筒形直壁平沿圈足,外壁雕刻琴棋书画人物图案及门窗树枝背景,通体施黄釉,釉色清淡。清道光粉彩黄地五福捧寿碗,内壁白釉,外壁在黄釉上绘制四组纹饰,每组有五蝠捧寿纹、八宝纹样、折枝桃纹。又如,清光绪黄地粉彩福寿碗(一对)内外全饰以黄色和福寿吉祥纹。黄色和其他各种颜色的使用彰显与权力相应的身份,呈现了严格的封建等级秩序,具有别尊卑的教化作用。

在西方传统文化中,颜色常和历史典故、心理感受结合在一起,具有多重涵义。黑格尔将色彩效果喻为魔术。黑色自 14 世纪以来成为庄重的正统色。白色有纯洁神圣之意。黄色在西方象征着胆小、卑鄙、背叛,这可能和犹大有关,因为他出卖耶稣时穿着黄色衣服。红色具有危险、暴力、激情的涵义。司汤达的名著《红与黑》的书名充满了象征意义:"红"象征荣誉高尚、拿破仑时代与资产阶级革命以及红色军服,"黑"代表卑鄙耻辱、波旁王朝和封建黑暗以及教士的黑色教袍。

在西方,"色彩"是构成瓷器审美的精髓与叙事的要素。黑色和红色是古希腊的重要陶绘色彩:"器物上的人物形象、附属的几何图形或植物母题,都是用一种事先备好的液体状黏土(通常被称为釉)绘制的。轮廓是由划割的线条表现,同时还要涂上红色和白色的颜料,在凸面上完成这些是一个极其烦琐的过程。在三个烧制阶段的最后,涂釉的图案变成黑色,空白处或者预留的背景仍然是黏土的浅橙色。"①公元前600年之后黑绘技术在古希腊阿提卡工坊流行。公元前550年,红绘技术也被引入使用,红绘风格的器皿迅速取代了黑绘。公元8—9世纪拜占庭时期,多采用罗马时代浮雕赤陶模印浮雕装饰白色陶器。绚丽多彩、白地上绘以各种人物、鸟兽、花卉的彩瓷受法国人欢迎。青花瓷也为英国人、荷兰人所喜爱,青花被称为蓝天白云。蓝色是欧洲最流行、最受欢迎的色彩。18世纪法国赛弗尔器皿多用青、绿、黄、玫瑰色为底,两面中央用洛可可纹样装饰。不同色彩的运用喻示了中西不同的文化结构和心理期待,色彩作为要素参与了叙事。18世纪创建的韦奇伍德公司的餐具有文艺复兴红与文艺复兴金两种色彩:"韦奇伍德公司的文艺复兴红餐具想唤起消费者对欧洲文艺复兴时期的美好记忆,餐具的纹饰设计灵感源自韦奇伍德公司典藏图库中的经典纹饰:椭圆形的浮雕徽章和月桂叶纹。这两套餐具都使用了点彩法(powdering)和上色打底(groundlaying)技法,手绘金边的装饰愈发凸显了餐具富丽华美的气质。"②这是瓷器在欧洲本土化的表现。

第四节　通往西方:中国陶瓷现象级的文化叙事

中国陶瓷器材料技巧与图绘对西方的影响是多方位的,中西瓷器贸易加速了这一进程。中国陶瓷对西方生活习俗、审美观念、技术生产等方面的影响,是现象级的文化叙事。

马可·波罗的日记叙述了西方人对于瓷器的羡慕与向往,描述了瓷器产地的景象,引发了西方世界对于瓷器的浪漫想象:人们制作瓷碗,这些碗大小不等,美轮美奂,且价格便宜,"泉州附近还有一个城市,名为迪云州(德化),在这里,人们可以生产出全世界最美丽的杯盏,它们是使用瓷(porcelain)制造的,而世界上没有任何其他地方可以生产这种杯盏。

---

① [美]琼·R.默滕斯:《如何解读希腊陶瓶》,汪瑞译,长沙:湖南美术出版社,2019年,第24页。
② 于清华:《英国陶瓷产品设计》,重庆:西南师范大学出版社,2017年,第107页。

用一个威尼斯银币,你可以换得三个杯盏"①。马可·波罗还提到了泉州德化窑制瓷的方法:

> 并知此刺桐城附近有一别城,名称迪云州(Tiunguy),制造碗及磁器,既多且美。除此港外,他港皆不制此物,购价甚贱。
>
> 此城除制造磁质之碗盘外,别无他事足述。制磁之法,先在石矿取一种土,暴之风雨太阳之下三四十年。其土在此时间中成为细土,然后可造上述器皿,上加以色,随意所欲,旋置窑中烧之。先人积土,只有子侄可用。此城之中磁市甚多,物搦齐亚钱一枚,不难购取八盘。②

中国陶瓷经过数千年的积累,发展突飞猛进,陶瓷耐磨坚硬、可塑性强、无惧水火、不易腐烂、用途广泛,成为人们生活不可缺少的一部分。中国外销瓷的历史可追溯至东汉时期,由于地理等原因,直到明代,中西陶瓷贸易的数量极为有限。"1603 年葡萄牙大帆船在马六甲海峡被荷兰舰队截获,约 10 万件中国瓷器被运至阿姆斯特丹和米德尔堡拍卖,因获利甚巨而轰动欧洲,大大刺激了荷兰东印度公司经营中国陶瓷的欲望。当时,荷兰人称葡萄牙大帆船为 kraken,称装运的瓷器为 kraaksporeleint,译作克拉克瓷。从此,克拉克瓷就风靡欧洲,成为中国外销青花瓷的代名词。"③这是中西瓷器贸易史上的重要事件。外销青花瓷即克拉克瓷兼具东西方风格,主体纹饰以人物故事、山水花鸟、吉祥图案为主。景德镇窑、漳州窑、德化窑等名窑的精美瓷器随着海外陶瓷贸易源源不断地输出世界各地。中国陶瓷的成就对世界陶瓷的发展产生了重要影响。

2020 年 9 月 4 日,中国国家博物馆开始举办为期三个月的"浮槎万里——中国古代陶瓷海上贸易展",共展出 294 件(套)海上丝绸之路沿线沉船和贸易瓷器,展览分为"鲸波浩渺——唐五代时期的陶瓷海上贸易""帆樯如林——宋元时期的陶瓷海上贸易""瀛涯万里——明清时期的陶瓷海上贸易"三个单元,通过展示海上丝绸之路沿线沉船和贸易瓷器及其

---

① [法]奥图·德·萨代尔:《器成天下:中国瓷器考》,刘婷译,桂林:广西师范大学出版社,2021 年,第 59 页。
② [意]马可·波罗:《马可波罗行纪》,[法]沙海昂注,冯承钧译,上海:上海古籍出版社,2014 年,第 321—323 页。
③ 赵东亮:《中国外销瓷瓷上文化研究》,南昌:江西美术出版社,2021 年,第 51 页。

他相关文物,并结合国内外重要遗址、沉船的考古资料和相关研究成果,向观众展示一个完整的陶瓷海上贸易链条。① 展出瓷器力求复原我国古代陶瓷海上贸易面貌,强调历史上我国在全球陶瓷贸易体系中的主导地位。

一、陶瓷的中国文化叙事

中国陶瓷的实用性和审美性吸引了西方人的目光。中国陶瓷造型有一定的民族文化特色;陶瓷图绘更是携带了儒家文化、农耕文化、宗教文化、生活习俗等信息,向西方人讲述古老国家的文化传统,在中西交流中充当桥梁。中国瓷器大量进入西方以前,西方人日常使用陶器和木器。罗伯特·路威在《文明与野蛮》中描写了14世纪法国人的日常生活:

> 在14世纪的上等社会里头,汤是用粗陶碗盛的——两位客人共一碗。设若全是家里人,更不用这样麻烦,就拿煮汤的锅子端上来大家喝。面包是每人一厚片。肉由一人切片,用铜盘盛着,讲究些使用银盘,各人往自己的木碟里拣,可是只能使三个指头。吃完了,剩些沾过油汤的面包舍给穷人。一个人一道菜就要使一只盘子,这要到1650年左右才完全通行,那野人似的对付办法才绝迹。②

高品质的中国陶瓷打动了外国人,引发了欧洲社会的餐桌革命,也为西方社会的分餐制提供了条件。而中国团餐习俗流传至今则是传统文化观念惯性使然。

西方长期使用陶器,是因为还不会制造瓷器,"瓷器是奥秘(Arcanum),是一道谜题。五百年间西方无人知晓瓷器的制作工艺"③。一只爱尔兰国家博物馆馆藏、全称为盖涅-丰山瓶的中国元代的青白釉串珠纹开光花卉玉壶春瓶,令贵族着迷。约1700年,玉壶春瓶改造成执壶图,加了金子做的底、盖、壶嘴、手柄。16、17世纪,中国瓷器在西方稀有珍贵,备受西方

---

① 中国国家博物馆:《"浮槎万里——中国古代陶瓷海上贸易展"开幕》,http://www.chnmuseum.cn/zx/gbxw/202009/t20200904_247619.shtml,2024年1月19日访问。
② [美]罗伯特·路威:《文明与野蛮》,吕叔湘译,北京:生活·读书·新知三联书店,2021年,第58页。
③ [英]埃德蒙·德瓦尔:《白瓷之路:穿越东西方的朝圣之旅》,梁卿译,桂林:广西师范大学出版社,2017年,序篇第13页。

上层社会推崇,他们用黄金等制成的配件来装点瓷器。"1541年欧洲文献记载,一件装饰着葡萄牙王室纹章的中国瓷器约相当于几个奴隶的价格!在王后的财产清单中,中国瓷器也是重要的一项,甚至连王后和公主的手镯也是中国瓷器,为了避免破损,还在瓷器手镯上镶以金边。1587年,葡萄牙国王亨利赠给意大利国王一箱贵重的礼物,有四只对虾,它们是描金的中国瓷器。"① "1717年(康熙五十六年)4月19日,世界外交史上出现的奇异新闻——萨克森选帝侯兼波兰国王奥古斯都二世(1670—1733),雅号大力王,以全副武装的600名魁伟近卫龙骑兵换来127件(一说151件)中国青花瓷器,仿佛成了永不过时的新闻,常听常新。"②奥古斯都二世向世人展示出其狂热的陶瓷爱好者、收藏者形象。英国伯利庄园藏万历青花瓷碗用黄金片包了碗沿内外约1厘米长,金片内侧圆形边光滑,外侧边沿的金片为锯齿状,碗沿的黄金片使用了金片条与底座相连,这样碗沿的金片与黄金底座就不会松动脱落,比较牢固,起着保护作用。这表明陶瓷的珍贵,也呈现出中西结合的审美风格。

瓷器在西方人眼中等同于财富、身份和地位。上层社会使用瓷器来装修建筑,营造奢华的视觉效果。法国路易十四建造了一座宫殿"大特里亚农宫","这座宫殿用了大量蓝色和白色的瓷砖,看上去就像是一件巨大的青花瓷,宫殿里自然也摆满了来自东方的瓷器。于是人们干脆把这座宫殿称为'瓷宫'。欧洲的很多国王对此羡慕不已,甚至纷纷仿效"③。土耳其伊斯坦布尔托普卡比宫内墙上使用了大量瓷盘做装饰,德国普鲁士夏洛登堡中瓷宫使用了大量的青花瓷盘装点墙面,桌面上下摆放了大量的瓷瓶瓷罐。王春法指出:

> 德国则以瓷宫营建和存世的数量居于欧洲之首见称,1700年首先在巴姆堡和慕尼黑布置了瓷光辉映的"中国房间",继而又在夏洛登堡、波莱斯弗尔登和柏林的蒙毕郁宫等多处营建瓷宫。意大利的瓷宫设计别具特色,与西欧等国以瓷器摆陈和悬挂来装点墙面不同,流行在房间墙壁上贴满瓷砖和造型各异的瓷塑。这种肇始于那不勒斯王国的"中国风"建筑装饰,称得上是18世纪欧洲最具创意的设

---

① 赵东亮:《中国外销瓷瓷上文化研究》,南昌:江西美术出版社,2021年,第84页。
② 胡辛:《瓷行天下》,南昌:江西美术出版社,2017年,第306页。
③ 涂睿明:《瓷器里的文明碎片》,北京:北京联合出版公司,2021年,自序第3页。

计。数千块素白色瓷砖上以流畅的曲线装饰着花枝、绸带和人物的彩绘浮雕,在多面高大玻璃镜面的映照下,闪现出明亮耀目的色彩。①

二、模仿与融汇:中西陶瓷图绘交流

在中国陶瓷的影响下,西方陶瓷发展了富有特色的陶瓷图绘。葡萄牙国家古代艺术博物馆馆藏1668年白釉蓝褐彩美人盘,钴蓝色的混搭装饰交织着来自东西方的形象。盘内中央绘有一位沐浴中的女人。环绕着植物纹饰的边框中是各种形态的人物像,写实性强。"葡萄牙陶器透过对外来形式进行收纳整合、改头换面并重新阐释,显示出对来自中国装饰语言的原创性混合。伊比利亚的彩陶和彩陶画砖拥有丰富的装饰词汇,展现了不同审美体系融合在同一层面的跨文化现象。瓷器实现了艺术的对话、形式的游徙,经它塑造的艺术语言又反过来表达出这些文化交流的价值。"②

只有瓷器,不仅历时长在,还在文化相互影响上发挥了核心作用。取自中国瓷的中国艺术主题与图案,被远方社会接纳拥抱、重新组合、另加诠释,更常常遭到误解错译,成为其他商品诸如棉布、地毯或银器上面的装饰,然后再送回它们当初所来之处。另一方面,中国陶匠也经常改造异国图饰,用于自家产品,然后又由商人运送出口,使之归返几代以前这些图案的原产地。因此某一受到中国影响的纹饰版本,传到半个世界之外,被当地艺匠模仿,后者却浑然不知这项曾经给予中国灵感、而自己正在继而仿效的文化传统,其实始于自家祖先。再加上与他种媒材的关系,主要是纺织品、金属器皿、建筑装饰,共同组成一种令人头晕目眩的文化大循环:反复地联结、并合,再联结、再并合;瓷器在其中尤其占有中心要角地位。③

---

① 王春法主编:《浮槎万里:中国古代陶瓷海上贸易展》,北京:北京时代华文书局,2021年,第26页。

② [法]塞丽娜·文图拉·泰科萨拉:《16—17世纪伊比利亚彩陶器中的瓷器灵感》,杜甡译,载上海博物馆编:《异域同辉:陶瓷与16—18世纪的中西文化交流》,上海:上海人民美术出版社,2021年,第193页。

③ [美]罗伯特·芬雷:《青花瓷的故事:中国瓷的时代》,郑明萱译,海口:海南出版社,2015年,第12—13页。

荷兰德尔夫特是巴洛克时期欧洲陶工业的繁盛地。此时中国陶瓷以官方航运贸易和民间海外贸易的形式大量输出到欧洲。中西陶瓷贸易为纹饰种类的多样化奠定了基础。中国瓷器的图案和纹饰给西方人带来极大灵感。受中国陶瓷的影响,德尔夫特陶瓷图绘淡化叙事,凸显意象,多为龙、狮子、凤凰、亭台楼阁、庭院花枝、山水风景等中国瓷器纹样。德尔夫特的所谓"希诺瓦兹里"(chinoiserie,意为中国样式)的纹样,是从大量中国进口的瓷器纹样中,选择适合欧洲人理解的形态,并加以改变而重新组合的。[1] 西方陶瓷及其图绘是有中国文化基因的。文化基因是游移在人类文化基础结构中最活跃的成分,是文化结构谱系中最为活跃的可传播单位。[2] 陶瓷纹饰以釉上珐琅彩、描金技法装饰在包括日用咖啡壶、茶壶、餐盘、杯等饮食用器物上,器物主体部分常绘有或拜谒或宴饮或出游场景中的东方贵族官吏形象,配饰以东方特色的鸟兽楼阁。"作为主要的设计画师,海洛特将其极具异域风情的'中国风'装饰图案和洛可可时期盛行的卷草纹、花卉、贝壳涡旋等边饰图像组合在一起,这些花草纹样形态多变,以连续及变换组合形成开光或边饰,装饰在主题纹样的周围。"[3] 如,青花花草纹轮形陶壶、花鸟纹青花陶盘,造型与主题符合欧洲人审美要求,纹饰形式自由活泼。1725 年以后,德国麦森窑的装饰风格从中国式样转为欧洲风格。

"18 世纪中期,殷弘绪的见闻传到英国,英国人据此找到了瓷石和高岭土,并开始烧制出软质瓷,比较著名的窑厂有鲍瓷厂、伍斯特瓷厂、韦奇伍德瓷厂等,它们都受到了中国瓷器不同程度的影响。鲍瓷厂和伍斯特瓷厂在初创期都致力于模仿中国瓷器的纹饰,仿制了许多绘有花卉纹、鸟树纹、人物纹的瓷器。"[4] 19 世纪初英国陶工乔西亚·斯波德使用瓷土、高岭土、骨灰和矿物溶剂混合在一起,生产出了硬质骨灰瓷,让英国瓷业进了一大步。英国瓷绘常出现的柳树图案,表现了一个伤感的中国爱情故事。该叙事题材源于中国,与梁祝化蝶故事相似,但因为这是一个悲剧,所以中国陶瓷图绘很少使用该题材,而以该题材为图绘的瓷器却被西方

---

[1] 张夫也:《外国工艺美术史》,北京:中央编译出版社,2004 年,第 291 页。
[2] 吴秋林:《原始文化基因论》,《贵州民族学院学报(哲学社会科学版)》2008 年第 4 期。
[3] 吴若明:《以瓷鉴名:德国"中国风"概念的形成、再现与接受》,《世界美术》2020 年第 2 期,第 83 页。
[4] 江建新主编:《瓷器改变世界》,成都:四川人民出版社,2022 年,第 476 页。

民众广为接受。仅从中国文化传统来看，英国的制瓷者误会了这一类题材的含义。受西方悲剧传统的影响，西方民众并不拒斥悲剧性题材，符合西方人的审美心理。

英国皇家伍斯特窑自1770年开始就在自制的陶瓷上绘制水果纹饰，百年传承。"在18世纪晚期，艺术家和画工都在试图摆脱传统中国陶瓷设计的影响，以确立欧洲的风格，形成各自的产品特色。伍斯特的艺术家开始从本地伍斯特郡寻找装饰风格，伍斯特郡是英国著名的水果产区，果园内的水果成为陶瓷装饰纹样。水果以写实的手法被描绘在瓷器上，水果表面的缺陷，比如虫洞等都被如实地描画，这样的水果也就有了栩栩如生之感。"①

中国陶瓷进入西方产生了巨大的影响，是现象级的文化叙事。西方早期基本上是模仿中国瓷绘，向中国瓷绘学习。西方自创的纹样也影响了中国瓷绘，如，漩涡纹饰与花边围绕的小开光成为中国瓷绘模仿的对象。德国国立德累斯顿艺术收藏馆馆藏清康熙年间景德镇窑"带有纹章图案的中国瓷器，荷兰加彩"，盘中央有奥古斯都时期纹章，盘沿有连枝花纹、蝴蝶图案等，枝叶繁复。"据统计，17—19世纪英国从中国订制的纹章瓷就有4000多种，而瑞典则有300多位贵族曾在中国订制过纹章瓷。这些传世的纹章瓷既是中西瓷器贸易的物证，也成为镌刻这些欧洲显赫家族历史的重要文物。每一件纹章瓷都承载了一个家族或者一个独特人物的历史，具有极其重要的历史价值。"②德国国立德累斯顿艺术收藏馆馆藏清康熙年间景德镇窑花鸟图案瓷器，碗内壁为青花瓷造型，碗的外壁为德国工匠刻画的褐色花鸟图案，图案写实性强，不同于中国同期同类题材。受西方图绘技巧影响的中国陶瓷如珐琅瓷，也有不少远销欧洲。广州博物馆馆藏广彩锦地开光人物纹双耳碗图绘上有两个中国人形象，用披麻皴笔法表现远山，采用短笔的斜线和直线细密刻画、表现斜坡和地面，树木使用了光影，背景是有透视的西洋建筑。

源自西方的珐琅彩在康雍乾三朝用在瓷器上，突破了传统制瓷中的红、黄、蓝、绿几种颜色。"珐琅彩所用彩料，色泽晶莹，质地凝厚，用之彩绘，花纹有微凸堆起的立体感。珐琅彩瓷胎白薄润，有的周身布满复杂的

---

① 于清华：《英国陶瓷产品设计》，重庆：西南师范大学出版社，2017年，第100页。
② 江建新主编：《瓷器改变世界》，成都：四川人民出版社，2022年，第319页。

纹饰,有的追求立体效果,画工精细,色彩艳丽,精美绝伦。品种有杯、盘、碗、壶、瓶等,装饰题材有花鸟、山水、人物、婴戏、罗汉、蟠螭、八宝等。"①瓷器上画珐琅的是技术高超的宫廷画师。首都博物馆馆藏清雍正珊瑚红地珐琅彩花鸟纹瓶,瓶腹大,颈长,顶部有一个圆圈,比瓶颈略大一些,瓶体通体是红色质地,上面绘有几根竹枝和花枝,竹叶是紫色和白色,一只白色的鸟站在竹枝上正张嘴鸣叫。大红色的背景与白色的鸟构成强烈的视觉对比。这种图绘与传统构图技法不一致,与西方瓷绘接近。清朝粉彩的造型与装饰日益烦冗,上面诗书画均有表现,甚至在细节上达到了"花有露珠,蝶有绒毛"的精致。故宫博物院馆藏清雍正粉彩蝴蝶团花纹碗极具有代表性,该碗通体雪白,碗的四周绘有五幅圆形双蝶在花丛中翩翩起舞的画面,在白色碗体的衬托下,色彩绚丽,视觉冲击感强烈,碗底有"大清雍正年制"的字样,瓷绘一改青花瓷的写意淡雅。故宫博物院馆藏粉彩荷莲纹玉壶春瓶莲叶经络分明,荷花怒放,花片清晰,色彩艳丽,在白底瓶上的荷花图,有着扑面而来的立体感。联系乾隆时期的中西交流情况,这是受西方画风的影响:

  仅在当朝的瓷器中,就可以找到受西洋画风影响的作品。除前述青花荷花纹贯耳尊,故宫博物院藏有多件绘画意味浓郁的青花瓷器,如青花六合同春灯笼尊,青花瑞兽灯笼尊,观复博物馆也有同类作品,其松树采用西洋画法,与郎世宁的《百骏图》中的松树如出一辙,松树形象高大,注重了与其他动物的比例关系,细节表达逼真,松之针,松之鳞,松之疖,松之形态都做了写真般描述,这在其他时期不见。②

如,中国国家博物馆古陶瓷馆展藏清乾隆珐琅彩缠枝花卉纹蒜头瓶,蒜头口长颈大腹圈足,通体以凤尾纹为地,以珐琅彩加金彩绘各式缠枝花卉,有红、黄、蓝、白等色,色彩斑斓绚丽。"此件珐琅彩瓶纹样完全为仿欧洲罗可可风格的西洋卷草花,花叶翻转卷曲,多方连续法组合,形成规矩严谨、烦琐堆砌的图案。"③

---

① 陈鸿俊编著:《中国工艺美术史》,长沙:中南大学出版社,2004年,第140—141页。
② 马未都:《瓷之纹(上)》,北京:故宫出版社,2013年,第141页。
③ 张学编著:《陶瓷收藏入门图鉴》,南京:译林出版社,2014年,第421页。

第七章
中西民间叙事传统缺类研究

在中西民间叙事传统中,基本能找到中西对应的叙事传统,如神话传说、民间故事、史诗、私修家谱、陶瓷图绘等。然而,由于不同文化环境和社会发展走向,中西民间叙事传统存在类型缺失现象。俗赋叙事是中国民间叙事的独特传统,西方的彩色玻璃窗叙事则是西方独特的民间叙事传统。中西民间叙事传统的缺类反映了各民族叙事传统的独特性。

俗赋源自民间,自先秦出现的俗赋属于民间赋,题材多来自人们的日常生活,具有抒发情感、疏导情绪的功能。俗赋是在民间语言艺术的基础上发展而成的文学样式,如用赋体的形式说笑话、讲故事,通常是主客体对话,语言幽默诙谐。俗赋可以分为故事俗赋、歌谣俗赋、论辩俗赋等。故事俗赋以叙事为主,一般会在文末卒章显志。

彩色玻璃窗是西方教堂使用的独特的建筑材料,它有利于减轻教堂建筑承重结构的压力,塑造独特面貌。由于彩色玻璃窗的透光效果对应了宗教的朦胧多义的象征形式,在彩色玻璃上描绘宗教题材的故事比描绘在墙壁等材料上更有利于人们的视觉接受,在教堂广泛建造和人们受教育水平有限的情况下,教堂中使用彩色玻璃窗有利于宗教信仰与教义的普及。西方彩色玻璃窗上的图案题材来源于《圣经》故事、捐资者、建造者等。彩色玻璃窗总体采用玫瑰花瓣式、放射式、对开式等镶嵌结构。在基督教教义中,蓝色代表天国,表示忠实、信念、贞洁,红色象征着基督与圣徒的流血牺牲。红色和蓝色常用于彩色玻璃窗,对于基督教的传播具有重要的意义。借助于色彩、绘画的运用,彩色玻璃窗强化了人们对于基督教的现实感受,有效地传播了宗教教义,成为西方重要的民间叙事传统。

第一节 俗赋叙事

俗赋在先秦时期就开始在民间孕育,吸收了民间主客问答对话形式,也受到民间幽默诙谐等风格的影响,可以分为故事俗赋、歌谣俗赋、论辩俗赋等类型。俗赋来自底层,与特定的农耕环境相适应,富有生机活力。俗赋的抒情与虚构叙事模式影响了文人赋,也影响到了包括小说在内的其他文学文体。俗赋的论辩性对诸子争鸣具有影响。俗赋在唐朝之后以其他形式沉积在戏剧、小说中。俗赋借事言志与中国文学的文以载道社会功用一脉相承:

> 赋是中国文学中一种非常独特的文体。由于使用骈辞韵语,赋体文学在广义上属于诗的范畴,但其反复敷陈的铺叙手段与"遂客主以首引"的结构方式对后世叙事产生了深刻的影响,因此又可视为诗种之间的一道桥梁。赋也不是知识阶层的专利,敦煌出土文献早已昭告人们,依靠韵诵传播的俗赋具有深厚的民间基础与鲜明的草根特征。而俗赋在汉文化圈内长期流传这一新发现则进一步提示:兴盛于汉代的文人赋可能只是"古老的韵诵传统"逸出的一个分支,真正值得大力关注的应是这个传统中生气勃勃奔腾不息的底层。完全有理由认为,赋在叙事史上发挥的作用比我们过去想象的要重要得多,不懂得这种极具民族特色的文体,就不可能正确认识中国的叙事艺术,也无从理解其形态特征的由来。因此,赋体文学应当成为中国叙事学的重要研究对象。[①]

以下从俗赋的内涵与发生以及俗赋的叙事模式两方面进行讨论。

一、俗赋的内涵与发生

俗赋属于民间之赋,赋是在民间语言艺术的基础上发展而成的书面文学。"先秦时期以师旷为代表的矇瞍,以淳于髡为代表的俳优,皆使用韵语讲述古史、故事或笑话,娱乐君主,伺机讽谏,他们创作了我国最早的

---

① 傅修延:《赋与中国叙事的演进》,《江西社会科学》2007年第9期,第26页。

俗赋作品——先秦韵诵俗赋。"①俗赋在1900年被发现。敦煌石室出土的文书中,有一些以"赋"名篇的作品,或者讲一段生动的故事,或者用诙谐的语言进行描写,主题无关政治教化,语言大量用口语,句式多用民间歌谣形式,如《燕子赋》《韩朋赋》《秦将赋》等,与传统的赋作大相径庭。②俗赋是中华民族特有的民间艺术,在西方民间找不到与之相对应的艺术形式,"说它具有民族性,是因为在世界其他民族的文学中,很难找到对应的文体"③。俗赋是中国民间叙事传统中独有的。

先秦时期的民间艺人采用赋体的形式说笑话、讲故事。幽默诙谐的语言和风格,客主问答的对话形式,在教育水平普遍不高的情况下,这种叙事模式在民间容易普及。客主问答的模式有利于相互对话。先秦时期俗赋受到当时通俗文艺的影响,傅赋相通,《说文解字》有言:"傅,相也。"相就是辅助的意思。在先秦时期"相"就是辅助乐师的人,因为乐师为瞽者,是盲人,看不见。俗赋可以分为故事俗赋、论辩俗赋、歌谣俗赋等。俗赋的音乐性、幽默特征容易被乐师带入宫廷与贵族阶层,为俗赋对文人赋的影响奠定了基础。有学者认为俗赋的基本特征为:(1)多为四言韵文,语言通俗易懂,常以口语入文。(2)题材通俗,多取材于民间或与人们日常生活密切相关。(3)内容多以叙事之笔出之,有一定的故事情节,常用客主问答式结构。(4)以幽默诙谐或嘲讽讥刺为独特的审美情趣。(5)有文人游戏之作(流传下来较多)亦有民间创作(多失传)。俗赋可供专职艺人诵读表演。④

中国的农业生产模式以耕作为主,人们定居一地,劳动资料难以或无法挪动,较少大规模、大范围迁徙,但走亲串户却盛行。诞生于民间的客主答问模式是一种有利于双向交流的民俗形式。流浪的西方艺术家也讲述故事,但主要以单向传播为主。主客答问需要对对方的习性、禁忌、喜好都有一定了解,否则就容易冒犯对方或者难以接上对方的话题。中国的熟人社会有利于主客问答模式。这是俗赋叙事模式的民间基础。这种

---

① 方利侠:《先秦俗赋探微》,《辽东学院学报(社会科学版)》2011年第5期,第82页。
② 伏俊琏:《俗赋的发现及其文学史意义》,《复旦学报(社会科学版)》2009年第6期,第118页。
③ 伏俊琏:《"赋"源自民间》,《中国社会科学报》2014年4月18日第B01版。
④ 马丽娅:《先唐俗赋与其他文体的互为接受》,《内蒙古社会科学(汉文版)》2006年第2期,第124页。

叙事模式的好处在于双方的深度参与,从而有利于叙事抒情的进行。由于是主客自由发挥,因此,诙谐的语言、论辩的场面也随之出现。在主客答问的过程中,难免会出现夸大其词的情况,这为文人赋的丰富想象奠定了基础。"场面只有和其他场面相互连接,才能形成情节,故事方能推进。换句话说,场面虽为静止,场面相互之间关系则为动态。"①

文学各种形态之间相互影响是必然的,也是文学发展的规律。俗赋与文人赋之间存在比较大的差别,但不能否认俗赋对文人赋的影响。在民间底层兴起的具有朝气的俗赋对文人赋在语言、虚构的客主对话的叙事模式、审美趣味等方面产生了影响。比如《上林赋》这种夸张铺陈想象的经典作品采用了对话体的形式,铺排了大气磅礴的盛世王朝气息。俗赋的强大影响力,被视为"赋兼众体"。不同时期的人文环境给文学带来的影响是不一样的。比如,魏晋时期战乱严重,期间所孕育的乱世文学弥漫着悲怨感伤情绪,魏晋俗赋比汉代俗赋多了伤怨气息。

俗赋的音乐性由于乐师的参与得到了很好的落实。敦煌本五言体《燕子赋》讲燕子的窝巢被黄雀强行霸占,燕子向凤凰告状,凤凰判案,燕子得胜。《燕子赋》开头:"此歌身自合,天下更无过雀儿和燕儿,合作开元歌。"先秦俗赋可以歌唱,让俗赋具有了流传的吸引力和传播的便利性。当时由于教育水平不高和书写的难度,俗赋采用了简便的说唱形式,有利于表演传播。俗赋一般采用四言或两言一韵的表达方式,换韵自由,具有民间说唱文学音乐美的特点。到了唐代,这一特点依然没有变化,如唐代的俗赋《韩朋赋》《燕子赋》。俗赋中常常使用拟声词、俗语,更接地气。如《楚先生见孟尝君》中楚先生曰:"恶君谓我老!恶君谓我老!"把言者的神情语调描写得惟妙惟肖。又如,西汉俗赋《神乌赋》中雌乌追呼盗乌:"咄!盗还来",把雌乌的形象塑造得栩栩如生。俗赋的音乐性和口语表达都集中体现了民间故事特征,为它在社会中传播提供了便利条件。

二、俗赋的叙事模式

俗赋来源于民间,表达的是民间的思想与情绪。俗赋重视抒情。人们谋生不易,为了生存,要学会自嘲,学会自我劝解,以快乐为重要原则,这是人们重要的思维方式。因此,俗赋的题材多来自人们的日常生活。

---

① 刘俐俐:《小说艺术十二章》,上海:上海教育出版社,2014年,第173页。

抒发情绪、疏导压抑，是俗赋重要的社会功能。俗赋可以自由发挥，为虚构、想象奠定了基础。俗赋采用反复敷陈的铺叙手段与"遂客主以首引"的自由答问的结构方式，起到了稳定叙事框架的作用，启发了拟话本或话本的叙事模式。贴近民众生活、轻松活泼、易于模仿的俗赋启发了小说等叙事文体，具有强大的生命力。

论辩俗赋与歌谣俗赋中主客双方参与，这是民间叙事的优点。因为没有严格的剧本，能自由发挥，为展示人们的才情提供了机会。叙述即主角，是民间故事叙事具有经久不衰的魅力的原因。出现于唐代的打油诗与俗赋有渊源关系，通俗性、诙谐性、讽刺性、嘲谑性是其共性，只是打油诗句式要求整齐、用韵统一。俗赋在中国古代戏曲中的遗存，有时是以打油诗的形式出现的。① 不仅如此，俗赋中的表达方式和智慧还被吸收进了话本与拟话本，服务于新的文学样式，显示了这种民间叙事旺盛的生命力：

> 考察《封神演义》等长篇章回小说及"三言二拍"等话本和拟话本小说，我们发现了"但见""怎见得"等领起语与俗赋之间深厚的血缘关系。在此类领起语带动之下的文字板块，应归属俗赋。先秦至唐，俗赋仍以独立的形式存活于民间。然而，似乎自唐开始，俗赋便逐渐改变了自己的形态，从而，变成始自宋元，而成熟于明代，繁盛于长篇章回小说、话本和拟话本小说之中的俗赋。讲唱文学中俗赋的发现将大大有益于对赋本体及秦杂赋的破解。②

故事俗赋以叙事为主，最后一般会卒章显志。"小说与诗歌之间本有赋这一种东西，一方面为古诗之流，而另一方面其述客主以首引，又本于庄、列寓言，实为小说之滥觞。"③汉代俗赋实际上就是汉代的类小说：

> 汉代俗赋，仍援用了"赋"字的原始之义，不歌而诵，是面对听众讲诵的。这自然会追求故事性，要吸引听众，追求娱乐性和审美效果，不必受史实的限制，十分近似于后代的"说话"和"说书"。那么，俗赋，也就相当于说话人的底本，话本小说。所以，俗赋在某种意

---

① 吴晟：《俗赋在中国古代戏曲中的遗存》，《河北学刊》2012年第6期，第101页。
② 毕庶春：《俗赋嬗变刍论（上）——从"但见"、"怎见得"说起》，《沈阳师范大学学报（社会科学版）》2004年第1期，第1页。
③ 郭绍虞：《照隅室古典文学论集（上编）》，上海：上海古籍出版社，1983年，第87页。

上可以与小说划约等号。①

情随事转,抒情与叙事结合,春秋时期在《诗经》中就已经用得熟练的赋比兴手法仍见于俗赋中。卒章显志,有事的情才会真切,有情的事方能流传。陆机在《文赋》中说:"诗缘情而绮靡,赋体物而浏亮。"在俗赋中,在客主问答的结构中,常常包含一定的故事情节。这种故事情节会采用幽默的方式展示日常生活,表达人们的理想、愿望,具有信息传递功能,也具有逗趣娱乐的功能。《逸周书》中的《太子晋》、《古文周书》中的《玄鸟换王子》、《史记·滑稽列传》中的《谏饮长夜》和《大鸟之隐》、《史记·龟策列传》中的《宋元王与神龟》等俗赋都有故事性强、对话体、幽默的特点。西汉俗赋《神乌赋》写阳春三月,公雌两乌筑巢,有一天,雌乌外出取材回来,发现一只盗乌在偷盗材料,于是雌乌和盗乌争吵、打起来。雌乌被盗乌打伤。雌乌临死之际告诉公乌一定要找只雌乌过下半辈子,把两个孩子带大。《神乌赋》体现了配偶情深以及生活的不易,通过譬喻的模式隐喻了人们的艰辛生活。俗赋注重情绪的酝酿、场面的铺陈,到文末卒章显志,水到渠成。赋反复敷陈的铺叙手段与"遂客主以首引"的结构方式对后世叙事产生了深刻的影响,因此又可视为诗稗之间的一道桥梁。②

作为口头叙事的俗赋通常会在最后表明自己要讲述的道理。《史记》篇章结尾处会有"太史公曰",来表达作者的观点,是典型的卒章显志。在清代蒲松龄的作品《聊斋志异》中,结尾也会有作者的评论"异史氏曰"。通过故事来表达观点是中国文学传统重要的表现。刘勰《文心雕龙·原道》论述了文以明道的问题:"道沿圣以垂文,圣因文而明道。"强调"文"是用来阐明"道"的。俗赋蕴含了一定的理性规范,如《韩朋赋》就是对忠贞、斗争精神的肯定。《韩朋赋》叙宋王夺取韩朋妻贞夫的故事,是一个爱情悲剧。宋王强迫贞夫入宫为后,贞夫坚决不从。最后韩朋自杀,贞夫从清陵台上跳下身亡,二人化为青白二石。宋王把他们分葬路的东西,结果两边长出树来,根叶相连。宋王又伐树,两块木片落水,变成鸳鸯飞走,落下一片羽毛,宋王拿羽毛在脖子上一抹,头就掉下了。结尾富有民间故事的斗争精神。俗赋重视抒情,也注重借用人们喜闻乐见的隐喻故事来表达社会伦理道德规范,展示矛盾冲突,传达情绪。俗赋在抒情和叙事方面的

---

① 廖群:《汉代俗赋与中国古代小说发生研究》,《理论学刊》2009 年第 5 期,第 119 页。
② 傅修延:《赋与中国叙事的演进》,《中国社会科学院院报》2007 年 12 月 6 日第 3 版。

特点影响了文人赋等,展示了来自社会底层的叙事传统的独特魅力。

俗赋源于熟人社会交流情境,采用主客答问的叙事模式,幽默诙谐,摒弃了说教的语气,以一种轻松的气氛阐述观点,让人在愉悦的情境中潜移默化。中华民族受儒家思想影响深刻,奉行中庸的形式行事之道,强调不偏不倚。生活是多面的,俗赋显然是有益于调节。傅修延对叙事学颇有研究,专著《讲故事的奥秘:文学叙述论》《中国叙事学》《听觉叙事学》等具有很大影响。他还写作了《趣味叙事学》,该书设计了101个问题,如"灵长类动物为什么经常梳毛?""为什么有些作品读起来像是八卦?""狄更斯举行过多少场诵读表演?""采桑女之间的打闹造成了怎样的后果?""《西游记》中的降妖故事为什么千篇一律?""好莱坞电影为什么多有长时间的汽车追逐镜头""如何为您的故事开个好头?""故事能讲多长?""镜像人物意义何在?"采用了一问一答的形式迅速切入话题,回答之后的评点用三言两语作归纳。傅修延在《趣味叙事学》后记"只有无趣之人,没有无趣之学"中以自问自答的形式阐述自己的观点:

问:但您总得承认叙事学中还是有许多无趣的东西吧?

答:无趣与有趣是个相对的概念,我们要做的是从无趣中发现有趣,这比机械地区分无趣还是有趣更为重要。

于无趣中寻有趣,就像"于无声处听惊雷"一样,需要特殊的心态和敏锐的感知。举例来说,在不相干的旁人看来,婴儿的排泄和哭闹可能是惹人厌烦的,然而在母亲眼中,孩子的所有表现又是那么有趣和可爱。母亲之所以不会感到厌烦,是因为对自己的孩子怀有天然的爱心。同样的道理,本着欣赏的态度,用带有爱意的目光去观察,我们也会发现叙事中有意思之处在在皆是,本书101个条目就是这样产生的,从内容上说它们覆盖了讲故事活动的方方面面。

从这种意义上说,世上只有无趣之人,没有无趣的学问。一个人如果没有好奇心,再好玩的东西也引不起他的兴趣。

好玩就是有意思有味道。"趣"和"味"这两个汉字合在一起,指向的是旨趣、嚼头和味道。在"民以食为天"的古代中国,从"品味"角度谈论文学的做法不绝如缕:《文心雕龙》中有十多处说到"味",如"清典可味""余味曲包""味深""味之必厌"等;钟嵘《诗品》为古代第一部诗学专著,他从"品味"出发为作品评出等级,认为"有滋味者"居上,"淡乎寡味"者居下;继钟嵘之后,司空图《诗品》对诗中之"味"作了进一步阐发,提出了"味外之味""味外之旨"等更为微妙的概念。这些表述,显示古人认为作品和食品一样是用来"品"的——"品"的汉字不就代表小口小口地享用吗?①

从富有趣味的自问自答的讨论中,傅修延让人们知晓了问题的要旨,而来自遥远的民间传统——俗赋叙事特质隐现其中。

第二节 西方彩色玻璃窗叙事

彩色玻璃窗是制造技术与民族文化综合作用的产物。彩色玻璃窗的出现经历了漫长的历史过程,它是随着西方玻璃制造技术的进步而发展起来的,在教堂建筑中普遍使用,成为西方的独特风景。在玻璃制作过程中,先制造出的是透明度不高的玻璃,制造者发现不同的玻璃添加物能生成不同颜色的玻璃,红色、蓝色、紫色、黄色都是曾经大量使用的色彩。在生产力有限的条件下,单块彩色玻璃面积小且生产数量极为有限。珍贵的彩色玻璃较早应用在教堂建筑中。教堂建筑在西方民间比较普遍,由于教堂规模相对较大,内部空间采光受限,早期的照明难以满足内部采光要求,因此早期半透明的玻璃成为理想的建材。小块的彩色玻璃通过镶嵌的方式拼装成大的彩色玻璃窗。光线透过彩色玻璃照入教堂内部,不同的光照形成不同层次的光线,形成色彩斑斓的内景和神秘的氛围,一扫曾经的阴暗内景。多彩明亮的光线具有极强的视觉冲击力,增强了人们的宗教心理感受,人们仿佛沐浴在宗教的光辉中。不同的色彩参与了这一过程。更重要的是,彩色玻璃上绘有不同时期的宗教题材故事或圣母、耶稣等人物,是教堂常见图景,成为信仰者日常所见。在教育普及率不高、资料有限的情况下,玻璃上的宗教故事起到了宣教、教育作用。从这个意义上说,彩色玻璃窗成为人们的另一部《圣经》。

彩色玻璃运用于教堂的高大建筑,成为彩色玻璃窗,显示了它在内部采光、建筑支架和宗教宣传上的多重意义。下面先就中西窗户的造型等

---

① 傅修延:《趣味叙事学》,北京:北京大学出版社,2022年,第308—309页。

方面进行讨论,分析其叙事功能。

一、文化之窗:中国窗户的魅力叙事

中国古代的玻璃制造,受发达的青铜冶炼、陶瓷技术以及玉文化的影响,走了与西方不同的技术路线,没有制作出像西方一样用于宗教建筑的彩色玻璃。

那么,中国古代建筑的窗户经历了怎样的发展历程,与民族文化传统、人们的信仰之间存在什么样的关系呢?中国古代建筑的窗户从遮风挡雨、采光通风功能进化到注重装饰,经历了较大的发展。古代建筑使用过的窗户包括直棂窗、横披窗、槛窗、支摘窗、地坪窗、推窗、板窗、墙窗等,窗叶使用过绸布、竹木、纸张等材料,有的采用贴花、雕花装饰。北魏和东魏时期贵族住宅的围墙上有成排的直棂窗。到了明清时期,唐宋时期的直棂窗发展成了"一码三箭"样式。"一码三箭"是一种特殊的窗型,是直棂窗的进一步发展。这种窗子的棂条细长,就像箭一样,为了增强棂条的稳定性,通常在竖棂的上、中、下三段使用三根水平棂条。因为这种窗子反映的图案形象仿佛箭支插在箭囊上,因此称其为"一码三箭",也叫"码三箭"。在我国古代,不管是寺庙建筑还是民居建筑的装饰,都普遍使用"一码三箭"。[①]窗棂纹饰较多,窗洞常会使用砖雕、石雕、木雕来装饰。如,江西石雕花窗是在一块长方形或圆形或瓶型石板上透雕出图案,起通风和装饰作用,"如金溪竹桥余利权宅青石花窗,基于矩形形状,按木隔扇隔心做法进行透雕和浅浮雕,甚至连木构件接缝也一丝不苟地雕出。寻乌周田上田塘湾红石花窗则简单得多,仅透雕万字图案。遂川堆子前黄宅红石花窗,形态为正方形,周围窗框浮雕回纹图案,窗心中央为大喜字,下部形成景框,内雕戏剧场景,周围绣的卷章"[②]。古代木雕窗格上常常会使用各种美好寓意的图案,如窗子上雕刻象征"囍"、形似一对铜钱的双圆嵌套图案,也象征了福与寿。窗户还是道德伦理教化的宣传之所:"在窗户或墙面上的手工剪纸,虽然只需简单勾勒孝道寓言中的几个元素就能隐喻复杂故事,但大多数情况下仅以表现幼儿能够理解的简单寓言为主。总之,无论采用何种形式,以上这些装饰品不仅能够使幼儿潜移默化

---

① 王俊:《中国古代门窗》,北京:中国商业出版社,2022年,第187页。
② 姚赯、蔡晴主编:《江西古建筑》,北京:中国建筑工业出版社,2015年,第335页。

地接受道德准则、理解正确的价值观、培养理想的行为,同时也是成年人规范自身行为的警钟。"①

西藏古建筑的窗的重点装饰部位有窗框、窗扇、窗楣、窗套等。"主要装饰图案有经堆、莲花花瓣等。窗框色彩丰富,常见有红色、黄色、绿色,等级较低的建筑只刷清漆或完全裸露,保持木材原色。窗扇内做窗格分隔,窗格形式灵活多变,如万字、灯笼格、斜格窗等,或多种图案相互交织使用。"②此外,"丝绸之路沿线的地区在木棂花窗的使用上较为普遍,在气候炎热的地区整片落地木棂花窗隔断的应用尤为突出,如在吐鲁番、喀什等地木棂花格纹样用于大门和窗栅之上。为满足建筑美观的需求,漏窗和花棂格窗的拼搭图案逐渐丰富,木棂花窗的纹样有步步锦、万字纹、回字纹、冰裂纹、双交四碗菱花以及几何图案等"③,这些富有地方文化特色的窗饰是东西方文化交流的见证。

建筑活动受道德观念、礼仪制度的制约。梁思成认为:

> 古代统治阶级崇尚俭德,而其建置,皆征发民役经营,故以建筑为劳民害农之事,坛社宗庙、城阙朝市,虽尊为宗法、仪礼、制度之依归,而宫馆、台榭、第宅、园林,则抑为君王骄奢、臣民侈僭之征兆。古史记载或不美其事,或不详其实,恒因其奢侈逾制始略举以警后世,示其"非礼",其记述非为叙述建筑形状方法而作也。此种尚俭德、诎巧丽营建之风,加以阶级等第严格之规定,遂使建筑活动以节约单纯为是。崇伟新巧之作,既受限制,匠作之活跃进展,乃受若干影响。古代建筑记载之简缺亦有此特殊原因;史书各志,有舆服、食货等,建筑仅附载而已。④

中国传统文化中的礼仪制度在宫殿、官邸、寺观等建筑中有具体的体现。古代建筑基底的高低、彩画的形式、吊顶的制式、门钉的数量、屋脊走兽的数量等都受到制度的约束,如北宋时期规定宫殿、官邸、寺观外的建筑都不能使用彩绘梁枋、藻井、斗拱等。古代建筑的屋顶也分为三六九

---

① [美]那仲良:《图说中国民居》,[菲]王行富摄影,任羽楠译,北京:生活·读书·新知三联书店,2018年,第147—148页。
② 徐宗威主编:《西藏古建筑》,北京:中国建筑工业出版社,2015年,第395页。
③ 范霄鹏编著:《新疆古建筑》,北京:中国建筑工业出版社,2015年,第175页。
④ 梁思成:《中国建筑史(通校本)》,北京:生活·读书·新知三联书店,2023年,第18页。

等,"就拿常见的来说,最高等级叫重檐庑殿,次一等是重檐歇山,然后是单檐庑殿、单檐歇山,再下来是悬山正脊、悬山卷棚、硬山正脊,最低级的是硬山卷棚"①。礼仪制度在窗户造型与装饰中也有体现:"窗饰在构图和用色上等级区分严格,清晰地表现了这种传统的仁义道德秩序。比如窗户的格心部分,做法必须体现等级差别,最高级做法为菱花,按照由高到低的顺序排列依次是三交六椀菱花、双交四椀菱花、斜方格、正方格和长条形等。窗扇的绦环板也是根据等级采用不同的纹样,用龙纹、如意纹等,不重要的建筑不对窗扇的绦环板进行装饰。"②

中国古代儒释道建筑窗户的特点与其理念关系密切,在流传过程中也与本地风俗实际相结合。"中国传统文化思想的集中表现是以儒学、道学为代表,其后,佛教的传入与中国传统文化的结合,形成以儒学为主的儒、道、释三者合一的中国传统文化思想。归纳起来,就是天人合一的宇宙观念,以人为本、和为贵的人文思想,整体直觉的思维方式,真善美相结合的美学观念。"③中国儒释道各派修建了各式建筑如庙、塔、寺、观,这些建筑的窗户式样风格随各派的流传"入乡随俗",吸收了各地的建筑技术与文化特色。寺庙、清真寺的窗户在建筑过程中吸收了本土民间和宫廷工艺造型,使用了格扇窗、槛窗、直棂窗、支摘窗等。如北京雍和宫使用了横披窗和槛窗;山西镇国寺使用了槛窗,窗子的中部是直棂窗,两侧采用菱花图案装饰;浙江舟山普陀寺、法雨寺、慧济寺都使用了槛窗和格扇窗;新疆喀什艾提尕清真寺使用了格栅窗、支摘窗和盲窗;北京海淀区的玲珑塔使用了造型雕饰优美的假窗。佛塔起源于印度佛教,塔在印度被称为窣堵波(stupa)④,流传到中国后已经不同于印度,采用砖木结构,如西安香积寺善导塔采用直棂窗。塔窗多用装饰性的假窗,如河南登封的岳寺塔,"塔身以上,用叠涩做成十五层密接的塔檐。每层檐之间只有短短的

---

① 张克群:《中国古建筑小讲》,北京:化学工业出版社,2017年,第1页。
② 王俊:《中国古代门窗》,北京:中国商业出版社,2022年,第187—188页。
③ 王军、李钰、靳亦冰编著:《陕西古建筑》,北京:中国建筑工业出版社,2015年,第1页。
④ 窣堵波(或按中国的习惯称之为塔,还有叫浮屠的)的本来功能是埋葬佛教高僧的骨骸用。随着佛教在中国的传播,窣堵波也被引进来了,可这种建筑形式很像中国的坟。于是老祖宗就把它与中土原有的建筑结合,发展出了不同形式、不同功能的塔。见张克群:《中国古建筑小讲》,北京:化学工业出版社,2017年,第263页。

一段塔身,每面各有一个小窗,但多数仅具窗形,并不采纳光线"①。

中国儒释道各派修建的建筑里有很多绘画、书法、雕像表现本派的故事与人物,起宣教的作用。这些建筑设施里没有出现彩色玻璃,显然是受当时制造技术的制约。基督教强调上帝信仰,采用象征的方式诉诸直觉,对光线、色彩形象有特殊的感情与要求。中国的儒家强调教化;道教强调通过精神形体的修炼成仙得道;佛教主张涅槃、缘起性空和唯识说,强调空与悟。儒释道更强调心灵体悟教化,对于大空间和朦胧多义的光线要求不如西方执着。因此,对彩色玻璃窗的现实需要不如西方强烈。

就彩色玻璃窗在西方民间信仰中的叙事功能和价值而言,彩色玻璃窗叙事是西方民间叙事传统独有的类型,在中西民间叙事传统比较的语境下,成为中国民间叙事传统的缺类现象。

二、彩色玻璃窗:别出心裁的民间叙事

由于技术和文化因素,彩色玻璃在中西有不同的发展历程。根据考古发现,世界最早的玻璃诞生在公元前 2300 年的美索不达米亚,即今天的伊拉克和叙利亚地区。玻璃诞生后,经过上千年的磨炼,人们才从制作小件的玻璃饰品,发展到制作玻璃容器。②春秋末、战国初,西亚的玻璃珠饰通过中亚游牧民族贸易传播到我国中原地区。中国古代很早就出现了玻璃,但这并不是现代意义上的玻璃。中国古代玻璃发展受限,让人们困惑:"从西方本位观点出发,玻璃在中国最近三千年的经历实在令人费解。这个文明古国养育过历史上最富于创造力的一批工匠,制陶工艺、金属工艺、印刷术和纺织术无不独领风骚,但在玻璃开发领域却几乎毫无建树可言。"③古代进口的玻璃制品属于奢侈品,数量极少,"当今考古所见,西域来的玻璃均出自贵族墓和佛塔塔基之中","当东汉末年匈奴势力再度崛起,丝绸之路重新阻断,中土战争频仍,西亚工匠自然逃离此地,铅钡

---

① 刘敦桢主编:《中国古代建筑史(第二版)》,建筑科学研究院建筑史编委会组织编写,北京:中国建筑工业出版社,1984 年,第 94 页。
② 安家瑶:《玲珑澄澈 缤纷东西 中国考古发现的国产玻璃和进口玻璃》,《文明》2014 年第 11 期,第 28 页。
③ [英]艾伦·麦克法兰、[英]格里·马丁:《玻璃的世界》,管可秾译,北京:商务印书馆,2003 年,第 127 页。

玻璃也就随之绝迹了"。① 我国玻璃制品由于比较浑浊,类似于玉,常用于装饰。石器时代的经验使得人们了解各种石料的特性,容易滋生"石崇拜"。《说文解字》曰:"玉,石之美而有五德者",用玉来比喻德行,"中华民族尚玉的根源在于玉器是古代沟通天人的主要礼器"。②

《礼记·聘义》载孔子之语曰,"夫昔者君子比德于玉焉"。君子与玉何涉?关键就在于它们各有其德——玉是自然界中最具天地之德的圣洁之物,而君子则是人世间道德的化身,于是玉与君子可以互喻,故曰"言念君子,温其如玉"(《诗经·秦风·小戎》),中国玉文化中的德玉传统也由此而生。

孔子曾经感慨,"虞夏之质,殷周之文,至矣"(《礼记·表记》)。就中国早期玉器而言,夏商的史玉传统与周代的德玉传统,均无愧于"至矣"的评价。而两周以降的玉器与玉文化,或不如虞夏之质朴,或逊于殷周之文质彬彬,因此就总体而言,玉文化在周代以后是损多而益少,再也无法重现三代玉器的荣光。所可幸者,华夏民族崇玉、爱玉传统得以延续和保存,而所崇者皆系于玉之德,这即是中国用玉传统中永恒未变的因素。③

古人认为玉能使人不朽,因此所制玉璧是为防止灵魂出窍而尸身不朽,玉枕是为死者祈福以得永生,玉衣头顶缀玉璧可以通天。④ 汉代殓葬用"玉面罩的基本组合为:玉面罩一、玉枕一、玉玲一、玉璜二,共四种五件"⑤,所以类似于玉的玻璃制品如玻璃衣、玻璃九窍塞、玻璃玲和玻璃握玉等多用于丧葬。元明清时期我国的玻璃制品以鼻烟壶、杯瓶等小物品为主。玉在中国古代的地位很高,古代生活几乎不能没有玉的在场。玉可以有观赏、佩戴和使用等多种用途,赏玉、佩玉和用玉既是审美行为,也是陶冶性情、进德修身的方式。玉文化虽属物质文化,却带有更多精神层面的内涵。国人常将玉与金相提并论,相同分量的金可能比玉更为值

---

① 毛晓沪:《中国玻璃起源新论》,《文物天地》2016年第4期,第94页。
② 张辛:《玉器礼义论要》,《中国历史文物》2003年第6期,第28页。
③ 孙庆伟:《礼以玉成:早期玉器与用玉制度研究》,北京:北京大学出版社,2022年,第14—15页。
④ 邓淑苹:《由蓝田山房藏玉论中国古代玉器文化的特点》,载邓淑苹:《蓝田山房藏玉百选》,台北:年喜文教基金会,1995年,第23页。
⑤ 龚良、孟强、耿建军:《徐州地区的汉代玉衣及相关问题》,《东南文化》1996年第1期,第30页。

钱，但金从未获得像玉这样的精神地位。金反映太阳的灼目光辉，有点咄咄逼人，而玉秉承了大地的低调品质，厚德所以载物，高贵而又温驯，必要时宁为玉碎而不为瓦全。在中国文化中，"拜金"一词带有明显的贬义，"崇玉"却是一个人有修养有追求的表现。① 以玉喻德的文化趣味可能妨碍了人们对玻璃制作技术的追求。"由于中国古代玻璃的化学成分的特殊性，以及应用原料上的传统性，使中国古代玻璃制品直到明、清时代仍然以装饰品和礼品为主，特别是中国内地日用器皿惯用中国最早发明的瓷器，从而使中国的古代玻璃制造技术发展不快，这实为遗憾之处。"② 也就是说，文化因素、古玻璃制作技艺与适用范围较窄、陶瓷业发达等限制了中国古代玻璃的发展。

中西玻璃制品的不同发展道路，导致玻璃绘画的发展的差异。有不少学者认为玻璃背画是西洋舶来品，也有学者认为"玻璃背画源于中国宫廷"，"文献和实物的对照，更倾向于证明镜子背画源于清代宫廷，由王致诚发明并在宫廷画师间推广，后来由广州的工匠传播到广州十三行街区，产生了外销的玻璃背画"。③ 玻璃背画多为中国传统花鸟画、人物故事画、肖像画、吉祥如意装饰画等，具有一定的叙事功能。受外来文化的影响，中国近现代的教堂也使用了彩色玻璃窗，如广州石室圣心大教堂，"教堂的南、东、西三面都各开有一扇直径约6.7米的玫瑰花窗，玫瑰花窗的外框整体为圆形，窗棂是由建筑外墙的花岗石雕刻而成，画心为4瓣蓝底呈十字形的花朵窗，它的四周绽放出24片红底呈梭子形的花瓣窗，此扇花窗窗棂内共计133片彩色玻璃，是整座教堂的标志性彩窗"④，体现了工艺的美感。

西方彩色玻璃的发展和基督教教会关系密切：

> 一个影响力是基督教的兴起，以及主要用于教堂的玻璃窗的开发，然后是涂色和染色玻璃生产的深入发展。有文献提到5世纪的

---

① 傅修延：《瓷的叙事与文化分析》，《江西师范大学学报（哲学社会科学版）》，2011年第6期，第11页。
② 干福熹：《中国古代玻璃的起源和发展》，《自然杂志》2006年第4期，第193页。
③ 龚之允：《中西交流中产生的玻璃背画——起源、发展和未解之谜》，《新美术》2021年第1期，第158、161页。
④ 张原浩：《从石室教堂到余荫山房——看彩色玻璃窗中西营造》，《建材与装饰》2018年第10期，第71页。

法国图尔,稍晚英格兰东北部的桑德兰,存在着这样的玻璃窗;后来在公元 682 年—约 870 年间蒙克威尔茅斯以及更北部的贾罗,玻璃窗进一步发展。到了公元 1000 年,教会的记录已经频繁提及涂色玻璃了,例如 1066 年蒙特卡西诺第一所本笃隐修院的一批记录。本笃会对促进窗玻璃的发展功莫大焉。正是本笃会修士发现玻璃可以用来荣耀上帝,他们在隐修院从事玻璃的实际生产,注入大量技术和金钱去开发玻璃。本笃会修士多方面承传了玻璃这项罗马遗产,而他们对窗玻璃特别重视,这将导致一种极其强大的动力,促使玻璃生产从 12 世纪开始惊人地增长。①

西方彩色玻璃窗的使用首先出于建筑本身的考虑,因为哥特式教堂高大宏伟,需要采用拱形大顶结构,玻璃的使用有利于教堂内部的采光、减轻结构压力、造型自由。如,彼得·帕勒主持布拉格圣维特大教堂建造的过程中,"在建筑技巧上引入了许多创新,成功地避免了唱诗班回廊横向拱门的断裂。教堂装饰性的拱顶用斜肋相接,形成了更好的视觉效果。上方拱廊的建造也同样具有开创性,开窗的后墙和天窗的窗格都覆盖了一层透明的玻璃"②。更重要的是,彩色玻璃窗的运用得益于玻璃制造技术的发展,"古罗马人还发明了'热熔马赛克玻璃'的制作方法,其方法是将多色玻璃的碎片置于窑内加热使之熔解,这种技术就是后来发展到文艺复兴时期出现的'万花艺术玻璃'制作技术的前身,'万花艺术玻璃'是将诸多各色玻璃卷成的彩色玻璃棒横裁之后,将纵面排列于器壁上,再经热熔制成,这种玻璃在有光线照射时会产生出色彩绚烂的绮丽艺术效果"③。在玻璃炼炉内添加多种化学溶剂而呈现着不同颜色,形成半透明的彩色玻璃。"制作彩色玻璃窗时,先用铅条编连成各种抽象的轮廓,然后再用小块的染色玻璃镶嵌彩绘而成,所以带有单色平涂似的绘画意趣。"④"对彩色玻璃窗的修复发起于古代彩色玻璃窗的沉沦。当威尼斯人将彩色玻璃引入欧洲,中世纪人把它用于教堂窗户,彩色玻璃窗到

---

① [英]艾伦·麦克法兰、[英]格里·马丁:《玻璃的世界》,管可秾译,北京:商务印书馆,2003年,第 26—27 页。
② [德]罗尔夫·托曼编著:《神圣之美:欧洲教堂艺术》,[德]芭芭拉·博恩格塞尔撰文、[德]阿希姆·贝德诺尔茨摄影,郭浩南、杨声丹译,武汉:华中科技大学出版社,2019 年,第 94 页。
③ 李华:《略论玻璃艺术的起源与发展》,《理论观察》2013 年第 4 期,第 47 页。
④ 张夫也:《外国工艺美术史》,北京:中央编译出版社,2004 年,第 395 页。

12—13世纪已发展成包括从材料到组装的完整体系。虔诚的宗教目的加上制作者身为工匠和艺术家的双重身份,使彩色玻璃成为当时最重要的绘画形式。"[1]出于弘扬教义的需要,教堂出现了富有创造性的彩色玻璃窗。彩色玻璃窗是西方民间叙事传统中的重要组成部分。西方彩色玻璃窗上的图案与色彩十分丰富,特征鲜明,题材来源包括《圣经》故事中的人物、捐资者、建造者等。现存最古老、完整的德国奥格斯堡大教堂的彩色玻璃窗,距今已有九百多年的历史。法国沙特尔大教堂拥有超过2000平方米的彩色玻璃窗,具有极强的震撼力。彩色玻璃窗叙事具有特殊的宗教特征,是西方民间叙事传统重要载体。

彩色玻璃用于教堂窗户,其图像、色彩、光线具有较强的宣传影响力。彩色玻璃窗较多应用于哥特式教堂建筑的窗户装饰。阳光透过彩色玻璃窗照进教堂,朦胧氤氲,神秘的氛围与感觉油然而生,具有感化作用。哥特式的教堂巨大的彩绘玻璃画接受的光线是最直接的。巴黎圣母院在遭受火灾之前,外墙与彩色玻璃窗上的《月之劳动》主要表达象征意义,"根据神的旨意,时间是有周期性。教堂中山毛榉树叶、大蕉、水芹和白屈菜的图案不是为了反映现实,而是为了说明自然界的每一个细节都与上帝的计划相协调。……普通人知道上帝就是光,他们会看到葬礼仪式上点燃无数蜡烛。如果在下葬的一刻蜡烛没有被吹灭,他们就会从中看到神的诅咒,代表着死者不能进入天堂"[2]。

三、宗教之窗:西方彩色玻璃窗的隐喻叙事

彩色玻璃在西方教堂窗户中得到了大量的应用,具有审美和教育的效果。彩色玻璃窗上的图案主要包括宗教故事中的人物、捐资者、建造者等。一天中不同时期强弱不同的光,照射彩色玻璃后会形成不同的色彩;窗上的图案随光线的改变而变化,使教堂内部空间具有多彩色调;光线扑朔迷离,引发观者的注意和加深体验,造成独特的视觉审美效果,引发沉思,有助于宣传宗教教义。雨果在《巴黎圣母院》中叙述了彩色玻璃窗的

---

[1] 胡秀峰:《材料和形式的唯美融合——约翰·拉·法格与美国彩色玻璃窗艺术革新》,《艺术百家》2014年第6期,第244页。

[2] [法]克劳德·戈瓦尔:《永恒的巴黎圣母院:一座哥特式大教堂的诞生》,[法]若埃尔·莱泰摄影,刘雅宁译,武汉:华中科技大学出版社,2020年,第176页。

功能与影响力：

是谁用一些冷冰冰的白色玻璃窗，代替了大门道顶上的圆花窗和半圆形后殿之间的那些曾令我们父辈目眩神迷的"色彩浓艳"的玻璃窗？要是十六世纪的唱经人看到我们那些汪达尔大主教们用来粉刷他们的大教堂的黄色灰粉，又会怎么说呢？他会想起那是刽子手涂在牢房里的那种颜色，他会想起小波旁宫由于皇室总管的叛变也给刷上了那种颜色。"那毕竟是一种质量很好的黄粉"，正如索瓦尔所说，"这种粉真是名不虚传，一百多年也没能使它掉色。"唱经人会认为那神圣的地方已经变成不洁的场所，因而逃跑开去。①

彩色玻璃窗上绘制的图案还具有遮蔽一部分光线的作用，光线照射彩色玻璃使得教堂内部形成不同于日常生活的气氛，渲染出神圣的视觉空间感受，色彩的心理影响力有助于维持宗教神秘的氛围："不同颜色的深浅和不同透明度玻璃的交替使用而为哥特式教堂穿上了时尚而又合体的霓裳，这是玻璃生产技术的进步和艺术风格稳定性之间的博弈，也是人们的虔诚的信仰和时代变化之间的博弈。"②彩色玻璃窗受宗教信仰的影响，同时又强化了宗教信仰，体现了双向作用。

（一）彩色玻璃窗上的叙事题材

西方彩色玻璃窗上的图案特征鲜明，题材来源广泛，耶稣、圣母、神职人员及其故事是彩色玻璃窗常见的题材，教堂大窗子上彩色玻璃画叙述着一则则得救的故事。法国夏特尔大教堂是一座绚丽的建筑，南侧有著名的圣母彩色玻璃镶嵌画。圣母头顶光轮和冠冕，圣婴坐在圣母的膝上，象征圣灵的白鸽从圣母的头上飞过。超过 2000 平方米的彩色玻璃窗令人震撼，与布尔日圣司提反大教堂的彩色玻璃窗一样具有代表性。法国布尔日圣司提反大教堂是建筑史上的经典作品："外观非常轻盈，有一种超凡脱俗的美感。教堂内部同样非常精美：镂空的墙面看起来没有重量，而墙的表面则镶嵌在向上升腾的、独立的组合柱群之间。整座建筑都以

---

① ［法］雨果：《巴黎圣母院》，陈敬容译，北京：人民文学出版社，2003年，第98页。
② 王树刚：《试论〈瓦萨里论技艺〉中的彩色玻璃窗技术》，《佳木斯大学社会科学学报》2012年第5期，第141页。

高超的技法减轻荷载,减少支撑构件。"①1214 年在教堂的回廊中建了绘有多幅以耶稣受难为主题的彩色玻璃窗。德国奥格斯堡大教堂南部正殿于 12 世纪在天窗上绘有先知全身像。英国坎特伯雷大教堂甬道上有 12 扇宗教故事的彩绘玻璃窗,坎特伯雷大教堂 13 世纪在彩色玻璃窗上绘有"圣·托马斯·贝克特的往生奇遇",是对该大教堂主教的生动描绘。

彩色玻璃窗具有很强的宗教叙事功能:"在 12 世纪晚期和 13 世纪,教堂里彩绘玻璃窗上描绘的圣人和《圣经》的故事,将彩色玻璃镶嵌画的潜在叙事功能发挥到了极致。"②雨果在《巴黎圣母院》里写到了教堂无与伦比的彩色玻璃窗:"每当宗教仪式经过准备而确定下来,建筑艺术就去尽善尽美地把它实现。它把塑像、彩绘大玻璃窗、圆花窗、阿拉伯花纹、齿形雕刻、柱子和浮雕,协调地组合在一起。因此,在那些建筑物外表不可思议的千变万化之中,却依然存在着秩序和一致。"③在遭受火灾前,巴黎圣母院"西玫瑰窗,直径约 9.6 米(约 31.5 英尺),位于审判门上方,建成于 1220 年,在 19 世纪完成修复。三个同心圆通向中央的小圆窗,上面是圣母与圣子的画像。这些图案代表着十二个月的劳作和十二美德,黄道十二宫的标志及罪恶,最后是宣告耶稣降临的先知"④。教堂彩绘玻璃窗的捐资者和建造者也会出现在彩色玻璃窗的题材中。

西方彩色玻璃窗叙事具有特殊的宗教特征,是西方民间叙事传统的形态价值的重要体现。彩色玻璃窗的使用,能够弥补民众不识字和缺少阅读材料的不足,宗教故事及其价值观通过视觉感官潜移默化、深入人心,比枯燥的教义说教更有效,起到了宣传教化的作用。彩色玻璃窗通过光线制造了空灵的氛围,窗上的宗教故事场景教育群众,"图画用于教堂,可使那些不识字的人通过图画来阅读。……那些图画不是用来受人崇拜的,而是用来启迪愚昧者的心灵"⑤。在某种意义上彩色玻璃窗也被视为穷人的《圣经》。

---

① [德]罗尔夫·托曼编著:《神圣之美:欧洲教堂艺术》,[德]芭芭拉·博恩格塞尔撰文、[德]阿希姆·贝德诺尔茨摄影,郭浩南、杨声丹译,武汉:华中科技大学出版社,2019 年,第 317 页。
② [英]马丁·坎普主编:《牛津西方艺术史》,余君珉译,北京:外语教学与研究出版社,2009 年,第 118 页。
③ [法]雨果:《巴黎圣母院》,陈敬容译,北京:人民文学出版社,2003 年,第 104 页。
④ [法]克劳德·戈瓦尔:《永恒的巴黎圣母院:一座哥特式大教堂的诞生》,[法]若埃尔·莱泰摄影,刘雅宁译,武汉:华中科技大学出版社,2020 年,第 108 页。
⑤ 陈平:《西方美术史学史》,杭州:中国美术学院出版社,2008 年,第 21 页。

(二) 玻璃窗的色彩与造型

色彩是一种客观存在,也是一种社会行为。当它和人类经历、情境联系在一起时,会产生独特的象征意义与特殊的价值。在长期的实践中,人们形成相对稳定的色彩文化心理:"社会规定了色彩的定义及其象征含义,社会确立了色彩的规则和用途,社会形成了有关色彩的惯例和禁忌。"[①]不同民族对不同颜色的偏好和具体感受不同,进而影响到人们的具体行为。不同宗教对于建筑色彩的使用要求也不同。明清时期藏族和蒙古族的藏传佛教建筑在元代的基础上进一步发展,这些建筑色彩和装饰采用对比的手法。"教义规定:经堂和塔都刷白色,佛寺刷红色,白墙面上用黑色窗框,红色木门廊及棕色饰带;红墙面上则主要用白色及棕色饰带。屋顶部分及饰带上重点点缀溜金装饰,或用溜金屋顶。这些装饰与色彩上的强烈对比,有助于突出宗教建筑的重要性。"[②]黑色容易带来紧张焦虑的心理感受,也常用于庄严肃穆的场合。西方社会对黑色的认知历程从以下这段文字可见一斑:

> 我们倾向于认为,黑色的流行正是开始于鼠疫结束之后。身着黑色服饰,既是对这场灾难的哀悼,也可视为一种集体的忏悔。这里的黑色具有伦理的意义,代表罪恶的救赎,与忏悔弥撒、安魂弥撒以及将临期、封斋期人们在教堂里做礼拜时所穿的颜色一样。的确,在14世纪末,黑色的伦理意义在各方面都非常明显,在限奢法令、文学和艺术作品、修会和社会团体的规章制度中都有所体现。但如果我们更进一步研究的话,会发现早在鼠疫流行之前,从13世纪末开始到14世纪初这几十年里,在某些社会阶层中,黑色流行的现象就已萌生。[③]

自然光线透过教堂彩色玻璃窗照亮了教堂内部,改变了以往教堂使用烛光导致的阴暗内景,使得人们形成独特的、神秘的心理感受。现实生

---

① [法]米歇尔·帕斯图罗:《色彩列传:黑色》,张文敬译,北京:生活·读书·新知三联书店,2016年,导言第12页。

② 刘敦桢主编:《中国古代建筑史(第二版)》,建筑科学研究院建筑史编委会组织编写,北京:中国建筑工业出版社,1984年,第375页。

③ [法]米歇尔·帕斯图罗:《色彩列传:黑色》,张文敬译,北京:生活·读书·新知三联书店,2016年,第111页。

活总是难以令人满意,甚至是那么可怕,并且和黑暗联系在一起,所以教堂内部多彩明亮的光线显得极为重要,具有抚慰人心的温暖。但丁在《神曲·地狱篇》第四章写到可怕的阴暗梦境:

> 一声巨雷震破我头脑沉酣的睡梦,我犹如被撼醒的人似的惊醒了;站起身来,把已经恢复视觉的眼睛转向四周,凝神观察,想知道自己在什么地方。事实是,我发现我在愁苦的深渊的边沿,深渊中聚集着无穷无尽的轰隆的号哭声。它是那样黑暗、深邃、烟雾弥漫,我无论怎样向谷底凝视,都看不清那里的东西。①

玻璃窗上的人物故事与色彩语言与人们进行了心理上的象征感应沟通。"在这些色彩斑斓的镶嵌玻璃窗上,哥特式艺术家们运用最灿烂的色彩——深红色、蓝色、紫色和红宝石色向教堂内的芸芸众生讲述从创世纪到末日审判,从受胎告知到最后晚餐的救赎历史。教徒们可以通过窗户上的那一幕幕画面:以撒的献祭,摩西横渡红海,耶稣诞生,最后的晚餐以及圣安东尼勇斗群魔等,深深地沉浸在对宗教的沉思之中。"②

颜色是自然存在的客观物质和现象,但是在人类社会发展中又被赋予了复杂而独特的意义,是一种演化的文化符号。红色是人类最早掌握、模仿、制造出来的色彩,也是最早被区分出不同色调的色彩。红色首先用作颜料,然后又用作染料。这使得在数千年中,红色高居一切色彩之首。尽管在我们的日常生活里,红色在一些地区已经不再受到重视——至少与古希腊-罗马时代和中世纪相比其地位一落千丈,但红色依然是最浓烈、最醒目的色彩,也是最富有诗意、最令人浮想联翩、最具象征性的色彩。③

"蓝色的历史的确涉及一个历史演变的问题:对于古典时代的人来说,这个颜色微不足道;对于古罗马人来说,它甚至是令人不舒服、不值钱的:它是野蛮人的颜色。而今天,蓝色显然是全欧洲人最钟爱的颜色,他们对蓝色的喜爱远远超过对于绿色和红色的喜爱。所以在时代变迁的过

---

① [意]但丁:《神曲·地狱篇》,田德望译,北京:人民文学出版社,1990年,第22页。
② 张夫也:《彩绘玻璃——真理和艺术之光》,《文明》2014年第7期,第90页。
③ [法]米歇尔·帕斯图罗:《色彩列传:红色》,张文敬译,北京:生活·读书·新知三联书店,2020年,导言第1页。

程中,发生了价值的彻底颠覆。"①蓝色的地位在欧洲有一个从低微走向尊贵的过程。在11—12世纪的早期绘画中圣母玛利亚的衣物颜色优先使用了蓝色,蓝色的地位由此得到了重要提升。拉伯雷在《巨人传》中写到了蓝和白色的象征意义:"总而言之,蓝色,毫无疑义,应当象征天和天上的事物;根据同样道理,白色应当象征欢愉和快乐。"②

绿色是一种让人情绪复杂的颜色,在彩色玻璃窗图案中很长时间没有得到重视。在西方,绿色在很长一段时期内都是一种难以制造的色彩:"无论是绿色颜料还是绿色染料,其化学成分都是不稳定的,在漫长的历史年代中,绿色曾经与善变、短暂、不可靠等意义相关联,它象征的东西包括:童年、爱情、希望、机遇、赌博、巧合、钱财。直到浪漫主义时期,绿色象征自然的意义才固定下来,并且由此引申出自由、健康、卫生、运动以及环保有机等象征意义。从某种意义上说,绿色在欧洲的历史上,是一部价值观颠覆的历史。"③

红色和蓝色是彩色玻璃窗常用的色彩。在基督教教义中,蓝色代表天国,表现忠实、信念、贞洁等。中世纪教堂彩色玻璃窗的使用推动了西欧人对于蓝色的接受。红色在基督教教义中象征着基督与圣徒的流血牺牲。对于颜色的选择体现了彩色玻璃窗为宗教服务的特性。

彩色玻璃窗总体采用镶嵌式结构,包括玫瑰花瓣结构、放射式结构、对开式结构等。哥特式教堂主副入口常常使用圆形玫瑰玻璃窗和细长的柳叶玻璃窗。法兰西8世纪开始建造的圣德尼教堂的彩色玻璃窗有两种结构形式:尖拱窗与圆形窗。此后的哥特式教堂逐渐采用眼洞窗与两个尖拱窗组合等形式。意大利斯波莱托主教座堂西立面装饰有十二个精雕细琢的玫瑰花窗,中间最大的窗户的边框装饰着福音传道者的标志。随着制作技术的提高,很多教堂大面积使用彩色玻璃窗。在遭受火灾前,巴黎圣母院中央大门上方有一个直径十几米的大圆玫瑰窗,玫瑰芬芳高洁,是圣母的象征。彩色玻璃窗上的故事借用了色彩语言。基督的衣服以宝石蓝为主,圣母的服饰以神秘的蓝紫色为主。透过彩色玻璃窗的光线照

---

① [法]米歇尔·帕斯图罗:《色彩列传:蓝色》,陶然译,北京:生活·读书·新知三联书店,2016年,导言第5页。
② [法]拉伯雷:《巨人传》,鲍文蔚译,北京:人民文学出版社,1956年,第48页。
③ [法]米歇尔·帕斯图罗:《色彩列传:绿色》,张文敬译,北京:生活·读书·新知三联书店,2016年,导言第1页。

射到教堂内部,成为珠光宝气的、多彩的神秘照明,具有梦幻般的震撼效果。

  彩色玻璃窗与壁画、雕刻一样运用于教堂建筑,对于基督教的传播具有重要的意义。彩色玻璃窗依托宗教题材故事、人物,借助于色彩、光线及彩色玻璃窗的样式,表现宗教的朦胧多义,强化了人们对于宗教的感受,成为西方重要的民间叙事传统,对西方文学也就有深远的影响。法国巴黎的大教堂的彩色玻璃窗的大量运用,必然影响了当地人对世界的思考以及世界观的形成。

结　语

　　中西民间叙事传统是人们的生活经验、智慧的总结与表述，在代代相传中形成了传统，成为人们生活的范型和规范。民间叙事是老百姓的叙事活动，以口头、文字或图像等为载体，反映民众日常生活、价值观念、审美旨趣。民间叙事常常以程式化的叙述动作、情境化的叙述话语、类型化的形象来表达民间生活，是民间意识形态的集中体现。民间叙事是富有活力而易变的，无论是主题内容，还是形式表达，它都与官方叙事、文人叙事等存在较大差异。民间叙事传统是民间叙事在历史发展过程中沉淀、绵延形成的，借用语言、文字、图像等艺术形式表现人们的劳动生活与思想情感，具有集体性、传承性等特点，在展示族群文化内涵方面具有示范作用。民间叙事传统是稳定的，也是缓慢变化的，具有范型、记忆和认同、凝聚和传承等功能。中西民间叙事传统携带了各自民族的文化基因。文化基因是指可以被复制的、鲜活的文化传统和可能复活的传统文化的思想因子，是内在于各种文化现象中，并且具有在时间和空间上得以传承和展开能力的基本理念或基本精神。① 对中西民间叙事传统的比较研究，能够更好理解、概括中西民间叙事模式特征，有助于讲好中国故事。

　　在民间叙事传统千差万别的文本中，载体形态影响和制约了叙事的表达。不同的载体在叙事题材的选择、叙事结构模式的安排展现出独有的特征。民间叙事形态可分为口传叙事、文字叙事、非语言文字叙事三大类，它们在各自范围内形成了相对成熟的话语形态和叙事模式。它们承

---

① 参见李亚楠、吴福平：《文化基因解码：原理与方法》，杭州：浙江大学出版社，2021年，第22页。

载着本民族相对固定的价值观念,形成独特的审美视域、认知方式,对于民族思维、风俗乃至民族组织架构等都有深远影响。中西民间叙事长期受到本民族文化的滋养,文化观念等最终决定民间叙事传统的样貌。民间叙事传统必然携带着本民族文化、思想观念情感,承载着民众的历史和集体记忆。从某种意义上说,民间叙事传统就是民族文化的自证。

中西民间叙事传统关注本族发展,通过叙事表达集体的思想与生活,其核心是地方性知识。民间叙事传统和地方性知识紧密结合在一起,分享、团结、交流是民间叙事产生的内在需要。民间叙事传统具有鲜明的民族特色和地域特征,其中的神话巫术叙事思维影响了人们的叙事传统模式。民间传承人是集体的故事讲述人;民间叙事由于没有固定的文本,叙事经由口耳相传,因此故事内容和形式是多变的、不确定的,它的很多内容都在叙述中一代代扬弃,民间叙事文本具有特别强大的生机和活力。

民间口传叙事是中西重要的叙事形态,西方传统叙事模式包括神话、占卜、诗歌等,中国传统叙事包括神话、谶纬、歌谣、短诗等叙事形式。中西地域环境、审美心理、宗教等方面的差异导致中西民间故事呈现出不一样的风貌。中西民间故事叙事传统模式不同,可以从叙事主题、叙事情节、叙事结局进行分析。私修家谱叙事是中西民间叙事传统中的重要门类之一。口传家谱是中西家谱修纂传统共有的源头,中国家谱纂修主要经历了从官方化到民间化的过程,西方家谱纂修则大体表现为由贵族化逐步走向平民化。中西私修家谱主要表现为直陈和隐指两种叙事话语类型。中西陶瓷技术发展不同以及社会历史文化差异使中西陶瓷图绘叙事形成了各自的传统。文化差异导致中西陶瓷图绘叙事题材的不同。中国文化推崇内敛含蓄,重义,强调整体价值,中国陶瓷图绘叙事呈现方式以写意为主。西方文化追求外放直观,强调主体意识。西方陶瓷图绘在叙事呈现方式上一直以写实为主,在构图上往往突出中心人物在图绘中所占的比例。俗赋和彩色玻璃窗分别是西方和中国民间叙事传统的缺类现象,是中西独有的叙事门类。

一、中西民间叙事经验与作家文学叙事

作家生活在一定的人文环境当中,必然受到环境尤其是民间文学的巨大影响。民间文学本来就是民俗中的文学,是人民大众千百年来一直喜爱的文学。民间文学不只是一般的文学，而且是作家文学的祖先和奶娘。①民间叙事传统魅力经久不衰，是作家创作的养料。"一批新写实作家视点下沿，平稳地向民间过渡，一些先锋派作家在遭到读者拒绝下也开始回归大众，及时地作出策略性转移，还有一部分作家，则沉溺在历史的废墟上超度亡灵，企图穿越漫长的时空唤起民间的回应。总之，作家们在脱离庙堂与广场之后，以一个普通百姓的身份归隐民间，通过平民的眼光对民间生活作出新的发现。"②莫言的红高粱系列，刘震云的故乡系列，张炜的《九月寓言》，陈忠实的《白鹿原》等都显示出民间叙事传统的影响。莫言的高密乡叙述里就有不少是民间故事："莫言通过直述、转述或是将民间故事化为小说中人物的经历等方式，将这些民间故事不留痕迹地编织进小说的情节之中，使之与小说的主故事水乳相融、浑然一体。这些被嵌入的民间故事具有承续故事情节、提升小说主题、营造和渲染小说气氛的叙事功能。"③

民间叙事传统，无论是叙事的主题、形象、方式等都会渗透到作家的内心世界，造成深刻的影响，并产生巨大的能动作用。作家文学中表现异常情节和神奇人物的内容与技巧可能借鉴了神话故事。民间叙事传统繁复，地域不同，形式便不同。中西民间叙事传统对于作家文学影响巨大。

拉美魔幻现实主义作家马尔克斯的创作受民间叙事传统影响。马尔克斯的童年在外祖父家度过，他的外祖母有一肚子的神话传说和鬼怪故事："马尔克斯7岁开始读《一千零一夜》，又从外祖母那里接受了民间文学和文化的熏陶。在童年的马尔克斯的心灵世界里，他的故乡是人鬼交混，充满着幽灵的奇异世界，以后，这就成了他创作的重要源泉。"④马尔克斯回忆道："我时常清楚地记得的并不是人，而是从前我和外祖父母一块儿住过的阿拉卡塔卡镇的那个宅院。我现在每天睡醒的时候，都有一种亦真亦幻的感觉，似乎自己依然身处那所令我魂牵梦绕的宅院。"⑤马尔克斯最终写出了巨著《百年孤独》，里面有不少拉丁美洲神话传说，这对

---

① 段宝林：《民间叙事的立体研究》，上海：上海人民出版社，2018年，序第2页。
② 宗元：《走向民间——对当代文学的一种现象描述》，《小说评论》2001年第3期，第16页。
③ 张相宽：《莫言小说中民间故事的嵌入及其叙事功能》，《学术交流》2019年第8期，第150页。
④ 郑克鲁、蒋承勇主编：《外国文学史（第三版）下》，北京：高等教育出版社，2015年，第217页。
⑤ [哥伦比亚]达索·萨尔迪瓦尔：《马尔克斯传》，卞双成、胡真才译，上海：上海人民出版社，2008年，第94页。

于提升拉美民族的凝聚力、影响力有着重要的作用:"至少在想象的层面上,神话有助于重拾原已被殖民化抹除的民族身份,而作为一种意识形态工具,神话亦能够让一国之民众、一个民族或种族重归一个命定之所,换言之,神话给一个分裂而困苦的民族提供的是团结和主权的诗学。"① 在授予马尔克斯诺贝尔文学奖时,瑞典文学院给他的评语是:"他的小说以丰富的想象编织了一个现实与幻想交相辉映的世界,反映了一个大陆的生命与矛盾。"②

一个作家如果善于学习民间文学,善于在作品中表达和传承自己的族群记忆,无疑更容易获得族群的共鸣和拥戴,也更容易引起不同文化背景的读者的兴趣。③ 非洲的"柏油娃故事"属于"兔子兄弟"系列中的一个。狐狸为了抓住兔子,用柏油做玩偶(柏油娃)引诱兔子,逮住了兔子后,兔子对狐狸说,千万别把自己丢进草地。狐狸不想上当,于是把兔子丢进了草地,兔子趁机逃跑。在现实世界中,兔子不是狐狸的对手,于是兔子通过机智改变了力量对比。这一个来自非洲的动物故事,被诺贝尔文学奖获得者、非裔美国作家托尼·莫里森隐喻性地写进了《最蓝的眼睛》,表达了黑白人种的复杂关系。"柏油娃"乔丁的困境是黑人记忆中的痛苦历史,是黑人现实生活的写照,是"柏油娃"这类民间故事的社会土壤。可见这个民间故事的巨大影响力。美国学者汤普森说:"人类学家及研究人类习俗的所有学者应该将各种故事的存活史的大量增加的材料,用之于阐释他们自己的发现。他们所真正理解的大量故事,会使得他们关于人类的整个智力的和审美的活动的观点,变得更加清晰和更加准确。"④民间故事对非洲作家的创作影响非常大,很多作家,如马里作家雅马博·沃洛盖姆、尼日利亚作家沃莱·索因卡和齐诺瓦·阿契贝等都把民间故事叙事传统元素融入作品中。

卡尔维诺深受意大利民间故事的影响。民间故事和神话故事中的形

---

① 刘爱英:《文学文化、去殖民化与文学乌托邦塞缪尔·贝克特在爱尔兰文学中的经典化》,《外国文学评论》2019年第3期,第185页。

② 陈众议:《加西亚·马尔克斯传》,北京:中国长安出版社,2011年,第195页。

③ 陈建宪:《口头文学与集体记忆——陈建宪自选集》,武汉:华中师范大学出版社,2012年,自序第1页。

④ [美]斯蒂·汤普森:《世界民间故事分类学》,郑海等译,上海:上海文艺出版社,1991年,第537页。

象对卡尔维诺的影响在于：这些形象不仅为他提供了展开故事的引发点，而且影响了他的创作思维。① 他的《分成两半的子爵》叙述了梅达尔多子爵在战场上被炮弹劈成两半：好的一半和恶的一半，最后又被医生缝合为一个人。这篇小说借鉴了意大利民间故事中《苹果肉和苹果皮》的故事：术士给了王后一个苹果，王后让女仆削苹果，自己吃了苹果肉，而女仆吃了苹果皮。他们两人在同一天生下两个男孩：一个像苹果肉，一个像苹果皮。卡尔维诺的《不存在的骑士》借鉴了意大利民间故事《看不见的爷爷》的题名。

蒲松龄的《聊斋志异》是文言小说的典范，其叙事深得史传文学和志怪传奇之妙。其中不少小说有浓厚的民间故事色彩。比如，《小翠》中主人公的名字不是文人作品中那种具有深意的名字，而是一个符号化的、大众式的名字，类似于民间故事中的张三，不具有典型特征。《小翠》的情节结构中有重要作用的事件有三件：小翠装扮成冢宰戏弄王给谏，小翠给王元丰穿上皇袍龙冠戏弄王给谏，小翠失手打破玉瓶。这三件事都让王太常夫妇恼怒（破坏了其政治前途）。王氏夫妇三次反应相同：诃骂。这三件事实质上参照了民间故事的三段式结构。明末起义将领李岩的传说是在民间传说基础上，由小说家和史家共同创作的一个虚构故事：民间流传李公子传说，版本众多；《剿闯小说》移植并改造了其中之一。民间故事以其杰出的想象力，影响了历史书写和小说创作，记录了动荡不安的社会情绪和文化理念。② 各民族的作家对民间传说等都比较重视，爱尔兰作家叶芝充分肯定了民间传说的价值和功能。叶芝认为民间传说都非常质朴、充满乐感，因为它们是这样一个阶层的文学：对他们来说，在降生、爱情、痛苦和死亡这条老路上，各种事件从古到今源源不断地涌出。他们把一切铭记在心，认为每件事都是一个象征。③

中西民间叙事传统是人们生活智慧经验的总结，包含了人类的文化信息。民间叙事传统以口传、文字、各种器物材料的方式保存流传，在流传的过程中结合新的条件、人们的审美兴趣的变化而进行改造、保存、流

---

① 裴亚莉：《卡尔维诺的创作与民间故事和神话传说（初稿）》，《吕梁高等专科学校学报》1999年第2期，第14页。
② 许军：《民间故事的文史影响——以李岩传说为例》，《民间文化论坛》2010年第6期，第5页。
③ ［爱尔兰］W. B. 叶芝编著：《凯尔特乡野叙事：一八八八》，殷杲译，南京：江苏人民出版社，2013年，序第7页。

传。民间叙事传统是最为活跃的叙事模式。比如,我们知道,禁忌有的时候并不十分准确,比如做坏事要遭到雷劈,但是很多坏人并没有被雷劈;相反,倒是有不少守规矩之人被雷劈了。所谓好人不得好报。叙事传统遭遇强烈的怀疑,甚至会被消解。因此,禁忌叙事就会找出新的理由来解释,进而形成新的叙事传统。可以说,民间叙事是最为活跃的叙事因子,它一方面形成模式,为后来者构成可以模仿、参考的范例;另一方面,它在建构中不断适应新的形势,以一种适宜的方式存在下去。而过去的叙事传统以记忆的方式存在于人们的族群记忆中,成为人们经历了的、改造过的生活模式,成为成年人抹不去的乡愁。

在民间飘荡流传的民间叙事代代相传,无论是叙事内容还是叙事形式都被人们以合适的方式代际相传,一方面慰藉人们的乡愁,另一方面教给下一代生活范例、规则。下一代从上一代传下来的叙事模式中汲取经验教训,把它运用于自己的生活、工作。作家也在自己的闲暇中接受从若干代传下来的叙事传统,并深深地内化为自己可以跟随的创作模式。作家的写作深深地打上了自己的个性烙印,同时,在闲暇时间接触的叙事模式也转变成了创作者们的巨大行动力,他们把传统叙事隐秘地写到了作品中去。普希金、鲁迅、莫里森、马尔克斯、库切、帕慕克、陈忠实、扎西达娃、莫言、阿来等作家概莫能外。这样,民间叙事传统就与作家的私人文学接续上了。作家文学使用高效率的文学传播,把散落在民间的叙事传统高效传播出去,供人们思考、品味、改造和传播,也就是一方面把民间叙事传统传播出去,另一方面对传统进行了最大程度的检阅、改造。比如,中国四大民间故事《牛郎织女》《孟姜女哭长城》《梁山伯与祝英台》《白蛇传》的人物、物象和情节构建展示了特定的价值观,表现出对美好生活的向往和追求。

二、比较视野下的当代叙事理论创新

比较是一种发现问题和理论创新的重要思维方法。在比较中能开阔视野,洞悉事物发展的进程,概括其规律。

自西方经典叙事学著作译介到本土以来,中国的叙事学研究取得了长足的进步,一方面理论专著大量面世,叙事研究论文大量发表;另一方面,叙事学会议召开,叙事学研究机构成立,叙事学在某种程度上成为一种"显学"。叙事学研究大致呈现出两种趋向:一种趋向是既有叙事理论已经得到了充分的认同、拓展并且应用到具体文本研究中去了；另一种趋向是回到传统文本中，专注传统文本的叙事现象。

无论是叙事学理论的经典之作，还是当代叙事学理论专著，都试图建立起叙事理论的普遍规则，建立一套规范的叙事语法，从而建构一个具有中西普遍特征的叙事理论体系。当代叙事学研究带有鲜明的普遍主义理论诉求。然而，这种普遍性追求只是学者们的一个理论理想，在实际操作中面临着诸多问题。众所周知，语言是本民族生存与文学叙事的存在方式。当代系统叙事理论首先产生于欧洲语言文化中，它是以欧洲语言与文学叙事实践为典范，是欧洲现代知识语境下的理论建构的产物。古希腊神话研究的发展如若要被理解的话，那么它必须在这一系列思想和传统的语境中加以考虑。① 从本质上讲，虽然欧洲叙事理论相对而言具有较大的涵盖面和代表性，但它实际上仍然是一种地方性的知识。不同民族的文学叙事具有一定的共性，但并不是说具有一种可通约性，一劳永逸的叙事理论并不存在。比如，当代叙事理论丰富庞大，但运用既有叙事理论分析少数民族叙事文本的隐含作者、叙述者、第一人称单数作复数使用、集体叙述视角、中断的情节结构等叙事现象时，会遇到一些困难，这种困难凸显的是丰富的文学现象对既有叙事理论的挑战，以及普遍性叙事理论追求的现实困境。实际上，不同民族语言建构的叙事方式，并非单纯形式的差异与变化，而是有着本质上的差异和改变。

在全球化语境下如何建构具有时代特色的叙事理论呢？叙事理论要不断注入现代化、全球化因素，密切联系地方语境，对中西叙事现象规律进行比较，才能真正建立具有实践意义的理论架构。全球化为文化革新提供了机会，将中西民间叙事传统进行比较研究，发现其中规律。人员的流动，带来了他乡的故事，这在本质上也是一种地方性知识。中华民族在历史上就是一个包容性强的民族，在民族交流中诞生了灿烂的文化：

> 立足"中华民族共同体"理念向纵深看去，中华民族历史上曾有蒙古族、满族等非汉族执政朝代。仅以清代看，认可接受包括汉族在内的他民族文化文学资源整理和发展的史实比比皆是。总结归纳这方面历史经验可以概括表述为，"中华民族共同体"内部单个民族认

---

① 苏李：《作为理性的古希腊神话：重审古希腊神话与理性思维》，《东吴学术》2017年第5期，第123页。

可并发展汇入中华民族共同体文化,是各民族普遍性遗传基因。①

今天的世界是开放的世界,要学习先进文化技术,在比较中发现新的规律,进行理论概括和创新,讲好我们自己的故事。

---

① 刘俐俐:《基于"中华民族共同体"的中国民族文学价值观念及其文学批评意义》,《西南民族大学学报(人文社会科学版)》2022年第9期,第162页。

主要参考文献

国内论文：

1. 阿来：《让你读懂西藏人眼神》，《长江日报》2009年9月5日第10版。
2. 安家瑶：《玲珑澄澈 缤纷东西 中国考古发现的国产玻璃和进口玻璃》，《文明》2014年第11期。
3. 鲍红信：《比较视域下的池州傩舞及其特点》，《内蒙古农业大学学报（社会科学版）》2019年第1期。
4. 边理：《15个相信占星术的名人》，《新青年》1994年第11期。
5. 宾泉：《环江毛南族木雕傩面形象创作及演变》，《雕塑》2020年第2期。
6. 蔡芳：《同核与异体：陶瓷绘事与文本叙事的关系研究》，《中国比较文学》2023年第1期。
7. 仓修良：《试论谱学的发展及其文献价值》，《文献》1983年第2期。
8. 曹柯平、王小盾、徐长青：《海昏侯墓地符号世界：当卢纹饰研究》，《江汉考古》2018年第2期。
9. 曹顺庆：《三重话语霸权下的少数民族文学研究》，《民族文学研究》2005年第3期。
10. 常建华：《谱牒学与徽学离不开徽州族谱（主持语）》，《安徽大学学报（哲学社会科学版）》2015年第6期。
11. 朝戈金：《重视我们的口头传承》，《人民日报》2016年3月21日第7版。
12. 陈建宪：《中国洪水神话的类型与分布——对433篇异文的初步宏观分析》，《民间文学论坛》1996年第3期。
13. 陈姝聿：《我国古代玻璃的起源和发展》，《文物鉴定与鉴赏》2019年第4期。
14. 陈志华：《少数民族小说叙述可靠性与民族身份认同》，《西南民族大学学报（人文社科版）》2020年第2期。
15. 程杰：《论青梅的文学意义》，《江西师范大学学报（哲学社会科学版）》2016年第1期。

16. 程群：《道教舞蹈与中国传统象占、星占、风水文化》，《美与时代（下）》2020 年第 7 期。
17. 崔敏浩：《达斡尔族萨满的物质文化研究》，《黑龙江民族丛刊》2017 年第 6 期。
18. 范铁明、陈畅：《达斡尔族萨满服饰造型艺术初探》，《齐齐哈尔大学学报（哲学社会科学版）》2016 年第 2 期。
19. 冯伟伟：《浅析圣家族大教堂彩色玻璃窗艺术特征》，《艺术品鉴》2016 年第 4 期。
20. 傅修延、钟泽芳：《饮食叙事与互渗思维》，《江西社会科学》2023 年第 1 期。
21. 傅修延：《城市叙事关乎未来》，《探索与争鸣》2022 年第 10 期。
22. 傅修延：《瓷的叙事与文化分析》，《江西师范大学学报（哲学社会科学版）》，2011 年第 6 期。
23. 傅修延：《论叙事传统》，《中国比较文学》2018 年第 2 期。
24. 傅修延：《人类是"叙事人"吗？——何谓叙事、叙事何为与叙事学向何处去》，《北京师范大学学报（社会科学版）》2023 年第 1 期。
25. 傅修延：《人类为什么要讲故事——从群体维系角度看叙事的功能与本质》，《天津社会科学》2018 年第 4 期。
26. 傅修延：《丝巾与中国文艺精神》，《江海学刊》2023 年第 4 期。
27. 傅修延：《文学是"人学"也是"物学"——物叙事与意义世界的形成》，《天津社会科学》2021 年第 5 期。
28. 傅修延：《物感与"万物自生听"》，《中国社会科学》2020 年第 6 期。
29. 傅修延：《一时代有一时代之叙事——关于中国叙事传统的形成与变革》，《文学评论》2018 年第 2 期。
30. 傅修延：《中西叙事传统比较论纲》，《学术论坛》2017 年第 6 期。
31. 干福熹：《中国古代玻璃的起源和发展》，《自然杂志》2006 年第 4 期。
32. 龚良、孟强、耿建军：《徐州地区的汉代玉衣及相关问题》，《东南文化》1996 年第 1 期。
33. 龚之允：《中西交流中产生的玻璃背画——起源、发展和未解之谜》，《新美术》2021 年第 1 期。
34. 郭淑云：《"萨满"词源与词义考析》，《西北民族研究》2007 年第 1 期。
35. 韩洞：《〈纽伦堡编年史〉中的谱系树图像》，《美术观察》2019 年第 2 期。
36. 韩琪、徐佩：《俄罗斯民间故事中"善"的观念探析》，《文化创新比较研究》2021 年第 3 期。
37. 何东伟：《浅议非物质文化遗产保护的现状与对策》，《客家文博》2018 年第 3 期。
38. 胡刚：《湛江傩舞的肢体语言》，《粤海风》2019 年第 4 期。
39. 胡鹏：《从占星学到天文学：莎士比亚的宇宙观》，《国外文学》2014 年第 4 期。
40. 胡青、马良灿：《回族家谱的三个维度：族源、族规与人伦——以云南昭通回族谱牒为例》，《回族研究》2007 年第 2 期。
41. 胡秀峰：《材料和形式的唯美融合——约翰·拉·法格与美国彩色玻璃窗艺术革新》，《艺术百家》2014 年第 6 期。

42. 靳玮:《对民间故事三种定式结构的考察》,《民间文学论坛》1987年第3期。
43. 赖大仁:《马克思主义文论同中华传统文论相结合的理论基点》,《文学评论》2023年第2期。
44. 雷波:《骆驼泉传说:撒拉族的历史记忆与族群认同》,《山西大同大学学报(社会科学版)》2008年第4期。
45. 李华:《略论玻璃艺术的起源与发展》,《理论观察》2013年第4期。
46. 李建宗:《口头文本的意义:民族想象、族群记忆与民俗"书写"——以裕固族民间故事为研究个案》,《内蒙古社会科学(汉文版)》2009年第1期。
47. 李雪萍、章军华:《论赣傩的起源与发展流程》,《东岳论丛》2006年第1期。
48. 李一平:《宁都中村客家傩戏文化特质田野考察》,《传播力研究》2019年第19期。
49. 李永平:《文学人类学视野下的谣言、流言及叙述大传统》,《思想战线》2014年第2期。
50. 梁珉源:《都铎-斯图亚特王朝时期英格兰的占星术与政治表达》,《英国研究》2022年第1期。
51. 林继富:《藏族民间口头叙事传统研究——以西藏为视角》,《青海民族研究》2015年第4期。
52. 聆闻:《拆穿占星术的鬼把戏》,《教育艺术》1995年第3期。
53. 刘慧:《占星术为何长盛不衰》,《北京科技报》2004年5月19日A05版。
54. 刘俐俐:《"以美均衡真善"的儿童文学价值观念》,《社会科学战线》2021年第1期。
55. 刘俐俐:《故事问题视域中的"法律与文学"研究》,《文艺研究》2015年第1期。
56. 刘俐俐:《基于"中华民族共同体"的中国民族文学价值观念及其文学批评意义》,《西南民族大学学报(人文社会科学版)》2022年第9期。
57. 刘俐俐:《文艺评论价值体系与文学批评标准问题研究》,《南京社会科学》2016年第12期。
58. 刘俐俐:《中华民族共同体的理念导向与民族文学功能》,《民族文学研究》2020年第5期。
59. 刘守华:《"羽衣仙女"故事的中国原型及其世界影响》,《湖北民族学院学报(社会科学版)》1997年第2期。
60. 龙仁青:《格日尖参的〈格萨尔〉缘》,《青海湖》2015年第2期。
61. 罗艺峰:《圣王作乐与国家宗教》,《南京艺术学院学报(音乐与表演版)》2011年第3期。
62. 吕宗力:《汉代"妖言"探讨》,《中国史研究》2006年第4期。
63. 毛晓沪:《中国玻璃起源新论》,《文物天地》2016年第4期。
64. 孟芳:《报恩故事与民族心灵——从民间故事看我国报恩观念的理性色彩》,《中州大学学报》2008年第2期。
65. 莫愁:《从格尔茨"地方性知识"理论出发阐释民俗学关键词"地方性"》,《温州大学学报(社会科学版)》2020年第3期。

66. 钱杭:《谁在编族谱？谁在看族谱？——关于族谱的"生产者"和"消费者"》,《社会科学报》2000年6月1日第4版。
67. 热依汗・卡德尔:《不甘陨落的歌者——肃南裕固族民间口头传统传承人调查》,《贵州民族大学学报(哲学社会科学版)》2016年第2期。
68. 任伟:《傩的泛化:"千人一面"到"千人千面"——傩文化理论探讨之二》,《学术界》2015年第2期。
69. 萨敏娜:《从中华宗教模式及其当代发展看达斡尔族萨满仪式的重建》,《世界宗教文化》2016年第2期。
70. 上田五月:《中日"羽衣仙女传说"演变考论》,《江西社会科学》2020年第10期。
71. 石若辉:《羌族傩戏中释比的戏剧呈现》,《四川戏剧》2020年第6期。
72. 滕海键:《美国历史上的资源与荒野保护运动》,《历史教学(高校版)》2007年第8期。
73. 田燕、付怡冰:《别让网络占星"占"了你的心》,《湖南日报》2021年8月26日第7版。
74. 田有煌、刘敏帅、谭富强:《民间信仰仪式的乡村治理功能——以江西省南丰县的石邮傩为例》,《赣南师范大学学报》2019年第2期。
75. 汪保忠:《河南伏牛山牛郎织女传说圈研究》,《文化遗产》2018年第6期。
76. 汪立珍:《当代满族口头文学文本中保留的满语》,《满语研究》2004年第2期。
77. 汪丽珍:《从满族萨满神歌中的神名看满族的宗教信仰》,《满语研究》1997年第2期。
78. 王光东:《"民间"的现代价值——中国现代文学与民间文化形态》,《中国社会科学》2003年第6期。
79. 王慧:《符号学视域下的粤西傩舞研究》,《戏剧之家》2020年第11期。
80. 王奎:《宁都中村傩戏》,《地方文化研究》2020年第1期。
81. 王青:《"灰姑娘"故事的转输地——兼论中欧民间故事流播中的海上通道》,《民族文学研究》2006年第1期。
82. 王树刚:《试论〈瓦萨里论技艺〉中的彩色玻璃窗技术》,《佳木斯大学社会科学学报》2012年第5期。
83. 王婷婷:《扯下占星术的科学假面》,《科技日报》2013年10月31日第5版。
84. 王卫华、霍志刚:《现代化语景下满族民间叙事传统的危机与契机——以北京怀柔喇叭沟门满族乡为个案》,《满族研究》2019年第2期。
85. 王文东:《儒家伦理规范体系建构的原则和方法——以"三礼"为中心的分析》,《江西师范大学学报(哲学社会科学版)》2015年第1期。
86. 王晓东:《九台满族萨满仪式音乐的传承现状考察》,《歌海》2012年第4期。
87. 王晓葵:《"风俗"概念的近代嬗变》,《文化遗产》2010年第3期。
88. 王依农:《17世纪青花五彩瓷器珍赏》,《收藏》2018年第3期。
89. 王远明:《论康巴藏族民间故事中的善恶叙事》,《阿来研究》2015年第2期。
90. 危静:《湖南高椅傩戏"杠菩萨"的表演形态特征》,《中国民族博览》2019年第6期。
91. 吴秋林:《原始文化基因论》,《贵州民族学院学报(哲学社会科学版)》,2008年第4期。

92. 吴若明：《以瓷鉴名：德国"中国风"概念的形成、再现与接受》，《世界美术》2020 年第 2 期。
93. 希德夫：《鄂伦春人的"万物有灵"观念》，《内蒙古民族大学学报》2010 年第 1 期。
94. 肖巍：《中国占星术初探》，《上海社会科学院学术季刊》1991 年第 4 期。
95. 徐光台：《明末清初西学对中国传统占星气的冲击与反应：以熊明遇〈则草〉与〈格致草〉为例》，《暨南史学》2005 年。
96. 徐建华：《话说占星术》，《国学》2007 年第 8 期。
97. 徐建华：《家谱的地方性特色及价值》，《福建论坛（人文社会科学版）》2005 年第 9 期。
98. 徐艺：《文化生态视角下民间传统艺术研究——以昭通市傩戏（端公戏）为例》，《中国民族博览》2020 年第 14 期。
99. 严英秀：《论当下少数民族文学的民族性和现代性》，《民族文学研究》2010 年第 1 期。
100. 杨洪林：《汉水、天汉文化考——兼论〈牛郎织女〉神话故事的源流》，《武当学刊》1993 年第 4 期。
101. 叶海涛：《论国家公园的"荒野"精神理据》，《江海学刊》2017 年第 6 期。
102. 叶舒宪：《"地方性知识"》，《读书》2001 年第 5 期。
103. 叶涛：《民间文献与民间传说的在地化研究——以沂源牛郎织女传说为中心的探讨》，《民族艺术》2016 年第 4 期。
104. 一然：《占星术迷局》，《科学世界》2011 年第 5 期。
105. 于平、冯双白：《说"傩"：中华民族舞蹈原始发生蠡测（三）》，《舞蹈》2020 年第 3 期。
106. 扎西达娃：《西藏，系在皮绳结上的魂》，《西藏文学》1985 年第 1 期。
107. 张博：《检验占星术：科学可以判定超自然观念的真伪吗？在心理学研究中如何排除主观因素影响？》，《科学世界》2015 年第 7 期。
108. 张夫也：《彩绘玻璃——真理和艺术之光》，《文明》2014 年第 7 期。
109. 张建兰：《铜仁傩文化研究》，《戏剧之家》2020 年第 1 期。
110. 张健：《傩戏跳岭头的戏剧特色》，《戏剧之家》2019 年第 11 期。
111. 张凯：《〈青凤〉中民间故事叙事特点的体现》，《蒲松龄研究》2010 年第 1 期。
112. 张明华、陈露：《澳大利亚的续家谱热》，《世界博览》1989 年第 3 期。
113. 张攀利：《昭飨祀事，精诚通神：唐代的祭祀饮食文化》，《濮阳职业技术学院学报》2018 年第 4 期。
114. 张卫中：《〈左传〉占梦、占星预言与春秋社会》，《史学月刊》1999 年第 4 期。
115. 张文茹、张九雨：《"年谱家谱族谱及其他"：第 18 届中外传记文学研究会年会综述》，《国外文学》2014 年第 1 期。
116. 张辛：《玉器礼义论要》，《中国历史文物》2003 年第 6 期。
117. 张勇华：《江西宁都中村傩戏研究——一项客家非物质文化遗产的调查》，《赣南师范学院学报》2008 年第 1 期。
118. 张原浩：《从石室教堂到余荫山房——看彩色玻璃窗中西营造》，《建材与装饰》2018

年第 10 期。

119. 章启群：《两汉经学观念与占星学思想——邹衍学说的思想史意义探幽》，《哲学研究》2009 年第 1 期。

120. 赵超凡：《山西潞城贾村赛社傩舞文化的特点》，《戏剧之家》2018 年第 17 期。

121. 赵秀荣：《16—17 世纪英格兰占星医学的流行及其原因分析》，《史学集刊》2020 年第 1 期。

122. 赵洋：《千年占星术》，《科学与文化》2008 年第 7 期。

123. 郑威：《社会记忆:民族文学作为族群叙事文本——以瑶族创世古歌〈密洛陀〉的族群认同功能为例》，《广西民族研究》2006 年第 2 期。

124. 周宪：《说不尽的"拉奥孔"——文学与其他艺术关系史的一个考察》，《中国比较文学》2020 年第 3 期。

125. 周晓光：《论徽州家谱谱传的价值——以〈新安商山吴氏宗祠谱传〉为例》，《安徽大学学报(哲学社会科学版)》2015 年第 6 期。

126. 周在群：《"海洋间谍"在行动(之四)——从"占星密码"到"钟摆情报"》，《海洋世界》1999 年第 8 期。

127. 朱彤：《20 世纪对西方占星术的科学检验》，《自然辩证法研究》2005 年第 8 期。

国内论著：

1. 《比较文学概论》编写组：《比较文学概论(第二版)》，北京:高等教育出版社,2018 年。
2. 《深度文化》编委会编著：《世界名画鉴赏(珍藏版)》，北京:清华大学出版社,2021 年。
3. 阿地里·居玛吐尔地：《口头传统与英雄史诗》，北京:中央民族大学出版社,2009 年。
4. 白书斋续谱：《白居易家谱》，上海:中国旅游出版社,1983 年。
5. 包岩：《青色极简史》，北京:现代出版社,2022 年。
6. 北京大陆桥文化传媒编著：《神秘占星术》，重庆:重庆出版社,2008 年。
7. 北京艺术博物馆编：《中国吉州窑》，北京:中国华侨出版社,2013 年。
8. 菜九段：《历史的侧影》，长春:吉林出版集团有限责任公司,2009 年。
9. 蔡智敏、姜联众主编：《文学与思想的 70 座高峰》，南昌:二十一世纪出版社,2015 年。
10. 仓修良：《谱牒学通论》，上海:华东师范大学出版社,2017 年。
11. 曹雪芹：《红楼梦》，无名氏续，北京:人民文学出版社,2019 年。
12. 朝戈金：《口传史诗诗学:冉皮勒〈江格尔〉程式句法研究》，南宁:广西人民出版社,2000 年。
13. 陈惇、孙景尧、谢天振主编：《比较文学(第三版)》，北京:高等教育出版社,2014 年。
14. 陈洪主编：《外国文学通识——外国文学名家名作巡礼》，武汉:华中理工大学出版社,1999 年。
15. 陈鸿俊编著：《中国工艺美术史》，长沙:中南大学出版社,2004 年。

16. 陈平：《西方美术史学史》，杭州：中国美术学院出版社，2008年。
17. 陈士龙、沈泓：《历代瓷器收藏与鉴赏》，北京：中华工商联合出版社，2015年。
18. 陈思和：《陈思和自选集》，桂林：广西师范大学出版社，1997年。
19. 陈跃红、徐新建、钱荫榆：《中国傩文化》，北京：中央编译出版社，2008年。
20. 陈志华：《不可靠叙述研究》，北京：中国社会科学出版社，2018年。
21. 陈志强：《拜占庭帝国通史》，上海：上海社会科学院出版社，2013年。
22. 陈众议：《加西亚·马尔克斯传》，北京：中国长安出版社，2011年。
23. 池瑾璟、吴远华：《非遗保护与新晃傩戏研究》，苏州：苏州大学出版社，2015年。
24. 邓淑苹：《蓝田山房藏玉百选》，台北：年喜文教基金会，1995年。
25. 丁建弘：《德国通史》，上海：上海社会科学院出版社，2012年。
26. 段宝林：《民间叙事的立体研究》，上海：上海人民出版社，2018年。
27. 段宝林主编：《民间文学教程》，北京：高等教育出版社，2006年。
28. 敦煌研究院编：《敦煌文化探微》，南京：江苏凤凰美术出版社，2014年。
29. 范霄鹏编著：《新疆古建筑》，北京：中国建筑工业出版社，2015年。
30. 费孝通：《乡土中国 生育制度 乡土重建》，北京：商务印书馆，2011年。
31. 冯雷：《理解空间：现代空间观念的批判与重构》，北京：中央编译出版社，2008年。
32. 冯时：《中国天文考古学》，北京：中国社会科学出版社，2007年。
33. 伏俊琏：《俗赋研究》，北京：中华书局，2008年。
34. 傅修延：《济慈诗歌与诗论的现代价值》，北京：北京大学出版社，2014年。
35. 傅修延：《讲故事的奥秘：文学叙述论》，南昌：二十一世纪出版社集团，2020年。
36. 傅修延：《趣味叙事学》，北京：北京大学出版社，2022年。
37. 傅修延：《听觉叙事学》，北京：北京大学出版社，2021年。
38. 傅修延：《先秦叙事研究：关于中国叙事传统的形成》，北京：东方出版社，1999年。
39. 傅修延：《中国叙事学》，北京：北京大学出版社，2015年。
40. 富育光、孟慧英：《满族萨满教研究》，北京：北京大学出版社，1991年。
41. 干宝：《搜神记译注》，邹憬译注，上海：上海三联书店，2012年。
42. 顾朴光、潘朝霖、柏果成编：《中国傩戏调查报告》，贵阳：贵州人民出版社，1992年。
43. 郭讲用：《中华民族共同体：传统节日仪式传播与信仰重塑》，北京：商务印书馆，2022年。
44. 郭俊红：《天鹅处女型故事》，北京：中国社会出版社，2010年。
45. 韩明辉：《这些年，我们还在相信的历史谣言》，杭州：浙江大学出版社，2016年。
46. 何鹏：《北欧神话》，西安：陕西人民出版社，2016年。
47. 何秀芝、杜拉尔·梅：《我的先人是萨满》，北京：民族出版社，2009年。
48. 贺原：《一目了然古陶瓷：给大家的中国古代陶瓷思维导图》，北京：故宫出版社，2022年。
49. 洪丕谟、姜玉珍：《中国古代算命术》，上海：上海人民出版社，1989年。

50. 胡辛：《瓷行天下》，南昌：江西美术出版社，2017年。
51. 湖南省博物馆编：《湖南宋元窖藏金银器发现与研究》，北京：文物出版社，2009年。
52. 黄寿祺、张善文译注：《周易译注》，上海：上海古籍出版社，2007年。
53. 黄涛编著：《中国民间文学概论（第二版）》，北京：中国人民大学出版社，2013年。
54. 黄一农：《社会天文学史十讲》，上海：复旦大学出版社，2004年。
55. 黄征、张涌泉校注：《敦煌变文校注》，北京：中华书局，1997年。
56. 贾平凹：《秦腔》，北京：作家出版社，2005年。
57. 贾平凹：《万物有灵》，武汉：长江文艺出版社，2020年。
58. 江帆：《民间口承叙事论》，哈尔滨：黑龙江人民出版社，2003年。
59. 江建新主编：《瓷器改变世界》，成都：四川人民出版社，2022年。
60. 姜忠奎：《纬史论微》，黄曙辉、印晓峰点校，上海：上海书店出版社，2005年。
61. 金立江：《苏美尔神话历史》，广州：南方日报出版社，2014年。
62. 金莉、李铁主编：《西方文论关键词（第二卷）》，北京：外语教学与研究出版社，2017年。
63. 金其桢：《中国牌坊》，重庆：重庆出版社，2002年。
64. 赖大仁：《20世纪中国文学理论批评的现代转型》，北京：中国社会科学出版社，2018年。
65. 郎樱：《〈玛纳斯〉论》，呼和浩特：内蒙古大学出版社，1999年。
66. 冷德熙：《超越神话——纬书政治神话研究》，北京：东方出版社，1996年。
67. 李昉：《太平御览》，夏剑钦等校点，石家庄：河北教育出版社，1994年。
68. 李玲：《从荒野描写到毒物描写：美国环境文学的两个维度》，北京：北京理工大学出版社，2013年。
69. 李天祜：《古代希腊史》，兰州：兰州大学出版社，1991年。
70. 李泽厚：《李泽厚十年集》，合肥：安徽文艺出版社，1994年。
71. 李泽主编：《朱士嘉方志文集》，北京：燕山出版社，1991年。
72. 梁思成：《中国建筑史（通校本）》，北京：生活·读书·新知三联书店，2023年。
73. 林继富：《汉藏民间叙事传统比较研究：基于民间故事类型的视角》，北京：人民文学出版社，2016年。
74. 林继富：《民间叙事传统与故事传承：以湖北长阳都镇湾土家族故事传承人为例》，北京：中国社会科学出版社，2007年。
75. 林骧华主编：《西方文学批评术语辞典》，上海：上海社会科学院出版社，1989年。
76. 刘敦桢主编：《中国古代建筑史（第二版）》，建筑科学研究院建筑史编委会组织编写，北京：中国建筑工业出版社，1984年。
77. 刘俐俐：《外国经典短篇小说文本分析》，北京：北京大学出版社，2004年。
78. 刘俐俐：《文学"如何"：理论与方法》，北京：北京大学出版社，2009年。
79. 刘俐俐：《文学经典故事方法论》，合肥：安徽教育出版社，2015年。
80. 刘俐俐：《小说艺术十二章》，上海：上海教育出版社，2014年。

81. 刘俐俐：《中国现代经典短篇小说文本分析(第二版)》，北京：北京大学出版社，2021年。
82. 刘守华、陈建宪主编：《民间文学教程(第二版)》，武汉：华中师范大学出版社，2009年。
83. 刘守华、陈建宪主编：《民间文学教程》，武汉：华中师范大学出版社，2002年。
84. 刘守华：《民间故事的比较研究》，北京：中国民间文艺出版社，1986年。
85. 刘守华：《中国民间故事史》，北京：商务印书馆，2012年。
86. 刘铁梁主编：《20世纪中国民间文学经典》，北京师范大学中文系组编，北京：北京师范大学出版社，2004年。
87. 刘维红编著：《千古碑铭》，合肥：安徽文艺出版社，2004年。
88. 刘亚虎：《神话与诗的"演述"——南方民族叙事艺术》，北京：北京大学出版社，2006年。
89. 刘意青、罗经国主编：《欧洲文学史(修订版)第一卷·古代至十八世纪欧洲文学》，北京：商务印书馆，2019年。
90. 刘永华：《礼仪下乡：明代以降闽西四保的礼仪变革与社会转型》，北京：生活·读书·新知三联书店，2019年。
91. 刘昭民：《中华天文学发展史》，陈立夫主编，台北：台湾商务印书馆，1985年。
92. 楼宇烈：《中国的品格——楼宇烈讲中国文化》，北京：当代中国出版社，2007年。
93. 鲁刚：《文化神话学》，北京：社会科学文献出版社，2009年。
94. 鲁迅：《中国小说史略》，北京：民主与建设出版社，2015年。
95. 陆康、张巍主编：《权力与占卜》，北京：中华书局，2016年。
96. 罗贯中：《三国演义》，北京：人民文学出版社，2019年。
97. 吕思勉：《中国宗族制度小史》，北京：知识产权出版社，2018年。
98. 马未都：《瓷之色》，北京：故宫出版社，2011年。
99. 马未都：《瓷之纹》，北京：故宫出版社，2013年。
100. 孟子：《孟子》，万丽华、蓝旭译注，北京：中华书局，2007年。
101. 宁稼雨等：《诸神的复活：中国神话的文学移位》，北京：中华书局，2020年。
102. 欧阳修、宋祁等：《新唐书·礼乐志六》，北京：中华书局，1986年。
103. 欧阳宗书：《中国家谱》，北京：新华出版社，1993年。
104. 彭克巽主编：《欧洲文学史(修订版)第二卷·十九世纪欧洲文学》，北京：商务印书馆，2019年
105. 祁连休、程蔷主编：《中华民间文学史》，石家庄：河北教育出版社，1999年。
106. 祁连休、冯志华著：《中外机智人物故事大鉴》，北京：知识出版社，1993年。
107. 祁连休、冯志华主编：《中国民间故事通览》，石家庄：河北教育出版社，2021年。
108. 祁连休、吕微主编：《中国民间文学史》，石家庄：河北教育出版社，2019年。
109. 祁连休：《中国古代民间故事类型研究(修订本)》，石家庄：河北教育出版社，2007年。
110. 钱大昕：《潜研堂集》，吕友仁校点，上海：上海古籍出版社，2009年。

111. 邱国珍:《温州畲族史》,北京:人民出版社,2017年。
112. 任裕海:《全球化、身份认同与超文化能力》,南京:南京大学出版社,2015年。
113. 商聚德、刘荣兴、李振纲主编:《中国传统文化导论》,保定:河北大学出版社,1996年。
114. 上海博物馆编:《异域同辉:陶瓷与16—18世纪的中西文化交流》,上海:上海人民美术出版社,2021年。
115. 上海图书馆编:《中华谱牒研究——迈入新世纪中国族谱国际学术研讨会论文集》,王鹤鸣、马远良、王世伟主编,上海:上海科学技术文献出版社,2000年。
116. 邵晋涵:《南江文钞(卷六)余姚史氏宗谱序》,清道光十二年(1832)刻本。
117. 邵仄炯:《读懂中国画——画家眼中的五十幅传世名作》,上海:上海人民出版社,2021年。
118. 施耐庵、罗贯中:《水浒传》,北京:人民文学出版社,2019年。
119. 十院校《中国古代史》编写组:《中国古代史》,福州:福建人民出版社,1982年。
120. 石光伟、刘厚生编著:《满族萨满跳神研究》,长春:吉林文史出版社,1992年。
121. 史树清主编:《明清瓷器鉴定三十讲》,长春:吉林出版集团有限责任公司,2007年。
122. 司马迁:《史记》,弘丰译,北京:中国文联出版社,2016年。
123. 司马迁:《史记》,裴骃集解,司马贞索隐,张守节正义,北京:中华书局,2011年。
124. 斯钦巴图:《蒙古史诗:从程式到隐喻》,北京:民族出版社,2006年。
125. 孙庆伟:《礼以玉成:早期玉器与用玉制度研究》,北京:北京大学出版社,2022年。
126. 孙骁:《一张大事年表,快读世界历史》,北京:团结出版社,2011年。
127. 唐君毅:《中国文化之精神价值》,北京:九州出版社,2020年。
128. 天津博物馆编:《天津博物馆藏瓷》,北京:文物出版社,2012年。
129. 田姝译注:《山海经·海内经》,北京:光明日报出版社,2014年。
130. 田兆元、敖其主编:《民间文学概论》,上海:华东师范大学出版社,2009年。
131. 涂睿明:《瓷器里的文明碎片》,北京:北京联合出版公司,2021年。
132. 万建中主编:《新编民间文学概论》,上海:上海文艺出版社,2011年。
133. 汪晖:《现代中国思想的兴起》,北京:生活·读书·新知三联书店,2004年。
134. 王春法主编:《浮槎万里:中国古代陶瓷海上贸易展》,北京:北京时代华文书局,2021年。
135. 王光东:《民间:作为中国现当代文学研究的视野与方法(修订本)》,北京:商务印书馆,2021年。
136. 王鹤鸣:《中国家谱通论》,上海:上海古籍出版社,2010年。
137. 王军、李钰、靳亦冰编著:《陕西古建筑》,北京:中国建筑工业出版社,2015年。
138. 王俊:《中国古代门窗》,北京:中国商业出版社,2022年。
139. 王丽娜主编:《中国民俗文化精粹》,北京:线装书局,2016年。
140. 王楠主编:《欧洲民间故事》,成都:四川人民出版社,2021年。
141. 王炜民:《历史与文明》,石家庄:河北人民出版社,2013年。

142. 王文章主编：《非物质文化遗产概论》，北京：文化艺术出版社，2006年。
143. 王小盾：《中国早期思想与符号研究——关于四神的起源及其体系形成》，上海：上海人民出版社，2008年。
144. 王以欣：《神话与历史——古希腊英雄故事的历史和文化内涵》，北京：商务印书馆，2006年。
145. 王岳川：《二十世纪西方哲性诗学》，北京：北京大学出版社，1999年。
146. 王忠田：《私修谱牒叙事的主要模式及文化内涵》，郑州：郑州大学出版社，2022年。
147. 魏黎波编著：《中国传统文化十讲》，北京：科学出版社，2018年。
148. 魏孝稷：《互动与认同：古典时期中国与希腊族群认同的比较》，北京：中国社会科学出版社，2015年。
149. 乌丙安：《民间文学概论》，沈阳：春风文艺出版社，1980年。
150. 乌丙安：《神秘的萨满世界——中国原始文化根基》，上海：生活·读书·新知三联书店上海分店，1989年。
151. 吴承恩：《西游记》，北京：人民文学出版社，2019年。
152. 吴昊、翁萌编著：《甘肃古建筑》，北京：中国建筑工业出版社，2015年。
153. 吴家荣等：《中西叙事精神之比较》，合肥：安徽大学出版社，2011年。
154. 吴敬梓：《儒林外史》，北京：商务印书馆，2018年。
155. 肖玉柱编著：《希腊神话命名的植物》，北京：华文出版社，2016年。
156. 谢贵安：《中国谶谣文化研究》，海口：海南出版社，1998年。
157. 徐行言主编：《中西文化比较》，北京：北京大学出版社，2004年。
158. 徐兴无：《谶纬文献与汉代文化构建》，北京：中华书局，2003年。
159. 徐仪明、陈江风、刘太恒：《中国文化论纲》，开封：河南大学出版社，1992年。
160. 徐宗威主编：《西藏古建筑》，北京：中国建筑工业出版社，2015年。
161. 杨适：《哲学的童年》，北京：中国社会科学出版社，1987年。
162. 姚江波：《青花瓷》，北京：中国林业出版社，2019年。
163. 姚赯、蔡晴主编：《江西古建筑》，北京：中国建筑工业出版社，2015年。
164. 叶舒宪、李家宝主编：《中国神话学研究前沿》，西安：陕西师范大学出版总社，2018年。
165. 叶舒宪：《中国神话哲学》，西安：陕西人民出版社，2005年。
166. 叶喆民：《中国陶瓷史（第三版）》，北京：生活·读书·新知三联书店，2020年。
167. 佚名：《中外民间故事》，大东沟主编，西安：太白文艺出版社，2016年。
168. 于清华：《英国陶瓷产品设计》，重庆：西南师范大学出版社，2017年。
169. 余晓慧：《世界历史语境中的文化认同研究》，昆明：云南人民出版社，2014年。
170. 俞剑华：《国画研究》，桂林：广西师范大学出版社，2005年。
171. 袁珂：《中国神话史》，北京：北京联合出版公司，2015年。
172. 袁演：《先秦两汉寓言叙事研究》，南昌：江西人民出版社，2019年。

173. 曾志巩:《江西南丰傩文化》,南昌:江西人民出版社,2014年。
174. 张步天:《中国历史文化地理》,长沙:湖南教育出版社,1993年。
175. 张夫也:《外国工艺美术史》,北京:中央编译出版社,2004年。
176. 张光直:《美术、神话与祭祀》,郭净译,沈阳:辽宁教育出版社,2002年。
177. 张开焱:《神话叙事学》,北京:中国三峡出版社,1994年。
178. 张克群:《中国古建筑小讲》,北京:化学工业出版社,2017年。
179. 张利群:《民族区域文化的审美人类学批评》,桂林:广西师范大学出版社,2006年。
180. 张朋川:《中国彩陶图谱》,北京:文物出版社,2005年。
181. 张双棣:《淮南子校释》,北京:北京大学出版社,1997年。
182. 张学编著:《陶瓷收藏入门图鉴》,南京:译林出版社,2014年。
183. 张寅德编选:《叙述学研究》,北京:中国社会科学出版社,1989年。
184. 张泽兵:《谶纬叙事研究》,北京:社会科学文献出版社,2013年。
185. 张紫晨:《民间文艺学原理》,石家庄:花山文艺出版社,1991年。
186. 章启群:《星空与帝国——秦汉思想史与占星学》,北京:商务印书馆,2013年。
187. 章学诚:《文史通义新编新注》,仓修良编注,杭州:浙江古籍出版社,2005年。
188. 赵东亮:《中国外销瓷瓷上文化研究》,南昌:江西美术出版社,2021年。
189. 赵宏:《中国陶瓷文化史》,北京:中国言实出版社,2016年。
190. 赵林:《中西文化的精神分野:传统与更新》,北京:九州出版社,2023年。
191. 赵鑫珊:《哥特建筑——"上帝即光"》,上海:上海辞书出版社,2010年。
192. 赵毅衡:《符号学:原理与推演(修订本)》,南京:南京大学出版社,2016年。
193. 赵毅衡:《广义叙述学》,成都:四川大学出版社,2013年。
194. 郑凤霞、艾群、莫克编著:《世界历史》,北京:中国三峡出版社,2005年。
195. 郑克鲁、蒋承勇主编:《外国文学史(第三版)》,北京:高等教育出版社,2015年。
196. 郑云云:《千年窑火》,南昌:江西人民出版社,2007年。
197. 中国古陶瓷学会编:《青白瓷器研究》,北京:故宫出版社,2015年。
198. 中国硅酸盐学会编:《中国陶瓷史》,北京:文物出版社,1982年。
199. 中国民间文学集成全国编辑委员会、《中国民间故事集成·广西卷》编辑委员会:《中国民间故事集成·广西卷》,北京:中国ISBN中心,2001年。
200. 中国谱牒学研究会编:《谱牒学研究(第一辑)》,北京:书目文献出版社,1989年。
201. 中国人民政治协商会议洛阳市郊区委员会学习文史资料委员会编:《白居易家谱》,洛阳:洛阳理工学院图书馆馆藏,1990年。
202. 钟敬文:《钟敬文民俗学论集》,上海:上海文艺出版社,1998年。
203. 钟敬文主编:《民间文学概论(第二版)》,北京:高等教育出版社,2010年。
204. 钟敬文主编:《民间文学概论》,上海:上海文艺出版社,1980年。
205. 周积寅:《中国画派论》,杭州:浙江大学出版社,2020年。
206. 周作人:《鲁迅的故家》,止庵校订,石家庄:河北教育出版社,2002年。

207. 朱大可:《中国神话密码》,成都:四川文艺出版社,2021年。
208. 朱光潜:《悲剧心理学——各种悲剧快感理论的批判研究》,张隆溪译,南京:江苏文艺出版社,2009年。
209. 庄涛、胡敦骅、梁冠群主编:《写作大辞典》,上海:汉语大词典出版社,1992年。
210. 子衿主编:《中国名画世界名画全鉴》,北京:北京联合出版公司,2014年。

国外论著及论文:

1. [爱尔兰]帕德里克·科勒姆:《奥丁的子女:北欧神话故事集》,邢小胖译,上海:上海社会科学院出版社,2016年。
2. [爱尔兰]托马斯·威廉·黑曾·罗尔斯顿:《凯尔特神话传说》,西安外国语大学神话学翻译小组译,西安:陕西师范大学出版总社有限公司,2013年。
3. [奥]阿尔弗雷德·阿德勒:《走出孤独》,胡慎之编译,成都:天地出版社,2020年。
4. [澳]约翰·哈特利、[澳]贾森·波茨:《文化科学:故事、亚部落、知识与革新的自然历史》,何道宽译,北京:商务印书馆,2017年。
5. [冰岛]佚名:《埃达》,石琴娥、斯文译,南京:译林出版社,2017年。
6. [德]恩斯特·卡西尔:《人论》,甘阳译,上海:上海译文出版社,2004年。
7. [德]古斯塔夫·施瓦布:《希腊古典神话》,曹乃云译,南京:译林出版社,1995年。
8. [德]黑格尔:《历史哲学》,王造时译,上海:上海书店出版社,2001年。
9. [德]黑格尔:《美学(第三卷)》,朱光潜译,北京:商务印书馆,1981年。
10. [德]莱辛:《拉奥孔》,朱光潜译,北京:人民出版社,1979年。
11. [德]雷德侯:《万物:中国艺术中的模件化和规模化生产(第2版)》,张总等译,北京:生活·读书·新知三联书店,2012年。
12. [德]罗尔夫·托曼编著:《神圣之美:欧洲教堂艺术》,[德]芭芭拉·博恩格塞尔撰文、[德]阿希姆·贝德诺尔茨摄影,郭浩南、杨声丹译,武汉:华中科技大学出版社,2019年。
13. [德]诺贝特·埃利亚斯:《文明的进程》,王佩莉、袁志英译,上海:上海译文出版社,2013年。
14. [德]瓦尔特·本雅明:《本雅明文选》,陈永国、马海良编,北京:中国社会科学出版社,1999年。
15. [俄]别林斯基:《别林斯基论文学》,别列金娜选辑,梁真译,上海:新文艺出版社,1958年。
16. [俄]李福清:《三国演义与民间文学传统》,尹锡康、田大畏译,上海:上海古籍出版社,1997年。
17. [法]安托万·孔帕尼翁:《理论的幽灵:文学与常识》,吴泓缈、汪捷宇译,南京:南京大学出版社,2017年。

18. [法]奥图·德·萨代尔:《器成天下:中国瓷器考》,刘婷译,桂林:广西师范大学出版社,2021年。
19. [法]波德莱尔:《恶之花 巴黎的忧郁》,钱春绮译,北京:人民文学出版社,2020年。
20. [法]戴遂良编著:《民间道德、习俗与民间叙事》,卢梦雅、任哨奇编译,西安:陕西师范大学出版总社,2022年。
21. [法]亨利·伯格森:《创造进化论》,姜志辉译,北京:商务印书馆,2004年。
22. [法]加斯东·巴什拉:《空间的诗学》,张逸婧译,上海:上海译文出版社,2009年。
23. [法]杰拉尔·日奈特:《论叙事文话语——方法论》,杨志棠译,载张寅德编选:《叙述学研究》,北京:中国社会科学出版社,1989年。
24. [法]克劳德·戈瓦尔:《永恒的巴黎圣母院:一座哥特式大教堂的诞生》,[法]若埃尔·莱泰摄影,刘雅宁译,武汉:华中科技大学出版社,2020年。
25. [法]克洛德·列维-斯特劳斯:《野性的思维》,李幼蒸译,北京:中国人民大学出版社,2006年。
26. [法]拉伯雷:《巨人传》,鲍文蔚译,北京:人民文学出版社,1956年。
27. [法]雷吉斯·德布雷:《图像的生与死》,黄迅余、黄建华译,上海:华东师范大学出版社,2014年。
28. [法]罗兰·巴特:《叙事作品结构分析导论》,张寅德译,载张寅德编选:《叙述学研究》,北京:中国社会科学出版社,1989年。
29. [法]米歇尔·巴斯图鲁(Michel Pastoureau):《纹章学——一种象征标志的文化》,谢军瑞译,上海:上海书店出版社,2002年。
30. [法]米歇尔·帕斯图罗:《色彩列传:黑色》,张文敬译,北京:生活·读书·新知三联书店,2016年。
31. [法]米歇尔·帕斯图罗:《色彩列传:红色》,张文敬译,北京:生活·读书·新知三联书店,2020年。
32. [法]米歇尔·帕斯图罗:《色彩列传:蓝色》,陶然译,北京:生活·读书·新知三联书店,2016年。
33. [法]米歇尔·帕斯图罗:《色彩列传:绿色》,张文敬译,北京:生活·读书·新知三联书店,2016年。
34. [法]让-弗朗索瓦·利奥塔尔:《后现代状况:关于知识的报告》,车槿山译,北京:生活·读书·新知三联书店,1997年。
35. [法]让-诺埃尔·卡普费雷:《谣言——世界最古老的传媒》,郑若麟译,上海:上海人民出版社,2018年。
36. [法]雅克·德里达:《声音与现象》,杜小真译,北京:商务印书馆,1999年。
37. [法]雨果:《巴黎圣母院》,陈敬容译,北京:人民文学出版社,2003年。
38. [哥伦比亚]达索·萨尔迪瓦尔:《马尔克斯传》,卞双成、胡真才译,上海:上海人民出版社,2008年。

39. [古罗马]奥古斯丁:《论原罪与恩典》,周伟驰译,北京:商务印书馆,2012年。
40. [古罗马]维吉尔:《埃涅阿斯纪》,杨周翰译,南京:译林出版社,1999年。
41. [古希腊]柏拉图:《柏拉图全集》,王晓朝译,北京:人民出版社,2017年。
42. [古希腊]荷马:《荷马史诗:伊利亚特·奥德赛》,陈中梅译,上海:上海译文出版社,2021年。
43. [古希腊]赫西俄德:《工作与时日 神谱》,张竹明、蒋平译,北京:商务印书馆,1991年。
44. [加拿大]查尔斯·泰勒:《世俗时代》,张容南、盛韵、刘擎等译,上海:上海三联书店,2016年。
45. [罗马尼亚]米尔恰·伊利亚德:《形象与象征》,沈珂译,南京:译林出版社,2022年。
46. [美]W. 杰克逊·贝特:《约翰·济慈传》,程汇涓译,桂林:广西师范大学出版社,2020年。
47. [美]阿尔伯特·贝茨·洛德:《故事的歌手》,尹虎彬译,北京:中华书局,2004年。
48. [美]埃尔曼·塞维斯:《国家与文明的起源:文化演进的过程》,龚辛、郭璐莎、陈力子译,上海:上海古籍出版社,2019年。
49. [美]爱德华·希尔斯:《论传统》,傅铿、吕乐译,上海:上海人民出版社,2014年。
50. [美]安德鲁·斯特拉森、[美]帕梅拉·斯图瓦德:《人类学的四个讲座——谣言·想像·身体·历史》,梁永嘉、阿嘎佐诗译,北京:中国人民大学出版社,2005年。
51. [美]本尼迪克特·安德森:《想象的共同体——民族主义的起源与散布》,吴叡人译,上海:上海人民出版社,2005年。
52. [美]比尔·布莱森:《莎士比亚简史》,闾佳译,南京:江苏凤凰文艺出版社,2021年。
53. [美]大卫·科泽:《仪式、政治与权力》,王海洲译,南京:江苏人民出版社,2021年。
54. [美]戴维·哈维:《后现代的状况——对文化变迁之缘起的探究》,阎嘉译,北京:商务印书馆,2003年。
55. [美]段义孚:《空间与地方:经验的视角》,王志标译,北京:中国人民大学出版社,2017年。
56. [美]福克讷:《美国经济史》,王锟译,北京:商务印书馆,1964年。
57. [美]海登·怀特:《后现代历史叙事学》,陈永国、张万娟译,北京:中国社会科学出版社,2003年。
58. [美]海登·怀特:《元史学:十九世纪欧洲的历史想像》,陈新译,南京:译林出版社,2004年。
59. [美]霍尔姆斯·罗尔斯顿 Ⅲ:《哲学走向荒野》,刘耳、叶平译,长春:吉林人民出版社,2000年。
60. [美]简·哈利法克斯:《萨满之声:梦幻故事概览》,叶舒宪主译,西安:陕西师范大学出版总社,2019年。
61. [美]杰克·齐普斯:《冲破魔法符咒:探索民间故事和童话故事的激进理论》,舒伟主译,合肥:安徽少年儿童出版社,2010年。

62. [美]克利福德·格尔兹:《论著与生活:作为作者的人类学家》,方静文、黄剑波译,北京:中国人民大学出版社,2013年。
63. [美]克利福德·吉尔兹:《地方性知识——阐释人类学论文集》,王海龙、张家瑄译,北京:中央编译出版社,2000年。
64. [美]肯尼斯·J.格根:《关系性存在:超越自我与共同体》,杨莉萍译,上海:上海教育出版社,2017年。
65. [美]孔飞力:《叫魂:1768年中国妖术大恐慌》,陈兼、刘昶译,上海:上海三联书店,1999年。
66. [美]拉塞尔·柯克:《美国秩序的根基》,张大军译,南京:江苏凤凰文艺出版社,2018年。
67. [美]林赛·波特:《光明会》,韦民、王春燕译,海口:海南出版社,2010年。
68. [美]鲁道夫·阿恩海姆:《视觉思维》,滕守尧译,成都:四川人民出版社,2019年。
69. [美]罗伯特·芬雷:《青花瓷的故事:中国瓷的时代》,郑明萱译,海口:海南出版社,2015年。
70. [美]罗伯特·路威:《文明与野蛮》,吕叔湘译,北京:生活·读书·新知三联书店,2021年。
71. [美]罗伯特·麦基:《故事:材质、结构、风格和银幕剧作的原理》,周铁东译,天津:天津人民出版社,2014年。
72. [美]罗伯特·芮德菲尔德:《农民社会与文化:人类学对文明的一种诠释》,王莹译,北京:中国社会科学出版社,2013年。
73. [美]罗伯特·斯科尔斯、[美]詹姆斯·费伦、[美]罗伯特·凯洛格:《叙事的本质》,于雷译,南京:南京大学出版社,2015年。
74. [美]罗德里克·弗雷泽·纳什:《荒野与美国思想》,侯文蕙、侯钧译,北京:中国环境科学出版社,2012年。
75. [美]玛丽-劳尔·瑞安:《跨媒介叙事》,张新军、林文娟等译,成都:四川大学出版社,2019年。
76. [美]那仲良:《图说中国民居》,[菲]王行富摄影,任羽楠译,北京:生活·读书·新知三联书店,2018年。
77. [美]南希·玛丽·布朗:《象牙维京人:刘易斯棋中的北欧历史与神话》,赵越译,北京:生活·读书·新知三联书店,2018年。
78. [美]欧文·拉兹洛编辑:《多种文化的星球——联合国教科文组织国际专家小组的报告》,戴侃、辛未译,北京:社会科学文献出版社,2001年。
79. [美]浦安迪讲演:《中国叙事学》,北京:北京大学出版社,1996年。
80. [美]琼·R.默滕斯:《如何解读希腊陶瓶》,汪瑞译,长沙:湖南美术出版社,2019年。
81. [美]萨缪尔·诺亚·克拉莫尔:《苏美尔神话》,叶舒宪、金立江译,西安:陕西师范大学出版社有限公司,2013年。

82. [美]史蒂芬·阿若优:《生命四元素:占星与心理学》,胡因梦译,昆明:云南人民出版社,2008年。
83. [美]斯蒂·汤普森:《世界民间故事分类学》,郑海等译,上海:上海文艺出版社,1991年。
84. [美]斯蒂·汤普森编:《汤普森世界民间故事金典》,马一鸣、胡锦葭等译,愚公子绘,北京:北京联合出版公司,2021年。
85. [美]斯蒂芬·达尔沃:《第二人称观点:道德、尊重与责任》,章晟译,南京:译林出版社,2015年。
86. [美]斯蒂芬·福里斯特:《内在的天空:占星学入门》,郭宇译,昆明:云南人民出版社,2012年。
87. [美]苏珊·伍德福德:《古代艺术品中的神话形象》,贾磊译,济南:山东画报出版社,2006年。
88. [挪威]弗雷德里克·巴特、[奥]安德烈·金格里希、[英]罗伯特·帕金、[美]西德尔·西尔弗曼:《人类学的四大传统——英国、德国、法国和美国的人类学》,高丙中、王晓燕、欧阳敏、王玉珏译,北京:商务印书馆,2021年。
89. [瑞士]费尔迪南·德·索绪尔:《普通语言学教程》,高名凯译,北京:商务印书馆,1980年。
90. [苏联]巴赫金:《巴赫金全集》,钱中文主编,石家庄:河北教育出版社,1998年。
91. [匈]阿格妮丝·赫勒:《日常生活》,衣俊卿译,哈尔滨:黑龙江大学出版社,2010年。
92. [意]但丁:《神曲·地狱篇》,田德望译,北京:人民文学出版社,1990年。
93. [意]马可·波罗:《马可波罗行纪》,[法]沙海昂注,冯承钧译,上海:上海古籍出版社,2014年。
94. [意]翁贝托·艾柯编著:《美的历史》,彭淮栋译,北京:中央编译出版社,2007年。
95. [英]E.E.埃文思-普里查德:《阿赞德人的巫术、神谕和魔法》,覃俐俐译,北京:商务印书馆,2006年。
96. [英]埃德蒙·德瓦尔:《白瓷之路:穿越东西方的朝圣之旅》,梁卿译,桂林:广西师范大学出版社,2017年。
97. [英]艾伦·麦克法兰、[英]格里·马丁:《玻璃的世界》,管可秾译,北京:商务印书馆,2003年。
98. [英]爱·摩·福斯特:《小说面面观》,苏炳文译,广州:花城出版社,1984年。
99. [英]爱德华·泰勒:《原始文化》,连树声译,上海:上海文艺出版社,1992年。
100. [英]安妮·谢弗-克兰德尔:《剑桥艺术史:中世纪艺术》,钱乘旦译,南京:译林出版社,2009年。
101. [英]贡布里希:《艺术的故事》,范景中译,南宁:广西美术出版社,2008年。
102. [英]赫兹利特等:《十九世纪英国文论选》,盛宁等译,北京:人民文学出版社,1986年。

103. [英]济慈:《济慈诗选》,屠岸译,北京:人民文学出版社,1997年。
104. [英]简·迪维斯:《欧洲瓷器史》,熊寥译,杭州:浙江美术学院出版社,1991年。
105. [英]柯律格:《明代的图像与视觉性》,黄晓鹃译,北京:北京大学出版社,2011年。
106. [英]克拉丽莎·迪克森·赖特:《英国食物史》,曾早垒、李伦、徐乐媛译,重庆:重庆大学出版社,2021年。
107. [英]李约瑟:《中华科学文明史》,[英]柯林·罗南改编,上海交通大学科学史系译,上海:上海人民出版社,2003年。
108. [英]路德维希·维特根斯坦:《哲学研究》,蔡远译,北京:中国社会科学出版社,2009年。
109. [英]罗宾·邓巴:《人类的演化》,余彬译,上海:上海文艺出版社,2016年。
110. [英]马丁·阿诺德:《龙:恐惧与权力》,潘明霞译,重庆:重庆出版社,2022年。
111. [英]马丁·坎普主编:《牛津西方艺术史》,余君珉译,北京:外语教学与研究出版社,2009年。
112. [英]苏·汤普金斯:《当代占星研究》,胡因梦译,昆明:云南人民出版社,2010年。
113. [英]威廉·科斯莫·蒙克豪斯、[英]卜士礼:《中国瓷器史》,邓宏春译,北京:华文出版社,2021年。
114. [英]威廉·莎士比亚:《莎士比亚全集》,朱生豪译,北京:人民文学出版社,2014年。
115. [英]希安·琼斯:《族属的考古——构建古今的身份》,陈淳、沈辛成译,上海:上海古籍出版社,2017年。
116. [英]以赛亚·伯林:《浪漫主义的根源》,[英]亨利·哈代编,吕梁、洪丽娟、孙易译,南京:译林出版社,2008年。
117. [英]詹姆斯·乔治·弗雷泽:《金枝:巫术与宗教之研究》,徐育新、汪培基、张泽石译,北京:大众文艺出版社,1998年。
118. 曹乃云译:《尼伯龙根之歌:德国民间史诗》,桂林:广西师范大学出版社,2017年。
119. Dick Henrywood, *The Transferware Recorder: Selected Patterns from Literature*, Devon: Reynardine Publishing, 2018.
120. Donald Worster, *A Passion for Nature: The Life of John Muir*, Oxford: Oxford University Press, 2008.
121. François Weil, *Family Trees: A History of Genealogy in America*, Cambridge, MA: Harvard University Press, 2013.
122. Guy Michael Hedreen, *Capturing Troy: The Narrative Functions of Landscape in Archaic and Early Classical Greek Art*, Ann Arbor: University of Michigan Press, 2002.
123. John H. Oakley, *The Greek Vase: Art of the Storyteller*, Los Angeles: J. Paul Getty Museum, 2013.
124. Keith Thomas, *Religion and the Decline of Magic: Studies in Popular Beliefs in*

Sixteenth and Seventeenth Century England, London: Weidenfeld and Nicolson, 1971.
125. Marie-Laure Ryan, *Narrative Across Media: The Languages of Storytelling*, Norman: University of Nebraska Press, 2004.
126. Roger French, "Astrology in Medical Practice," in Luis Garcia-Ballester, Roger French, Jon Arrizabalaga and Andrew Cunningham, eds., *Practical Medicine from Salerno to the Black Death*, Cambridge: Cambridge University Press, 1994.
127. Sonia Halliday, and Laura Lushington, *The Bible in Stained Glass*, Nashville: Abingdon Press, 2013.
128. William E. Burns, "Astrology and Politics in Seventeenth-Century England: King James II and the Almanac Men," *The Seventeenth Century*, Vol. 20, No. 2 (2005).

后　记

"中西民间叙事传统比较研究"是江西师范大学傅修延教授主持的2016年国家社科基金重大招标项目"中西叙事传统比较研究"的子课题。专著《中西叙事传统比较研究·民间卷》是子课题的最终成果，是在傅修延教授的指导下，由曾斌执笔完成，子课题组成员江西师范大学文学院陈志华老师撰写了本书第五章部分文字的初稿。

感谢傅修延教授对本书热情而专业的指导！傅老师一直非常关心我的学习生活，浓浓的师生情谊让我感动，铭记于心！

感谢子课题组成员邱国珍、陈志华、曹柯平、张泽兵、袁演、蔡芳、上天五月、王忠田等学者，他们参与了课题讨论，为课题的顺利完成提供了有力支持！感谢陈茜、肖惠荣两位老师为完成课题提供的帮助！

感谢北京大学出版社编辑刘虹、吴宇森两位老师认真细致的工作！

万物皆叙事，几千年来中西民间叙事传统的载体材料庞杂广泛，叙事策略灵活多样，民族文化密码蕴藏其中。对不同文明民间叙事传统的比较研究，有利于深入揭示各民族民间叙事传统的奥秘，有利于在中西比较视野下考察民间叙事传统的演变规律，有助于讲好我们自己的故事。中西民间叙事传统比较是一个极有价值、富有难度的学术命题，值得深入研究。本讨论仅为抛砖引玉，书稿的完成并不是讨论的结束。

由于笔者水平的限制，本书论述还存在诸多不足，敬请读者朋友批评指正！